永恆之王

THE ONCE AND FUTURE KING

I

亞瑟王傳奇

特倫斯・韓伯瑞・懷特
譚光磊　譯

T. H. WHITE

獻　給

J.A.J.A

CONTENTS

目錄

The Once and Future King

第一部

石中劍

她並非尋常土地

水域、林木或空氣

那是梅林之島格美利

你我將要啟程前往

第一章

星期一、三、五學的是法律文件書寫、研究《邏輯大全》[1]，其餘四天則是《工具論》[2]、背書和星象學。家庭女教師老是弄不清星盤，而她愈混淆，愈會拿小瓦[3]出氣，敲他的指節。她從來不敲凱伊的指節，因為凱伊長大後會繼承家業，變成「凱伊爵士」。小瓦之所以叫小瓦，是因為和「小亞」發音相近，而小亞是他本名的簡稱。「小瓦」這綽號是凱伊取的，凱伊自己沒別的外號，就叫凱伊，因為他太尊貴了，不能有綽號。誰要是想給他取綽號，他便會勃然大怒。女教師生了一頭紅髮，還有個神祕的傷口。她私下給城裡所有女人都看過，為此地位高人一等。據說傷處在她坐下來的地方，是以前某次野餐時不小心坐到盔甲造成的。後來她提議讓凱伊的父親艾克特爵士也瞧瞧，結果她變得歇斯底里，被送走了。事後大家才知道，她曾在一家瘋人院待過三年。

下午的課程如下：星期一、五是長矛比武和馬術，星期二鷹獵，星期三擊劍，星期四射箭，星期六騎士學，包括各種場合應有的舉止、打獵的術語和禮儀。舉例來說，如果聽到獵物的死亡信號時，或者將獵物開腸剖肚時出了錯，你就會被架到死去的野獸上方，被人用劍背敲個幾下。這叫做「挨劍」，是種惡作劇，類似航越經線時要剃光頭[4]。儘管凱伊時常出錯，可是他從來不挨劍的。

送走女教師後，艾克特爵士說：「總之呢，該死的，我們總不能讓這些孩子成天像小混混一樣到處亂跑吧？總之呢，該死的。在他們這個年紀，得受點一流矯育[5]才行啊！想當年我像他們一樣大的時候啊，每天早上五點就在讀拉丁文，學這學那啦。這輩子沒那麼快樂過。酒傳過來吧[6]！」

格魯莫·格魯穆森爵士那天正好借宿他們家，因為他出外探險，歷經長途奔逐，結果夜色已黑。他說自己在那般年紀時，由於他不肯讀書，老愛溜去放鷹行獵，每天早上都要吃上一頓鞭子。他表示自己有此缺失，實因他連「utor」的未來簡單式都記不住；那是在書左頁往下讀約三分之一處，應該是第九十七頁。他把酒傳了過去。

「您今日探險可還順利？」艾克特爵士問道。

「噢，還不壞。說真的，可真是了不得的一天。我在威登灌木[7]見著一個叫布魯斯．索恩斯．匹帖爵士的傢伙，正準備要砍一個大閨女的頭，我一路追到彼斯特的米斯柏里莊園[8]，結果他折回頭，最後在魏肯伍德追丟了。我說他足足跑了有二十五哩[9]喲。」格魯莫爵士說。

「可真是跑了一大段路。」艾克特爵士說。

「不過話說回來，這些孩子和這拉丁文，還有那個，」老紳士接著說：「您也知道，他們老愛——到底該用

---

1 *Summulae Logicales*，西班牙的彼得（Peter of Spain）所著邏輯學著作，寫於十三世紀，迄十七世紀為止廣為歐洲各大學採用。一說西班牙的彼得即為原籍葡萄牙的教宗若望二十一世，不過作者身分並不明確。

2 *The Organon*，古希臘學者亞里斯多德的邏輯學著作。

3 Warr，原意為瑕疵或疣，凱伊藉此諷刺小瓦沒有父母，有如寄生的疣。

4 水手在船隻越過經線一百八十度時常有各種「啟蒙儀式」，此處所指的是從未跨越經線的菜鳥海員，必須在初次跨越時剃光頭。

5 eddication，蘇格蘭腔的「教育」（education）。

6 此處所傳的是波特酒（port），原產於葡萄牙的一種葡萄酒，酒精含量較高，通常為深紅色。

7 Weedon Bushes，位於英國北安普敦郡（Northamptonshire）。威登在古英文中意指「有神殿的山丘」。

8 Mixbury Plantation，位於英國牛津郡，「米斯柏里」在古英文中意為「糞堆鎮」。

9 1 英哩約為 1.61 公里。

amo 還是 amas 啊[10]——像小混混一樣四處亂跑，您有何高見呢？」

「啊，」格魯莫爵士說著，伸出一根手指貼放鼻側，朝酒瓶眨眨眼。「這可得好好想一想哪，您可別介意。」

「當然不介意，您肯說就是我的福氣了，我只有感激的分。這酒您儘管喝吧。」艾克特爵士說。

「這酒很不錯。」

「從我一個朋友弄來的。」

「不過，話說這些小鬼，您倒是說說一共有幾個啊？」格魯莫爵士問。

「兩個，」艾克特爵士回答：「當然這是把兩個都算進去。」

「把他們送去伊頓[11]，我看是不成吧？」格魯莫爵士謹慎地問道：「我們都知道那兒太遠啦，而且麻煩。」

其實他指的並不是伊頓，因為聖瑪利學院西元一四四〇年才成立，但總之是同樣性質的地方。此外，他們喝的是蜂蜜酒[12]，不是真的波特酒，只不過用現代的酒比較能讓你理解。

「距離倒不是問題，而是那個叫什麼來著的巨人擋在半路，哎呀您知道，那得穿過他的地盤啊。」艾克特爵士說。

「您說他叫什麼來著？」

「現在我卻是怎麼也想不起來啊，就是住在發泡湖邊的傢伙。」

「葛拉帕斯。」格魯莫爵士說。

「就是那傢伙。」

「只剩下一個辦法，」格魯莫爵士說：「就是找個家教了。」

「您的意思是到家裡來教導您的人。」

「正是。」格魯莫爵士說：「家教嘛，您也知道，就是到家裡來教導您的人。」

「再多喝點，您探險累了一天，得多喝些。」艾克特爵士說。

「可真是了不起的一天。只可惜這年頭他們都不殺人了。跑了二十五哩，最後不是抓不著給逃掉了，要不然就是完全追丟。最糟的是還得重新來過。」格魯莫爵士說。

「咱們都是趁巨人生產的時候動手，」艾克特爵士說：「就是因為他們老讓你追個半死，最後還是溜了。」

「跑一跑味道就沒了，」格魯莫爵士說：「我敢說一定是這樣。在廣大的地方追大巨人就是這麼回事，跑一跑味道就不見啦。」

「話說回來，就算真要找個家教，可得怎麼找啊？」艾克特爵士說。

「打廣告。」格魯莫爵士回答。

「我打過了，『亨伯蘭新聞人』和『卡多伊爾廣告人』[13]都宣傳過了。」

10 兩字分別為拉丁文「愛」的第一和第二人稱單數變格。
11 Eton，位於倫敦西部，著名的伊頓公學即位於此。該校歷史悠久，由亨利六世為尊崇聖瑪利所創建，歷來培育眾多名人，例如名將威靈頓公爵。
12 Metheglyn，一種添加香料的蜂蜜酒，原產於威爾斯。
13 【編注】中古世紀重要訊息會透過鄉鎮中巡行的公告員（town crier）口頭發布，效果類似今日的宣傳車。Humberland Newsman 和 Cardoile Advertiser 看似報刊名稱，實則指人。

「那沒別的辦法，只有出發探險去了。」格魯莫爵士說。

「您的意思是出外探險，去找個家教？」

「正是。」

「這酒、這些酒、這點酒，」艾克特爵士說：「總之您多喝點吧，管它叫什麼呢。」

「這壺酒[14]。」格魯莫爵士說。

於是便這麼決定了。隔天格魯莫．格魯穆森爵士回家之後，艾克特爵士在手帕上打了個結，提醒自己一有空就出外找個家教回來。由於他自己也不確定該怎麼找，便把格魯莫爵士的提議告訴兩個男孩，並且警告他們不許在他離開時像個小混混。他們聽完便去做乾草了。

時值七月，領地上每個身強力壯的男女都要接受艾克特爵士指揮，下田工作。而且到了這個時節，男孩們的課程也結束了。

艾克特爵士的城堡坐落在一片廣大的空地上，這片空地則位於一片更廣大的森林之中。城堡有一座中庭，四周圍著護城河，河底安有尖刺。護城河上有一座橋，一半是加了防禦工事的石橋，另一半則是木製的吊橋，每天晚上都會收起。過了吊橋，便是村裡大路的起點——村裡就這麼一條街。大路延伸約半哩，兩旁有茅草蓋頂、灰泥籬笆牆的小屋。街道將空地分成兩大片，左半邊開墾成幾百條又長又窄的田畦，右半邊則一直延伸到河邊，當成放牧的草地，而草地有一半圍起來準備做乾草場。

七月，而且是真正的七月天氣，就像古英格蘭那樣。每個人都晒成亮褐色，有著白得嚇人的牙齒和亮閃閃的眼神，活像印地安原住民。狗兒不是耷拉著舌頭四處移動，便是找點涼蔭趴著喘氣。農場裡的馬則汗流浹背，甩著尾巴，還想伸出後腳大蹄踢走黏在腹部的蒼蠅。牧場草地上，母牛到處閒逛，不時還可見牠們揚起尾巴拔腿狂奔，讓艾克特爵士氣壞了。

艾克特爵士站在乾草堆頂，如此才能看見大家在做什麼，他對著兩百畝的土地發號施令，喊得臉色發紫。刈草的高手在草還沒割的地方，排成一列一路割下去，鐮刀在烈日下怒吼。婦女用木耙將乾草耙攏成長堆，兩個男孩跟在兩側，拿乾草叉把草往裡撥，方便待會收集。跟在後面的是馬兒或遲緩的白色公牛拉的推車，帶尖釘的木頭輪子轆轆作響。一人站在車上，負責接收乾草並指揮行動，車兩邊各有一人，用叉子收集男孩所準備的乾草，拋給車上那人。推車走在兩行乾草中間，按照由前到後的嚴格順序輪流裝載，車上的人會以嚴峻的聲音明確指示把乾草拋到什麼地方。負責裝載的人抱怨男孩沒把乾草放對地方，並威脅若他們沒跟上，被逮著了一定吃上一頓鞭子。

推車裝滿之後，便拉到艾克特爵士那兒，把乾草叉給他。事情進行得很順利，因為裝載的方式十分條理井然——不像現在。

艾克特爵士則在乾草堆頂上左戳右翻，老礙著助手，其實助手才是真正在做事的人，他滿身大汗，一會跺腳，一會拿乾草叉撥弄，想把草堆弄得齊整些，嘴裡還不時喊說等西風一吹，這草堆就要垮啦。

小瓦很喜歡收整乾草，也十分在行。大他兩歲的凱伊呢，多半踩住自己要叉的草捆邊緣，結果花了兩倍力氣，成效卻只有小瓦的一半。可是他又不服輸，往往使盡蠻力，和那討厭的乾草（對他來說和毒藥沒兩樣）搏鬥，直到

14 艾克特爵士想不出該用拉丁文中指示代名詞「這（些）」的哪一種變體，結果說了主格的陽性、陰性和中性；格魯莫爵士回答正確的應是間接受格陽性。

快要累癱。

格魯莫爵士來訪的隔天異常悶熱。他們來回勞動，與燠熱的自然奮戰到日落。對他們來說，乾草就像海或空氣，同屬自然的元素，他們縱身躍入，浸淫其中，甚至構成他們呼吸的一部分。種子與草屑混入髮際、口中、鼻孔，還溜進衣服裡面讓人發癢。他們沒穿太多件衣服，而他們滑動的肌肉間落下的陰影襯著堅果褐色的皮膚，顯得青藍。害怕雷聲的人當天早上都覺得不對勁。

午後暴風雨突然大作。艾克特爵士督促著大家趕工，直到電光在頭頂暴現，天色漆黑如夜，轉瞬間大雨傾盆而下，頓時將眾人淋得渾身溼透，看不到百碼外的東西。雷大雨急，男孩趴在車底避冷風，溼溼的身體擠在乾草堆裡取暖，一邊相互笑鬧。凱伊並不是因為冷而發抖，但他不想露出害怕的神色，仍強顏歡笑。最後，一記轟然暴雷嚇了所有人一跳，大家見到彼此驚慌的模樣，一陣鬨笑，也就不覺得丟臉了。

剷草活動到此為止，遊戲時間才正要開始。兩個男孩被趕回家更衣，從前擔任兩人保母的老婦人從熨燙機拿出乾燥的無袖皮衣，先是責罵兩人不愛惜身子，再怪艾克特爵士不早點放人。兩人套上洗淨的外衣，跑進雨後清新而閃亮的庭院。

「我說我們把庫利帶出來，看能不能抓幾隻兔子！」小瓦大喊。

「外頭這麼溼，兔子不會出來的。」凱伊尖刻地說，很得意抓到對方博物學方面的漏洞。

「哎喲，走啦，很快就乾了！」

「那庫利得由我帶。」

每回他們一同出外鷹獵，凱伊總是堅持由他來帶蒼鷹，放鷹也得由他來。他當然有權利這麼做，一來他比小瓦年長，二來他是艾克特爵士的親生兒子。小瓦不是親生子，他雖然不懂，仍覺得不快樂，因為凱伊似乎認為他因此低人一等。除此之外，沒有父母，也會和別人不同，而凱伊早就教過他，與眾不同是錯的。沒人和他談過這件事，但他獨處時難免會思考，想了就沮喪。他很不喜歡別人提起這件事，偏偏每次碰上誰先誰後的次序問題，凱伊就要提起，所以他已經習慣在提及這件事前就立刻讓步。此外他很佩服凱伊，又是天生的跟隨者，最崇拜英雄了。

「我們走吧！」小瓦叫道。兩人朝鷹棚飛奔，途中還翻了幾個觔斗。

鷹棚是城堡裡非常重要的區域，地位僅次馬廄和狗舍。它和城頂房間相對，面向南邊。朝外的窗子為了防禦，製得很小，面朝內城中庭的窗戶則十分敞亮。窗上釘了細密的垂直百葉板，不過沒有橫向的。窗戶沒裝玻璃，但為了保護群鷹免受風寒，小窗上又裝了角質製成的薄片。鷹棚的一端有個小火爐和一個小房間，獵狐過後的雨夜，馬夫可能就會坐在鞍室裡這樣的地方清理馬具。這兒有幾張凳子，一口大鍋，一條長板凳，上頭放了各式各樣的小刀和手術用具，還有好些架子，上面擺放了許多瓶罐，標示著小豆蔻、薑、大麥脆糖、碎石、治鼻涕、治便祕、治暈眩，諸如此類。牆上掛著許多皮革，繫鷹腳的皮繩、頭罩和皮帶就是從那割出來的。一排整齊的釘子上掛了印度響鈴、連結繫腳皮繩與皮帶的轉軸和腳環，每個均刻有「艾克特」字樣。另有一座特別訂做的美麗架子，專門擺放頭罩：早在凱伊出生前便做來給鳥兒戴的、樣式簡單的老舊皮頭罩，如今都龜裂了；小巧玲瓏的頭套是給灰背隼用的、雄鷹專用的小頭罩，還有為了打發漫長冬夜而試做的嶄新漂亮頭罩。除了老舊皮套之外，所有的頭罩都是按照艾克特爵士的家徽配色製作：白色皮革，側邊有紅色呢絨，頂端還插了一撮灰藍色飾羽，是從蒼鷺頸部拔下的。長板凳上放著每個作坊都有的雜物，像是小段細麻繩、鐵線、金屬、各式工具、被老鼠啃過的麵包和乳酪、一只皮革瓶子，些許磨損的左手長手套、釘子、麻布、兩三個誘鷹用的假鳥，還有刻在木頭上記數的粗痕，寫著

「ConaysIIIIIII」、「HarnIII」等等，拼字不怎麼行。

從房間的一端到另一端，排列著受午後陽光直射的遮光棲木，鳥兒便綁在上頭。有兩隻小灰背隼才剛結束野放，準備接受正式訓練。一隻不適合在這塊林木茂盛之地放獵的老遊隼，主要是養來充當門面。還有一隻茶隼，兩個男孩便是從牠身上學到基本鷹獵之術。那隻雀鷹則是艾克特爵士好心幫教區牧師豢養的。而獨自關在遠處角落的，正是雄蒼鷹庫利。

鷹棚維持得很整潔，地面鋪了木屑來吸收鳥糞，群鷹未消化的嘔吐物也每天清理。艾克特爵士每天早上七點都會來視察，兩名鷹匠立正站在門外，假如他們忘記梳頭，便會被爵士關進軍營；但他們也不以為意就是了。

凱伊左手戴上長手套，呼喚棲木上的庫利——可是庫利全身羽毛緊斂，神情惡毒。他[15]睜大一隻瘋狂的橙金色眼睛，怒視著凱伊，不肯過來。凱伊只好把他抓過來。

「你覺得我們應該帶他出去嗎？」小瓦有些懷疑地說：「毛都還沒換好呢。」

「當然可以啦，你這笨蛋。他不過就是要人帶罷了。」凱伊說。

他們便出門了，穿過乾草田，發現先前悉心耙好的草堆如今又溼透走樣。接著兩人走進狩獵場，這裡的樹才開始生長，彼此間隔還有著一段距離，像是宅邸的庭園，但慢慢會茂盛成蔭。兔子在樹下到處做窩，因為太過密集，以致於找兔子不成問題，要找到離自己的洞很遠的兔子反而不容易。

「哈柏說我們得先舉起庫利，讓他展翅至少兩次以後，才能放他出去。」小瓦說。

「哈柏啥都不懂。老鷹適不適合飛，只有帶他的人知道。」

「反正哈柏只是個農奴。」凱伊又補了一句，準備解開鷹腳皮繩上的轉軸和皮帶。

庫利察覺腳上的繩子鬆開，可以準備狩獵之後，確實動了動，彷彿要展翅，他揚起冠毛、肩部覆羽和腿上的柔軟羽毛，但就在最後關頭，似乎想清楚了，又一聲不吭縮了回去。小瓦看見獵鷹這些動作，恨不得自己來帶。他一心只想把庫利從凱伊手上搶來，好好對待他。他自認只要搔搔老鷹的腳，輕輕朝上撥弄胸羽，一定可以讓庫利的心情變好。如果他能自己來就好了，而不是只能拿著假鳥跟在後頭。可是他知道對凱伊來說，老是聽人出主意一定很煩，便沒作聲。正如現代射擊一樣，你絕對不能批評持槍的人；鷹獵也是如此，外人不應亂出主意，以致影響放鷹人的判斷。

「喲呼！」凱伊大叫著伸手向上一揮，給獵鷹一點起飛的助力，這時一隻兔子正好從他們面前那片被啃得極短的草地跑過，接著庫利便在半空中了。凱伊的動作嚇到小瓦，同時也嚇到了兔子和獵鷹，他們三個愣了一會兒，接著那隻空中殺手揮動巨大的翅膀，看起來不情不願、猶疑未決，兔子消失在一個隱密的洞裡，鷹則宛如小孩盪鞦韆般向上高飛，最後收起雙翼，端坐樹梢。庫利俯視兩位主人，張開鷹喙發出挫敗的憤怒喘息，靜止不動。兩顆心都停了。

15【編註】作者經常使用 He 或是 She 來指稱動物。

第二章

他們吹著口哨，想誘回鳥兒，兩人跟著那隻又煩又惱的鷹在樹林裡到處跑，折騰大半天，最後凱伊終於耐不住性子，他說：「那就讓他去吧！反正是隻沒用的鳥。」

「哎喲，那怎麼行？」小瓦大叫：「哈柏知道了怎麼辦？」

「這是我的鷹，不是哈柏的。」凱伊怒吼：「他知道了又如何？不過是個下人。」

「但庫利是哈柏訓練出來的。我們要放他走很容易，因為我們可沒有三天晚上不睡覺陪著他，或是整天把他帶在身邊。可是我們不能就這樣丟下老鷹，太惡劣了。」

「那是他活該，蠢才一個，養出這什麼廢物。這種沒用的鷹誰會要？你要是這麼喜歡就自己留下來。我可要回家了。」

「那我就留下來，可是請你回家以後跟哈柏說一聲。」小瓦難過地說。

凱伊朝著錯誤的方向走去，暗自生氣，因為他知道自己沒讓獵鷹準備就緒便放出去，還得讓小瓦跟在後頭大喊糾正他。小瓦在樹下坐下，像貓守候麻雀般抬頭望著庫利，心臟怦怦直跳。

這對凱伊來說沒什麼，他本身就對鷹獵沒多大興趣，只因這是符合他身分地位的一種活動。但小瓦有養鷹人的感情，且深知若是丟了鷹會是莫大災難。他知道哈柏為了庫利，每天花十四小時教導狩獵技巧，就像雅各和天使角力[1]辛苦。丟了庫利，等於丟了哈柏的心。哈柏教鷹這麼多東西，小瓦不敢面對到時候他責難的眼神。

該怎麼辦呢？最好還是坐著別亂動，把假鳥留在地上，等庫利平復心情自行飛下。可是庫利完全沒有打算下來，他昨晚吃得很飽，現在一點也不餓。天氣很熱，他心情正壞，再加上剛才兩個小鬼在樹下又是揮手，又是吹口哨，還追著他從這棵樹跑到那棵樹，把他本來就不頂靈光的腦袋攪得一團亂。這會兒他連自己究竟想做什麼都分不清，不過可以確定的是，絕對不讓別人頤指氣使。他一肚子火，覺得乾脆找隻什麼東西殺來洩憤算了。

又過了很長一段時間，小瓦已經來到森林邊緣，庫利則已置身林中。經過一連串令人惱怒的追逐，他們離森林愈來愈近，最後終於抵達。小瓦這輩子還沒離城堡這麼遠過。

如果是現代的英國森林，小瓦大可不用害怕，但古英格蘭的巨大叢林可不一樣。樹林裡有野豬，此時正值牠們瘋狂覓食的季節；倖存的狼可能正躲在任何一棵樹後面，露出淺色的雙眸和垂著口水的兩排利牙。這片幽暗的森林裡十分擁擠，居住其間的還不只上述瘋狂邪惡的野獸。為非作歹的人往往藏身此地，這些狡詐的法外凶徒像腐屍烏鴉般嗜血，同樣惹人嫌惡。小瓦尤其記得一個叫瓦特的人，村民專門拿他的名字嚇斥小孩。他曾住在艾克特爵士的村子，小瓦還記得他的模樣：雙眼斜視，沒有鼻子，智力低落。小孩會拿石頭丟他，有一天他衝向孩子群，抓住其中一個，狂叫一聲後一口咬掉對方的鼻子，接著逃進森林。從那之後，被咬掉鼻子的小孩便成了大家丟石頭的對象。不過瓦特應該還在森林裡，穿著獸皮，四肢著地奔跑吧。

在那個傳奇的年代，森林中除了現代博物學未曾記載的珍禽異獸，還有許多魔法師。也有成群的撒克遜盜匪，他們可不像瓦特，而是群居一處，身穿綠衣，箭無虛發。甚至還有幾隻龍呢，只不過這些龍個頭很小，棲身石頭底下，叫聲像茶壺的嘶嘶聲。

1 《創世記》有一段敘述雅各與天使搏鬥的場面。

更麻煩的是，這時天色漸漸暗了。森林中人跡罕至，村裡也無人知曉森林彼端有些什麼。向晚的寂靜已然降臨，高大的樹木佇立四周，靜默無聲地凝視著小瓦。

他自覺應該趁還認得路，趕緊回家才安全。但他有顆勇敢的心，不願輕易放棄。他知道庫利只要在外頭睡上一晚便會恢復野性，難以馴服。庫利本是在離巢之後，飛羽尚未長齊之前被捕獲的。可是，假如可憐的小瓦能緊盯他的歇腳處，哈柏又帶著蓋住的燈籠及時趕到，他們或許能藉著夜色，趁庫利昏昏欲睡，又被燈光搞得頭暈目眩時，爬上樹抓回他。男孩依稀可分辨出獵鷹棲踞之處，約在濃密森林之內一百碼[2]，因為傍晚返巢的烏鴉也群聚在那。

他在森林外找棵樹做了記號，希望之後藉此尋回原路，接著便使出渾身解數，開始穿越灌木叢。從群鴉的聲音判斷，庫利馬上飛往更遠的地方了。

小男孩在荊棘叢裡掙扎的同時，夜晚也靜了下來，但他固執地繼續前進，一邊豎耳傾聽。庫利仍在迴避，不過睡意漸濃，移動距離不斷縮短。到了最後，就在天色全暗之前，襯著夜空，小瓦隱約在上方的枝頭看見他蜷縮的身影。小瓦於是坐在樹下，避免打擾到鳥兒，讓他安心入睡。庫利則是單腳站立，刻意忽略對方的存在。

「我看，」小瓦自言自語：「這片森林這麼荒涼，就算哈柏來了，大概也找不到我吧。就算他不來，或許我也可以在半夜爬上樹，把庫利帶下來。那時他應該很睏了，可能還會待在那裡吧。我可以輕聲喚著他的名字，讓他以為我就是每天在他戴著頭罩時帶他出去的人。我得輕手輕腳爬上去，如果真的抓到了，我還得找路回家，到時候吊橋一定收起來了吧，但也許有人會等我，因為凱伊應該跟他們說過我在外頭。哪條才是回家的路呢？如果凱伊在這裡就好了。」

他縮進樹根之間，想找個舒服的位置，避開會刺痛他肩胛骨的硬樹根。

「我想路應該是在那棵很高，樹頂很尖的雲杉後面。我得想辦法記住太陽是從我左邊還是右邊下山的，這樣明早太陽出來，我只要讓日光保持在同一邊，就可以走回家了。咦，那棵雲杉底下是不是有東西在動？哎喲，可別讓我碰上老野人瓦特才好，不然連鼻子也被咬掉哪！庫利看起來好生氣啊，瞧他單腳站立的模樣，似乎什麼事都不想理。」

就在這時，只聽颼的一聲，又是咚一聲，小瓦接著發現一枝箭插在樹上，正好在他右手指間。他抽回手，以為被什麼東西螫了，這才發現是一枝箭。時間彷彿慢了下來，他得以仔細審視箭枝的種類，發現它深深沒入樹幹三吋。是一枝黑色的箭，箭身纏繞著黃色飾帶，看起來像隻黃蜂。主箭羽是黃色的，另外兩片則是黑色，都是染了色的鵝毛。

小瓦突然發覺，雖然在森林裡的種種危機發生之前，自己怕得不得了，現在真的碰上了，反倒絲毫不感畏懼。他迅速起身（雖然自覺動作遲緩），繞到樹另一邊，就在他移動時，又一枝箭颼地飛來，不過這次箭身完全沒入草叢，只露出箭羽，接著便完全靜止，彷彿根本沒有騷動。

到了樹另一頭，他發現一叢高達六呎的蕨類。這真是絕佳的掩蔽，但葉子沙沙搖動，卻正好暴露他的位置。只聽又一枝箭嘶聲穿過蕨葉間，還有似乎是個男人的咒罵聲，但是距離並不近。接著他聽見那個人（或者那東西）在蕨叢裡跑來跑去，不願再發箭，以免寶貴的箭枝遺失在灌木叢裡。小瓦覺得自己像條蛇、像隻兔子，又像隻安靜的貓頭鷹。他個子小，要玩捉迷藏，那隻怪物絕非對手。五分鐘後他便安全脫身了。

2 一碼約九十一公分。

刺客四處找尋箭枝，滿嘴抱怨地走了。這時小瓦才發現，即使沒了弓箭手的威脅，他也早已分不清方向，找不到老鷹了。自己究竟身在何方，他可是一點概念都沒有。他躺了下來，在一棵斷落的樹下躲了半小時，等那東西離去，也等心臟不再怦怦狂跳。從他知道自己脫身以後，心臟便一直這麼跳著。

「哎喲，這下我可真迷路了，等一下要不是鼻子被咬掉，就是被那些黃蜂似的箭給射穿，不然也會被嘶嘶叫的龍啊、狼啊、野豬或是魔法師當晚餐——不知道魔法師吃不吃小男孩？我想應該吃吧。我真希望自己以前乖一點，在老師弄不清楚星盤時別那麼不滿，真希望對我親愛的監護人艾克特爵士更好些，他實在是個值得敬愛的好人啊！」他心想。

有了這些憂傷的念頭，尤其想起和藹可親的艾克特爵士拿著乾草叉、鼻子紅通通的模樣，可憐的小瓦不禁淚水盈眶，喪氣地躺臥樹下。

等到夕陽收回最後一絲光線，依依不捨告別；月亮以駭人的威嚴之姿從銀色樹梢升起，他才敢站起來。起身後他拍落外衣上的樹枝，無助地邁步前行。他揀選最好走的路徑，把自己託付給上帝。行走約半小時，心情稍微開朗了些——月光下的夏夜樹林實在清爽宜人。接著他看到截至目前短暫的人生中，所見過最美麗的景象。

一片林中空地，月光照亮了寬闊的草坪。銀白色的光線完全灑落在對面樹林的枝幹上。那是一片山毛櫸林，珍珠色月光照耀之下的樹幹總是更顯美麗。樹叢裡有極細微的騷動，還有銀鈴似的叮噹聲。叮噹聲響起之前，所見只有一片山毛櫸，但響起之後，隨即有個全副盔甲的騎士佇立壯麗的樹幹之間，他的身形靜止而凝定，彷彿超脫於塵世之外；騎著一匹巨大的白馬，馬兒神態專注，一如主人。他右手持一柄修長而平滑的比武長矛，矛桿底部靠在馬鐙上，矛身高立於樹幹間，輪廓襯著絲絨般的天幕。這一切都在月光籠罩之下泛著銀光，美麗難以言喻。

小瓦不知如何是好，他不知上前向騎士求助是否妥當，因為森林裡有太多恐怖的事物，連這騎士也可能是個鬼魂。身形微微起伏的他看起來的確有九分像鬼，似欲以心眼看透四下的幽暗。最後男孩打定主意，就算他真是鬼，好歹也是騎士所變，而騎士應該會信守濟弱扶傾的誓言吧。

「請問一下，」他走到神祕人物的正下方問道：「您知不知道如何走回艾克特爵士城堡？」

鬼魂嚇了一跳，差點從馬上摔落，同時從面甲底下發出模糊的咩咩聲，好像羊叫。

「請問一下。」小瓦又開了口，結果才說到一半，就因太過驚駭而住了嘴。

鬼魂揭開面甲，露出一對結霜的大眼，焦急地大喊：「啥？啥？」然後竟摘下了雙眼——原來那是一副玳瑁框眼鏡，由於封在頭盔裡起了霧。他想用馬鬃擦拭鏡片，卻愈擦愈髒。他又高舉雙手，想用盔頂的羽毛來擦，結果長矛掉了，眼鏡也跟著掉下，只好下馬尋找，面甲卻合了起來，他掀起面甲彎身找眼鏡，再度起身面甲又落下，害他可憐兮兮地大叫：「哎喲我的老天爺！」

小瓦找到眼鏡，擦淨後還給鬼魂，他立刻戴上（面甲又合上一次），然後逃命似地趕緊爬上馬。上馬之後，他伸手準備接過長矛，小瓦遞了過去。覺得一切穩妥之後，他用左手揭開面甲並扶著固定，就這麼舉著單手盯著男孩——像是迷途水手在搜尋陸地，喊道：「啊哈！我說這是誰啊，啥？」

「打擾了，我只是個小男生，監護人是艾克特爵士。」小瓦說。

「好傢伙，這輩子沒見過他。」騎士說。

「您知道怎麼走回他的城堡嗎？」

「完全沒想法，這一帶我自個兒都不熟哪。」

「我迷路了。」小瓦說。

「說來好笑，我迷了十七年的路啦。」

「我是派林諾國王，」騎士繼續說：「應該聽過我吧，啥？」面甲匡噹一聲合上，彷彿是「啥」字的回音，不過馬上又打開了。「從十七年前的聖米迦勒節開始，一直到今天我都還在追那隻尋水獸[3]。無聊得要緊啊。」

「我想也是。」小瓦說。他沒聽過派林諾國王，也不知道尋水獸，但他覺得目前這是最保險的說法。

「這是咱們派林諾家的重責大任，」國王驕傲地說：「只有派林諾家的人或是直系血親抓得到她。所以要讓派林諾家每個人都有這個念頭，或者說是很狹隘的矯育。糞煤啊什麼的。」

「我知道糞煤！」男孩起了興趣，「就是被追捕的野獸的糞便。追蹤鹿的獵人把這些糞便裝入號角，拿回去給主人看，還可以分辨鹿的健康狀況，以及是不是合法獵物。」

「聰明的孩子，真聰明。我啊幾乎什麼時候都帶著糞煤哩！」國王稱讚小瓦。

「不大衛生的習慣，」他補了一句，神情沮喪起來。「而且一點用都沒有。你想想，總共就那麼一隻尋水獸，所以根本不用擔心她是不是合法獵物。」

此時他的面甲開始低垂。小瓦決定先把自己的煩惱拋到一邊，為對方打打氣，他提出一個他應該挺有資格發表意見的問題。再怎麼說，與迷路的國王聊天，總比獨自迷失在森林好多了。

「尋水獸長什麼樣子呢？」

「哎，我告訴你，咱們稱為格拉提桑獸，」國王裝出一副博學多聞的模樣，也健談了起來。「總之這格拉提桑獸嘛，用英語講就是尋水獸——你要怎麼叫都行。」他親切地補充：「這怪獸生了個蛇頭，噯，還有豹子的身體，獅子的屁股和公鹿的腳。這頭獸不管走到哪裡，肚子裡都會發出一種怪聲，像是三十對獵犬追捕獵物的聲音。」

「當然，只有喝水的時候不會。」國王補充。

「那一定是很恐怖的怪獸。」小瓦邊說邊焦慮地環顧四周。

「的確是很恐怖的怪獸，」國王複述一遍：「那可是格拉提桑獸呀！」

「您是怎麼追捕她的呢？」

這個問題似乎不大恰當，因為派林諾的神情愈發頹喪了。

「我有隻獵犬，」他黯然說道：「她就在那兒呢。」

小瓦順著那根意志消沉的手指方向看去，一棵樹上纏繞著大截繩子，繩子另一端綁在派林諾國王的馬鞍。

「我看不大清楚呢。」

「我看是繞去另一邊了，她就愛和我唱反調。」

小瓦走到樹的那一頭，發現一隻大白狗正忙著抓跳蚤。她一見到小瓦，立刻晃著身子，傻呼呼直笑，拚命想舔他的臉，可是因為被繩子纏得動彈不得，只能喘著氣。

「其實是條好獵犬，就是喘個不停，又老讓東西纏住，而且愛唱反調，再加上我這面甲，唅，有時候我自己都分不清該朝哪兒走。」派林諾國王說。

「您何不放開她呢？那樣她就會自己去追怪獸了。」小瓦問道。

3 Questing Beast，原出於馬洛禮爵士（Sir Thomas Malory）的《亞瑟王之死》（*Le Morte d'Arthur*），會到處尋找水源以暫時平息口渴。

「一放她就跑啦，我告訴你，有時我一星期都看不到她咧。」

「少了她還真有些寂寞，」國王補充道：「跟著怪獸到處跑，卻從來沒找到過。總是多個伴，你說是吧？」

「她看起來挺友善的。」

「就是太友善了，有時候我懷疑她根本沒在追怪獸。」

「她看到怪獸都會怎麼做呢？」

「什麼也不做。」

「哎，這樣啊。我想再過一段時間，她就會有興趣了吧。」小瓦說。

「反正我們八個月都沒看到怪獸了。」

從談話一開始，這位可憐的老兄語氣愈來愈哀傷，現在竟哽咽起來。「這就是派林諾家的詛咒啊！」他喊道：「永遠四處奔波，追著那頭畜牲跑。我說她到底有什麼用？你得先停下馬，解開獵犬的繩子，接著你的面甲滑落，然後你戴著眼鏡卻又看不到東西了。沒地方睡覺，永遠不知道身在何處。冬天犯風溼，夏天會中暑。這身討厭的盔甲得花好幾個小時才穿得上，穿上以後不是熱得像乾煎就是凍得叫人發抖，還會生鏽，你得整晚不睡幫這東西上油。唉，如果我有間自己的漂亮房子可住，那該多好！裡頭有床，還有真正的枕頭和床單。我要是有錢，就買這些東西，一張舒服的床，上面擺著舒服的枕頭和舒服的被子，然後我就把這匹畜牲馬養到草地上，叫那隻畜牲獵犬出去玩耍，再把這身畜牲盔甲全扔出窗外，讓那隻畜牲怪獸追她自個兒——我就打算這麼做！」

「如果您能帶我回家，」小瓦狡黠地說：「我保證艾克特爵士會讓您在床上睡上一晚。」

「你這話可是當真？在床上睡？」國王叫道。

「還是羽毛床呦！」

派林諾國王雙眼圓睜，大如碟子。「還是羽毛床！」他緩緩重複著，「有沒有枕頭啊？」

「羽絨枕頭。」

「羽絨枕頭！」國王悄聲說。他屏住氣，然後一口氣呼出來。「您這位紳士府上可真是舒服！」

「而且我想距離這裡不到兩小時路程喔。」小瓦趕緊乘勝追擊。

「這位紳士當真派你來邀我過去？」（他已經忘記小瓦迷路的事了。）「我說他人真好，真是好啊，啥？」

「他見到我們一定會很高興的。」小瓦真誠地說。

「啊，他人真是太好了！」國王又喊了一次，便開始手忙腳亂地整理馬具。「一定也是個可親的紳士，才會有羽毛床！」

「我看我得跟別人同睡一張床吧？」他懷疑地補上一句。

「當然是您自己一張。」

「可以自己睡一張羽毛床，還有床單和枕頭——說不定還有兩個枕頭，或者一個枕頭一個靠枕，而且還不用準時爬起來吃早餐！您這位監護人會不會準時起床吃早餐呢？」

「從來沒準時過。」小瓦說。

「床上可有跳蚤？」

「一隻也沒有。」

「我的天！」派林諾國王道：「我得說，這簡直棒得沒話說！天知道我多久沒睡過一張羽毛床，還不用帶著那些糞煤。你說要走多久才會到啊？」

「兩小時。」小瓦說。就在這時，離他們不遠處響起一陣噪音，把他的話音都淹沒了，所以「小時」他得用吼的。

「那是什麼東西？」小瓦驚叫。

「聽啊！」國王大喊。

「上天保佑！」

「是那隻怪獸啊！」

這位滿腔愛意的獵人立刻將一切拋諸腦後，準備繼續他的任務。他在臀部處的褲子擦了擦眼鏡，那是他唯一伸手可及的布料，同時獵犬的低嗥和嗜血的狂吼響起。他趕在面甲自動蓋上前，及時將眼鏡戴上長長的鼻梁末端，右手抄起長矛，朝噪音的來源馳去，卻被纏在樹上的繩子扯住——那頭傻呼呼的獵犬則一邊悲鳴。他匡啷一聲跌落馬下，不出一秒，已經起身（小瓦確信他的眼鏡一定摔破了），單腳踩著馬鐙，繞著白馬想躍上。馬鞍的繫帶通過考驗，他也設法上了馬，比武長矛夾在兩腿之間，他朝獵犬纏起自己的反方向繞樹快跑。他多跑了三圈，獵犬也叫著，往另一個方向跑。他再往回跑了四五圈之後，人與狗總算都脫離了束縛。「嗨唷，唷！」派林諾國王一邊大喊，一邊在半空中揮舞長矛，在馬鞍上興奮擺動，接著便消失在幽暗的森林中，後頭跟著被綁在繩子另一端的倒楣獵犬。

第三章

小男孩躺了下來，在林地窩巢裡沉沉睡去。那是一種人們剛開始在戶外過夜時的淺眠，不過很能恢復精力。起初他只是稍微探進睡眠的表面，如淺水裡的鮭魚般掠過，由於太過靠近水面，以致於他幻想自己身在半空。他已經沉眠，卻以為自己依然清醒。他看見天頂群星，繞著它們悄靜而永不眠歇的軸心旋轉，樹葉以群星為背景沙沙搖動。他還聽到草叢裡的細微動靜，包括腳步聲、柔軟的翅膀拍動、隱密的腹部滑過長草，搖動蕨葉。起初他聽了既害怕又覺得有趣，所以起身一探究竟（但始終未能一睹真相）。聽著聽著，他的心情逐漸平靜，也不去管那些究竟是什麼，決定一切順其自然，最後終於完全擺脫，愈游愈深，摩挲著芬芳的草坪，鑽進溫暖的土地，游進地底的無盡水流。

在明亮的夏夜月光下入睡並不容易，然而一旦成眠，繼續睡卻不難。太陽出來得早，他僅翻身表示抗議，但在入睡的過程中，他已學會如何擊敗光亮，因此現在的光線也喚不醒他。一直到九點鐘，日出後五小時，他才翻過身張開眼，即刻清醒，感到肚子餓了。

小瓦曾聽說有人靠野莓為生，只可惜這個方法不合時宜，現在是七月，根本沒得吃。他找到兩顆野草莓，貪婪地吞下肚，覺得滋味勝過世間一切美食，害他好想多吃一點。接著他又希望現在是四月，那便可找些鳥蛋來吃；或者他沒有跟丟蒼鷹庫利，這樣獵鷹就可以幫他抓隻兔子，他再像原始的印地安人一樣搓搓兩根樹枝，生火烹煮。但他早就追丟了庫利，否則也不致迷路，而樹枝更可能搓半天都點不著。他認為自己不可能走太遠，頂多離城堡三、四哩，所以最好的辦法是靜坐傾聽。假如風向對了，他或許能聽到製作乾草的喧鬧聲，循著聲音，尋路回到城堡。

他實際聽到的卻是一陣微弱的叮噹聲，原以為是派林諾國王又在附近追捕尋水獸。可是那聲音節奏規律，意向單一，他又覺得可能是派林諾國王在做某件需要極大耐心及專注力的事，例如不脫盔甲搔背。他朝聲音來源走去。

森林裡有片空地，空地上有座舒適的石砌小屋。小屋分成兩部分，不過小瓦當時看不出來。主要的一部分是大廳，作為多種用途的房間。大廳比較高，從地板一直延展到屋頂，地上還有一處爐火，煙從茅草屋頂的一個洞逸出。小屋的另一半被水平的地板隔成兩層，上半層是臥室和書房，下層則充當食櫥、儲藏室、馬廄以及穀倉。一頭白驢住在樓下，另有梯子通往樓上。

小屋前有一口井，小瓦先前聽到的金屬聲響便是從這兒傳出。一位非常年長的紳士，正使用一根把手和鐵鏈從井裡取水。

鏈子噹啷噹啷響，最後水桶總算拉上井口。老紳士說：「真是什麼鬼東西！研究了這麼多年，總該有比這去她的水桶和這口去她的井像樣的打水方法吧？不管得花去她的多少錢！」

「他爹他娘的，」老紳士將水桶從井裡提出來，眼神惡毒，又補上一句。「他們為什麼就不能給咱們弄個電燈和自來水呢？」

他穿了一件帶毛皮披肩的飄逸長袍，上面繡了黃道十二宮圖案，還有各種神祕記號，例如裡面有眼睛的三角形、奇異的十字架、樹葉、飛禽走獸的骨頭，以及一個天象儀，星星像陽光照射下的玻璃碎片。他頭戴尖頂帽，有點像笨蛋帽[1]，也有點像那個年代仕女所戴的帽子，只不過仕女帽通常有面紗從頂端垂下。他還有一根癒創木製成的魔杖，擱在身旁的草地上，另外他也戴了派林諾國王的那種玳瑁框眼鏡。那是一副很不尋常的眼鏡，沒有掛在耳朵上的鏡腳，形狀像剪刀，又像大蘭多黃蜂的觸角。

「先生，打擾了。如果您不介意，可否告訴我怎麼走回艾克特爵士的城堡？」小瓦說。

老紳士放下水桶，打量著他。

「你的名字應該是小瓦。」

「是的，先生。還請您指點，先生。」

「我的名字，」老人說：「叫做梅林。」

「您好。」

「你好。」

彼此交換禮數之後，小瓦才有空仔細觀察對方。魔法師目不轉睛地端詳著他，那是一種和藹可親的好奇眼神，讓人覺得即使回盯對方也不會失禮，就像盯著艾克特爵士的母牛，而她正好頭向前靠在柵門上，思索著你的個性。

梅林留了把長長的白鬍子，還有長長的白髭垂掛兩側。近觀會發現他實在稱不上乾淨，並非他指甲髒或怎麼著，而是彷彿有些大型飛禽在他頭上築窩。小瓦很清楚雀鷹和蒼鷹窩巢的模樣，牠們用樹枝和從松鼠或烏鴉那搶來的怪東西混成一團；他也知道巢所在的枝椏和樹底下往往灑滿白色鳥糞、老舊的骨頭、沾滿泥汙的羽毛和未消化的嘔吐物。這正符合他對梅林的印象。老人的肩頭滿是鳥糞，散布在長袍上的星座和三角圖案間，在他緩緩眨眼、凝視面前小男孩的同時，一隻大蜘蛛正緩緩自他帽尖垂下。他神情憂愁，彷彿正試圖記起某個以「柯」字開頭但發

1 dunce's cap，以前為了處罰記性不好的學生，給他們戴的圓錐形紙帽。

音迴異的名字，可能像是明吉斯或狄厄爾之類吧[2]？他那雙溫和的藍眼睛在大蘭多眼鏡下顯得又圓又大，他注視男孩，眼神逐漸朦朧，而至滿布陰霾。最後他別過頭，一臉認命的表情，彷彿這一切他實在難以承受。

「你喜歡吃桃子嗎？」

「非常喜歡呢！」小瓦說著就開始流口水，嘴裡充滿了甜軟的液體。

「只可惜現在不是產桃的季節。」老人語帶責難地說，便朝小屋走去。

小瓦跟在後頭，因為這是最簡單的辦法。他主動提議幫忙提水桶（梅林聽了似乎很高興，把水桶交給他），耐心等待對方數著鑰匙，一邊喃喃自語，一會兒插錯地方，一會兒鑰匙又掉進草叢。他們費盡力氣，簡直像是闖空門的竊賊，煞費苦心才進了這間黑白色調的屋子。他跟著主人爬上梯子，發現自己來到了上層房間。

那是他這輩子所見最不可思議的房間。

椽上掛了一具鱷魚標本，有著玻璃似的眼珠，背後還伸出長滿鱗的尾巴，栩栩如生，非常嚇人。雖然不過是個標本，但主人一進房，牠便眨眼致意。屋裡還有幾千本皮革裝訂的泛黃書籍，有的用鏈子拴在書架上相連，其他則相互撐持，彷彿它們喝多了酒，怕站不穩。這些書散發一股霉味，還有實實在在的皮革顏色，給人非常沉穩的感覺。除此之外，尚有各式鳥類標本：鸚鵡、喜鵲和翠鳥、只少了兩根羽毛的孔雀、體型嬌小如甲蟲的鳥兒，還有一隻散發著焚香和肉桂味的鳥，據說就是鳳凰。但那不可能是鳳凰，因為世上同時只存在一隻鳳凰。壁爐架旁的牆上掛了顆狐狸頭，下方寫著從葛夫頓、白金漢到達文特里，兩小時二十分；另有一隻四十磅的鮭魚，下方寫著奧湖，四十三鐘以上，牛頭犬，以及一隻栩栩如生的鬣蜥，用斜體字寫著克羅賀斯獵獺犬。牆上還有好些野豬獠牙和老虎、豹子的利爪，左右對襯地裱框掛著。一個長角盤羊的大頭；六隻活生生的草蛇養在某種玻璃槽裡；獨行黃蜂在玻璃圓筒裡做了幾個舒適的窩；還有個普通的蜂窩，住在裡面的蜜蜂可以自由進出窗戶，不受干擾；兩隻裹著脫脂棉的小刺蝟；兩隻獾一見魔法師就開始大聲咿咿叫；二十個裝竹節蟲和飛蛾幼蟲的盒子，還有一棵值六便士的夾竹桃，蟲和蛾都乖乖啃著樹葉；一座槍櫃，裡面裝滿各式五百年後才發明的武器，另有一個釣竿箱也是；抽屜櫃裡裝滿了梅林親手做的鮭魚餌；另一個五斗櫃標示了毒參、曼陀羅根、老人鬚[3]等等、一束準備拿來製成筆的火雞羽毛和鵝毛、一個星盤、十二雙靴子、一打圍網、三打鐵絲網、十二個螺絲釘、兩個玻璃盤間的螞蟻窩、從紅到紫每一種顏色的墨水瓶、縫衣針、溫徹斯特[4]最佳學者的金獎章、四五個錄音機、一窩活蹦亂跳的田鼠、兩個骷髏頭、一堆雕花玻璃、威尼斯玻璃[5]、布里斯托玻璃[6]、一罐乳香脂漆、薩摩的陶器[7]、些許景泰藍、第十四版大英百科全書（整體評價受那些譁眾取寵的插圖所影響）、兩盒顏料（一盒是油彩，一盒是水彩）、三個由已知地理疆域組成的地球儀、少許化石、一個長頸鹿頭標本、六隻古老螞蟻、幾只玻璃蒸餾瓶，還包括大汽鍋、本生燈等等，並且有

2 **【編注】**此二姓氏源自蘇格蘭。蘇格蘭（尤以愛丁堡周邊最為明顯）人名地名常有特殊發音，或轉發 j 或 g 音。故音譯「Menzies」並非孟席斯，而是明吉斯或明格斯；「Dalziel」（第一個 l 也不發音）亦非戴席爾，以狄厄爾較為接近。不獨蘇格蘭，英格蘭或威爾斯的部分人名地名發音亦常與字面相差甚遠，未必有規則可循。

3 即柘蘿，一種地衣。

4 **【編注】**英國著名公學，由溫徹斯特主教創立於一三八二年。

5 **【編注】**產於威尼斯及其鄰近穆拉諾島的玻璃器皿，自中世紀即享盛名。

6 **【編注】**原產於英國布里斯托，半透光或乳白色的彩繪描金玻璃器皿。

7 **【編注】**即「薩摩燒」，日本名陶之一，產自薩摩（今之鹿兒島縣）。十六世紀末日本侵略朝鮮，薩摩領主自朝鮮擄回陶工設窯製陶。分細緻精巧的「白薩摩」與素樸簡單的「黑薩摩」兩種。

一整副由彼德．史考特繪製的野生鳥類香菸牌[8]。

進房之後，梅林摘下他的尖頂帽，因為帽子太高，會碰到天花板。一處陰暗角落立刻傳來一陣跳動聲和輕柔的翅膀拍動聲，突然間，一隻黃褐色的貓頭鷹便端坐在他保護頭頂的黑色無沿便帽上。

「哇，好可愛的貓頭鷹！」小瓦喊道。

他上前伸出手時，貓頭鷹卻站起身，變高了半個頭，全身僵硬像根撥火鉗，並且閉上雙眼，只留下一絲絲細縫——就像玩捉迷藏時，他們叫你閉上眼睛時你會做的那樣。貓頭鷹用懷疑的口氣說：「這兒沒有貓頭鷹。」

說完，貓頭鷹徹底闔上眼睛，頭撇向一邊。

「他只是個小孩。」梅林說。

「這兒沒有小孩。」貓頭鷹頭也不回地說，語氣帶有希望。

小瓦對於貓頭鷹能通人語大感驚奇，一時忘了禮節往前湊近。這下鳥兒緊張了，把梅林的頭弄得亂糟糟，整個房間都是白花花的鳥糞，然後飛走，停歇在鱷魚的尾巴末端，讓所有人都摸不到。

「我們很少有客人，」魔法師解釋，一邊用半條專供此用的破舊睡褲擦頭。「所以阿基米德有些怕生。阿基米德，來，我介紹一位朋友給你認識，他叫小瓦。」

說完他朝貓頭鷹伸出手，貓頭鷹居然也就沿著鱷魚的背，像鵝一樣搖搖晃晃走下來——他之所以左搖右擺地走路，是為了保護尾巴免受傷害。他跳上梅林的手指，滿心不情願。

「伸出你的手指，放在他的腳後面。不不，在他的尾巴下面，抬高一點。」

小瓦照做之後，梅林便輕輕把貓頭鷹往後推，讓男孩的手指貼著他的腳，他若不站到手指上，就會失去平衡。阿基米德因此站了上去。小瓦興高采烈地站在原地，讓那雙毛茸茸的腳抓緊他的手指，銳利的爪子刺痛他的皮膚。

「好好和人家打招呼。」梅林說。

「我不要。」阿基米德說，同時箝緊雙腳，再度撇過頭。

「噢，他真是可愛！」小瓦又說了一次。「您養很久了嗎？」

「阿基米德從小就跟我在一起了，以前他的頭和雞一樣小呢。」

「真希望他跟我說話。」

「如果你很有禮貌地給他這隻老鼠，他或許會試著多認識你一點。」

梅林從無邊帽裡拿出一隻死老鼠，交給男孩，「我都放在這裡，釣魚用的小蟲也是，我覺得挺方便的。」小瓦小心翼翼地拿著死老鼠，朝阿基米德送過去。那激動、彎曲的喙看起來很有殺傷力，阿基米德仔細端詳老鼠，朝小瓦眨眨眼，在手指上又挪近了一些，然後閉起雙眼，身子往前傾。他就這麼閉眼站在那兒，臉上滿是狂喜，彷彿是在飯前禱告，接著他用異常古怪的方式斜側身叼走老鼠，動作輕柔得連肥皂泡都不會碰破。他依然身體前傾，雙眼緊閉，嘴裡啣著死老鼠，彷彿不知如何處理。這時他舉起右腳抓住老鼠（他是右撇子，雖然人家都說只有人類才有左右習慣之分），模樣就像小男孩握著棒棒糖或警察手持警棍，看了看，咬了口鼠尾。他把老鼠轉過來，頭朝上，因為小瓦給他的方向不對，然後一口吞下，只剩一截尾巴露在外頭。他看看兩個人類同伴，像是在說「可不可以不

8【編注】香菸盒內附贈的畫片。

要這樣盯著我？」再別過頭，很有禮貌地吞了尾巴，用左腳趾搔搔自己的水手鬍，接著開始整理起羽毛。

「隨他去吧，也許他想先認識你，再決定是否要和你成為朋友。跟貓頭鷹打交道，急不得的。」梅林說。

「也許他願意坐在我肩膀上。」小瓦說著，直覺地放低手臂，向來喜歡高處的貓頭鷹便跑上陡坡，害羞地站在他耳邊。

「現在來吃早餐吧。」梅林說。

小瓦發現窗邊的餐桌擺了兩人份豐盛無比的早餐，有桃子，還有甜瓜、草莓、奶油、甜餅乾、熱騰騰的棕鱒、他更愛的烤鱸魚、辣得燙嘴的雞肉、配腰子和蘑菇的土司，燉肉丁、咖哩，還可以選滾燙的咖啡或大杯的頂級鮮奶油巧克力。

「來點芥末。」他們吃到腰子時，魔法師說。

芥末罐站了起來，伸出兩隻纖細的銀腳，像貓頭鷹一搖一擺走到他的盤子邊，然後伸直兩根把手，一手先誇張地行了禮，再來掀開蓋子，另一手則舀了一大匙給他。

「哇，這個芥末罐好棒！」小瓦驚叫：「您從哪弄來的？」

罐子一聽，頓時笑容滿面，昂首闊步起來，但梅林用茶匙在它頭上敲了一下，它便立刻坐下，關起來了。

「這罐子倒也不壞，」他有些不情願地說：「就是容易得意忘形。」

小瓦對老人的親切印象深刻，尤其他那些奇妙的東西更讓人大開眼界，所以不好意思問私人問題。靜靜坐著等別人跟你說話再答腔，似乎比較禮貌。可是梅林不怎麼說話，就算開口也不是發問，因此小瓦沒什麼機會和他交談。最後小瓦的好奇心占了上風，問了一個他困惑已久的問題。

「您介意我問個問題嗎?」

「儘管問吧。」

「您怎麼知道要準備兩人份的早餐呢?」

老紳士往後靠著椅背,先點起一大管海泡石菸斗,才準備回答。我的老天爺,他居然會吐火!小瓦從未看過菸草,所以才這麼想。梅林一臉迷惑,摘下頭頂的無邊帽——三隻老鼠掉了出來——抓抓光禿的腦袋中央。

「你試過看著鏡子畫畫嗎?」他問道。

「我想沒有。」

「鏡子。」梅林說著伸出手,手中立即出現一面嬌小玲瓏的仕女用梳妝鏡。

「不是這種,你這呆子!」他生氣地說:「我要刮鬍子用的那種!」

梳妝鏡消失了,取而代之的是一平方英呎的刮鬍鏡。他又連續要了鉛筆和紙張,得到的卻是沒削的鉛筆和《晨間郵報》,退了回去,換來一枝沒墨水的鋼筆,還有六令[9]包裹用的牛皮紙;又退回去,發了一頓脾氣,說了好多次「去她的」,最後拿到一枝炭筆和幾張捲菸紙,他說也只好將就將就了。

他把一張紙放在鏡子前面,在紙上畫了五個點。

「來,我要你把這五個點連成一個W,但只能看著鏡子畫。」他說。

9 ream,紙張計量單位。

小瓦拿起筆，努力照做。

「嗯，倒還不壞。」魔法師有些懷疑地說：「看起來是有那麼點像M。」

他陷入沉思，捻著鬍子，吐著火，盯著那張紙。

「早餐的事？」

「啊，對！我怎麼知道要準備兩人份的早餐？這就是我給你看鏡子的原因。一般人的時間是向前推進，這樣說不知你懂不懂，世間萬物也幾乎都是往前進。這使得一般人生活很容易，就像你把這五個點連起來，如果可以正著看那就容易，但要你倒過來看、朝鏡子裡看，就比較難了。我呢，不巧就生在時間的另一頭，所以我愈活愈回去，可身邊的人又都是往前活的。有人說這就叫未卜先知。」

他停了下來，一臉急切地看著小瓦。

「這我以前有沒有跟你說過？」

「沒有啊，我們大概半小時前才剛見面呢。」

「只有這麼一點時間嗎？」梅林說著，一顆豆大的淚滴滑下他的鼻梁。他用睡衣抹去淚滴，焦慮地補上一句，「我又要再跟你說一遍嗎？」

「我不知道。除非您還沒說完。」小瓦說。

「你知道，像我這樣的人，很容易分不清時間。別的不說，時態就全都搞混了。如果你知道其他人會發生什麼事，而不是發生過什麼事，就算你不希望某件事發生，也很難阻止，這樣說你聽懂嗎？就像對著鏡子畫圖一樣。」

小瓦不大清楚。原本正盤算，如果梅林因此而不快樂，他該聊表遺憾之情，這時卻覺得耳邊有陣奇怪的騷動。

「別動！」就在他想移動時，老人開口喝止，於是他定定坐著。阿基米德之前一直站在他肩膀上，幾乎被人遺忘，此刻正輕輕碰觸他。鳥喙貼著他的耳垂，羽毛搔得他好癢，突然一個輕柔又沙啞的聲音說：「你好嗎？」像是有人在腦袋裡直接對他說話。

「哇，貓頭鷹！」小瓦驚叫，立刻把梅林的煩惱拋到一邊。「您瞧，他願意跟我說話了呢！」

小瓦溫柔地把頭靠在那柔順的羽毛上。茶褐色的貓頭鷹則用鳥喙銜住他的耳緣，極輕極快地咬了一圈。

「我要叫他阿基！」

「那可萬萬不行！」梅林立刻怒道，口氣十分嚴峻；而貓頭鷹也退到他肩膀最外側的角落。

「有什麼不對嗎？」

「你乾脆叫我阿鷹或阿貓算了。」貓頭鷹慍怒地說，接著又尖刻地說：「或者大頭也行。」

梅林牽起小瓦的手，慈祥地表示：「你還年輕，不了解這種事。以後你便知道，貓頭鷹是世上最有禮貌、最率真也最忠實的動物。你絕對不可以跟他們故作親暱、無禮或表現粗鄙，也不能拿他們尋開心。他們的母親是雅典娜，掌管智慧的女神，雖然他們常會扮成小丑逗你開心，那也是真正睿智的物種才有的特權。稱任何一隻貓頭鷹為阿基，都是不行的。」

「貓頭鷹，真對不起。」小瓦說。

「孩子，我也要道歉。」貓頭鷹道：「我看得出來你是不知道的，對於你的無心之過，我卻心胸狹小，覺得受到冒犯，我對自己的行為非常懊悔。」

貓頭鷹所言不假，他一臉悔不當初。梅林只好趕緊故作輕鬆，轉移話題。

「哎，既然吃完早餐了，我們三個也該尋路，回艾克特爵士那兒啦。」他說。

「請等我一下。」他彷彿記起了什麼，轉身面對一桌吃剩的早餐和碗盤，伸出一隻指節粗大的指頭，嚴厲地說：「洗乾淨！」

一聲令下，各式瓷器和刀叉紛紛爬下餐桌，桌布把碎屑倒出窗外，餐巾則自己摺好，然後統統跑下樓梯，來到梅林剛剛放水桶的地方，接著便傳來碰撞聲和喊叫聲，像是一群剛放學的孩子。梅林走到門邊大喊：「留心點啊，誰都不許破！」可是他的聲音完全被尖叫聲、水的潑濺聲，還有「呼，這水可真冷！」「我不想洗太久！」「當心啊，別把我打破了！」「來，咱們把茶壺按進水裡！」等話聲給淹沒了。

「你們真的要跟我一起回家嗎？」小瓦問道，簡直不敢相信這個好消息。

「可不是嘛，不然你說我這個家教要怎麼當呢？」

聽了這話，小瓦的眼睛愈睜愈大，最後和坐在肩頭那隻貓頭鷹的眼睛差不多大，臉也愈來愈紅，彷彿憋足了氣。

「老天！」小瓦叫道，眼裡閃著興奮的光芒。「我可真算是完成探險了！」

第四章

小瓦還沒走到吊橋的中央，便忍不住開口：「瞧我帶了誰回來！你們知道嗎？我出外探險了呢！有人拿弓箭射我，一共射了三次，黑色和黃色的箭羽。這隻貓頭鷹叫阿基米德。我還見到了派林諾國王。這是我的家教梅林。我出去冒險找到他的。他本來在找尋水獸，我是說派林諾國王。森林裡好可怕。梅林要求碗盤自行洗乾淨。嗨，哈柏，你看，我們把庫利帶回來囉！」

哈柏只是看著小瓦，但那副以他為傲的表情，教小瓦臉都羞紅了。能夠安然返家，與親朋好友重聚，又達成所有的目標，感覺真好。

哈柏粗著嗓子說：「哎，少爺，您真是天生鷹匠的料喔。」他上前接過庫利，彷彿再也控制不住自己的雙手，但他也拍拍小瓦，溫柔地撫摸男孩和獵鷹，因為他說不出見了哪一個回來比較高興。他握拳伸手接過庫利，那態勢活像跛腳的人剛找回弄丟的木腿，忙不迭為自己裝上。

「是梅林抓到的。」小瓦說：「我們回來的路上，他叫阿基米德去找。阿基米德回來說他殺了一隻鴿子，正在吃呢，我們一去就把他給嚇跑了。梅林將六根尾羽繞一圈插在鴿子周圍，又拿繩子打了個圈套圈住羽毛，一頭跟地上的樹枝綁在一塊兒，我們拉著另一頭躲到樹叢後面。他說傳統技藝不能施魔法，否則不公平，就好像你不能用魔法造出一座偉大的雕像，得用鑿子慢慢來，就是這樣。後來庫利便從樹上飛下來，打算吃乾淨鴿子肉。我們一拉繩子，圈套就滑過羽毛，捆住他的腳啦。他氣得哪！我們最後還是把鴿子給他了。」

哈柏向梅林鞠了個躬，他也回了禮。他們惺惺相惜地互看，都知道對方是行家。雖然哈柏天生性格沉默，不過等他們有機會獨處，一定會討論鷹獵種種。現在他們只好靜待時機來臨。

「噢，凱伊！」小瓦看見他和保母在其他興高采烈的歡迎群眾陪伴之下走了出來，便叫道：「你看，我找了個魔法師來當我們的家教，他有個會走路的芥末罐呢！」

「我很高興你回來了。」凱伊說。

「哎喲，小亞少爺啊，您到什麼地方過夜去啦？」保母驚叫：「瞧您這身乾淨外衣弄得又髒又破！不是我說，您可真把我們嚇壞啦！瞧您那一頭可憐的頭髮都是枝條！哎呀您這不像話的小壞蛋！」

艾克特爵士手忙腳亂地跑了出來，脛甲都穿反了。他親吻小瓦的雙頰。「哎呀！哎呀！哎呀！」口沫橫飛地叫道：「回來啦，啊？咱們都幹些什麼去啦，啊？全家都急翻啦！」

但他心裡其實很驕傲，小瓦為了一隻鷹留在外頭，更因為他還找回了鷹。這會兒哈柏正捧著鳥給大家看呢。

「噢，大人！」小瓦說：「我出去找您說的家教，而且我找到他了。請看，就是這位紳士，他叫梅林。他有好幾隻獾，還有刺蝟啊老鼠啊螞蟻啊什麼的，就這隻白驢背上馱的東西，因為我們不能留牠們在家裡挨餓。他是個偉大的魔法師，可以憑空變法。」

「啊，魔法師是嘛？」艾克特爵士說著戴上眼鏡，仔細端詳梅林。「您修鍊的是白魔法吧？」

「當然。」梅林說。他耐著性子站在人群裡，法師袍裡的兩臂抱攏。阿基米德則全身僵硬，拉長了身子站在他頭頂。

「總該有些證書吧。」艾克特爵士懷疑地說：「都是這樣辦的。」

「證書來。」梅林說著伸出手。

他手中立刻出現幾張沉甸甸的石板，上面有亞里斯多德的簽名；還有赫卡特[1]署名的羊皮紙；以及有三一學院院長簽名的打字複印紙，不過這名院長不記得見過梅林。以上人士全都大加推崇梅林。

「他把東西藏在袖子裡。」艾克特爵士一臉睿智的模樣。「你能不能變些別的？」

「樹來。」梅林道。庭院中心瞬間長出一棵巨大的桑樹，甜美的藍色果實眼看就要啪噠啪噠掉落。由於桑椹一直要到克倫威爾時代[2]才流行起來，眼前這株果樹更讓人驚奇。

「聽說這是用鏡子變出來的。」艾克特爵士說。

「那就來點雪。」梅林說，又匆忙補上一句：「再來把雨傘。」

他們還不及轉身，夏日的紅銅色天空就變為陰冷迫人的青銅色，前所未見的大雪片紛飛，飄落在城垛上。他們還不及開口，積雪已深達一吋，所有人都在凜冽的寒風發著抖。艾克特爵士的鼻子凍得發青，下面掛著一根冰條。除了梅林，每個人的肩上都有一層厚厚的積雪。梅林站在人群中，因為貓頭鷹的關係，雨傘舉得特別高。

「這是催眠術，」艾克特爵士一邊說，牙齒一邊打顫。「印度佬用的那一套。」

「不過這樣就行了。」他急忙補充：「很夠了，我相信您一定會是兩個男孩的好家教！」

大雪立刻停止，太陽又出來了。「再下去要得肺炎啦，要不也嚇得大官們不敢來了。」保母說。梅林收起雨傘，

1 Hecate，希臘神話中的女神。

2 【編注】Oliver Cromwell，英格蘭將領、政治家。內戰時期率領擊敗保皇黨，處死國王查理一世，取得政權，於一六五三至一六五八年擔任英格蘭共和國護國公。

遞還給空氣，雨傘隨即消失無蹤。

「想不到這小子自個兒冒了這麼一趟險！」艾克特爵士叫道：「哎呀！哎呀！哎呀！什麼新鮮事都有啊。」

「那才稱不上冒險，他只不過跟著老鷹去罷了。」凱伊說。

「他也把老鷹帶回來了，凱伊少爺。」哈柏語帶責難。

「哎，得了吧，我打賭是這老頭幫他抓的。」凱伊說。

「凱伊，」梅林的口氣突然變得很駭人，「你向來是個心高氣傲，好逞口舌的人。所謂禍從口出，你必將咎由自取。」

聽了這話，大家都覺得有些不舒服。凱伊沒有像他平時那樣大發脾氣，反而垂著頭。其實他並非真的討人厭，只是腦子機靈、反應快、驕傲、暴躁又有野心。他是那種既非追隨者，亦非領導者的人；他胸懷壯志，又對局限自己的無能軀體感到不耐。梅林立刻後悔自己的無禮，他憑空變出一把銀製小獵刀，送給凱伊作為補償。刀柄是用白鼬的頭骨做成的，上過油，磨得像象牙一般亮，凱伊非常喜歡。

第五章

艾克特爵士的家叫做「野森林城堡」。與其說是個人住宅，更像市鎮或村莊。每逢危難發生，這裡的確就成了村莊。這段故事講述的正是動盪時代的情形。每當盜匪突襲，或是哪個鄰近暴君入侵，領地上所有人便急忙躲入城堡，把牲口趕進庭院，靜待危機解除。泥巴牆搭的農舍幾乎總是付之一炬，事後還得重建，農人總是罵不絕口。基於這個原因，在村裡建一座教堂很划不來，因為肯定得時常重建。於是村民到城堡裡的小教堂做禮拜。每個星期天，他們會穿著最好的衣裳，邁著最端莊的步伐走上街頭，眼神曖昧而威嚴地審視四方，彷彿不願洩漏自己的目的地。平日，他們則穿著普通的服裝來望彌撒或晚禱。那時每個人都會上教堂，而且樂在其中。

野森林城堡至今猶在，你可以看見它美麗的傾頹城牆爬滿常春藤，迎著日光與強風而立。那兒現在住了幾隻蜥蜴，還有一群挨餓的麻雀，冬夜裡牠們會躲進常春藤取暖，有一隻倉鴞鍥而不捨地攻擊常春藤，在那群驚怕的鳥兒外圍盤旋，振翅拍打藤蔓，逼牠們飛出來。大部分的幕牆皆已倒塌，不過仍然可以分辨出十二座守衛塔的基石。它們呈圓柱狀，從城牆延伸進護城河，如此弓箭手便可朝任何方向射箭，城牆的每一部分也都能盡收眼底。塔裡是螺旋梯，繞著一根中心圓柱迴旋而下，石柱上有許多箭孔，就算敵人攻入幕牆內側，殺進塔的底部，守軍也可以退至樓梯上，從裡面的箭孔射擊追來的敵人。

吊橋的石造部分都保存良好，包括外堡和門樓的小望臺。這裡有許多靈巧的設計，首先木造吊橋一定會升起，因此敵人不可能越過。就算敵人真的過了橋，還有一道加了巨木的閘門，可以把敵人壓得扁扁，教他們動彈不得。外堡的地板上有一道隱藏的暗門，保證可以讓他們統統掉進護城河；另一端還有一道閘門，如此便可將敵人困在兩道門之間，任人宰割。望臺（又叫懸堡）的地板有開口，守軍可以朝敵人頭上丟東西。最後，在門樓裡面，拱型的屋頂有彩繪窗花格和浮雕裝飾，正中央有個方整小洞。這個洞通往樓上的房間，房裡有個大鍋，專門用來煮鉛或熱油。

以上就是外圍的防禦工事。一旦過了幕牆，你便來到一條寬廣的過道，有可能會擠滿驚恐的綿羊，面前則還有一座完整的城堡。這是內城的主堡，具有八座圓形巨塔，至今仍屹立不搖。爬上最高的塔，可以看到邊界[1]地區，古代有些動亂就是從那個方向來的。躺在那裡眺望遠方，只有頭頂的太陽和下方少數漫步的遊客，沒有飛箭和滾燙的熱油，則是一件很美好的事。

想想這座固若金湯的高塔聳立了幾個世紀。它曾多次因政爭而易主，一次被長期包圍而陷落，兩次為陰謀所奪，但從未被強攻所破。哨兵駐守塔頂，從這裡他可以監控通往威爾斯的那片青色樹林。如今他乾淨的老骨頭埋藏於禮拜堂之下，所以你得代替他站崗。

如果你往下看，而且不畏高（不知哪個古蹟保存協會在此裝了良好的欄杆，避免你失足墜落），整個內庭的構造會像地圖一樣在眼前開展。你會看見那座教堂，如今敞亮朝天，面對上帝；還有大廳的窗以及城頂的房間。你會看見巨大的外煙囪，設計巧妙的相連煙道，古時供人私下休憩的小房間，現在統統公開展示，還有驚人的大廚房。如果你夠聰明，便會在這裡待上幾天，甚至好幾個星期，憑自己的推理辨認何者是馬廄、鷹房、牛棚、兵器庫、閣樓、水井、鐵匠舖、狗舍、兵營、神父的房間，以及城主和夫人的居室。城堡就這麼在你身邊活起來了：小個子的人在陽光下熙來攘往，綿羊一如往常咩咩叫，或許還聽得到威爾斯射來的三羽箭發出颼颼破空聲，彷彿不曾改變。那時的人比你我都要矮小，我們得費一番功夫，才擠得進他們遺留的少數幾件盔甲和古老手套。

不用說，這裡是小男孩的天堂。小瓦奔跑其中，像兔子在自己的複雜迷宮穿梭。每件事物、每個地方他都一清二楚，還有每一種特殊氣味、攀爬的好地點、舒軟的窩穴、祕密藏身處、跳臺、滑坡、房間角落、食櫥和好吃的東西。像貓一樣，一年四季的好地方都被他占去了，他又叫又跑又鬧，惹惱別人、打瞌睡、作白日夢、假裝自己是個騎士，沒一刻停歇。此刻他正在狗舍裡呢。

那時候的人訓練狗的方法和今日差異頗大，他們採取愛的教育，而非嚴厲以待。你能想像現代的獵狐犬管理員和狗兒同床睡覺嗎？但是阿里安[2]卻說，狗兒「與人同眠尤佳，如此能使其更通人性，也因牠們樂與人類作伴。此外，若獵犬徹夜不安或身體不適，你立即可知，次日不帶其出獵。」艾克特爵士的狗舍裡有個特別的男孩，名叫「狗童」，他就和獵犬日夜為伍。他等於是獵犬的老大，負責每天帶狗群出去溜達，幫牠們拔出腳掌上的刺，不讓牠們耳朵潰瘍，包紮脫臼的小骨頭，餵牠們吃驅蟲藥，把得了犬瘟熱的狗兒隔開來照料，調停狗群中的爭執，晚上則和狗兒縮在一起睡覺。假如讀者不介意我掉個書袋，日後死於阿金科特之役[3]的約克公爵在《狩獵總管》[4]一書中，如此敘述擔任此職務的男孩：「我亦將教導那孩子，若有陽光，每日帶獵犬出外溜達兩次，一在清晨，一在黃昏，尤其在冬天。他應讓牠們在陽光下的草坪長時間奔跑玩鬧；依序為所有獵犬梳理毛皮，再以大束稻草抹淨。以上諸事，他每日清晨皆須辦理。繼而他應把獵犬帶到芳草鮮美之處所，任其自由覓食，蓋此乃群狗之良

1 Marches，指英格蘭與蘇格蘭交界，或英格蘭與威爾斯交界。
2 Flavius Arrianus，希臘歷史學家，著有《亞歷山大遠征記》（臺灣商務，2001）。
3 Battle of Agincourt，發生於一四一五年，為英格蘭最著名的勝戰之一；交戰方為英格蘭王國以及法蘭西王國。
4 **【編注】**《*The Master of Game*》，約克公爵所著的狩獵專書，當時極為風行，內容多取自法語書籍。

藥。」如此一來，因為男孩的「心志與群狗合一」，獵犬也會變得「優雅、溫和而乾淨，歡喜、愉悅而好嬉戲，對眾人皆表溫馴，惟對野獸應凶猛、急切而心懷恨意。」

艾克特爵士的狗童不是別人，正是被恐怖瓦特咬掉鼻子的人。由於他少了個鼻子，又成為村中小孩投石戲弄的對象，所以他寧可與動物為伍。他會跟動物說話，但並非未出嫁淑女的那種兒語，而是用牠們的方式咆哮和吠叫。狗兒都很愛他，因為他能拔除牠們的掌中刺而對他尊敬有加，若碰上麻煩也會馬上找他。他總能立刻判斷問題所在，也大致能順利解決。對狗兒來說，與神相伴是件好事，更何況是看得見的神。

小瓦喜愛狗童，覺得他很聰明，對狗兒很有一套；他只需要動動雙手，便可教狗兒做幾乎任何事。狗童也很敬愛小瓦，就像狗兒敬愛狗童；他覺得小瓦簡直近乎神聖，因為他能讀又能寫。他們時常湊在一塊，與大群獵犬在狗舍裡東翻西滾。

狗舍在一樓，靠近鷹棚，上面還有層閣樓，所以冬暖夏涼。狗群中有獵狼犬、銳目獵犬、大偵察獵犬和母獵犬。牠們叫克魯西、湯尼爾、菲比、柯爾、格蘭、塔伯特、路雅、路夫拉、亞波倫、奧斯洛、布蘭、葛樂特、龐斯、小子、獅子、龐吉、托比和鑽石[5]。小瓦最喜歡的狗叫卡威爾，這會兒他正舔著卡威爾的鼻子——不是卡威爾舔他喔，梅林看到便走了過來。

「這在將來很不衛生的習慣。我自己倒不這麼覺得。畢竟上帝把牠的鼻子造得挺好，而你的舌頭也不差。」梅林說。

「說不定牠的鼻子還更好哩。」這位哲學家若有所思地補充。

小瓦不知道梅林在說什麼，但他喜歡聽梅林說話。有些大人對小孩講話總是以上對下的態度，梅林卻不會，而是和平時說話一樣，讓他追著談話內容，或揣測、猜想，抓緊認識的字詞，在恍然聽懂繁複笑話之後咯咯發笑。然後他便會擁有海豚般的愉悅，在未知的汪洋中沉潛和撲躍。

「我們出去吧？我想也該開始上課了。」梅林問道。

小瓦一聽心便沉了。現在是八月，他的家庭教師已經住下一個月，然而至今他們一堂課都沒上過。這下他才記起梅林此行的目的，又想起可怕的《邏輯大全》和那該死的星盤。不過他知道課總是得上，便依依不捨地摸摸卡威爾，乖乖起身。梅林上起課應該不至於太糟吧？他心想，要是梅林肯變幾個戲法，說不定連死板的《工具論》都會有趣起來。

他們走入中庭，迎頭是熾熱的驕陽，先前剷乾草時的陽光相較之下竟顯得微不足道了。烈日炙人，常伴隨熱天出現的雷雨雲高掛天空，大堆大堆的積雲，邊緣光線刺眼，卻打不成雷，因為實在太熱了。小瓦心想，如果不用進悶熱的教室，可以脫了衣服在護城河裡游泳該有多好。

他們穿過中庭，幾乎是先深吸幾口氣才快速衝過，彷彿是跑過烤爐。門樓的陰影裡很涼快，但高牆封閉的外堡卻是最熱的。他們最後一次拔腿狂奔，穿越沙地，來到了吊橋邊——難道梅林猜到他的想法了？他低頭俯望著

5 這些狗名均有其典故，如「菲比」是義大利麥第奇家族的凱瑟琳（Catherine de Medici，法國亨利二世的皇后）所寵養的玩賞犬之名；柯爾、格蘭和塔伯特出自喬叟（Chaucer）坎特伯里故事集中修女的故事。「路雅」是賽爾特傳說勇士庫圖林（Cuthullin）的狗。路夫拉則出自司各特（Sir Walter Scott）的詩〈湖姬〉（*Lady of the Lake*）中道格拉斯族長的狗。亞波倫是波西米亞皇后伊莉莎白的狗（Elizabeth Queen of Bohemia）。奧斯洛是希臘神話中巨妖葛里昂（Geryon）的雙犬之一。布蘭是愛爾蘭勇士芬格爾（Fingal）的狗。葛樂特是威爾斯領袖路維林（Llewellyn）的狗，為保護主人的幼子，血戰擊斃惡狼，卻遭主人誤解而殺害。獅子是崔斯坦的狗。查理一世的外甥魯伯特王子的狗叫小子。木偶戲主角潘趣先生（Mr. Punch）的狗叫托比，詩人亞歷山大波普的狗叫龐斯。牛頓的狗叫鑽石。

護城河。

正是睡蓮盛開的季節。若非艾克特爵士空出一塊水面，讓兩個男孩洗浴，護城河早就讓睡蓮占滿了。總之，吊橋兩側每年都會清出約二十碼的水面，讓人可以從橋上一躍而下。護城河很深，原本是個魚池，好讓城中居民星期五有魚可吃[6]。建築師因此很小心不讓排水管和下水道與之連接，所以每年都游滿了魚。

「我希望我是一條魚。」小瓦說。

「哪一種魚？」

天氣熱得幾乎無法思考。小瓦望向琥珀色的沁涼深水處，看到一群小河鱸正漫無目的地游晃著。

「我覺得河鱸不錯，他們比笨鯉魚勇敢，又不像梭子魚那麼凶殘。」他說。

梅林摘下帽子，有禮地舉起癒創木枴杖，緩緩念道：「林梅上參請有神海受接然欣子此魚成。」

一陣貝殼、海螺吹響的聲音立即響起，一位滿臉笑容的胖紳士便出現在城垛上。他乘坐一朵飽滿的雲，腹部刺了一個錨的圖案，胸前有隻漂亮的美人魚，下面還寫了「梅寶」二字。他吐出一團菸草，友善地朝梅林點點頭，然後將他的三叉戟對準小瓦。小瓦發現身上沒了衣服，而且從吊橋上跌了下去，嘩啦一聲側面落水。他發現護城河和吊橋都大了幾百倍，便知道自己變成魚了。

「噢，梅林，請您一起來吧！」他叫道。

「下不為例。」一條嚴肅的大黑魚在他耳邊說：「這次我跟你一起。以後你可得自己來了。教育重在經驗，而經驗的本質便是靠自己。」

小瓦發現身為其他生物很困難，他無法以人類的方式游泳，那使得他打轉前進，而且行動緩慢。他不知道魚如何游泳。

「不是那樣。」黑魚沉吟道：「下巴靠在左肩上，拱腰。一開始先別去注意你的鰭。」

小瓦的雙腿融進了脊椎骨，腳掌和趾頭則化作尾鰭。他的雙手也成了兩片鰭——是柔嫩的粉紅色，肚子附近另外又生了幾片。他的頭朝向肩膀上方，所以彎身時腳趾朝耳朵碰去，而不是額頭。他的身體是漂亮的橄欖綠，周身覆蓋著粗糙的鎧甲，兩側還有暗紋。他不清楚哪邊是左右兩側，何者為胸何者為背，不過看似腹部的地方泛著漂亮的白色，背上則有片華麗的大鰭，打仗時可以豎起來，裡頭還有尖刺。他照黑魚的指示拱腰，卻筆直地朝河底淤泥游去。

「用你的腳控制左右，張開你肚上的鰭保持平衡。現在你除了要考慮前後，還要注意上下。」黑魚說。

小瓦發現他只要擺動臂鰭和腹鰭，便可大致保持平衡。他慢慢游開，覺得十分快活。

「快回來！你得先會游泳，再學突進。」黑魚說。

小瓦左扭右拐回到老師身邊。「我好像游不直。」

「問題在於你不是用肩膀游泳，而是像個小男孩一樣，動的是臀部。試試看直接從脖子往下方拱腰，然後身子向右動，用向左動同樣分量的力氣，別忘了用你的背。」

小瓦游出很漂亮的兩下，便完全消失在幾碼外的杉葉藻裡。

---

6 【編注】星期五是耶穌被釘上十字架的受難日，因而是基督徒的齋戒日。當日戒食肉類，但可吃魚。

「不錯。」黑魚道，這時他身影已經消失在渾濁的橄欖色水幕外。小瓦甩動兩邊臂鰭，使出渾身解數掙脫束縛。他有意炫耀，一眨眼就游回聲音的源頭。

「很好。」黑魚說，他們倆尾巴撞在一塊。「不過有勇氣還不夠，方向更重要。」他補上一句：「看看你能不能做到這樣。」

他看似不費吹灰之力便倒退著游到一朵睡蓮下方。乍看不費吹灰之力，不過小瓦是個積極主動的學生，對方鰭的細微動作他都注意到了。於是他也將自己的鰭朝逆時鐘方向擺動，靈巧地輕彈尾巴，立刻來到黑魚身邊。

「太漂亮了，我們就來小游一趟吧。」梅林說。

此時小瓦已能維持平衡，移動也還算順暢，便有暇餘觀賞四周環境。拜那位刺青紳士的三叉戟所賜，他才有幸來到這個奇妙的世界。這裡與他原本習慣的世界大異其趣。舉例來說，他上方的天空現在是個正圓，地平線則緊貼著這個圓。要想像小瓦眼中的世界，得畫出一道圓形的地平線，位於頭頂幾吋之處，而非平日所見的平坦地平線。於此空中的地平線之下，你還得再想像一個水面下的地平線，其狀如球，上下顛倒——因為對水中生物而言，水面就像一面鏡子。這是很難想像的。之所以會這樣，主因是水面上的一切事物周邊都多了一圈七彩光譜。舉例來說，假如你剛好想釣小瓦這條魚，他將會從像是個盤子的上空邊緣看到你，此外，他所見也不會是一個人揮舞釣竿，而是七個人，輪廓分別是紅、橙、黃、綠、藍、靛、紫色，全都揮動著同樣的釣竿，只是顏色各異。事實上，對他來說你就是個七彩人，是個渾身散發耀眼色澤的指標，色彩彼此交雜，向八方發散，宛如詩中的埃及豔后，燃燒於水面之上[7]。

另一件美事，就是小瓦沒有重量。他不再受困於地面，無須貼地行走，受制於地心引力和大氣壓力。他可以達成人類長久以來的夢想——飛翔。在水中和在空中飛翔其實並無差異，最棒的是他不用倚賴機器，拉動拉桿、靜坐不動，而是用自己的身體去飛，如同人類夢中那樣。

就在他們要游去巡視時，一隻怯生生的鯉魚從兩株搖曳的杉葉藻間游出，徬徨地懸在那裡。牠臉色蒼白，睜大了焦慮的雙眼，顯然有事想說，卻拿不定主意。

「過來吧。」梅林嚴肅地說。

鯉魚聽了便像母雞似的衝了過來，淚流滿面，結結巴巴說明來意。

「……請大夫行行好，」那可憐的傢伙說話喋喋不休，只顧著急卻口齒不清，他們幾乎聽不懂牠說些什麼。「我們家裡有人生了……可怕的病還是什……什麼的，我……我們在想，不知您能否抽……抽空來看看？是我們親……親愛的娘，她……成天肚……肚……肚皮朝天游泳，看起來著……著……著實嚇人，說……說……說起話來也挺奇怪，我們都覺得她該……該……該找個大夫瞧瞧，您會……會……會不會不方便？是克……克……克拉拉要我這麼說的，先生，您懂……懂……懂我的意思嗎？」

那條可憐的鯉魚又是結巴又是流淚，講話僅剩下氣音，只能睜著悽惻的雙眼，望著梅林。

「小夥子，別擔心。來來來，帶我去見你娘，再看看能怎麼著。」梅林說。

於是三條魚游進吊橋底下的濁暗處，出訪愛心任務。

7 【編注】典出莎士比亞的《埃及豔后》。

「這些鯉魚啊，就是神經質。」梅林用鰭掩著嘴小聲說：「八成是緊張造成歇斯底里，應該要找心理醫師，而不是找大夫。」

鯉魚的娘正如鯉魚所描述的面朝天躺著，她斜著眼睛，腹部的鰭交疊在胸前，不時吐出一串氣泡。所有的子女將她團團包圍，她每次吐氣，魚們便相互推擠，驚聲吸氣。她臉上帶著一抹天使般的微笑。

「哎呀呀，」梅林說著，擺出最專業的醫生問診態度：「我說鯉魚太太覺得怎麼樣啊？」

他拍拍那群年輕鯉魚的頭，架勢十足地朝患者游去。我們或許應該說明一下，梅林是一條身形沉穩，體型寬厚的魚，重約五磅，皮革顏色，鱗片細小，鰭上有脂肪，頗為黏滑，還有金盞花顏色的明亮眼睛——十足可敬人士的模樣。

鯉魚太太無精打采地伸出一片鰭，長嘆一聲道：「啊，大夫，您可終於來啦？」

「嗯。」大夫用他最低沉的聲音回答。

接著他吩咐眾人閉上眼睛（不過小瓦偷看了），然後繞著病患緩緩游動，莊嚴起舞，邊舞邊唱。他的歌是：

治療、象皮、診斷，碰！
胰臟、靜電、解毒，轟！
正常代謝作用、嘮嘮作用、叨叨作用！
喀喳、喀喳、喀喳喳，
把病痛都剪光光！

消化不良、貧血症、毒血症！

一、二、三，把它趕出門！

有呱啦和嘰哩，可免治療費五基尼！

唱到尾聲，他繞著患者游泳，因為靠得很近，腰側棕色滑順的鱗摩擦著她斑駁蒼白的鱗。或許他正用身上的黏液治療她，或許這是接觸療法、按摩或催眠術。據說任何一種魚只要生了病，便會去找黑魚。總之呢，鯉魚太太突然不再瞇眼斜視了，並且翻過身來說：「哎呀，大夫，親愛的大夫，我覺得自己可以吃點沙蠶啦。」

「不能吃沙蠶，」梅林說：「至少再等兩天。鯉魚太太，我給您開張藥方，每兩小時就吃一次水藻濃湯。總得先讓您恢復力氣，您說是嘛。畢竟羅馬不是一天造成的。」

他拍拍旁邊的小鯉魚，敦囑魚群要好好長大，要勇敢，接著便神氣萬分地游進幽深水處，邊游嘴還一鼓一鼓的。

「剛剛您說那個羅馬什麼的是什麼意思？」等他們游到別人聽不見的地方時，小瓦問道。

「天曉得。」

他們繼續往前游，小瓦若是忘記用背鰭，梅林便會提醒他。這個奇妙的水下世界逐漸在他們面前展開，與水面上的燥熱空氣相比，更顯得沁涼透心。濃密的水草叢林輪廓纖細，許多群刺魚動也不動懸在裡頭，學習整齊劃一地運動。喊一的時候牠們靜止不動，喊二牠們統統轉向，喊三牠們便一齊衝出組成圓錐體，錐的頂端通常有食物。福壽螺在睡蓮的莖部或葉片底下緩步爬行，淡水河蚌則躺臥水底，什麼事也不做。牠們的肉是鮭魚般的粉紅色，就像好吃的草莓冰淇淋。還有一小群河鯉——說也奇怪，河裡的大魚似乎都躲起來了——牠們微妙的血液循環使牠們像維多利亞小說裡的仕女容易臉紅，又容易臉色發白。只不過牠們不是臉紅，而是透著深橄欖綠，而且不是出於害羞，而是憤怒。每當梅林和同伴游過，牠們便凶惡地豎起帶刺的背鰭，直到發現梅林是條黑魚才乖乖放下。身體兩側的黑紋使牠們看起來像被烤過，而且連這些條紋也會變得忽明忽暗。

有一次，兩個旅行者從一隻天鵝底下經過，那白色的生物漂浮在上，宛如一艘齊柏林飛船，除了水面下的部分以外一概模糊不清。不過看得到的地方倒是十分清楚，顯現天鵝微微朝一邊傾斜，一隻腳縮了起來。

「您看！」小瓦說：「那就是可憐的跛腳天鵝，牠只能用一隻腳划水，另一邊的身體還得弓起來。」

「胡說！」天鵝探頭進水裡，張大兩個黑鼻孔斥道：「天鵝休息時就喜歡這個姿勢，少在那邊假惺惺，真是！」牠就一直這麼高高在上瞪著他們，像一隻突然從屋頂鑽進來的白蛇，直到他們倆離開視線為止。

「你游泳的樣子，好像世界上沒什麼東西好怕似的。你之前穿過那片森林找到我，你不覺得這裡和那片森林一樣嗎？」黑魚說。

「是嗎？」

「看看那邊。」

小瓦朝那望去，起先什麼也沒看到。接著他發現一個半透明的小小形體，動也不動地懸浮在靠近水面的地方，他的位置在睡蓮的葉影之外，顯然正在享受陽光。那是一隻小梭子魚，全身僵硬，很可能睡著了，看上去像根菸斗柄，又像條伸直身子躺平的海馬；等他長大，鐵定會成為強盜。

「我帶你去瞧瞧，讓你見識一下這裡的老大。我是醫生，所以有豁免權，你既然和我一起，我敢說他也會對你客客氣。不過你的尾巴最好收斂一點，難保他不是正在發飆。」黑魚說。

「他是護城河裡的王嗎？」

「沒錯。大家都叫他老傑克，還有人叫他黑彼得，不過多數時候大家根本不敢提到他的名字，一律稱之為彼老大。等一下你就會見識到當老大的架勢。」

小瓦稍微落在他的嚮導後面，或許他這麼做是對的，因為等他回過神來，他們已經接近目的地上方，他見了那年老的獨裁者，嚇得連忙後退。彼老大身長四呎，體重難以估算。巨大的身形在蓮莖叢中顯得陰暗，幾乎難以辨識，末端的那張臉早已被一名絕對獨裁者的種種激情所蹂躪——殘酷、悲傷、年歲、尊嚴、自私、孤寂和過於強烈以致個人無法承受的思緒。他或懸浮、或遊蕩，那張巨大、嘲諷的嘴永遠向下撇，顯得憂悒。精瘦、修整乾淨的下巴則賦予他一種美國氣息，就像山姆大叔。他冷酷無情，不再懷抱理想，講究邏輯，掠奪成性，蠻狠，而且毫無憐憫之心，然而一顆寶珠般的眼瞳卻像負傷的鹿，瞪得大大的，看來驚懼、敏感，而且寫滿哀傷。他一直沒有移動，卻以那隻嚴苛的眼睛直視他們。

小瓦暗想，他可一點都不想和彼老大打交道。

「大人，」梅林沒有注意到他的緊張，「我給您帶了一個有志向學的年輕教授。」

「學什麼？」護城河之王緩緩問道，嘴巴幾乎沒開，而是用鼻子說話。

「力量。」黑魚說。

「叫他自己說。」

「真對不起，我不知道該說些什麼。」小瓦說。

「只有一件事，」老大說，「那就是你假裝尋求的力量：磨碎的力量和消化的力量，搜索的力量和尋獲的力量，等待的力量和攫取的力量，全都是從你後頸湧出的力量，不要有慈悲心。」

「謝謝。」

「愛是演化之力要弄我們的把戲，喜樂則是它設下的誘餌。最重要的還是力量，個人心智的力量，然而心智的力量還不夠，最終肉體的力量決定一切，力量即是正義。」

「好了，小少爺，我想你該走了，我覺得這番談話既無趣又累人。說真的，我看你最好現在就離開，免得我這張理想幻滅的嘴突然決定把你介紹給我的鰓認識，我的鰓可是長了牙齒的。是的，如果你夠聰明，現在就該離開，而且最好使出全身的力氣。就這樣吧，與我的偉大道別。」

小瓦幾乎被這番高談闊論給催眠了，差點沒注意那張緊閉的嘴正朝自己靠近。說教分散了他的注意力，魚嘴不知不覺靠近，突然離他鼻子只剩一吋。說完最後一句話，那張可怖碩大的嘴便張開，骨頭與骨頭之間、牙齒和牙齒之間的皮膚飢餓地繃緊伸張，口內除了牙齒似乎別無他物，那些牙齒尖利如刺，層層排排到處都是，就像工人靴底的釘子。最後一刻他才回過神來，記起人家的命令，振作起來趕緊逃命。那些利齒在他尾巴末緣處轟隆咬合，而他則使出了一記最漂亮的拱腰擺尾。

轉瞬之間，他又回到陸地，與梅林並肩站在滾燙的吊橋上，穿著窒悶的衣服喘著氣。

第六章

一個星期四下午，兩個男孩一如往常練習射箭。場上共有兩個稻草紮成的箭靶，彼此相隔五十碼。他們朝其中一個靶射箭之後，只需走到靶前，撿回箭枝，便可轉身射向另一個靶。天氣仍是最宜人的夏日，晚餐還有雞肉可吃，梅林來到射箭場外緣，坐在一棵樹下。他受了暖意、雞肉和淋在布丁上的奶油影響，再加上男孩來回走動，弓箭射中靶的聲音聽來就像割草機的噪音，或是一場村裡的板球賽那樣令人昏昏欲睡，還有不斷在頭頂樹葉間舞動、雞蛋大小的光影，老人很快睡著了。

在那個年代，射箭可是一件正經事，它還沒落到印地安人和小孩手裡。你要是射壞了，脾氣也會跟著暴躁，就像現代那些獵雉雞的有錢人一樣。凱伊就是射壞了，他老是太用力，放箭的時候還拉弦，而不是讓弓自然把箭帶出去。

「啊，得了吧！我真受夠了這些該死的箭靶，我們去射木鳥。」他說。

他們離開箭靶，朝木鳥射了幾回。那是體型很大、顏色鮮明的假鳥，黏在一根木棍上，像隻鸚鵡。凱伊還是射歪了。

起先他還想著：「哼，我非得射中這臭東西不可，就算趕不及吃下午茶也沒關係。」後來他便覺得無聊了。

「那我們出去找靶子射吧！半小時就回來，再把梅林叫醒。」小瓦說。

所謂出去找靶子射，是指帶著弓箭外出散步，若經過兩人都同意的目標，則各射一箭。有時是一座鼴鼠丘、一叢藺草，有時是近在腳邊的薊草。他們不停變換目標的距離，有時選的目標遠在一百二十碼外，他們的弓差不多只能射這麼遠，有時則得瞄準比附近的薊草還低的地方，因為箭射出去總會高個一兩呎。射中目標算五分，即使沒中，若差距不超過一把弓的長度，則算一分，最後再加總結算分數。

星期四這天，他們慎選目標。田野裡剛割過草，他們不用花多少時間便可尋回箭枝，不然幾乎每次都得大費周章，就像打高爾夫球，若是在樹籬附近或困難的區域草率發球，便可能落得這種下場。結果他們愈行愈遠，超出平常的範圍，竟然來到庫利走失的原始森林外緣。

「我有個提議，」凱伊說：「我們乾脆到獵場的兔子洞，看能不能抓隻兔子。總比射這些小山丘有趣多了。」

他們接著前往，挑了兩棵相隔百碼的樹，各自站在一棵樹下，等兔子出來。他們靜靜站著，拉好弓也搭上箭，如此才不會因為太多動作而驚擾剛出洞的兔子。對他們來說，要這麼站著並非難事，他們學射箭需要通過的第一道測驗，便是拉著弓站上半小時。兩人各有六枝箭，射出後也都能記住落地處，然後才需冒著把兔子嚇回洞裡的風險，走出去撿回箭。

一枝箭的聲響不大，除了所瞄準的目標之外，不會嚇到別的兔子。

射第五箭的時候凱伊走了運，估算的風量和距離都恰到好處，射出的箭鋒正中一隻年輕兔子的腦袋。牠原本站得直挺挺的，望著他，納悶他是什麼東西。

「哇！射得漂亮！」兩人跑上前抓兔子，小瓦一邊喊道。這是他們有史以來射中的第一隻兔子，說來也是好運，直接就把牠射死了。

他們用梅林送的那把獵刀，小心翼翼取出兔子內臟，這樣才能保持新鮮；又把牠後腳交叉，以便提取，接著便準備帶戰利品回家。不過在解下弓弦之前，他們還要行一種儀式。每個星期四下午，認真射完最後一枝箭後，他們可以再搭一枝箭，直直射入空中，既是揮別的手勢，又是勝利的標記，美極了。現在他們便這麼做，向初次的獵物致敬。

小瓦看著他的箭往上飛，這時夕陽已漸西沉，附近的林蔭為他們披上局部的樹影。箭枝飛越樹梢，攀升進入陽光，映著殘霞，開始燃燒，宛如太陽。箭枝愈飛愈高，與平時放箭不同，它毫不搖晃，一飛沖天，在半空中奔泳著嚮望天堂，箭身穩健，閃著金黃，超群而絕倫。就在它用盡氣力，雄心被命運熄滅，準備暈眩、翻身而後下墜，落入大地母親懷抱時，怪事發生了。

一隻烏鴉疲懶地拍動翅膀，飛在即將到來的黑夜前方。牠飛來了，不曾猶疑，啣起那枝箭後飛遠，身形沉緩，箭啣在喙裡。

凱伊嚇壞了，小瓦卻怒不可遏。他愛極了自己那枝箭的飛行，以及它在夕陽下熱烈燃燒的雄心壯志，更何況，那是他最漂亮的一枝箭。那是唯一有著完美平衡，而且銳利、箭羽緊緻、搭弦精準，既無彎折，也未曾刮損的一枝箭啊。

「一定是哪個巫婆搞的鬼。」凱伊說。

第七章

每週有兩天下午要練習長矛比武和騎術，這是當時紳士教育中最重要的兩項。一談到運動，梅林就開始抱怨，他說這年頭只要能把別人從馬上打落，大家就當你是受過教育的人啦；他又說，學術式微，正是對於運動的狂熱——這年頭的學術風氣和他小時候不能比啦，所有公立學校都被迫降低標準——曾是長矛比武選手的艾克特爵士卻說，人家克雷西之戰[1]可是在卡美洛的比武場上打贏的咧。這可把梅林氣壞了，他讓艾克特爵士連續鬧了兩晚風溼才放過他。

長矛比武是一門高深的藝術，需要勤加練習。兩名騎士比試時，右手持矛，騎馬面對面衝鋒；對兩人而言，對手都是出現在左側。事實上，長矛基部的握柄是在對手衝來方向的外側，有些人可能會覺得長矛拿錯邊了，比如說習慣用狩獵短鞭開門的人。但這是有原因的。第一，這意味著盾牌在左手上，所以兩人對衝時盾牌碰盾牌，彼此都保護得很嚴密。這同時也意味，如果你不確定自己能否用矛尖將對方從馬上刺落，也可以拿矛橫掃過去，用矛的側邊將他打落。這當然是長矛比武中最低下也最無技巧可言的一種打法。

優異的長矛比武高手，像是藍斯洛或崔斯坦，一定都用矛尖刺，因為能提早發動攻擊，不過技術差的人很容易刺空。如果一名騎士一開始便橫握長矛，準備將對手掃落馬鞍，那麼持矛向前的對手在兩人相距足足有一枝長矛那麼遠的距離時，便已經能把他刺下馬了，他根本來不及掃。

要怎麼握矛才能準確刺中，也是一門學問，若是彎身貼著馬背，死命抓緊長矛，準備承受劇烈撞擊，那一定沒用。由於坐騎拔腿狂奔，你要是這麼僵硬地握著，矛尖必然會隨馬兒的每個動作上下搖晃，幾乎不可能刺中。相反，你應該放鬆身體坐在馬上，自然地握著矛，隨馬兒的律動調整平衡。等到真正要出手了，這才雙膝夾緊馬肚，全身重量往前傾；除了原先派上用場的食指和拇指，還要指掌並用抓緊長矛，右手肘緊貼身側以支撐矛柄。

再來是長矛的尺寸。手持百碼長矛的人，自然能在手持十或十二呎長矛的人靠近前便遠遠將他擊倒。但是百碼長矛沒人造得出來，即使造出來，也沒人拿得動。比武者得找出他得心應手的最長距離，又能兼顧最快的速度，就此堅持下去。就拿藍斯洛爵士為例吧，這故事之後會講到他；他有好幾枝不同尺寸的長矛，會視情況，選擇不同長短上陣。

究竟要刺向敵人哪個部位，也要特別注意。野森林城堡的兵器庫裡，有一大幅畫，上面畫了一名全副武裝的騎士，圈出他身上所有的弱點。這些弱點因盔甲的樣式而異，所以你必須在衝刺前仔細觀察對手，找出弱點。當時最厲害的武具師傅都住在瓦林頓，現在也還住在那一帶。高明的武具師傅會謹慎地將盔甲所有面朝前方，或可能遭刺的部位都做成凸面，矛尖刺中時便會滑開。有趣的是，哥德式盔甲的盾牌卻多半做成凹狀。讓矛尖停在盾牌上比較好，若是向上或向下滑開，可能會擊中鎧甲更脆弱的部位。要把人刺下馬，最佳擊點就是頭盔的頂飾，假如對手愛好虛榮，裝了個大大的金屬裝飾，矛尖便可在其兩側的摺翼和羽飾找到良好的著力點。喜歡配戴頭盔頂飾的人還不少，除了熊和龍的雕像，還有船艦或城堡形狀，但藍斯洛爵士要不完全不戴頂飾，要不飾以一束長矛無法著力的羽毛，又或者，在某次特殊場合，他的頂飾是一截仕女的袖子。

1 Battle of Crecy，英法百年戰爭早期著名戰役。西元一三四六年，英王愛德華三世率軍重挫統領法軍的菲力普六世。

兩個小夥子必須學習的正統長矛比武細節繁多，詳述會太占時間；在那個年代，要精通一種技藝得從頭學起。你要知道哪種木料最適合製作長矛、原理，甚至還要定期轉動長矛，才不會斷裂或彎折。武器和護具有上千個爭論難解的問題，他們全都得知道。

艾克特爵士的城堡外就是一座專用的比武場，不過自凱伊出生以來，還不曾舉辦過比武大會。那是一片綠油油的草地，草坪修剪得很短，周圍還有高升的長草斜坡，帳棚可以搭在那裡。場邊有一座老舊的木頭看臺，用支架墊高，是為女士們搭建的。目前比武場只拿來練習使用，場子一端立了個旋轉人偶矛靶，另一端則有個槍環。這矛靶是個以木頭刻的撒拉遜人[2]，安在一根竿子上，臉塗成亮藍色，一把紅鬍子，還有怒視的雙眼。它左手拿著盾牌，右手持一把扁平的木劍。如果你擊中它的額頭正中間，那沒問題，但要是你的長矛刺到盾牌或左右兩邊任何一處，它便會迅速旋身，通常會在你騎馬衝過，一邊閃躲時狠狠給你來上一記。它身上的塗漆有些刮損，右眼上方的木頭都被挑起來了。槍環是個尋常鐵環，用繩子吊在一座類似絞架的架子上。如果你能一槍刺進鐵環，繩子會被扯斷，你便可以拿著串了鐵環的長矛，得意地揚長而去。

秋日將近，天氣好久沒這麼涼爽了，兩個男孩、武具師傅和梅林正在比武場。這位武具師傅同時也是城堡的警衛官，他是個一板一眼的紳士，皮膚蒼白，但精力充沛，小鬍子還上了蠟。他平時走路總是趾高氣揚地挺著胸，活像隻球胸鴿，而且一有機會就喊著：「預備，一——」他費很大力氣收緊小腹，可是因為被突出的胸膛擋住，看不到自己的雙腿，走路時常跌倒。他總是抖動著肌肉，讓梅林十分不快。

小瓦躺在梅林旁邊，他們置身看臺陰影裡。他正忙著抓身上的秋蟎。有鋸齒的小鐮刀才剛收起來，割好的麥子八束一堆，立在這時節高大的麥田殘株裡。小瓦身上到現在還會癢，肩膀也痠，還有一隻耳朵熱辣辣的，因為剛才槍靶練習時刺偏了，而平時練習刺槍自然是不穿護甲的。小瓦很慶幸現在輪到凱伊上陣，他睏倦地躺在涼蔭裡打著瞌睡，搔著癢，像狗一樣扭來扭去，心不在焉地觀看。

梅林坐著，背對場上所有的運動，正在練習一個他忘記的法術。這法術本來能讓警衛官的鬍子統統伸直，但現在只能攤直一根鬍子，警衛官根本沒注意到。每次梅林施展法術，他便漫不經心地再把鬍子捲回去，氣得梅林大罵：「該死的！」接著又從頭開始。一回他出了錯，結果警衛官兩隻耳朵拍動了幾下，他吃驚地朝天空看了一眼。

警衛官的聲音在無風的空氣裡飄動，遠遠從場子另一頭傳過來。

「哎，凱伊少爺啊，這可不成！您看好了，您看好啦，這長矛得用右手的拇指和食指夾著，盾牌呢要和褲子的縫線成一直線……」

小瓦揉揉痠疼的耳朵，嘆了口氣。

「你在發什麼愁？」

「我沒發愁，我在想事情。」

「想什麼事情？」

「哎喲，沒什麼啦！我在想凱伊學習當騎士。」

「那你可有得愁了！」梅林怒道：「這年頭到處是沒腦袋的獨角獸，拿根棍子把別人推下馬，就大搖大擺說自

2 Saracen，與十字軍對抗的阿拉伯人或回教徒。

己受過教育啦！我想到就煩！哼，艾克特爵士怎不給你們找個去她的比武高手當家教？像人猿一樣盪來晃去的，我看他還開心點！找個正直出了名又享譽國際，拿遍歐洲所有大學一級優等學位的魔法師做什麼？諾曼貴族就是這點討厭，滿腦子只有運動，沒錯，滿腦子只有運動啊！」

他憤慨地停了下來，然後故意讓警衛官的雙耳整齊劃一地緩緩拍動兩次。

「我不是在想這個，其實我是在想，如果能像凱伊一樣當騎士，不知該有多好！」小瓦說。

「這個嘛，那你也不用等太久，是不是？」老人不耐煩地問道。

小瓦沒答話。

「是這樣吧？」

梅林轉過身，透過眼鏡仔細端詳面前的男孩。

「又怎麼啦？」他凶巴巴地問，觀察到徒弟正努力不哭，他要是口氣溫和點，徒弟恐怕會忍不住真流下淚。

「我當不成騎士的。」小瓦冷冷地說。梅林的策略成功了，這下他一點也不想哭，只想踢梅林一腳。「我不是艾克特爵士的親生兒子，騎士哪有我的分？當騎士的人是凱伊，我只有當他侍從的命。」

梅林轉過身，但他眼鏡下的雙眼卻是神采奕奕。「那真可惜。」他說，話中不帶一絲憐憫。

這時小瓦一股腦說出了所有想法。「噢，」他叫道：「真希望我有親生爹娘，那我就可以當個遊俠騎士了！」

「你會怎麼做呢？」

「我會有一套閃亮的盔甲，十二根長矛，還有一匹十八掌幅呎[3]高的黑馬，我要自稱『黑騎士』，守在井邊或是淺灘之類的地方，想經過的騎士都得為自己仕女的名譽和我決鬥，我會先把他們打得大敗，然後放他們一馬。我整年都要搭帳棚住在野外，什麼都不幹，成天就和人比武、到處冒險，前去比武大會拿冠軍，而且我絕不告訴別人我的名字。」

「你太太恐怕不會喜歡這種生活。」

「哼，我才不娶太太呢！她們笨透了。」

「可是我會有個心上人，」這個未來的騎士有些困窘地補充：「這樣我才能把她的信物綁在頭盔上，為了她的名譽建立豐功偉績。」

一隻大黃蜂嗡嗡飛過兩人中間，從看臺下飛進陽光。

「想不想看看真正的遊俠騎士？」魔法師緩緩說道：「怎麼樣，就當作是給你上課？」

「想！當然想！我們這裡連比武大會都沒辦過呢。」

「我想應該是可以安排的。」

「啊啊，拜託！您可以帶我去，就像您上次把我變成魚那樣！」

「我想這多少有些教育意義。」

「非常有教育意義，我想不出還有什麼比觀看真正的騎士決鬥更有教育意義了。噢，請帶我去吧！」

「你有沒有特別想看哪個騎士？」

3 約為十公分，測量馬匹高度的單位。

「派林諾國王！」他不假思索便說。自從森林中那段奇遇，他一直對這位紳士念念不忘。

梅林說：「那好。把手放在身體兩側，肌肉放鬆。卡布利西亞、卡塔拉慕斯、辛古雷勒特、諾米拿地法、黑克慕撒。閉上眼睛，不許睜開。波拿斯、波那、波怒。我們走吧。德悠斯、桑克德斯、艾斯涅、歐雷修、拉丁那斯？埃田、正是、夸列？為啥？主詞偕同形容詞乃於陰陽性變格與單複數詞性上必須符合等等諸如此類。我們到了。」

他念咒時，小瓦有些異樣的感覺，起先他還能聽到警衛官朝凱伊大喊：「哎，不成、不成哪，腳跟站穩，用屁股的力量轉身。」接著聲音愈來愈小，像是以錯誤的方式，拿著望遠鏡看自己的腳，他開始在一個圓錐體內旋轉，彷彿置身漩渦的端點，就要被吸進空氣裡。只聽一陣巨大、不斷迴旋的噪音和嘶嘶聲，不斷升高，形成一個龍捲風，他簡直承受不住了，最後一切歸於寂靜。梅林說：「我們到了。」這些事持續的時間相當於一枚廉價火箭噴火升空，於最高點翻身朝下，然後在一聲轟隆下散落成星火。他睜開眼睛的時間，恰好就是聽到那看不見的木棍墜地的時候。

他們躺在野森林中的一棵山毛櫸樹下。

「我們到了。起來拍拍衣服。」梅林說。

「我想那一位呢，」魔法師繼續說，他口氣很滿足，因為咒語總算沒出錯。「就是你的朋友派林諾國王了，他正穿過平原朝我們這來哪。」

「哈囉，哈囉！」派林諾國王高喊，面甲開了又闔。「我說這可是家裡有羽毛床的孩子啊？是不是？啥？」

「是啊，就是我。」小瓦說：「很高興見到您。您抓到尋水獸了嗎？」

「沒有，沒抓著。哎，快過來吧你這母狗，少在樹叢裡磨蹭了。喳、喳！調皮鬼、調皮鬼！老是愛亂跑，你知道吧，唅？就只想抓兔子！都跟你說了，裡頭沒東西，你這壞狗！喳、喳！得了吧！哎，聽我的話，快過來吧！」

「她從沒聽話過。」派林諾國王又補充。

這時獵犬從灌木叢中趕出一隻雉雞，雉雞狂拍翅膀，一溜煙逃走了，狗兒興奮得拖著繩子，繞主人跑了三、四圈，彷彿得了氣喘似的粗聲喘息。派林諾國王的坐騎耐著性子，站在原地，任由狗繩纏繞四腳，梅林和小瓦還得抓住母獵犬，解開繩子，才能繼續談話。

「我說啊，可真是謝謝你們。你介紹一下這位朋友吧，唅？」派林諾國王說。

「這是我的家庭教師梅林，他是一位偉大的魔法師。」

「您好哇！一直想認識魔法師。事實上認識誰都好，在冒險途中可以打發時間啊，唅！」國王說。

「萬福。」梅林以他最神祕的語氣說。

「萬福。」國王答道，急著想留下好印象。

他們握了手。

「您剛才可是說『萬福』[4]？」國王問道，同時焦躁地張望。「我自個兒是覺得天氣會轉好的。」

「他的意思是：『您好嗎？』」小瓦解釋。

「啊，對，您可好哇？」

他們再度握手。

4　問候語「萬福」和「下冰雹」的英語是同一個字：「hail」。

「下午好！」派林諾國王說：「您覺得這會兒天氣怎麼樣？」

「我看這是個高氣壓。」

「啊，對！是個高氣壓。嗯，我看我也該走了。」國王說。

這時國王劇烈顫抖，面甲又開闔了數次，他咳著嗽，把轡繩絞成一團，大叫：「對不起，您再說一遍？」並且似乎準備快馬逃走。

「他是白魔法師，您不用怕，陛下，他是我最好的朋友，而且他法術常不靈光。」小瓦說。

「啊，對，」派林諾國王說：「白魔法師，啥？世界可真小，是吧？您可好哇？」

「萬福。」梅林說。

「萬福。」派林諾國王說。

他們三度握手。

「如果我是你，我不會走。因為格魯莫．格魯穆森爵士正要來向您挑戰，以長矛比武一決勝負。」魔法師說。

「喲，您這話可當真？這叫什麼來著的爵士要來同我比武？」

「一點不錯。」

「可有讓步[5]？」

「我看應該沒讓。」

「哎，我得說，」國王大叫：「不雹則已，一下傾盆啊[6]！」

「萬福。」梅林說。

「萬福。」派林諾國王說。

「萬福。」小瓦說。

「現在起我可不能跟人握手啦，我們得假裝彼此都認識才行。」國王宣布。

「格魯莫爵士真的要來嗎？」小瓦急忙改變話題：「他真要來挑戰派林諾國王嗎？」

「看那兒。」梅林說。其餘兩人望向他手指的方向。

格魯莫．格魯穆森爵士穿了全副甲冑，策馬穿過草地，向他們跑來。他沒戴平常的護面頭盔，換上正式的比武頭盔，看起來像個大煤筐，邊跑還吭啷作響。

他唱著以前的校歌：

我們拿長矛比賽
穩坐馬背如泰山
我們對母校的愛
世上什麼也斬不斷
跟上、跟上、跟上

5 handicap，現代運動中優劣懸殊過大時，給予優者不利條件，例如高爾夫球賽時從實力差者總桿數中扣除一定數量，或賽馬時優者讓劣者先跑一段距離。用於此處，彷彿長矛比武也是一種現代運動，是時空錯亂的用法。

6 原文「It never hails but it pours」改自英文俗諺「不雨則已，一雨傾盆」（It never rains but it pours）。

直到盾牌噹噹響
隨著鐵錚錚男子漢響叮噹

「老天，我兩個月沒有正式與人長矛比武了。去年冬天，他們慫恿我打了十八場，那時他們有了新的讓步規則呢。」派林諾國王喊著。

他說話時，格魯莫爵士到了，而且認出小瓦。

「早安，您是艾克特爵士的男孩，對吧？戴著蠢帽子那傢伙是誰啊？」格魯莫爵士說。

「這是我的家教，」小瓦連忙道：「魔法師梅林。」

格魯莫爵士打量著梅林。在當時真正的比武階級眼中，魔法師只不過是中產階級。他冷淡地說：「啊，原來是個魔法師。您可好？」

「這位是派林諾國王。」小瓦為他們引介，「格魯莫．格魯穆森爵士，派林諾國王。」

「您可好？」格魯莫爵士問道。

「萬福，」派林諾國王說：「不，我是說不會下冰雹，對吧？」

「天氣挺好的。」格魯莫爵士說。

「是啊，挺好的，不是嗎，啥？」

「今日在探險啊？」

「噢，可不是嘛，謝謝您。您知道嘛，總是在探險，找那隻尋水獸嘛。」

「有意思啊，這差事，真有意思。」

「是，真是有意思，您要不要瞧點糞煤啊？」

「我的老天，當然好，就來瞧瞧糞煤吧。」

「我家裡還有些更好的，不過這些也很夠瞧了，說真的。」

「哎呀，這就是她的糞煤！」

「這啊，這就是她的糞煤。」

「這糞煤真有意思。」

「是，真是有意思，不是嗎？可總是會厭煩的。」派林諾國王補充。

「哎哎，這天氣實在挺好的，您說是吧？」

「是，挺好的。」

「我說咱們還是來比試一場，啊，啥？」

「是，咱們還是來一場吧，」派林諾國王道：「認真的。」

「那咱們要以什麼名目呢？」

「喔，我看就依照慣例吧。你們哪位行行好，幫我換上比武頭盔。」

他們三人後來都得幫忙，因為國王早上急著起身，把螺帽和螺釘都旋錯了，他們得先全部旋開，同時拿下他原本戴的頭盔，換上比武頭盔也是一件大工程。比武頭盔非常大，像個油桶，裡面墊了兩層皮革，還有三吋厚的乾草。

準備就緒，兩名騎士便各據草地一端，朝對方前進，並在中央相遇。

「好騎士，可願告知汝名？」派林諾國王說。

「待吾思量。」格魯莫爵士依照慣例回答。

「此話大為不敬，」派林諾國王道：「啥？既為騎士，若非有愧，當無所懼，可直告其名。」

「即便如此，吾決定此時不讓汝知吾名，多問無益。」

「那麼虛偽之騎士，您得停留此地，與吾長矛比試。」

「派林諾，您是不是說錯了？」格魯莫爵士問：「我記得是『汝將』。」

「噢，真對不住啊，格魯莫爵士！沒錯，我這就改。虛偽之騎士，汝將停留此地，與吾長矛比試。」

兩位紳士不再多說，分別回到空地兩端，長矛就位，準備展開第一回合比試。

「我們最好爬到樹上，比武過程會發生什麼事，誰也說不準。」梅林說。

他們爬上那棵高大的山毛櫸，枝幹向四面八方伸展，小瓦攀上一根離地約十五呎高的光滑粗枝，爬到視野良好的末端。坐在山毛櫸看臺上最舒服了。

要描繪這時正發生的驚險搏鬥，得先說明一件事。在那個年代，或說在盔甲最重的年代，穿著全副盔甲的騎士，等於背負了和自己一樣重的金屬，甚至還更重。一般來說，他全身至少重一百四十公斤，有時還可能重達一百六十。也就是說，他的坐騎必然是一匹行動遲緩，且能負載極大重量的馬，像是現代的耕作馬，同時也因為受到那一身鐵甲和護墊的阻礙，他們的速度大幅延緩，彷彿電影裡的慢動作。

「他們開打了！」小瓦高喊，興奮地屏住呼吸。

兩匹笨重的戰馬莊嚴地緩緩邁開步伐。原本直指天空的長矛，此時也放低至水平，指著對手。看上去派林諾國王和格魯莫爵士正拚著老命，用腳跟猛踢馬肚，幾分鐘後，那兩隻壯觀的動物便踉蹌跌步，開始一場驚天動地，勉強稱得上快跑的旅程。

馬兒往前衝，一邊發出噹啷、轟隆、砰砰聲，兩名騎士擺動著手肘和雙腳，一片片陽光因此射在馬鞍上。節奏突然一轉，格魯莫爵士的坐騎明顯放慢了腳步，不久派林諾國王的馬亦然。那真是一幅駭人的奇觀。

「噢，我的天！」小瓦高喊，心中暗自覺得羞慚，這兩位騎士之所以在此比武，全是因為他的嗜血。「他們會不會殺死對方呀？」

「這是很危險的運動。」梅林搖頭道。

「就是現在！」小瓦叫道。

只聽一陣令人血液凝結的鐵蹄聲，兩名威猛的騎士交手了。他們的長矛在對方頭盔附近幾呎晃了片刻──雙方都選擇了困難的刺擊──便錯身而過，各自前衝。格魯莫爵士將長矛刺進他們這棵山毛櫸的樹幹，停住不動；派林諾國王則一路直衝，直至完全消失在他背後。

「現在可以看了嗎？」小瓦問道，他在緊要關頭閉上了眼睛。

「安全得很，他們得花點時間才能再次就定位。」梅林說。

「哇啊，哇啊，我說！」派林諾國王模糊的聲音從遠遠的荊豆叢裡傳來。

「嘿，派林諾，嘿！」格魯莫爵士大喊：「回來啊，好傢伙，我在這兒哪！」

接下來暫停了好一會，兩位騎士重新調整位置。於是派林諾國王站在他原本位置的對面，與格魯莫爵士交換了起步位置。

「好個奸逆的騎士！」格魯莫爵士大喊。

「投降啊，懦夫！啥？」派林諾國王叫道。

他們再次放平長矛，策馬衝鋒。

「噢，他們可別傷到自己才好啊！」小瓦說。

兩匹馬都耐著性子，趺趺撞撞朝對方跑去，兩名騎士也不約而同決定用橫掃式攻擊對手。他們各自將長矛由右往左掃。小瓦還來不及說什麼，只聽一聲嚇人卻又悅耳的重擊，吭啷！擊中盔甲，就像公車撞上鐵匠鋪。比武者雙雙趺坐草地上，坐騎則各自朝前緩步跑開。

「趺得漂亮。」梅林說。

責任已了的兩匹馬停下腳步，無奈地啃起草。派林諾國王和格魯莫爵士坐在原地，直直看著前方，腋下夾著對方的長矛。

「呼！好一場大戰！目前看來他們倆都沒事。」小瓦說。

格魯莫爵士和派林諾國王吃力地爬起來。

「防禦吧！」派林諾國王大叫。

「願上主救汝！」格魯莫爵士喊道。

說完他倆拔劍朝對方衝去，因為力道過猛，只在對方頭盔上敲了一下，便往後趺坐在地。

「啊！」派林諾國王大叫。

「呼！」格魯莫爵士高喊，也跟著坐下。

「發發慈悲！好一場激戰啊！」小瓦驚叫。

兩名騎士這時都動了氣，一場惡鬥隨即展開。然而情緒影響不大，因為他們全身裹滿金屬，根本無法造成多大傷害。他們得花好長的時間才能起身，而當你全身重達八分之一噸時，揮劍攻擊實在是件苦差事。所以觀者能看得清清楚楚決鬥的每個階段，還有時間加以探討。

第一階段，派林諾國王和格魯莫爵士面對面站了大約半個小時，互相痛擊對方的頭盔。由於每次只能一人出手，他們等於是輪流來，格魯莫爵士從攻擊中恢復時，派林諾國王便出手，反之亦然。一開始，假如有一人掉了劍或卡在地上，就得耐著性子笨拙摸索，或試圖拔出來，對手可以趁機多敲個幾下。後來他們抓到節奏，就像玩具機械人鋸聖誕樹似的你來我往。經過這一連串單調的運動，他們逐漸恢復了好脾氣，也開始覺得無聊了。

經過雙方同意，第二階段的比武規則稍有改變。格魯莫爵士步履維艱地走到空地一端，派林諾國王也拖著沉重的腳步走到另一邊。兩人前後搖晃了幾下，調整重心。若是太向前傾，他們必須往前跑才能維持平衡；反之若是太向後仰，則會跌坐在地。也就是說，連走路都是一件麻煩事。待雙方各自將重心適當分配向前，恰好到了要失去平衡的程度，他們便邁開步伐跑了起來，如此才不致跌倒。他們撞成一團，像兩頭野豬。

他們在空地中央迎面對撞，撞擊聲有如船難，又像巨大的鐘響。兩人往後一彈，跌了個四腳朝天，就這麼躺了半晌，喘著氣，才遲緩地想辦法起身，而且顯然兩人火氣又上來了。

派林諾國王不僅動了肝火，對撞擊的力道也有些吃驚。他站了起來，卻搞錯方向，找不到格魯莫爵士。這倒是情有可原，畢竟他只能從一條細縫向外窺探——而且因為墊了稻草墊，眼睛離細縫足足有三吋。他一副摸不著頭緒的樣子，或許是把眼鏡跌破了。格魯莫爵士趕緊把握良機。

「看招！」格魯莫爵士大喊，趁那倒楣的國王左右張望，往他頭上狠狠敲了一記。

派林諾國王氣呼呼地轉身，卻跟不上對手。對方早已繞了個圈，依舊站在他背後，又在同樣的地方猛力一擊。

「你在哪裡？」派林諾國王問道。

「在這兒哪！」格魯莫爵士叫道，又給了他一記。

可憐的國王連忙旋身，但還是讓格魯莫爵士溜掉了。

「在你後面啊！」格魯莫爵士喊著，又是一下重擊。

「你這下流的傢伙！」國王說。

「迎頭痛擊啊！」格魯莫爵士回道，狠狠敲了下去。

早先那一下猛烈的碰撞，再加上後腦遭連續痛打，還有個捉摸不定的對手，這時的派林諾國王可真是糊塗了。

他在接連不斷的重擊下前後搖晃，虛弱地揮動雙手。

「可憐的國王，他不該這麼打他的。」小瓦說。

彷彿實現他願望似的，格魯莫爵士暫時停了手。

「汝乞和否？」格魯莫爵士問道。

派林諾國王沒有回應。

格魯莫爵士補上一記重擊，又說：「你若是不乞和，我就砍了你的腦袋！」

「我不要。」國王道。

噹！寶劍砍在他的頭頂。噹！又擊中一次。噹！第三次。

「乞和。」派林諾國王說，簡直像在說悄悄話。

就在格魯莫爵士品嘗勝利的果實，鬆懈下來時，派林諾國王轉過身大喊：「絕不！」接著朝對方胸膛正中央猛力一推。

格魯莫爵士應聲倒地。

「哎呀！竟然使詐啊！真想不到他會做出這種事！」小瓦驚叫。

派林諾國王立刻坐在手下敗將的胸膛上，如此一來總共是四分之一噸重，壓得格魯莫爵士完全動彈不得。接著他動手解下格魯莫爵士的頭盔。

「你已經乞和了！」

「我說乞和，然後小聲說絕不。」

「你要詐！」

「沒有。」

「你這下流胚子！」

「我不是。」

「你是！」

「我說絕不乞和。」

「你明明說乞和。」

「不，我沒有。」

「你有。」

「不，我沒有。」

「你有。」

這時格魯莫爵士的頭盔被解開了，只見他頂著一顆光頭，瞪著派林諾國王，氣得臉都紫了。

「奸徒，汝速速投降！」國王說。

「門都沒有！」格魯莫爵士說。

「你非投降不可，否則我便砍了你腦袋。」

「那就砍吧！」

「哎，別這樣，你也知道頭盔沒了就得投降嘛。」國王說。

「見鬼！」

「那我只好砍你腦袋了。」

「要殺要剮隨便！」

國王裝腔作勢地揮著劍。

「來吧，」格魯莫爵士說：「我看你敢不敢動手！」

國王垂下劍說：「唉，我說你就投降吧，算我求你。」

「那你投降。」

「那怎麼成，再怎麼說都是我騎在你上頭，你說是吧，啥？」

「哼，我忘記要怎麼投降了。」

「哎，得了吧，格魯莫。你再不投降，我就真當你是個下流胚子了。你也知道我不可能真的砍你腦袋。」

「我絕不向乞和之後又動手的騙子投降。」

「我不是騙子。」

「你是。」

「我不是。」

「你分明就是。」

「好吧，」派林諾國王說：「你不妨起來戴上頭盔，咱們倆好好打一場，我可不准別人叫我騙子。」

「騙子！」格魯莫爵士說。

他們站起身，手忙腳亂地要戴上頭盔，一邊沒好氣地說著「不，我不是。」「你明明就是。」一直鬧到戴好頭盔才停下來。兩人分別回到草地兩端，調整重心，像兩部出軌的電車一般轟隆隆朝對方衝去。

不幸的是，這時他們氣急敗壞，再也顧不得仔細，怒火攻心之下，居然雙雙錯過對手。由於連人帶盔甲的衝勢太猛，一直到衝過對手好遠才停得下來，各自轉身時陰錯陽差，正好誰也沒瞧見誰。這時在旁觀看非常有趣，派林諾國王有了遭人從背後偷襲的教訓，不停轉圈想看背後，格魯莫爵士則因為自己用過這招，也做著相同的事。他們就這麼亂晃了五分鐘，站立不動、屏息靜聽、噹噹作響、或蹲或爬、凝神注目、踮腳走路、不時又像賭運氣似的朝背後揮個一下。有回他們背對著背，離對方只有幾呎，卻躡手躡腳，萬分謹慎地朝反方向走開去了。還有一次，派林諾國王反手一劍恰好擊中格魯莫爵士，可是兩人立即旋身又旋身，把自己弄得頭暈目眩，又摸不清對手在哪了。

過了五分鐘，格魯莫爵士道：「好啦，派林諾，別躲了，我瞧見你了呢。」

「我可沒躲！」派林諾國王憤慨地大叫，「你倒說說我在哪？」

他們找到對方，面對面欺了上去。

「下流胚子！」格魯莫爵士罵道。

「才怪！」派林諾國王說。

他們轉過身，大跨步走回各自的角落，氣得火冒三丈。

「騙子！」格魯莫爵士大喊。

「流氓！」派林諾國王吼回去。

罵完後，他們又使出渾身解數，準備一決死戰。他們身體前傾，像兩頭雄山羊般低下頭，全速向對方衝刺，要發出致命一擊。唉，只可惜他們瞄準地太差，離對手足足差了五碼。他們以蒸汽全開、至少八節[7]的速度交錯而過，有如夜間交會卻未通話的船隻，各自衝上絕路。兩名騎士像風車一樣，逆時針方向揮動手臂，想減緩速度，卻徒勞無功。他們以絲毫未曾稍減的高速，雙雙往前衝去。格魯莫爵士先一頭撞上小瓦所在的山毛櫸，派林諾國王也撞上空地彼端的栗子樹。枝幹搖晃，森林為之震動。黑鶇和松鼠咒罵不絕，半哩外的林鴿也飛離牠們樹蔭裡的棲所。兩名騎士靜立不動，剛好是旁人可以從一數到三的時間，然後在悅耳的盔甲碰撞聲中，兩人同時倒地，俯臥在那致命的青草地上。

「我看他們是暈了。」梅林說。

「噢，我的天，我們是不是該下去幫幫他們？」小瓦說。

「如果我們有水，」梅林直覺應道：「可以拿水淋在他們頭上。但要是把盔甲弄生鏽了，他們不會感謝我們。他們不會有事的。而且我們也該回家了。」

「但他們說不定死了呀！」

「他們沒死，我知道的。過幾分鐘他們便會醒來，回家吃晚餐。」

「可憐的派林諾國王無家可歸。」

「格魯莫爵士會留他過夜，等他們醒來，照樣是哥倆好，都是這樣的。」

「您真的這麼認為嗎？」

「我的好孩子，我可清楚了。閉上眼睛，我們走了。」

小瓦向梅林過人的智識屈服了。「您覺得，」他閉著眼睛問道：「格魯莫爵士家可有羽毛床？」

「應該有的。」

「那就好，那對派林諾國王會很好，雖然他現在撞暈了。」

拉丁咒語念了，祕密手勢也做了，火車頭煙囪般的呼嘯聲和空間承接了他們。兩秒鐘後，他們便躺回了看臺下，警衛官的聲音正從比武場另一頭傳過來：「不行啊，小亞少爺，不行。您在那兒打盹也夠久了。來來，到太陽底下跟凱伊少爺比畫比畫，一二、一二！」

7 knot，速度單位，每小時約 1.852 公里，八節約為時速十五公里。

第八章

那是個八月末偶有的溼冷夜晚。小瓦待不住屋裡，跑去狗舍和卡威爾說話，又晃進廚房幫忙轉烤肉叉，但那裡太熱了。他並非讓雨給困在屋裡，也不像我們這一代許多不幸的孩子那樣，受女性長輩所管制。是因為外面溼淋淋又陰沉沉，他才不想出去。他正跟所有人賭氣呢。

「這混小子，」艾克特爵士說：「看在老天分上，別杵在窗邊愁眉苦臉了，去找你的家庭老師。我還是個孩子時，一到下雨天就是讀書，嘿，好好矯育我們一番。」

「小瓦是笨蛋。」凱伊說。

「噯，自個兒玩去吧，我的小鴨鴨，」他們的老奶媽說：「我沒空照顧你啊寶貝，我還有這堆衣服要洗哪。」

「我說，小少爺，您還是回房去吧，別找鳥兒麻煩了。」哈柏說。

「不行，不行，不行呀！」警衛官說：「去去去，我幫這要命的鎧甲上油還不夠忙嗎？」

他回到狗舍，想不到連狗童也對著他吠。

小瓦拖著步子，走上高塔房間，梅林正忙著給自己織一頂羊毛睡帽，準備冬天戴。

「我每隔一行，就將兩針收成一針，但不知什麼緣故，最後變得太尖了，像個洋蔥。每回都是在翻面的時候出錯。」魔法師說。

「我想我該受點矯育。可我不知道該做什麼。」小瓦說。

「你以為沒事做才要受教育嗎？」梅林生氣地問道；他自己心情也不好。

「嗯，某些教育是吧。」小瓦說。

「意思是跟我受教育囉？」魔法師眼裡閃著怒色。

「噢，梅林！」小瓦沒回答他的話，喊著：「請您找點事情讓我做吧，我覺得糟透了。雨下成這樣，整天都沒人理我，我不知道該怎麼辦了！」

「你該學著打毛線。」

「我可不可以變成魚？或是別的動物？」

「你變過魚了，肯上進的人一件事不用學兩次。」梅林道。

「嗯，那我可以變成鳥嗎？」

「如果你稍微有點常識，就會知道鳥不喜歡在下雨天飛行，羽毛會打溼、黏在一起，弄得一團糟。顯然你沒常識。」

「我可以變成哈柏鷹棚裡的獵鷹，」小瓦堅定地說：「那我就可以待在屋裡，不會淋溼。」

「想變成獵鷹啊？野心可真不小。」老人說。

「您明明隨時可以把我變成老鷹，」小瓦大叫，「可您偏要拿下雨天來尋我開心，哪有這樣的！」

「哎喲，真是！」

「拜託嘛，親愛的梅林，把我變成一隻鷹吧，不然我可要搗亂了，會出什麼亂子不知道喲。」

梅林放下毛線，從眼鏡框上方打量徒弟。「孩子，在我的課程結束以前，你會變成這世界上的任何東西，動物、植物、礦物、單細胞生物甚至病毒，但你得相信我無與倫比的後見之明。你變成獵鷹的時機尚未成熟——比方說哈柏目前還在鷹棚裡餵食呢，所以你先坐下，學著當人吧。」

「好吧，您答應就好。」小瓦說完便坐下了。

幾分鐘後他說：「人可以說話嗎？還是小孩只能坐著不能說話？」

「人人都可以說話。」

「那太好了，因為我想提醒您，您已經連續三行把鬍子織進睡帽了。」

「什麼……？」

「我想最好把您的鬍子末端剪掉。要不要我去拿剪刀？」

「你怎麼不早說？」

「我想看看會發生什麼事。」

「小子，你想被我變成一片麵包拿去烤嗎？」魔法師說。

說著他慢慢解開織進毛線的鬍子，一邊發著牢騷，小心翼翼不要弄鬆任何一針。

「飛行會像游泳那麼難嗎？」小瓦認為家教氣消了才開口。

「你不用飛。我沒打算把你變成戶外的野生老鷹，只是讓你在鷹棚裡待上一晚，和其他鳥講講話。聽專家發言，這就是學習。」

「他們肯講嗎？」

「每天晚上都講，講到大半夜呢。他們講自己是如何被抓的，描繪記憶中老家的模樣，包括自己的家世、祖先的偉大事蹟、訓練的經過、學過的和還沒學的。說穿了就是軍人間的談話，在一流騎兵團的食堂裡都聽得到：戰術、輕量武器、保養、打賭、有名的打獵故事、美酒、女人與歌曲。」

「他們還有一個話題，」他繼續說：「食物。說來令人難過，但一般都是用挨餓的方式訓練他們。可憐的傢伙，老是餓肚子，心裡想著以前光顧過的高級餐廳，想著餐廳裡的香檳、魚子醬和吉普賽音樂。當然了，他們都是出自名門的貴族子弟。」

「被當成犯人，又成天挨餓，真是太可憐了。」

「嗯，他們可不覺得自己是犯人，就和那些騎兵軍官一樣。他們自認獻身軍旅，屬於一個類似騎士團的組織。你瞧，再怎麼說，鷹棚裡只有猛禽類，所以更加深了這個信念。他們知道下層階級混不進來，他們的遮光棲木可不是黑鶇之類的低等鳥類有資格站的。至於挨餓嘛，離餓死還差得遠呢。你也知道，訓練嘛，接受嚴格訓練的人都會想著食物。」

「我什麼時候可以開始呢？」

「如果你想，現在就行。我的真知灼見告訴我，哈柏正好完成今晚的工作。不過你得先決定要變成哪一種獵鷹。」

「我想變成灰背隼[1]。」小瓦禮貌地說。

這答案可討了魔法師歡心。「選得好。如果你準備好，我們這就開始了。」

小瓦從凳子上起身，在家庭教師面前站好。梅林放下了毛線。

1 「灰背隼」與「梅林」的英文都是 Merlin。

「首先你會變小，」他一邊說，一邊按著他的頭，直到他比鴿子還要小一點。「用腳趾著地，膝蓋彎曲，手肘收緊，手舉到肩膀高度，拇指和食指貼緊，中指和無名指也是。看，就是這樣。」

話一說完，老魔法師踮起腳尖示範一遍。

小瓦謹慎地照做，心想不知接下來會如何。梅林其實剛才便偷偷念起咒語，念完後卻把自己變成了一隻兀鷹，小瓦倒是還踮著腳尖站在原地，絲毫沒有改變。兀鷹彷彿站在太陽底下，正想把身子晒乾。他的翅膀張開足足有十一呎，有著鮮橙色的頭和紫紅色的肉冠。他一臉錯愕，看來十分滑稽。

「回來啊，您變錯了。」小瓦說。

「還不就這去她的春季大掃除，」梅林喊著，變回了人形。「只要讓女人進你書房半小時，什麼法術都施不出來了。站起來，我們再試一次。」

這回小瓦發現自己的腳趾向外伸長，刮著地面。他覺得腳後跟隆起，向後突出，膝蓋縮進腹部，腿也變得很短。他的手腕和肩膀之間長出一層皮，初級飛羽從指尖柔軟的藍色翎管裡冒出，迅速變長，次級飛羽則沿著前臂長出，拇指末端還生出一根漂亮的小小偽初級飛羽。

一眨眼功夫，他尾巴上便長出十二根羽毛，中間是複尾羽，背上、胸前和肩膀上的覆羽也從皮膚底下冒出，遮蓋住更重要的羽毛根部。小瓦看了梅林一眼，低頭從兩腳之間往後看，抖抖羽毛，並用一根腳趾的利爪搔起下巴。

「很好，」梅林說：「現在跳上我的手，啊，小心點，別抓太用力，仔細聽我說。既然哈柏已經收工鎖門了，我這就帶你進鷹棚。我會把你鬆開，也不戴頭套，然後放在巴林和巴蘭[2]旁邊。現在聽好了，千萬不要沒吭一聲就靠到人家旁邊。你得記住，他們大多數是戴著頭套的，若是被嚇著，衝動之下可能莽撞行事。你可以信賴巴林和巴蘭，也可以信任茶隼和雀鷹，但除非遊隼夫人邀請你，否則別靠她太近。絕對不要站到庫利的特別隔間旁邊，他沒戴頭套，一有機會就會隔著網子攻擊你。這可憐的傢伙腦袋有點問題，要是讓他抓住，你別想活著脫身。別忘了，你參觀的可是斯巴達式的軍中食堂，這些傢伙都是正規軍，你只是個小小少尉。乖乖閉嘴就好，有人跟你說話才開口，不要插嘴。」

「如果我是灰背隼，應該不只是少尉吧？」小瓦說。

「這個嘛，你的的確確就是個小少尉。你會發現茶隼和雀鷹都很客氣，但無論如何，年長的灰背隼或遊隼夫人講話時，千萬別打岔。夫人是軍團的名譽上校。至於庫利嘛，哎，也是個上校，不過是步兵上校。所以你說話要注意禮貌。」

「我會小心的。」小瓦說。他已經開始害怕了。

「很好，明天一早，趁哈柏還沒起床，我會來接你。」

梅林帶新同伴進鷹棚時，所有鳥兒都靜悄悄的。接下來他們便這麼待在黑暗中，又靜了幾分鐘。雨停了，取而代之的是八月的月光，潔亮得你可以看見門外十五碼的燈蛾毛蟲，看著牠緩緩爬上主堡起伏不平的沙岩城牆。不一會兒，小瓦的眼睛適應鷹棚裡的黯淡光線。黑暗為亮光、銀色的光暈所稀釋，他的視線逐漸明晰，眼前出現一幅奇異的景象。不論獵鷹或隼，均沐浴在銀色月光中，單腳站立，另一隻腳縮在腹部下方，個個都是文風不動的武士雕

2 《亞瑟王之死》之中，巴林（Balin）和巴蘭（Balan）是一對騎士兄弟，最後在決鬥中雙雙為對方所殺。

像，全身披掛鎧甲。他們莊重地站著，頭戴羽飾頭盔，裝了馬刺，手持兵器。一陣風吹來，鳥兒棲木前的帆布或麻布簾幕沉沉掀動，恰似禮拜堂裡張掛的旗幟。他們在如此高貴的氛圍中專注地守夜，像騎士堅忍不拔。當時人們習慣幫所有鳥兒都戴上頭套，連蒼鷹和灰背隼也不例外，這兩種鳥兒現在是不戴頭罩的。

小瓦見了這些儀態威嚴、靜立不動，彷彿是石頭刻的形體，不禁倒抽一口氣。他被群鷹的雍容氣勢所震懾，覺得用不著梅林警告，也知道要表現謙遜、恪守規矩。

一陣清緩的鈴聲響起，大遊隼翅膀一振，用貴族氣派十足的鼻子發出來的高亢鼻音說道：「諸君可以開始發言。」

一陣死寂。

唯一的例外來自鷹棚的偏遠角落，是特別圍起來給庫利住的。他沒有被綁住，也沒戴頭套，正在換羽。他們都聽到這位暴躁的步兵上校低聲發牢騷。「媽底賤胚，」他喃喃念道，「媽底行政，媽底政客，媽底布爾什維克。俺眼前這可是一把媽底匕首啊？刀柄還朝著俺底手啊？媽底職務。俺說庫利啊，你就剩短短一小時可活，以後就要永世不得超生啦。」

「上校，」遊隼冷冷地說：「在年輕軍官面前不要這樣。」

「夫人，俺給您賠不是啊。」可憐的上校立刻說：「您也知道，有東西進到俺底腦袋囉，啥倒大楣底東西。」

又是一陣靜寂，氣氛嚴肅、恐怖而冷靜。

「這位新進軍官是？」先前那個銳利而優美的聲音問道。

無人答話。

「先生，請您自己說吧。」遊隼下令，她直視前方，彷彿在說夢話。

他們戴著頭罩，看不見他的。

「真對不起，」小瓦開口：「我是隻灰背隼……」

然後他便怕得住嘴了。

巴蘭是站在他身邊的正牌灰背隼之一，這時巴蘭靠了過來，親切地在小瓦耳邊說：「別怕，稱她夫人就行了。」

「回您的話，夫人，我是隻灰背隼。」

「灰背隼是吧。很好。你是哪支家系的啊？」

小瓦不曉得隸屬哪支，但他不敢讓人發現自己撒謊。

「夫人，我是野森林城堡的灰背隼。」他說。

此話一出，四周又靜下。那是一種他愈來愈怕的銀光中的寂靜。

「我聽過約克郡灰背隼，」最後名譽上校緩緩說道：「威爾斯灰背隼、北方的麥梅林。還有索斯伯里和愛摩爾荒地那一帶的灰背隼，以及康瑙地區的歐梅林家[3]。我可沒聽說過野森林城堡的灰背隼家族。」

「夫人，我想應該是旁系家族。」巴蘭說。

---

3 此處是故意開地區的玩笑。北方的「麥梅林」（McMerlin）以「Mc、Mac」開頭的姓氏常見於北方蘇格蘭地區；愛爾蘭西北康瑙地區的「歐梅林」（O'Merlin）以「O'」開頭的姓氏則常見於愛爾蘭地區，如歐康納。作者還順便挖苦了英國上層階級喜歡探聽家世，藉以斷定對方是否為「圈內人」的習慣。

「老天保佑他。明天我一定要特別抓一隻麻雀，瞞著哈柏餵他吃。」小瓦心想。

「想必就是如此了，巴蘭上尉。」

寂靜再度降臨。

最後遊隼搖鈴道：「我們先進行問答，再讓他宣誓。」

小瓦左邊的雀鷹聽了這話，緊張地咳了幾聲，但遊隼未加理會。

「野森林城堡的灰背隼，」遊隼說：「何謂足獸？」

小瓦暗自感謝上蒼，幸好艾克特爵士讓他受了第一流的「矯育」，他答道：「足獸指的是馬、獵犬或獵鷹。」

「為何以足獸稱之？」

「因為足力為其重要依靠，所以根據法律，若是傷及獵鷹、獵犬或馬之足，即視作危害其性命。讓馬跛足等於要了牠的命。」

「很好。」遊隼說：「你的首要器官為何？」

「是我的翅膀。」小瓦想了一會兒，胡亂猜說。

話聲一落，在場所有鈴鐺同時叮噹響起。一尊尊塑像顯然倍感氣憤，紛紛放下原本縮起的腳，改為雙足並立站著。

「你的什麼？」遊隼尖叫。

「他說是他媽底翅膀！」窩在私人禁區裡的庫利上校說：「誰敢開口要咱們冷靜就媽底活該倒大楣，真是夠了！」

「連鵪鶉都有翅膀啊！」茶隼叫道，尖聲警告，這是他第一次開口。

「快想啊！」巴蘭悄聲說。

小瓦絞盡腦汁地想。

鵪鶉有翅膀、尾巴、眼睛和腳——顯然什麼都有了。

「是我的爪子！」

經過一段恐怖的停頓後，遊隼和氣地說：「可以了。正確答案是足，就跟先前的問題一樣，不過爪子也行。」

群鷹——這當然是概括的統稱，因為有些是獵鷹，有些則是隼——再度抬起繫鈴鐺的單腳，安心就坐。

「足之第一誡律為何？」

（「仔細想。」友善的小巴蘭隔著偽初級飛羽說。）

小瓦仔細思索，想出了答案。

「絕不放鬆。」他說。

「最後一個問題。身為灰背隼，你要如何殺死體型比你大的鴿子？」遊隼問。

這題算小瓦走運，他聽過哈柏描述巴蘭某天下午是如何辦到的，於是他小心翼翼答道：「用腳勒死牠。」

「非常好！」遊隼說。

「好耶！」群鷹紛紛鼓動羽毛大喊。

「九十分，」雀鷹快速算過一遍後說：「如果爪子那題給他半對的話。」

「魔鬼叫俺倒大楣啦！」

「上校，請自重！」

巴蘭悄悄告訴小瓦：「庫利上校的腦筋不大對勁。我們認為是肝臟出了毛病，可是茶隼說，是因為他事事向夫人看齊，長期承受壓力所致。他說有一回啊，夫人竟然完全照著上對下的階級和他說話，你知道，就是騎兵對步兵。他眼睛一閉，暈了過去，此後就變了個人囉。」

「巴蘭上尉，」遊隼說：「講悄悄話很不禮貌。現在舉行新進軍官宣誓儀式。神父[4]，請開始。」

可憐的雀鷹原本就局促不安，此時更是滿臉通紅，結結巴巴地念出一長串繁複的誓詞，內容涉及腳環、繫腳皮繩和頭罩。「吾以此腳環，」小瓦聽見他說：「授汝……愛、榮譽與服從……直至皮繩磨斷之時。」

但還沒念完誓詞，隨軍神父便徹底崩潰，抽噎著說：「噢，夫人，請您原諒，我忘了留硬骨碎。」

（「硬骨碎就是骨頭之類的東西，」巴蘭向他解釋，「你當然得拿骨頭宣誓。」）

「忘了留硬骨碎？這可是你職責所在啊！」

「……我知道。」

「你都弄到哪兒去了？」

雀鷹泣不成聲地供出了他的滔天大罪。「我……我全吃下肚了。」倒楣的神父哭著說。

沒人說話，這樣怠忽職守太嚴重了，簡直無法以言語形容。群鷹紛紛雙腳站立，雖然看不見，還是轉頭面向罪人。無人說出一句責難之詞。在那長達五分鐘的全然靜默之中，他們只聽神父難以自制的啜泣和打嗝聲。

「既然如此，」最後遊隼開了口：「入會儀式只好延到明天舉行了。」

「容我建議，夫人，」巴林說：「或許今晚我們可以先舉行入會試煉？我相信候選人能夠自由行動，因為我沒聽到他被綁起來。」

小瓦得知試煉，不禁暗自顫抖。他下定決心，明天要給巴蘭吃的那隻麻雀，連一根羽毛都不分給巴林。

「謝謝你，巴林上尉，我也正在思考這件事。」

巴林住嘴了。

「這是慣例。」

「候選人，你可以自由行動嗎？」

「噢，回您的話，夫人，我能自由行動。可是我自覺不想受試煉。」

「我想想，」名譽上校接著沉吟道：「我們上回入會試煉的內容是什麼？巴蘭上尉，你可還記得？」

「夫人，我是在三更時分接受考驗，以繫腳皮繩倒吊。」友善的灰背隼說。

「既然他沒被綁著，就不能這麼做。」

「夫人，您不妨啄他一下，相信您自有輕重。」茶隼道。

「叫他站去庫利上校旁邊，等我們響三次鈴。」另一隻灰背隼說。

「啊，不要啊！」在不遠處的黑暗之中，瘋癲的上校痛苦地喊道。「不要啊，夫人！求求您別這麼做啊。俺是個媽底大壞蛋，夫人，會有什麼後果俺可不敢負責啊。饒了那可憐孩子吧，夫人，不要讓我們陷於誘惑啊[5]！」

4 作者刻意將鷹棚裡的群鷹描繪成英國軍官，此處用的字是「padre」，尤指隨軍神父。

5 【編注】庫利胡言亂語，把主禱文的內容都搬出來了。

「上校，請由您管理。這試煉很合適。」

「啊，夫人，有人警告過我別站在庫利上校旁邊。」

「有人警告你？誰？」

可憐的小瓦明白他得做出抉擇，如果承認自己是人類，便不可能學到他們的祕密，否則就得通過試煉才能完成教育。他可不想當個膽小鬼。

「夫人，我願意站在上校旁邊。」話才出口，他便發現自己語氣頗具挑釁意味。遊隼對他的口氣不予理會。

「那就這麼辦。不過首先我們要先唱讚美歌。神父，如果你沒把讚美歌也吃掉，就請帶我們唱第二十三首試煉讚美歌。」她說。

「還有你，茶先生，」她又對茶隼說：「你最好別出聲，因為你每次都唱得太高音。」

群鷹站在月光下，聽雀鷹數「一、二、三」，接著所有鳥喙齊張，不論彎弧形或長了牙齒的，在他們的頭套裡張開，齊聲大唱：

生命是血，迸出並發散
隼鷹之眼能面對此獵物受難
被獵捕的困獸聞此心安：
死亡的恐懼使我心思騷亂

唯有雙爪緊握是正途
因為肉身脆弱，而足下空無
力量只歸於強壯、高貴與孤獨者
死亡的恐懼讓我昇華喜樂

怠惰者可恥，軟弱者哭泣
見逃的強者必遭凌夷
鮮血為鷹爪與利喙所欲
我們即是死亡的恐懼！

「非常好，」遊隼道：「巴蘭上尉，我覺得你的高音C沒唱準。好了，候選人，你過去站在庫利上校的隔間旁邊，我們會響三次鈴，第三次鈴響後，你愛閃多快都行。」

「好的，夫人。」小瓦說，一肚子不平之氣讓他拋開恐懼。他拍動翅膀，飛到遮光棲木盡頭坐著，隔著網子緊鄰庫利的獨居隔間。

「孩子！」上校以一種怪異的聲音大吼，「別靠近俺！別過來！啊，別讓俺這窮凶極惡底傢伙受誘惑而不得超生啊。」

「長官，我不怕您的。您別煩惱了，我們倆不會有事的。」小瓦說。

「不會有事？聽你鬼扯！啊，快走吧，不然就來不及啦！俺感覺到心裡無境底渴望哪。」

「長官您別怕，只要等他們響三次鈴便行了。」

這時眾騎士放下他們原本高舉的腳，嚴肅地響了第一次鈴。甜美的鈴音迴盪整座鷹棚。

「夫人！夫人啊！」飽受煎熬的上校叫道：「發發慈悲，可憐可憐俺這媽底血腥之徒。舊底快去，新底快來。俺撐不了多久啦！」

「長官，要勇敢啊。」小瓦輕聲說。

「要俺勇敢是吧？哼，不過兩天前吧，俺半夜才在聖馬可教堂後頭小路上遇到公爵，他一邊嚇死人底鬼叫，肩膀上還扛了一條人腿哪。」

「這沒什麼。」小瓦說。

「沒什麼是吧？如果俺說他是隻狼呢？只不過狼皮長在外頭，他長在裡面。割開俺身上底肉看看嘛。啊，拿把匕首來，讓俺死了吧[6]！」

鈴響了第二次。

小瓦的心噗通跳著。上校正沿棲木側身朝他走來。他每走一步，都像痙攣似的緊握木枝，發出踱步聲；那可憐、瘋癲、鬱悶的雙眼在月光下熠熠閃亮，與他困窘、緊皺的雙眉形成的黑暗恰成對比。他其實並不殘忍，也無任何卑劣的感情，並非自居上風，而是對小瓦感到極端恐懼，他是迫不得已要下殺手。

「如果非這麼做不可，」上校喃喃自語：「那就晚來不如早來，誰料到這小夥子性子這麼拗呢？」

「上校！」小瓦說。但他仍然立定不動。

「小子！」上校叫道，「說話啊，阻止俺，行行好啊！」

「您背後有隻貓，」小瓦鎮定地說：「或是一隻松貂，您瞧！」

上校轉身，迅捷得像是黃蜂的刺，然後惡狠狠地朝那片黑暗示威。那兒什麼也沒有。他自知上當，癲狂的雙眼再度盯著小瓦，用毒蛇般的口氣冷冷地說：「鈴聲在呼喚我。小灰背隼，無須指望聽見，此乃召你上天堂、下地獄底喪鐘。」

第三次鈴正好在他說話的同時響起，代表小瓦可以在不違背榮譽的情形下移動。試煉到此結束，小瓦可以飛走。但就在他正要飛起時，鋸齒鐮刀狀的恐怖爪子已從上校那裝甲的雙腿射出，比任何動作、任何飛行都快——不是一閃即至，因為快得根本看不見——只聽砰一聲，再一抓，小瓦心知不妙，就像被高大的警察逮捕似的，彎刀刺進了他正要退開的拇指。

抓住了，抓住了就不會再鬆手。健壯的大腿肌肉緊縮、抽搐了兩下，愈抓愈緊。這時小瓦已經往遮光簾幕下方又避開兩碼，庫利上校單足站立，另一隻腳則如同鉗子般緊握著幾絲網線和小瓦的偽初級飛羽，連同覆羽。兩三根小羽毛在月光下輕輕飄落地面。

「做得漂亮！」巴蘭歡喜地叫道。

「很有紳士風範的表現。」遊隼說，並不介意巴蘭上尉搶在她前面發言。

6 【編注】匕首與死亡這一句，典出莎士比亞《哈姆雷特》一劇中著名的獨白。

「阿門！」雀鷹說。

「真勇敢！」茶隼說。

「我們是不是給他唱首凱旋之歌？」巴林也心軟了。

「當然好。」遊隼說。

在庫利上校引吭高歌的帶領下，他們齊聲高唱，在那駭人的月光下意氣風發地搖響鈴鐺。

山鳥固然很甜美
　但谷裡的鳥更肥
所以我們當然想
　要把後者都帶回
遇上發抖的兔子
　一擊便打中要害
兔肉就像是蜂蜜
　尖叫是我們的酬勞
有的擊中雲雀羽毛
　像雲朵一般散掉
有的啄拔鷓鴣下腹

讓他人把頭也咬掉
但灰背隼之王小瓦
比我們都先出擊
他捕獸鳥
使我溫飽
令我們傳頌不已

「記住我說的，」美麗的巴蘭說：「這年輕的候選人是塊稱王的料。好了，大夥兒再跟我唱一次吧！」

但灰背隼之王小瓦
比我們都先出擊
他捕獸鳥
使我溫飽
令我們傳頌不已

第九章

「哇！」隔天早上，小瓦在自己的床上醒來。「真是一群嚇人又尊貴的軍官呀！」

凱伊從床上坐起，像松鼠一樣開始嘮叨。「你昨晚跑去哪了？我看你一定是偷偷爬出去了。我要告訴父親，讓他抽你一頓。你知道宵禁之後我們就不許外出的。你做什麼了？我到處找都找不到。我就知道你一定爬出去了。」

有些時候，他們如果要在夜間外出，例如等待獾出來，或是抓只有在日出前才抓得到的鯉魚，便會從排雨管往下溜進護城河。

「哎喲，別吵啦！我好睏。」小瓦說。

「起來，醒醒啊你這壞蛋！昨晚你去哪了？」

「我不告訴你。」

反正他知道凱伊一定不會相信，到時只會說他扯謊，並且更生氣。

「你不告訴我，我就殺了你。」

「你才不會。」

「我會。」

小瓦翻過身，背對著他。

「混蛋！」凱伊說。他抓住小瓦手臂，死命一擰。小瓦像突然被釣起來的鮭魚般踢打，狠狠踢中他的眼睛。轉眼間他們已經下了床，氣得臉色發白，活像兩隻剝了皮的兔子——那時的人睡覺都不穿衣服。他們雙手如風車似的揮動，急著要讓對方好看。

凱伊比較年長，個頭也比小瓦大，最後注定是他贏。然而他也比較緊張，比較有想像力，可以想像每一拳揮過來會有什麼後果，反而減弱了他的防衛。小瓦則只是一陣憤怒的龍捲風。

「走開啦你！」他這麼說，卻不放開凱伊，一個勁低著頭猛揮拳，凱伊想走都走不成，兩人淨朝對方臉上揍。凱伊手臂長，拳頭也大。他伸直手臂不為別的，只是想保護自己，小瓦的眼睛卻自己送上門。天空變成一片嘈雜而駭人的黑，上面有一道道流星向外射的軌跡。小瓦抽噎喘氣。他想辦法一拳打中對手的鼻子，這一拳下去就見血了。凱伊放棄防禦，轉身背對小瓦，用一種冷淡、充滿責難的鼻音說：「你看我流血了啦！」這場戰爭便結束了。

凱伊躺在石板地，血從鼻子汩汩湧出。小瓦黑了一隻眼睛，從門上拿下一枝巨大鑰匙放在凱伊背後[1]。兩人都沒說話。

這時凱伊翻過身，竟抽噎起來了。「梅林什麼都幫你，可他從來沒幫過我。」

這下小瓦覺得自己是禽獸了。他靜靜穿好衣服，趕忙去找魔法師。

途中奶媽逮著他了。

「喲，你這小壞蛋！」她叫道，搖著他的手臂，「你又跟凱伊少爺打架啦。瞧你這可憐的眼睛，真是的。這下子大副們可要大大傷腦筋了！」

1 【編注】小瓦認為鑰匙的低溫有助於止血。

「沒事的。」小瓦說。

「怎麼會沒事，我的小乖乖！」奶媽這下更氣，作勢要打他耳光。「快說，到底怎麼回事？免得你挨打喲。」

「我撞到床柱了。」小瓦氣呼呼地說。

老奶媽立刻把他摟進大胸脯裡，拍著他的背：「乖乖，我的小寶貝。我以前逮著艾克特爵士鼻青臉腫的時候，他也是這麼說的，都四十年前的事囉。還真是一家人哪，連撒的謊都一樣。好啦，小可憐，你這就跟我到廚房，咱們馬上弄塊牛肉給你貼著[2]。話說回來，你真不該和塊頭比你大的人打架。」

「沒關係啦。」小瓦又說，覺得奶媽的大驚小怪很煩人，可是他命中注定要受懲罰，這位老女士可是絕不寬容的。他費了半小時才脫身，還帶了一片血淋淋的生牛肉，用來按在他眼睛上頭。

「要把體液吸出來，用肥肥的屁股肉最好啦。」剛才奶媽是這麼說的，廚子則接口：「從復活節以後，咱們就沒見過這麼漂亮，這麼多血的生肉啦，沒有的啊！」

「我把這噁心東西留給巴蘭吧。」小瓦心想，便又去找家庭教師。

小瓦沒費什麼功夫，便在高塔房間裡找到他了。房間是梅林自己選的，哲學家都喜歡住在塔裡，只要看過伊拉斯摩[3]在劍橋大學選的房間就知道了。不過梅林的居室更漂亮，那是城堡裡最高的房間，就在主堡的瞭望臺正下方，你可以從窗戶遠望田野，這是敕許的獵地，越過獵園，越過獵林[4]，直到視線終於越過遠方「野森林」青色的樹冠。這片枝葉茂盛的樹海有如丘陵不斷延伸，就像麥片粥的表面，最後終於消失在遠方杳無人煙的群山裡，消失在雲霧覆蓋的高塔和壯麗的天國宮殿之間。

梅林見到他的黑眼圈後，發表了醫學方面的意見。

「你的黑眼圈是組織內出血造成的，起先是紫黑色，慢慢會轉為綠色、黃色，然後才消失。」

真叫人不知怎麼回答才好。

梅林繼續說：「我看，是被凱伊打的吧？」

「是的。您怎麼知道？」

「啊，這個嘛，我就是知道。」

「我來問凱伊的事。」

「說吧，問吧，我會回答。」

「嗯，凱伊覺得您老是把我變成這個那個，可是都沒他的分，這樣不公平。我沒跟他說，可是他大概猜到了。

我也覺得不公平。」

「是不公平。」

---

2 【編注】當時認為在瘀血的部位放上生肉，可加速散瘀。

3 伊拉斯摩（Desiderius Erasmus, 1467-1536），荷蘭哲學家，北歐文藝復興的重要人物。

4 【編注】一〇六六年征服者威廉占領英格蘭後，原有的貴族領地悉遭沒收，轉而為威廉及其諾曼追隨者所有。一〇八五年征服者威廉下令進行土地普查，作為分封與徵稅依據，普查結果彙整為《末日之書》（*The Domesday Book*）。其中土地分類以森林（forest）為最高級，此處的森林未必一定指林地，而是獵場的泛稱，一般皆為國王所領，除王室僕役外，任何人非經國王特許，不得於其中行獵，違者依森林法予以重罰。獵林（chase）與森林類似，但狩獵權已經國王敕封給貴族，不受森林法管轄。獵地（warren）原為人人皆可捕獵野兔、雉雞、鵪鶉、山鷸等物的公地，但經國王敕許則可為特定貴族專用，他人不得行獵。獵園（park）指以籬笆將獵物圈在裡面的獵場，如位於森林範圍內，亦受森林法管轄。各項關於狩獵的規定影響平民生計至鉅，本書中稍後將登場的羅賓漢，即為反抗此苛政的平民英雄。

「那下回您可不可以讓我們兩個一起變？」

梅林已經用過早餐，正用海泡石菸斗吞雲吐霧，他的徒弟看了還以為他在噴火。他深深吸了一口，看著小瓦，正要開口又改變主意，把煙先呼了出來，再吸一大口。

「有時候，」他說：「人生看起來的確不太公平。你知道以利亞和雅卡南拉比[5]的故事嗎？」

「不知道。」小瓦說。

他無可奈何地在地上找了個舒服的位子坐下，知道自己大概要聽像上回鏡子那樣的寓言故事了。

「這個拉比嘛，和先知以利亞一同旅行，他們走了一整天。天黑的時候，來到一個窮人的破茅屋外，他唯一的珍寶就是一頭母牛。窮人跑出來，他的妻子也跟著出來，他們歡迎兩位陌生人留下過夜，並且在拮据的環境下盡力款待客人。以利亞和拉比喝了很多牛奶，還吃了主人家自製麵包和奶油，然後睡在最好的那張床上，兩位好心的主人則睡在廚房的爐火旁。可是隔天早上，窮人的母牛卻死了。」梅林說。

「後來呢？」

「他們又徒步了一整天，傍晚來到一個有錢的商人家，他們很希望能受他招待。商人很富裕，但是為人冷漠而傲慢，只肯讓先知和同伴睡在牛棚裡，吃麵包喝水。可是隔天早上，以利亞卻感謝他的招待，還派了石匠幫他修補一道快倒的牆，作為回報。雅卡南拉比沉不住氣，便請聖人解釋他的待人之道。『那位熱情招待我們的窮人，』先知答道：『本來他妻子當晚會死去，但為了獎賞他的善心，上帝只帶走他的母牛，而非他妻子。我之所以幫那位富有的守財奴修補牆壁，是那附近藏了一箱金子，倘若讓那小氣鬼自己去修，他一定會找到寶藏。所以不要質疑主為何如此，而應當在心裡說：主在世上一切所作所為，難道不都是對的嗎？』」

「這故事不錯。」小瓦說。故事似乎到此結束了。

梅林說：「我很抱歉，只有你會得到我額外的教導。不過話說回來，你也知道，這就是我來的目的。」

「我覺得讓凱伊一起來沒什麼不好啊。」

「我也是這麼想，可是雅卡南拉比同樣也覺得不該幫那個小氣鬼修牆。」

「這我了解，」小瓦疑惑地說：「但我還是覺得母牛死了好可惜。能不能讓凱伊跟我一起來，一次就好？」

梅林溫和地說：「或許對你有益的事情，對他反而有害。而且你別忘了，他從來沒有要求過要變成什麼。」

「雖然如此，他還是想嘛。您知道我喜歡凱伊，而且我覺得大家都不了解他。他得假裝驕傲，因為他害怕。」

「你還是沒聽懂我的意思。假如他昨晚也變成灰背隼，卻沒通過試煉，結果失去勇氣呢？」

「您怎麼知道試煉的事？」

「啊，你看，我就是知道。」

「好吧，」小瓦固執地說：「可是假如他通過了試煉，也沒有失去勇氣呢？我不知道您為何要預設他過不了。」

「哎！這孩子！」魔法師氣呼呼地喊道：「你今天早上怎麼什麼都聽不懂！你到底要我怎麼做？」

「把我和凱伊變成蛇或是什麼的。」

梅林摘下眼鏡朝地下一摔，跳上去狠狠地踩。

5【編注】rabbi，為猶太經師。

「叫卡斯特和波魯克斯[6]把我吹到百幕達去吧！」他大叫，立刻消失在一陣可怕的轟隆聲中。

幾分鐘後，小瓦仍有些困惑地盯著老頭的椅子，這時梅林又出現了。他弄丟了帽子，頭髮和鬍子亂成一團，彷彿被颶風颳過。他重新坐下，以顫抖的手指撫平身上的長袍。

「您剛才為什麼這樣做？」小瓦問。

「我不是有意的。」

「您的意思是說，卡斯特和波魯克斯真的把您吹去百幕達了嗎？」

「你就把這當成一次教訓，不要隨便賭咒！我們還是換個話題吧。」梅林回答。

「我們剛剛在說凱伊。」

「對！而在我——咳咳！在我跑去那要命的百幕達群島之前，我本來要說的是，我沒辦法把凱伊變成別的東西，我來的時候並未得到這項能力。至於為何如此，你我都不知道，不過這是既成的事實。我本來不想明講，但你不肯接受暗示，現在你也只能乖乖接受現實。先別講話，等我喘個氣，把帽子找回來再說。」

小瓦靜靜坐著，梅林則閉上眼睛，開始喃喃自語。他頭上立刻出現了一頂怪異的圓筒狀高頂黑色禮帽。梅林一臉嫌惡地檢查了半天，尖刻地說：「這算哪門子服務？」然後把帽子遞還給空氣。最後他憤怒地起身大叫：「給我過來！」

小瓦和阿基米德對看一眼，不知道他是什麼意思，可是梅林沒理會他們。阿基米德一直坐在窗臺上，看著外頭的景致，他當然不會離開主人。

梅林不知道對著誰怒道：「怎麼，你覺得這樣很好玩嗎？」

「那好，你為何做這種事？」

「這不是藉口，我要的當然是本來戴的那頂，不是現在這頂，你這笨蛋。我不要我一八九〇年戴的帽子。你一點時間觀念都沒有嗎？」

梅林摘下這會兒出現的水手帽，舉在半空中端詳。

「這是時空錯亂，」他口氣嚴厲地說：「就是這樣，要命的時空錯亂啊！」

阿基米德似乎早已習慣這類場面，因為他用很通情答理的口氣問道：「主人，您怎麼不直接說出那帽子的名字呢？就說『我要我那頂魔法師帽』，而不是『我要我本來戴的那頂帽子』。或許那可憐的傢伙和您一樣，都覺得倒著活很困難呢。」

「我要我那頂魔法師帽。」梅林不高興地說。

一眨眼功夫，那頂長長的尖頂錐形帽便站在他頭上了。

空氣中的緊張氣氛緩和了下來。小瓦又坐回地上，阿基米德則繼續梳洗，用喙弄順翅羽和尾羽上的羽枝。每一根羽枝上都有幾百根細鉤或小羽枝，羽枝便是藉此集中在一起。他正把羽枝統統弄齊。

梅林說：「我今天諸事不順，所以才會這樣。請你不要見怪。」

「凱伊的事，如果您不能讓他變身，能不能讓我們倆一同冒險，可是又不用變身呢？」小瓦說著。

6 希臘神話中，卡斯特（Castor）和波魯克斯（Pollux）是一對同母異父的雙胞胎，為宙斯、廷達瑞俄斯與麗達所生。黃道十二宮中的「雙子座」即是指這兩人。

梅林極力克制情緒，然後冷靜思考了這個問題。他實在被這件事煩透了。

「我不能為凱伊施法，」他緩緩說道：「除了我本來就有的『後見之明』和『真知灼見』魔法之外。你的意思是說用這些嗎？」

「您的後見之明有什麼用？」

「我可以知道你接下來要說些什麼，『真知灼見』則會讓我知道其他地方發生過什麼事，或正在發生的事。」

「現在有沒有什麼可以讓我和凱伊去瞧瞧的？」

梅林突然一敲額頭，興奮大喊：「我知道了！有，當然有，而且你一定會瞧見。沒錯，你就帶著凱伊，動作快點。彌撒結束後就去。先吃早餐，彌撒完了就走。對，就這麼辦。直接到田裡，去哈柏的帶狀麥田堆，沿著那條線走，直到有事發生為止。太好了，是的，這樣我就可以睡個午覺，也不用管那討厭的《邏輯大全》。等等，我是不是已經睡過了？」

「還沒，主人，那是將來的事。」阿基米德說。

「那太好了，真是太好了。聽好了，小瓦，別忘記帶凱伊一起去，這樣我才可以睡午覺。」

「我們會看到什麼呢？」小瓦問道。

「啊，別拿這種小事煩我。你快去吧，好孩子，記得帶凱伊一起去。你以前怎麼沒提過這事呢？別忘了沿著大麥田一直走下去啊。哎！自從我接了這該死的家教，這可是我頭一回休半天假。首先我要在午飯前小睡一會，然後在下午茶之前也小睡一會。晚餐開飯前我總得找些事情做。阿基米德，你覺得晚餐前該做什麼好呢？」

「小睡一會吧。」貓頭鷹冷冷地說，轉身背對主人。他和小瓦一樣，都喜歡多出去歷練歷練。

第十章

小瓦知道，若是說出他與梅林的一番談話，凱伊一定會覺得是別人可憐自己而不肯去，於是他什麼也沒說。說也奇怪，兩人方才那場惡鬥，竟使他們又成了好朋友，能夠雙眼直視對方——眼中帶著困惑的情感。他們一起出發，也不多解釋，不過仍有些尷尬。彌撒結束後，他們便來到哈柏的大麥田盡頭。此時小瓦不須再隱瞞，到了這裡一切便容易了。

「走吧，梅林要我告訴你，這附近有東西是特別要給你的。」

「什麼樣的東西？」凱伊問道。

「冒險吧。」

「我們要怎麼去呢？」

「就沿著這條麥田一直走，我想應該會走進森林。我們要讓太陽保持在我們左手邊，但也要考慮日光移動的位置。」

「好吧，」凱伊說：「到底是什麼冒險？」

「我不知道。」

他們沿著麥田步行，跟隨那條想像中的直線，越過獵園和獵林，不時環顧四周，等著怪事發生。途中他們驚動了六隻小雉雞，又懷疑牠們是否有不尋常之處，凱伊差點要說其中一隻是白色的。假如那真是隻白雉雞，突然又有隻黑鷹從空中俯衝而下，他們便可確定附近有神奇之事，接下來只需跟著那隻白雉雞——或者那隻黑鷹，就會找到中了魔咒的城堡，以及城堡裡的少女。可惜啊，那隻雉雞不是白色的。

走到森林外圍，凱伊說：「我想我們得進去囉？」

「梅林要我們沿著這條路線走。」

「好吧，」凱伊說：「我可不怕。如果這是為我準備的冒險，一定是好事。」

他們進了森林，很驚訝地發現路並不難走，大概就像現今的廣闊森林。那時普通的森林都像亞馬遜叢林。當時沒有獵雉雞的地主，整天只想把灌木叢剷平；當時的木材商人數量不及今日的千分之一，也不會處心積慮要砍光剩下的幾分林地。野森林大部分幾乎無法穿越：參天神木構成巨大壁壘，枯死的樹木倒落在其他樹幹上，被藤蔓纏在一起，還有生息的樹則爭相朝著給予生命的陽光往上生長。地面排水不佳，有如泥沼；有些地方則被朽木覆蓋，踩下去很不紮實，你可能會突然蹬穿腐爛的樹幹，摔進蟻穴；或全身纏滿野薔薇、旋花蔓、忍冬、牽牛花和起絨草，還有一種鄉下人稱作「甜心」的植物，以致於走不出三碼就會被撕成碎片。

這一帶倒是還好，哈柏的那條路線似乎指向一連串樹林間的蔭涼空地，野生的百里香叢吸引成群蜜蜂，嗡嗡作響。充滿昆蟲的季節已經過了高峰期，現在應該是黃蜂和果實的時節，但還是有許多豹紋蝶，正開花的薄荷上則有蛺蝶和紅紋蝶，小瓦摘下一片薄荷葉，當口香糖般邊走邊嚼。

「奇怪，這兒好像有人來過。你看，那裡有個馬蹄印，還是上過蹄鐵的。」他說。

「你看到的也太少了，前面就有個人呢。」凱伊道。

果然，下一片空地的盡頭有名男子，手裡拿著伐木斧頭，坐在他剛砍倒的樹旁。他看起來有些怪異，個子很小，駝著背，臉色像桃花心木，身上的一片片老舊皮革則用繩子固定在結實的手腳。他正用刀子吃著麵包和羊奶酪，那把刀經過長年磨利，只剩薄薄一片。他背靠在他們平生所見過最高的樹幹上，四周滿地都是白色的木屑。剛砍下的樹幹切面看來很新。他的眼神明亮有如狐狸。

「我看冒險就是他了。」小瓦悄聲說。

「才怪，冒險是鎧甲武士或噴火龍之類的東西，才沒有髒兮兮的砍樹老頭。」凱伊說。

「嗯，反正我要去問問他這兒怎麼回事。」

他們朝那大嚼特嚼的樵夫走去，但他似乎沒注意到兩人。他們詢問這些空地通往何處，問了兩三次，才發現這可憐的傢伙不是聾了便是瘋了。他既不回答，動也不動一下，說不定又聾又瘋呢。

「哎，走吧！」凱伊說：「他八成跟瓦特一樣是個瘋子，連自己在幹什麼都不知道。我們繼續走吧，別理這老頭了。」

他們又走了將近一哩，路仍很好走。倒不是有什麼明顯的路徑，空地之間彼此也沒有連續。任何人若是不經意來到這裡，一定會以為只有自己所在的這片空地，長約幾百碼，但他如果走到盡頭，便會發現另外一片空地，只是被幾棵樹遮住。途中他們幾次見到類似的殘株，上面都有斧痕。不過這些殘株多半被小心地以野薔薇覆蓋，或連根拔起。小瓦認為這些空地應該是人工砍伐出來的。

走到一片空地邊緣時，凱伊抓住小瓦的臂膀，悄悄指著盡頭。那裡有座長滿青草的斜坡，緩緩隆起至一棵巨大的懸鈴木下方。懸鈴木高達九十呎，矗立坡頂。一名魁梧的男子愜意地躺在斜坡上，身邊還有一隻狗。此人與懸鈴木同樣令人稱奇，他赤腳站立或臥倒的高度足足有七呎。他沒穿衣服，只有一件林肯郡綠毛料織成的格子褶裙，左前臂綁了皮護腕。一隻狗枕著他厚實的棕色胸膛，狗頭隨之緩緩起伏。牠豎起耳朵，注視兩個男孩，不過沒有其他行動。男子似乎睡著了。他身旁有一把七呎長弓，還有些長過一布碼[1]的箭枝。如同先前那位樵夫，他的膚色也像是桃花心木，胸前的捲毛被陽光晒成一片金黃。

「就是他了！」凱伊興奮地耳語。

他們有些擔心那隻狗，小心翼翼朝那人走去，可是牠只用眼神跟隨著他們，下巴一直緊靠在敬愛的主人胸膛上，還輕輕搖了尾巴。牠動著尾巴，卻不舉起，只在草地上左右擺動兩吋距離。男子睜開眼睛──顯然根本沒睡著。他朝兩個男孩微笑，伸出拇指朝空地更遠處比了比，然後收起笑容，又閉上眼睛。

「請問一下，那裡是什麼地方呢？」凱伊說。

男子沒有回答，依然閉著眼睛，不過他再度舉起手，拇指朝剛剛那個方向又比了比。

「看來他要我們繼續走。」凱伊說。

「這肯定是冒險沒錯。我在想，剛才那個啞巴樵夫靠著大樹，會不會是他爬上去，把我們要過來的消息傳到這裡？他看起來好像在等我們。」小瓦說。

聽了這話，那位裸身巨人張開一隻眼睛，有些訝異地看著小瓦。接著他睜開雙眼，容光煥發的大臉滿是笑意。他坐起身，拍拍狗，拾起自己的弓，站了起來。

「好吧，兩位少爺。」他仍舊笑著說：「咱們一起走就是了。都說年輕人腦袋最靈光是吧？」

凱伊滿臉訝異地看著他，問道：「你是誰？」

「奈勒，」巨人說：「我本來叫約翰．奈勒，後來成了綠林中人，大夥兒就叫我約翰小。可現在多數人都弄反了，叫我小約翰。」

「喔！」小瓦開心地大叫：「我聽過您呢！有時候大人晚上會講撒克遜人的故事，我常聽到您的名字呢，還有羅賓漢。」

「不是『漢』，」小約翰語帶責難地說：「綠林裡咱不這麼叫的。」

「可是故事裡都叫羅賓漢呀。」凱伊說。

「哎，那些老學究懂什麼？好啦，咱們也該上路了。」

他們分別走在壯漢左右，他講話雖慢，走起路來卻健步如飛，他走一步他們得跑三步才跟得上。狗兒則快步跟在後頭。

「請問，您要帶我們去哪呢？」小瓦問道。

「哎，當然是羅賓木[2]那兒！我說小亞少爺，你這麼靈光，不是早該猜到了嗎？」

巨人頑皮地偷瞄他一眼，因為他知道自己這番話同時給了男孩兩個問題——首先，羅賓的真名究竟是什麼？其次，小約翰怎麼知道小瓦的名字？

小瓦先問了第二個問題。

「您怎麼知道我的名字？」

1 【編注】一布碼為三十七吋，約等於九十四公分。

2 小約翰認為羅賓漢（Robin Hood）是以訛傳訛，正確的名字應該是 Robin'ood，Wood 即森林之意，故此處譯為羅賓「森」，並非 Robinson。因為口音的關係，小約翰把 Robin Wood 念成 Robin 'ood。

「啊，咱們就是知道。」小約翰說。

「羅賓木知道我們要來嗎？」

「哎，我的小鴨鴨，像你這樣的小學究，要說就說他的學名才對。」

「可是他到底叫什麼名字嘛？」男孩喊道，一方面是惱怒，另一方面是為了跑步跟上，有些喘不過氣。「您自己說是羅賓『木』的。」

「是木沒錯啊，小鴨鴨。這兒不到處都是木頭嗎？你現在不就在裡面跑嘛？可真是個響叮噹的好名字。」

「是羅賓森！」

「是嘛，就是羅賓森。還有什麼更適合的呢？他就是森林裡的王嘛。這森林可是自由自在的好地方，不管冬天夏天都隨你睡，讓你在裡頭打獵，免得挨餓。一年四季輪流長出漂亮葉子給你聞，或者順序倒過來改為落葉。讓你身在其中，以免讓人瞧見；讓你在林裡走動，不被人聽見；躺下來睡覺，還會讓你溫暖——啊，對咱們這種自由自在的人來說，森林可真是好地方！」

凱伊說：「我以為羅賓森的手下都穿緊身長褲，還有林肯郡綠毛料製的無袖短上衣呢。」

「我們穿啊，可是只在冬天需要的時候才穿，或是裹了皮革綁腿要幹木工活兒時。現在是夏天，哨兵只要負責守望，用不著穿那些。」

「您是哨兵嗎？」

「是啊，麥奇也是，你們跟他說過話了，就在砍倒的那棵樹下。」

凱伊得意地說：「我看啊，前面這棵大樹一定就是羅賓森的堡壘了！」

他們來到林中王者的面前。

那是一棵椴樹，就像以前英國東南部赫特福德郡的摩爾公園[3]，高度至少百呎，離地一碼處樹腰圍長達十七呎。山毛櫸似的樹幹底部，長著鬍鬚般的小樹枝，樹幹上長出主分枝的每一處，樹皮都裂開，早因雨水或樹汁而變色。蜜蜂在青綠而有黏性的樹葉間嗡嗡飛舞，愈飛愈高，愈接近天空。一副繩梯消失在群葉之中。沒了梯子，誰也別想爬上去，即使配備鐵爪子也一樣。

「凱伊少爺，你想得沒錯。」小約翰說：「羅賓老大就在那啦，躺在樹根中間。」

男孩們原本對崗哨比較感興趣，那些人高踞這棵時而搖曳、時而低語的大地榮耀之上，藏身枝頭的鴉巢之中。

這時他們連忙看向下方，見了這位綠林大盜。

他並不像男孩原先所想像的，是個浪漫的人——或者該說第一眼看起來不像，不過他幾乎和小約翰一樣高。不用說，他們是世上唯二能用長弓一箭射到一哩之外的人。他的肌肉結實，全身沒有一絲贅肉。他不像半裸的小約翰，而是謹慎地穿著褪色的綠衣，身邊帶著銀色號角。他的鬍子刮得很乾淨，皮膚晒得很黑，粗糙得像樹根，但那是歷盡風霜、帶著詩意的成熟，並非年事已高，因為他才不過三十歲（後來他活到八十七歲，並將長壽歸因於長期吸聞松樹裡的松香）。此刻他躺臥著往上看，卻非望向天際。

羅賓森幸福地躺著，頭枕在瑪莉安膝上。她坐在椴樹的樹根之間，穿著綠色連身罩衫，腰間繫了一袋箭，手腳都裸露在外。她放下了瀑布般的亮褐秀髮，平日為了打獵和烹飪方便之故，大多紮成辮子。她正輕聲和他重唱，並

3【編注】Moor Park，十七世紀初的名園，現址為高爾夫球場。

且用頭髮搔他的鼻尖。

「他喜歡和我一起，」瑪莉安唱著。

「躺在那青青樹底，

調整他的輕快音符去，

和那鳥兒的甜美音律。」

「來這裡，來這裡，來這裡。」羅賓哼道。「在此他不會——」

「再有仇敵，

唯有冬季和酷寒天氣。」

他們開懷大笑，又重頭唱起，一人輪流唱一句：

「野心他避之唯恐不及，

卻愛躺在太陽光裡，

去尋找吃的東西，

找著什麼都滿意。」

然後又齊聲唱道：

「來這裡，來這裡，來這裡，

在此他不會

再有仇敵，
唯有冬季和酷寒天氣。」

曲子在歡笑中結束。羅賓原本用他晒成褐色的手指，繞著垂在臉上那些細柔如絲的頭髮玩，這時他扯了一下，一躍起身。

「我說，約翰。」他見到他們。

「我說，老大。」小約翰說。

「所以你把兩位小少爺帶來了？」

「是他們帶我來的。」

「不管怎麼樣都歡迎，」羅賓道：「我從未聽人說過艾克特爵士壞話，也向來覺得沒必要獵他的野豬。凱伊和小瓦，你們好，是誰在這麼重要的日子裡，把你們送進森林，來到我的草地上啊？」

那位小姐打斷他：「羅賓，你不能帶他們去吧！」

「親愛的，有何不可呢？」

「他們年紀還小。」

「那豈不是正合我們的意？」

「太沒人性了。」她苦惱地說，一邊編起了頭髮。

綠林好漢顯然覺得別爭論比較安全，便轉身問兩個男孩別的問題。

「你們會射箭嗎？」

「看我的吧！」小瓦說。

「我可以試試。」大家看小瓦自信滿滿，都笑了，所以凱伊語帶保留。

「來吧，瑪莉安，給他們一把妳的弓。」

她遞給他一把弓和六枝二十八吋長的箭。

「射那啄木鳥。」羅賓說著把弓箭都交給小瓦。

他看了看，發現一百步外果然有隻啄木鳥。他覺得自己出了糗，便笑嘻嘻地說：「真對不起啊，羅賓森，對我來說恐怕太遠了些。」

「沒關係，」綠林好漢說：「射射看吧，我看你射箭的動作就知道。」

小瓦使出全力，快速而準確地搭上箭，兩腳張開，和他希望飛出去的方向呈同一直線，肩膀放正，弓弦拉到下巴，瞄準目標，稍微向上二十度。因為他每回射出去都偏左，便又瞄準右邊兩碼處，然後放箭。沒射中，但相距不遠。

「現在換凱伊。」羅賓道。

凱伊重複了同樣的動作，也射得不錯。他們舉弓的姿勢都很正確，兩人都迅速找到了主箭羽並讓它朝外，而且扣住弓弦拉——若是沒有正式學過，多數孩子拉弓時都會用拇指和食指抓住箭尾扣弦處，然而真正的弓箭手會用兩、三根指頭拉開弓弦，讓箭自然跟隨。他們拉弓的時候都沒有讓準頭偏左，也沒有讓左手前臂碰到弓弦——這是外行常犯的兩大錯誤；而且兩人放箭時的力道十分均衡，沒有過度猛拉。

「很好，都不是玩票的。」綠林好漢說。

「羅賓，」瑪莉安口氣尖銳地說：「你不能讓他們置身險境，送他們回家吧。」

「那可不行，」他說：「除非他們自己想走。這是我的難處，卻也是他們的。」

「什麼事啊？」凱伊問。

綠林好漢拋下弓，盤腿席地而坐，拉著瑪莉安到他身邊坐下。他神情有些困惑。

「是摩根勒菲。」他說：「這很難解釋。」

「要我就根本不解釋。」

羅賓憤怒地轉向愛人，他說：「瑪莉安，如果我們沒有他們幫忙，就得丟下其他三人了。我也不想叫這兩個孩子去，但若非如此，等於把塔克白白送給她。」

小瓦覺得這時應該轉移話題，便禮貌地咳了一聲並說：「請問一下，摩根勒菲是誰？」

三人同聲回答。

「她是個大壞蛋。」小約翰說。

「她是個仙子。」羅賓說。

「不，她才不是。她是個妖婦。」瑪莉安說。

「重點是，」羅賓道：「沒人知道她究竟是誰。就我看來，她是個仙子。」

「而我呢，」他瞪著妻子，又補上一句，「依然堅持這個看法。」

凱伊問：「你是說她像那些把藍鈴花當帽子戴，往蘑菇上一坐就是老半天的人嗎？」

他們哈哈大笑。

「當然不是。天底下沒那種東西，女王她可是千真萬確的仙子，而且非常駭人。」

「假如你非得把這兩個孩子扯進來，」瑪莉安道：「那你最好從頭說起。」

綠林好漢深吸一口氣，伸開雙腿，困惑的神情又回到他臉上。

「嗯，」他說：「假設摩根是仙子中的女王吧，或者至少和他們有關係，這些仙子可不像你們奶媽講的故事裡那種。有人說他們是最古老的民族，早在羅馬人來到之前便居住在英格蘭——比我們撒克遜人和其他古老民族都還要早，只是後來被驅逐到地底。有人說他們看起來像人類或侏儒，也有人說他們相貌很平常，還有人說他們看起來什麼都不像，隨他們高興變成各種形體。不論他們外型如何，他們擁有古代蓋爾人[4]的知識，知道許多深藏於洞穴之中，早已為人類遺忘的事情，其中多半不是什麼好事。」

「小聲啊。」美麗的少婦神情怪異地說。兩個男孩發覺彼此靠得更緊了。

「總之，」羅賓放低聲音，「我剛說的這些『生物』，請原諒我不想再直呼其名，他們最不尋常之處，就是沒有心。倒也不是說他們只想為非作歹，而是萬一你逮著一個，把他剖開來看，裡面可是沒心臟的。他們和魚一樣是冷血動物。」

「他們無所不在，即使我們說話時也一樣。」

兩個男孩趕緊看看四周。

「安靜，」羅賓說：「我不需要再多說什麼了，討論他們會招來霉運的。重點是，我相信這個摩根是……呃……這些『好人』的女王，而且我知道她有時會住在我們這座森林北邊的城堡裡，叫做戰車城堡。瑪莉安說這位女王並非仙子，只是個和他們有交情的巫師。也有人說她是康瓦耳伯爵的女兒，不過那不重要。總之今天早上她施了咒，『至古之民』抓走了我的一名手下，也抓了你們的一個手下。」

「不會是塔克吧？」小約翰叫道，他外出站哨，不知道最新發展。

羅賓點點頭。「消息是從北邊樹林傳回來的，就在你說這兩個孩子來了之前。」

「老天，可憐的修士！」

「把事情經過也說出來吧，」瑪莉安說：「不過你或許先解釋一下名字比較好。」

「關於這些『天賜之民』我們所知不多，」羅賓說明：「其中之一，便是他們會用動物的名字。比方說，他們可能會叫做『母牛』、『山羊』或『豬』這類名字。所以，假如你正巧要招呼自己的母牛，喊的時候千萬記得要指著牠。不然你可能喚出一個也叫這名字的仙子——或者該說是『小小人』，他一受召喚便會現身，可能會把你抓走。」

「事情的經過似乎是這樣，」瑪莉安接著說：「你們城裡的獵犬要方便，狗童便帶著牠們來到森林外圍，正巧看到塔克修士和住在這附近的老人瓦特閒聊……」

「請等一下！」兩個男孩大喊：「那個發瘋前住在我們村裡的老頭嗎?就是咬掉了狗童的鼻子，現在住在林裡的怪物嗎？」

「就是同一人。」羅賓回答：「但是——可憐的傢伙，他可不是怪物。他平常吃草、樹根和橡實為生，連一隻

4 Gaels，指古代居住在蘇格蘭高地和愛爾蘭的克爾特人（Celts），或指不列顛人（Britons）。

蒼蠅都不會傷害。我看你們是搞錯了。」

「瓦特吃橡實？」

「是這樣的，」瑪莉安耐著性子說：「他們三人聚在一起打發時間，有隻獵犬（我想應該是叫卡威爾的那隻）朝可憐的瓦特撲去，要舔他的臉，結果把老先生嚇壞了，你們的狗童便叫道：『狗兒過來！』想制止牠。他沒伸出手指。你知道，他應該要指著狗。」

「後來呢？」

「哎，我有個手下叫史凱洛克，唱誦民謠時都叫他史卡雷，他正好在附近伐木，他說他們就這麼憑空消失了，包括那隻狗在內。」

「我可憐的卡威爾！」

「所以仙子把他們抓走了。」

「你是指『和平之民』。」

「抱歉。」

「重點在於，假如摩根真的是這些生物的女王，我們又想在他們還沒被施魔咒之前救出他們，我們就得進她的城堡找人。古時候他們有個女王叫瑟西[5]，會把抓來的人變成豬呢。」

「我們當然要去。」

5 Circe，古希臘史詩《奧德賽》中的女術士，以精於藥水、草藥的知識聞名，能透過魔法把敵人變成動物。

第十一章

羅賓對年長的男孩微微一笑，拍拍他的背，這時小瓦只顧著為狗兒擔心。綠林好漢清清喉嚨，繼續說明。

「你說得沒錯，是要進去。但我得把醜話說在前頭。除了小男孩、小女孩，沒人進得了戰車城堡。」

「你是說你進不去？」

「但你們可以進去。」

小瓦思索過後，提出他的解釋：「我想，這就跟抓獨角獸一樣吧。」

「沒錯。獨角獸是魔法生物，只有少女抓得到。仙子也有魔法，因此唯有純真的人能進他們的城堡。所以他們才要偷走襁褓中的人類嬰兒。」

凱伊和小瓦靜靜坐了一會兒，接著凱伊說：「嗯，我去。畢竟這是我的冒險。」

小瓦說：「我也想去。我喜歡卡威爾。」

羅賓看看瑪莉安。

「很好。」他說：「那就這麼說定了，我們來談談計畫。我想你們倆在不知情的狀況去比較好，不過事情也不如你們想像中那麼可怕。」

「我們會跟你們一起去，我們的人馬會陪同你們到城堡。你們只要負責最後進去就行了。」瑪莉安說。

「是的，而且等你們進去之後，我們大概會被她的獅鷲攻擊。」

「還有獅鷲？」

「的確是有。守衛戰車城堡的獅鷲特別凶狠，像隻看門狗。我們要想辦法繞過牠，要是被發現，牠會發出警告，連你們也進不去了。必須非常隱密地行動。」

「我們得等到晚上。」

於是兩個男孩學著習慣瑪莉安小姐的弓，度過了愉快的早晨。這是羅賓堅持的，他說用別人的弓射箭，就像用別人的鐮刀割草一樣不順手。他們午餐吃冷鹿肉餡餅配蜂蜜酒，其他人也都一樣。綠林眾好漢有如變戲法一般，突然現身用餐。前一刻空地邊上還沒半個人影，下一刻便出現了六個。他們有的身穿綠衣，有的晒得很黑，靜悄悄從蕨叢和樹叢裡走出來。最後總共有約百來人，邊吃邊笑鬧。他們並非因為謀財害命才落草為寇，而是起義對抗烏瑟．潘卓根的侵略，拒絕受異族國王統治的撒克遜人。他們活躍在英格蘭的沼澤地帶和原始森林裡，有如後世的反抗軍戰士。瑪莉安和助手在枝葉繁茂的樹蔭下烹飪，分配食物。

這些同黨志士通常會午睡，並派一名哨兵接收樹間快報。一方面因為他們必須在其他工人熟睡時打獵，另一方面則是野獸多在午間休憩，獵人自然也該如此。不過這天下午，羅賓找來兩名男孩一同討論。

「聽好了，我要讓你們知道接下來的計畫。我這一百名手下會分成四隊，和你們一同前往摩根女王的城堡。你們跟著瑪莉安那一隊。目的地是有一年暴風雨遭雷劈中的那棵橡樹，守城的獅鷲離橡樹不到一哩。我們會合之後，要像影子一樣行動。必須繞過獅鷲，不能驚動牠。如果我們成功，而且一切順利，便會停在距離城堡約四百碼的地方。之後你們得靠自己，因為我們的箭頭是鐵做的，不能再靠近。」

「凱伊和小瓦，現在我來解釋鐵的問題。假如我們的朋友真的被……被那些『好人』抓走，而摩根勒菲也的確是他們的女王，那我們就多了一個優勢：『好人』一靠近鐵就受不了。這些『至古之民』早在鐵器發明之前的石器時代便已存在，而他們一切災禍都因鐵而起。後來的人手握鋼劍（鋼比鐵更堅硬）征服了古民，將他們趕進地底。」

「正因如此，為了避免讓他們覺得苗頭不對，我們今晚必須躲得遠遠的。但是你們兩個若是在手裡藏著鐵製小刀，而且絕不放開，女王便拿你們沒輒。只要不拿出來，幾把小刀還不至於使他們不舒服。你們只要走完最後那段路，握緊鐵製小刀，便能安然進入城堡，找到監禁人犯的牢房。一旦囚犯受到你們手中的金屬保護，就可以和你們一起出來。凱伊和小瓦，這樣清楚了嗎？」

「清楚了，我們完全了解。」他們說。

「還有一件事。除了握緊鐵器，記得不要吃東西。任何人只要在他們的城堡裡吃過東西，便得永遠留在裡面。不管到時發生什麼事，不管食物看起來多麼誘人，千萬別吃。你們記住了嗎？」

「記住了。」

簡報完畢後，羅賓對手下發布命令。他發表了一篇長久的演說，解釋獅鷲、潛行以及兩個男孩將要做的事。眾人鴉雀無聲地聽完演講，這時怪事卻發生了，他從頭開始，一字不改重講一遍，等到說完第二次才道：「好了，各位隊長。」一百人立刻在草地上散開，以二十人為單位，分別站在瑪莉安、小約翰、麥奇、史卡雷和羅賓周圍，一陣陣誦念之聲隨即響起。

「他們這是在幹麼？」

「你聽。」小瓦說。

原來他們在複誦演講內容，而且一字不漏。他們雖然不識字，也不懂書寫，卻有聽過不忘的本事。羅賓藉此和手下保持聯繫，讓每個人所知的都和他一樣多，並且熟記在心。正因如此，若遇特殊情況，他才能放心讓手下獨自行動。

等所有人背好指令，一字不差，便發放箭枝，每人一打。這些箭的箭鏃較大，銳利有如剃刀，以方形切割法[1]製作的箭身裝了豐厚的羽毛。弓也仔細檢查過，有兩、三人領了新的弓弦。接著一切歸於寂靜。

「上路吧。」羅賓神采奕奕地叫道。

他揮了揮手，部下也面露微笑，舉弓致意。然後只聽一聲嘆息，草地一陣沙沙聲響，還有一根樹枝不小心被踩斷的聲音，之後大椴樹下的草地便又空無一人，彷彿回到了人類還未出世的年代。

「隨我來。」瑪莉安拍拍男孩的肩膀說。在他們身後的樹葉間，群蜂嗡嗡作響。

那是一趟長征。才走了半個小時，通往椴樹、人工清理出來的十字形空地便派不上用場了。他們得自己想辦法穿越原始叢林。倘若能一路又踢又砍，或許還不難，偏偏他們又要安靜行動。瑪莉安向他們示範如何迂迴前進；被荊棘鉤到時如何立刻停住，耐心解開；如何先以腳尖試探，確定腳下沒有樹枝，再把重心移到那隻腳上；如何一眼分辨出易於通行之處；還有一種移動時的節奏，可以助他們克服阻礙。雖然他們四周有一百人朝著相同的目的地前進，可是除了自己的聲音，他們什麼也聽不見。

男孩分到女人率領的小隊，起先有些不滿。他們當然更想和羅賓同行，而且認為與瑪莉安同隊，簡直和託付給女家庭教師一樣。不過他們很快發現自己錯了。原本她反對他們參加行動，但如今既成定局，她便把他們視為夥伴。要當她的夥伴可不容易，先不說別的，她若沒有停下等待，他們根本追不上——因為她不但能四肢並用，甚至能像蛇一樣蠕動，而且幾乎和他們走路一樣快；此外，她還是個經驗老到的戰士，他們則不然。她簡直是薇芙[2]再世，差別只在於她一頭長髮（當時女盜匪多半剃成短髮）。就在他們必須保持靜默以前，她給了他們一些忠告，其中之一便是：戰鬥中射箭寧可偏高，也不要偏低。偏低會射到地上，射高了，說不定會殺死後排的敵人。

「如果我這輩子真要結婚，」小瓦想著，心裡多少還有些懷疑。「我就要娶個這樣的女孩：悍得像隻母狐狸。」事實上，男孩不曉得，瑪莉安還會朝拳頭裡吹氣，學貓頭鷹鳴叫，或把手指伸進嘴巴兩側，用舌頭和牙齒發出尖銳的哨音；會模仿各種鳥叫聲，將牠們引來身邊，也懂得許多鳥類簡單的語言——例如山雀嚷著老鷹來了的聲音；在同樣的時間內，羅賓射中木頭假鳥三次，瑪莉安可以射中兩次；她還會翻筋斗。但這些本事此刻都不需要。

暮色隨著秋天的第一波霧氣降臨，一片氤氳中，沒有遭霧氣驅散的灰林鴞家族彼此呼喚，小的發出「奇威」的叫聲，老的則是正常的「呼嚕呼嚕」。詩人所熟悉的「吐灰、吐呼[3]」聲，其實是散開的鳥兒向家族成員發出的叫聲。荊棘和其他阻礙逐漸難以辨識，卻愈發容易察覺。說也奇怪，就在這逐漸深沉的靜寂裡，小瓦發現自己更能安靜行動。剩下觸覺和聽覺之後，他的反應愈發靈敏，走路迅捷無聲。

約莫到了晚禱時分，或者我們該說晚間九點，他們已在林中費力走了至少七哩路，這時瑪莉安碰碰凱伊肩膀，指向青黑色的暗處。此時他們在黑暗中視物的能力已達人類肉眼極限，而這是城市人一輩子都做不到的。在瑪莉安帶領之下，他們在這片無路可循的森林裡走了七哩，來到那棵被雷劈中的橡樹前。他們無須言語，便一致同意悄悄靠近，打算不讓可能已等在那裡的同伴察覺到。

1 【編注】英國傳統製箭法，將製箭身的木料切割成截面呈正方形的細條，其次將正方形的四角截去，使成八角型，再將八角截去，成十六角，以此類推。完成後的截面為接近圓形的多邊形。

2 Weyve，古時的女盜匪。

3 tu-whit, tu-whoo，莎士比亞曾在〈冬〉（*Winter*）一詩如此描寫夜鴞的叫聲。

然而，比起移動中的人，靜止不動者畢竟占了優勢。他們還沒走到樹根外圍，便被同伴友好地伸手抓住，以輕如薊花冠毛的力道拍拍他們的背，引導他們坐下。樹根周圍坐滿了人，情景就像置身星椋鳥群，或準備歇息的烏鴉群中。在這神祕的夜裡，小瓦周圍百人的呼吸聲，宛如夜深人靜、讀書寫作時所聽見的血液湧動。他們置身在黑暗而靜謐的夜之子宮裡。

小瓦注意到蚱蜢開始發出刺耳聲響，音量微乎其微卻分外清晰，像是蝙蝠叫聲。牠們一隻接一隻鳴叫，連同瑪莉安叫的那三聲——代表凱伊、小瓦和她自己，總共一百聲。綠林好漢全數到齊，是出發的時候了。

先是樹葉沙沙聲，彷彿風在這棵九百歲橡樹的殘餘葉片間遊移。接著夜鴞輕喚，田鼠尖叫，兔子蹦蹦跳，雄狐發出公獅子般的低咳聲，還有蝙蝠在頭頂吱吱喳喳。葉子再度沙沙作響，這次持續的時間較長，夠讓你從一數到一百，瑪莉安的二十二人小隊已然環繞在她四周。剛才正是瑪莉安發出兔子蹦跳聲。小瓦發覺他們站成圓圈，雙手分別讓左右兩人牽起，蚱蜢再度唧唧而鳴。叫聲繞著圈子朝他而來，等最後一隻蚱蜢摩擦後腳，他右邊的人便握握他的手。小瓦唧唧叫了一聲，左邊的人立刻照做，而且也按了按他的手。二十二隻蟋蟀都叫過之後，瑪莉安小姐的隊伍準備開始最後一段無聲潛行。

最後這段路本該是一場噩夢，對小瓦來說卻如置身天堂。頃刻間他對夜晚充滿禮讚之心，不再受形體限制，安靜而超然物外。他甚至自認可以趁兔子進食時，在不被發覺的情況下走到牠背後，抓住毛茸茸的雙耳一把提起，讓兔子兩腳亂踢。他自覺可以從左右兩人的胯下溜過，或從刀鞘裡拔走匕首，而他們還渾然不覺地走著呢。對夜色隱蔽的熱愛在他體內流動，有如血液裡的醇酒。他的確個頭很小，年紀又輕，可以和其他戰士一樣隱密移動。他們雖有穿梭林間的好本領，仍因年齡和體重而顯得行動遲緩；他雖然本領不如人，可是年紀小、身體輕，動作極為敏捷。

除了獅鷲的威脅，此趟潛行非常容易。這裡的土地溼潤鬆軟，灌木叢稀少，容易發出聲響的蕨類也鮮少在此生長，所以他們能以三倍速度行進。他們彷如身在夢境，不受夜鴞啼聲或蝙蝠尖叫引導，而是在沉睡森林的影響之下，以一種既定的步調前進。有些人心懷恐懼，有些則急著要為同伴報仇，還有些人就像剛才所說，在隱匿的夢遊途中心凝形釋了。

他們悄悄走了不過二十分鐘，瑪莉安小姐便停下，指向左邊。

兩個男孩都沒讀過約翰．曼德維爾爵士[4]的著作，所以不知道獅鷲足足有獅子的八倍大。此時他們在寂靜的夜幕中向左望去，滿天繁星映照之下，他們簡直不敢相信世上有如此生物存在。那是一隻年輕的雄獅鷲，還沒換過羽毛。

牠的前半身（包括前腳和肩膀）狀似一隻巨大的鷹。波斯式的彎喙，第一根初級飛羽長得最長的修長雙翼，以及強健有力的爪子，全都如出一轍，只不過如同曼德維爾所觀察的，足有獅子的八倍大。肩膀以後的身體則出現了差異：一般鷹隼擁有十二根尾羽，這頭獅鷲卻長出非洲獅子般的身體和後腳，帶著一段蛇尾巴。在神祕的月光照耀下，男孩看著那二十四呎高的龐然巨獸，頭埋進胸口熟睡著，邪惡的喙就擱在胸羽上。如此一隻貨真價實的獅鷲，比一百隻兀鷹更值得一看。他們透過齒縫間吸氣，悄悄趕過去，將這壯觀的可怕景象儲存在腦海裡，留待日後

4 Sir John de Mandeville，被認為出生英國，並於西元一三五七年出版《曼德維爾遊記》（The Travels of Sir John Mandeville），以多人之旅遊記載所寫成。然而至今也有學者認為此書作者另為他人。

回憶。

最後他們終於接近城堡，綠林眾好漢在此止步。瑪莉安無聲地碰碰凱伊和小瓦的手，兩人便往前穿過逐漸稀疏的森林，走向樹後的微光。

他們來到一片寬廣的空地（或是平原），見到眼前景象，驚訝得停下了腳步。那是一座完全用食物築成的城堡，高塔頂端坐了一隻烏鴉，嘴裡啣著一枝箭。

「至古之民」全是貪吃鬼，或許是因為他們很少有機會填飽肚子。時至今日，你依然可以讀到一首他們寫的詩，叫做〈麥克康格林的異象〉[5]，其中一段便是描述由各種食物做成的城堡，摘譯如下：

在那美好平原中央
我看到一座鮮奶湖
還有一間建築美善的小屋
屋頂鋪著奶油

柔軟的門柱是蛋乳凍
凝乳與奶油製的臺座
晶瑩豬油床
還有許多乾酪薄片盾牌

在那些盾牌吊帶之下
是香滑軟嫩的起司人
他們手持舊奶油長槍
知道不該傷害蓋爾人

還有一只大鍋裝滿肉
（我真想嘗嘗）
新鮮的甘藍，煮成棕白
盛滿牛奶，就要溢出來

二十根肋條搭成培根小屋
牛肚編成圍牆
凡是人喜歡的食物
我看都收在這兒

5 The Vision of Mac Conglinne（也作 Mac Conglinne），約在十二世紀時期，愛爾蘭佚名詩人所寫的一首諷刺教會的詩。

漂亮的屋椽
是香酥的炸粉腸
壯觀的棟梁和支柱
用美妙的豬肉來搭

兩個男孩就站在這樣一座城堡前，看得既是驚奇，又有些頭暈目眩。城堡矗立牛奶湖中，發散著特殊幽光，一種凝脂的油亮。那是戰車城堡帶有仙靈氣息的一面，古民終究還是感應到隱藏的短刀，想藉此引誘孩子們去吃。但那味道有如雜貨店、肉鋪、乳品店和魚攤統統攪做一團，可怕難以形容——甜膩，令人作嘔又刺鼻，他們連一丁點都不想嘗。真正誘惑人的念頭反而是馬上逃走。

偏偏他們是來救人的。

於是他們拖著步伐，走過髒兮兮的吊橋，腳踝都陷進去了。橋是奶油做的，牛毛都還在裡面呢。他們看著橋上的牛肚粉腸，不禁顫抖著，拿著鐵製小刀指著香滑軟嫩的起司衛兵，衛兵隨即閃開了。

最後他們總算進了城裡的內室，摩根勒菲正躺在她晶瑩的豬油床上。

她是個肥胖邋遢的中年女人，一頭黑髮，生了細微的鬍子，外表就像普通人類。看到兩把短刀後，她立刻閉起眼睛，彷彿失了神。假如她不在這座奇異的城堡裡，或者不用忙著施展引人食欲的魔法，也許便能以更漂亮的形貌現身。

犯人被綁在奇妙的豬肉柱子上。

「如果鐵讓妳痛苦，我很抱歉。但我們是來救朋友的。」凱伊說。

摩根女王渾身發抖。

「可以請妳的起司人部下放了他們嗎？」

她不肯。

「這是魔法，你想我們是不是該過去親她一下，或是做什麼類似的可怕事情？」小瓦說。

「也許我們該用鐵碰她？」

「你去碰。」

「不要，你去。」

「我們一起去。」

他倆手拉手朝女王走去。她感應到金屬而疼痛不堪，開始像蛞蝓般在豬油床上扭動。最後，就在他們將要碰到她時，只聽到混濁液體攪動潑濺的聲音，戰車城堡的仙靈外表霎時消失得無影無蹤，只剩五個人及一條狗站在森林空地上，空氣中隱約還有腐臭牛奶的味道。

「老天保佑！」塔克修士說：「真是老天保佑啊！我以為咱們這回可死定了！」

「少爺！」狗童說。

卡威爾瘋狂地吠，咬他們的腳趾，翻身躺在地上，還想一邊搖尾巴，完全傻頭傻腦的模樣。老瓦特則摸了摸他額前的頭髮。

「好啦，」凱伊說，「這就是我的冒險，現在我們得趕緊回家了。」

第十二章

變身仙靈後的摩根勒菲，雖然抵抗不了鐵器，卻還有一隻獅鷲。就在城堡消失的那一刻，她施展魔咒，將牠從黃金鎖鏈中放了出來。

綠林眾好漢正慶幸順利得手，因此鬆懈了防備。他們決定迂迴繞過先前拴住那頭怪物的地方，再穿越幽暗樹林，揚長而去，壓根沒想到會有危險。

只聽一聲有如火車鳴笛的噪音，接著羅賓森的銀號角便吹響了，號角聲有如鳳凰鳴叫。

「──嗡，噠嗡、嗡噠嗡、噠嗡噠嗡、嗡噠嗡噠嗡──」號角如此吹著，「嗚、嘟、嘟嗚嗚、嘟嘟嗚嗚。嘟、嘟。噹、噹、噹、噹。」

羅賓吹起他的獵音；面對衝過來的獅鷲，遭到伏擊的弓箭手立刻轉身。他們動作一致，左腳踏前一步，灑出滿天箭雨，宛若雪片紛飛。

小瓦看著那怪物在半途中晃了晃，一根一布碼長的羽箭從牠肩胛骨間穿出。他看著自己射出的箭飛偏了，急忙彎身從箭袋裡再拿一根。他看著一排同伴紛紛彎身取箭，彷彿有什麼預先安排好的信號。他聽見弓弦再度擦響，箭羽在空中低顫。他看著箭陣閃亮，一如在月光下眨眼。到目前為止，他只射過會發出噗一聲的稻草人，時常盼望能聽聽這些清亮又致命的飛箭射進肉裡的聲音。這回可聽到了。

然而獅鷲的皮厚如鱷魚皮，除了少數箭枝命中目標，其餘都彈開了。牠繼續衝來，一邊厲聲尖叫，揚起尾巴左揮右掃，眾人紛紛倒地。

小瓦忙著搭箭上弓，但箭羽怎麼調整就是對不準。一切都成了慢動作。他看著那黑壓壓的龐然身軀穿過月光，覺得那利爪一把攫住他的胸膛，覺得自己緩緩翻著筋斗，被上頭殘酷的重量壓住。

他看見凱伊的臉出現在這旋轉宇宙的某處，星光照亮他通紅的臉，神色驚惶；瑪莉安小姐的臉則在另外一頭，嘴巴張大，叫喊著什麼。就在他陷入黑暗之前，他想著，那不是在喊我嗎？

他們把他從獅鷲的屍體下拖了出來，發現牠的眼睛上插著凱伊的箭，死在即將躍起那一刻。然後他難受了好一段時間——羅賓幫他接好鎖骨，從兜帽撕下一塊綠布做成吊帶，接著，筋疲力盡的隊伍在屍體旁躺下，睡了。天色已晚，來不及回艾克特爵士的城堡，或大樹下的土匪窩。歷險的種種劫難已經結束，今晚所要做的，就只剩生營火、安排守夜，就地休息。

小瓦沒怎麼睡。他倚樹而坐，看著守夜人在通紅火光裡來回走動，聽他們悄靜的通關暗語，回想今天經歷的一切。這些事在他腦裡打轉，有時失了順序，顛倒過來，或片段零碎。他看見撲躍而來的獅鷲，聽到瑪莉安喊出：「射得好！」聽著群蜂嗡嗡，與蚱蜢唧唧混為一團，朝木頭假鳥射了不知幾千幾百次，卻見木鳥變成獅鷲。凱伊和重獲自由的狗童躺在他旁邊，睡夢中不時抽動，看似顯得陌生而難以辨認，人熟睡時總是那樣。而卡威爾呢？趴在他沒受傷的肩膀上，不時舔舔他溫熱的雙頰。黎明來得很慢，那樣千呼萬喚的，幾乎無法判定天亮的確切時刻，一點也不像夏季應有的樣子。

等大家醒來，吃過隨身攜帶的麵包和冷鹿肉當早餐後，羅賓說：「嗯，凱伊，請你帶著一顆愛我們的心，快快回家去吧。不然艾克特爵士會組織人馬來對付我，把你們抓回去。感謝你們出手相助，我能給你們什麼禮物作為回報嗎？」

「這次冒險真過癮，實在是令人愉快。我可以帶走這隻我射死的獅鷲嗎？」凱伊說。

「可能會重得扛不動。不如帶頭回去就好？」

「也行，只要有人願意幫我把頭砍下來。畢竟這是我的獅鷲。」凱伊說。

「你要拿老瓦特怎麼辦呢？」小瓦問。

「那要看他的意願了。說不定他想溜走，和以前一樣吃橡實過活。如果他想加入我們這夥人，當然也很歡迎。」

「如果你要送我禮物，」小瓦慢吞吞地說：「我想就要他。你覺得這樣行嗎？」

「說實話，」羅賓說：「我覺得不行，人不能拿來當禮物：他們不見得喜歡。至少我們撒克遜人是這麼認為。再怎麼說，他以前是自己從你們村裡跑走的，所以我想他應該不會回去。你覺得呢？」

「我沒有不讓他走的意思，不是那樣的。嗯，我們有個家庭教師，他是魔法師，我想他或許能幫他恢復神智。你要他做什麼呢？」

「好孩子，那就帶他走吧。抱歉我誤會你了。至少我們可以問問，看他想不想去。」羅賓說。

有人去找瓦特時，羅賓說：「你最好自己跟他說。」

他們把那可憐的老頭帶了過來，站在羅賓面前。他微笑著，一臉茫然，看起來既可怖又髒得要命。

「問吧。」羅賓說。

小瓦實在不知如何解釋，便說：「瓦特啊，你跟我一起回去好不好？拜託？去一下就回來。」

「啊吶吶吶哇啦吧吧！」瓦特笑著，一邊扯著額髮一邊鞠躬，還朝四面八方輕輕揮手。

「跟我走吧？」

「哇吶吶哇吶哇吶！」

「要不要吃晚餐？」小瓦絕望地問。

「嗚！」那可憐的傢伙大叫，這回是肯定的語氣。一聽到有東西可吃，他眼裡立刻閃現喜悅的亮光。

「走這兒，」小瓦指著說，他從太陽的方位推斷，從這方向可以回到監護人的城堡。「吃晚餐喔！來吧，我帶路。」

「少爺！」瓦特說，突然想起一個詞了。過去他遇到賞賜食物的大人，總是習慣說這個詞，這是他唯一的吃飯本領。於是就這麼決定了。

「好啦，這真是一次精彩的冒險，我也捨不得你們走。希望以後還有機會見面。」羅賓說。

「如果你們無聊，歡迎隨時來玩。只要沿著林間空地走就行了。還有你，小瓦啊，這幾天多留意你的鎖骨。」瑪莉安說。

「我會派人陪你們走到獵林外圍。」羅賓說：「之後你們就得自己走了。我想狗童可以幫忙搬獅鷲的頭。」

「再見。」凱伊說。

「再見。」羅賓說。

「再見。」小瓦說。

「再見。」瑪莉安微笑說。

「再見！」綠林眾好漢揮著弓齊聲喊道。

於是，凱伊、小瓦、狗童、瓦特、卡威爾以及護送者，踏上返家的長路。

他們受到盛大的歡迎。前一天晚上，所有獵犬都安然歸來，卡威爾和狗童卻沒回來，凱伊和小瓦也不見蹤影，這可急壞了全家人。保母開始歇斯底里；哈柏在外頭待到半夜，徹底搜索森林外緣；警衛官則把所有盔甲都擦了兩次，又將所有刀劍和斧頭磨得如剃刀鋒利，以防敵人入侵。最後終於有人想到去請教梅林，結果發現他正在睡第三場午覺。魔法師為了換取一點清靜，以便繼續休息，便用他的「真知灼見」告訴艾克特爵士，兩個男孩正在做些什麼、他們身在何處，以及預計何時歸來。他預測的返家時刻分毫不差。

所以呢，這一小列歸來的戰士隊伍一出現在吊橋視線能及之處，立刻受到全家人熱情歡迎。艾克特爵士站在吊橋中央，拿著一根粗枴杖，準備用來責打他們到處亂跑，又惹出這許多麻煩；保母堅持要拿出一面旗幟，上頭寫著「歡迎回家」；艾克特爵士小時候，每次回家過節時都要掛；哈柏忘了他心愛的獵鷹，站在一旁用手擋著光，想搶先看見孩子；廚子和廚房全體員工敲著鍋碗瓢盆，不成調地唱著「你是否不再回來？」之類的歌；廚房的貓在長嚎；因為無人看管，獵犬都從狗舍裡溜出，正要去追廚房裡的貓；警衛官開心地高挺胸膛，看起來彷彿隨時會炸裂，並且以威嚴的口氣說：「一、二！一、二！」指揮大家準備喝采。

「一、二！」警衛官大喊。

「哇呀！」眾人服從地跟著喊，連艾克特爵士也不例外。

「瞧我帶了什麼回來！」凱伊叫道：「我射死了一隻獅鷲，小瓦還受了傷。」

「汪！汪！汪！」獵犬齊聲吠叫，朝狗童撲過去，舔他的臉、搔他的胸膛，把他全身上下都聞過一遍，想知道他去了哪些地方，然後滿懷希望地看著獅鷲頭，狗童把頭高高提在半空，不讓牠們吃。

「我的老天！」艾克特爵士驚道。

「哎呀，我可憐的小痳雀！」保母叫著，丟下了旗子。「瞧你可憐的小手傷成這樣，給綠繃帶綁起來囉，上帝保佑啊！」

「我沒事的，」小瓦說：「啊，不要抓，會痛啦！」

「我可以把這個頭做成標本嗎？」凱伊問。

「真是見鬼了，這可不是咱們那個發瘋跑走的老瓦特嗎？」哈柏說。

「我親愛的好孩子，」艾克特爵士說：「你們回來我真是太高興了！」

「別高興過頭，」保母得意地叫道：「您那根枴杖到哪兒去啦？」

「哼！你們兩個竟敢到處亂跑，把我們急死了！」艾克特爵士說。

「這是真的獅鷲喔，」凱伊說，他知道根本沒什麼好怕的。「我射了好多箭，小瓦的鎖骨斷了。我們救了狗童和瓦特。」

「教這兩個小夥子射箭，總算還派得上用場。」警衛官驕傲地說。

艾克特爵士親吻了兩個孩子，並且下令把獅鷲頭展示在他面前。

「我的天！」他驚訝地說：「好一頭怪物！我們就把牠做成標本，掛在飯廳裡，你說牠多大塊頭？」

「兩耳間的距離是八十二吋，羅賓說可能破了紀錄。」

「那我們得記下來。」

「還不錯，對吧？」凱伊故作平靜地說。

「我會請羅蘭．渥德[1]爵士立下這個紀錄，」艾克特爵士興高采烈地繼續說，「還要弄張象牙小卡，用黑字寫上『凱伊的第一隻獅鷲』，加上日期。」

「哎，少孩子氣了。」保母叫道：「小瓦少爺，我的心肝寶貝，你現在就回房躺在床上。還有艾克特爵士，您也不覺得丟臉，這孩子差點連命都沒了，您還只顧著怪物的頭，高興得什麼似的。好啦，警衛官，您也別猛吸氣挺胸了。來人啊，快帶馬兒到卡道爾[2]請大夫去。」

她朝警衛官揮揮圍裙，他的胸膛便洩了氣，像隻被驅趕的小雞退下了。

「沒事的，我跟妳說，只不過斷了根鎖骨，羅賓昨晚都幫我接好了，一點都不疼呢。」小瓦說。

「奶媽，就別管他吧。」艾克特爵士下了命令，剛剛被提醒了家規，他趕忙站在男生這邊與女生作對，急著恢復他的權威。「如果有必要，梅林一定會照顧他。不過誰是羅賓啊？」

「羅賓森！」男孩齊聲叫道。

「從沒聽過。」

「你們都把他叫成羅賓漢，」凱伊用高高在上的語氣解釋，「但其實是羅賓森，因為他正是森林裡的靈魂人物。」

「好啊，原來你們跑去和流氓鬼混啦！進來吃早餐吧，小鬼頭，多跟我講些他的事。」

「我們幾小時前就吃過了。可以讓我帶瓦特去見梅林嗎？」小瓦說。

「哎，這不是那個發了瘋，跑去住在森林裡的老頭嘛？你從哪把他撿回來的？」

「他被『好人』抓走了，狗童和卡威爾也是。」

「但是我們射死了獅鷲，」凱伊插嘴：「我自己把牠射死的。」

「所以我想去看看梅林能不能幫他恢復神智。」

「亞少爺，」保母嚴峻地說。剛才被艾克特爵士訓斥一頓，她已經憋了一肚子氣了。「亞少爺，您要去的地方是自己的房間和房裡那張床，而且現在就去。老傻瓜不管怎麼說還是個老傻瓜，老歸老，而我好歹在這兒做了五十年了，還不清楚我的本分嗎？您也不瞧瞧自己胳膊都要掉到地板上了，還在這兒嘮叨什麼幫瘋子恢復神智！」

「沒錯，您這隻老火雞、老公雞！」接著，她凶巴巴地把目標轉移到艾克特爵士身上。「您就把那位魔術師先生支開，好讓咱們小寶貝在房裡好好休息，這您總做得到吧？」

「跟什麼怪物瘋子胡來，」於是這位勝利者領著她無助的戰俘，離開飽經戰火摧殘的戰場，一邊還繼續說：「活一輩子沒聽過這種事！」

「麻煩你們跟梅林說，請他照顧瓦特啊！」受害者轉頭喊道，聲音漸行漸遠。

♐　♐　♐

1　【編注】Sir Rowland Ward，維多利亞時代著名標本製作師，於一八九二年出版《創紀錄大獵物》（*Records of Big Game*）。有一套獵物尺寸測量標準便是以其名字來命名。

2　Cardoyle，亞瑟王文學中的首府，尤其在歐陸文學中。應該是坎布里亞（Cumbria）地名卡萊爾（Carlisle）的變體。

他在涼涼的床上醒來，覺得舒服多了。照顧他的那位吞火老保母拉上了窗簾，房裡陰暗而舒適，他從地板上的一縷金色陽光判斷，應該是傍晚時分。他不只覺得舒服許多，簡直是精力充沛，沒法待在床上了。他迅速掀起被單，卻因背上的爪痕痛得嘶叫一聲，睡夢中他早忘了這件事。於是他小心翼翼滑下床，單手撐著站直，光溜溜的腳丫子伸進拖鞋，再胡亂裹上家居服。他輕手輕腳地穿過石製走廊，踩著陳舊的螺旋樓梯走向梅林的房間。

進了教室，他發現凱伊正在繼續他的一流「矯育」。凱伊在聽寫，小瓦開門時聽見梅林正念著有名的中世紀記憶口訣：「巴拉巴拉、賽拉倫、達力、費立歐克、普利歐利斯[3]。」凱伊則說：「等一下，我的筆糊了。」

「你會著涼的。」他們見了小瓦，凱伊便說：「你不是應該躺在床上，因為壞疽還是什麼的奄奄一息嗎？」

「梅林啊，你對瓦特做了啥？」小瓦說。

「講話盡量不要押韻，」巫師說：「舉例來說，『老弟，這裡的啤酒不道地。』押得相當糟糕。更何況你的句子本身就很含糊。『啥做了啥[4]？』我大可這麼反問，把這當成謎語，或者如果我是派林諾國王，就成了『啥做了啥，啥？』一個人講話，措辭應該盡可能謹慎。」顯然凱伊聽寫表現不錯，老紳士心情大好。

「你知道我是什麼意思，你對那位缺了鼻子的老先生做了啥？」小瓦說。凱伊回答，梅林把他醫好了

「這個嘛，」梅林說：「醫好也對，沒醫好也對。當然了，當一個人像我一樣活了這麼久，而且還是倒著活的，多少懂點病理學。至於分析心理學和整形手術呢，恐怕你們這一代還沒法領會。」

「你到底對他做了啥？」

「噯，不過就是幫他做點精神分析，」魔法師得意地說：「除此之外呢，就是幫他們倆各縫上一個新鼻子。」

「什麼樣的鼻子？」小瓦問道。

「這真是太好笑了，」凱伊說：「他本來想用獅鷲的鼻子，但我不肯，所以他就從晚餐要吃的小豬身上拿鼻子來用。我看他們會像豬一樣咕嚕叫。」

「這是一場困難的手術，可是非常成功。」梅林說。

「好吧，」小瓦不放心地說：「希望一切沒問題才好。後來他們去幹啥了呢？」

「他們一起到狗舍。老瓦特說他很抱歉咬掉狗童的鼻子，但不記得自己做過這件事了。他說以前被人丟石頭的時候，突然眼前一黑，之後什麼都不記得了。狗童原諒了他，說他一點也不在意。他們以後會一起在狗舍工作，過去的事就算了。狗童說他們被仙靈女王關起來的時候，老先生對他很好，他也知道自己當初不該朝他丟石頭。他還說，別的男孩子對他丟石頭時，他常想起這件事。」

「嗯，我很高興一切都圓滿收場。你覺得我可以去探望他們嗎？」小瓦說。

「看在老天分上，別再惹你保母！」梅林大叫，緊張兮兮地環顧四周。「早上我去看你的時候，那老女人用掃帚把我轟了出來，還打壞我的眼鏡。你就不能等到明天嗎？」

到了第二天，瓦特和狗童已經成了最要好的朋友。由於兩人都被丟過石頭，又曾一起被摩根勒菲綁在豬肉柱子上，他們便有了特別的聯繫與共同回憶，從此晚上一起躺在狗群裡時，也不愁沒有話題。此外，隔天早上，他們都拔掉了梅林好心縫上的鼻子，說是已經習慣沒有鼻子，更何況他們喜歡和狗群一起生活。

---

3 Barabara Celarent Darii Ferioque Prioris，是中世紀邏輯學三段論法的著名記憶口訣。

4 瓦特（Wat）與「啥」（What）音近，因此小瓦原句聽起來像是「你對啥做了啥？」

第十三章

雖然百般不願意，小病人亞瑟還是被關進房裡，囚禁了整整三天。除了就寢時間凱伊會進來，他都是獨自一人。梅林得趁保母忙於洗衣時，從門外扯開喉嚨進行矯育。

只有螞蟻窩可供他解悶。那是他初訪梅林的林中小屋時帶回來的，蓋在兩只玻璃盤之間。他可憐兮兮地從門下方嚎叫：「您行行好，趁我現在被關起來，把我變成什麼東西吧？」

「我不能透過鑰匙孔施法。」

「透過什麼？」

「——匙——孔！」

「噢！」

「你還在嗎？」

「在。」

「什麼？」

「什麼？」

「喊來喊去的真煩人！」魔法師氣急敗壞地說，跺腳踩著他的帽子。「叫卡斯特和波魯克斯……等等，我可不要再來一次。老天保佑我的血壓……」

「您可以把我變成螞蟻嗎？」

「變成什麼？」

「——成——螞——蟻！只要施個小法術就行了，對不對？可以透過鑰匙孔吧？」

「我覺得不大妥當。」

「為什麼？」

「因為牠們很危險。」

「你可以用你的『真知灼見』看著嘛，如果大事不妙，再把我變回來。拜託把我變成什麼動物吧，不然我腦袋要出毛病了。」

「好孩子，這些螞蟻可不是咱們的諾曼種，牠們是從非洲海岸來的，好戰得很。」

「我不懂好戰是什麼意思。」

門後沉寂了好一段時間。

「嗯，」最後梅林說：「現在就讓你接受這種教育，實在太早了。但是你遲早要碰上。我想想，你那兒是不是有兩個螞蟻窩？」

「這裡有兩組玻璃盤子。」

「從地上拿一根藺草[1]，放在兩個窩中間，像一座橋一樣。放好了嗎？」

1 【編注】中古世紀中上資產的人家會在地板鋪藺草以阻絕寒氣，於每年或每季換新，有時亦混入各式香草調節氣味。貧苦人家則鋪乾麥稈。

「放好了。」

他所在之處看起來像一片巨石林立的曠野，彼端有一座扁平的堡壘——被兩片玻璃夾著。欲進入堡壘，須通過岩石之中的隧道；通往各個隧道的入口上頭有個告示牌寫著：

凡事若非禁止，即為義務

他雖不懂意思卻心生反感，想著就先四處看看再進去。不知什麼緣故，告示牌讓他有些躊躇不前，崎嶇的甬道則顯得陰森。

他謹慎地晃晃觸角，仔細打量告示牌，慢慢習慣新的感官，六隻腳穩穩踩進昆蟲世界，彷彿要給自己壯膽。他用前足清清觸角，晃啊梳的，活像個維多利亞時代的壞蛋捻著小鬍子。他打個呵欠——螞蟻真的會打呵欠，也像人類一樣會伸懶腰。這時他察覺到一件存在已久的事：腦子裡有個清晰的聲音。若不是聲音，就是一種複雜的氣味，最簡單的解釋，就是像無線廣播，是從他觸角傳來的。

那音樂有種脈搏跳動般的單調韻律，搭配的歌詞則類似王宮—洪鐘—隆冬—晴空，或是媽咪—媽咪—媽咪—媽咪，或是永遠—不遠，或是愁—瘦—透。起先他還挺喜歡，尤其是愛戀—雙燕—飛上天那段，然而不久便發現歌詞一成不變，播完一輪後又從頭開始。聽了一兩個小時，他都覺得反胃了。

音樂停歇時，他腦中還有另一個聲音，似乎在發號施令，例如「所有出生兩天者遷移至西邊側廊」，或「陸軍部二一〇三九七向運湯小隊報到，接替從巢中摔落的陸軍部三三三一〇五。」那是很悅耳的聲音，但似乎不帶感情，有如馬戲團的把戲，是一種再三演練過的魅力，卻死氣沉沉。

等這男孩（或者我們該說這隻螞蟻）準備就緒，便從堡壘前走開，懷著忐忑的心情探索那片巨石荒漠。他不想去那個發布命令的地方，但對眼前的狹隘視野又覺得不耐。他發現巨石之間有諸多蜿蜒小徑，看似漫無目的，卻又像皆有意圖。除了通往穀物儲倉，這些小路還通往許多他不清楚的方向。其中一條的盡頭是個土堆，下方有個天然凹洞，這凹洞同樣有種漫無目的的感覺，他在裡面發現兩隻死螞蟻。牠們躺的樣子既整齊又不整齊，彷彿一個做事井井有條的人把牠們搬來這裡之後，卻忘記自己為何要來。牠們全身縮成一團，看不出對死去是高興還是遺憾。就躺在那兒，猶如兩張椅子。

正當他盯著兩具屍體的時候，一隻活的螞蟻又背了第三隻從小路走了下來。

牠說：「巴巴路斯，萬福！」

男孩也很有禮貌地說了萬福。

從某方面來說，他非常幸運，因為梅林沒忘記賦予他這個蟻穴的氣味。假如他聞起來是另一邊的味道，牠們會立刻殺了他。不過他並不知道自己幸運。如果艾迪絲．卡維爾小姐[2]是隻螞蟻，後人大概會在她的雕像上寫著：只有氣味是不夠的。

2 Edith Cavell（1865-1915），英國護理師，一戰時協助比利時淪陷區的盟軍士兵逃亡遭德軍槍決。「我明白只有愛國是不夠的，我必須對任何人都不懷怨恨。」是她其中一段的遺言。

新來的螞蟻輕輕放下屍體，接著四處拖拉另外兩具。牠似乎不知該怎麼擺，或者應該說，牠知道要擺成什麼樣子，只是不知怎麼做。就像是一個人一手拿著茶杯，一手拿著三明治，又想擦火柴點菸。不過呢，人懂得先放下茶杯和三明治，再拿菸和火柴。這隻螞蟻卻會放下三明治，拿起火柴，接著放下火柴，拿起香菸，又放下香菸，拿起三明治，然後放下茶杯，拿起香菸，直到最後終於放下三明治，拿起火柴。牠得靠著一連串意外才能達成目標。牠極富耐心，而且不思考。等牠擺放妥當三隻螞蟻，屍體剛好會在土堆下排成一直線，而這便是牠的責任。

小瓦驚奇地看著這一切，驚奇隨即轉為不耐，而後又變成嫌惡。他想問對方為何不事先規畫，那是見別人辦事毫無章法時會有的嫌惡感。過了一會兒，他又希望能問些別的問題，例如「你喜歡當挖墓工嗎？」或「你是不是奴隸？」或甚至「你開心嗎？」

神奇的是，他竟然沒辦法提問。要開口，他得先透過觸角，把問題轉換成螞蟻的語言，這才絕望地發現，螞蟻語裡沒有他想問的那些詞。沒有開心，沒有自由，沒有喜歡，連反義詞都沒有。他覺得自己就像個想喊「失火了」的笨蛋。意思最接近「對」或「錯」的，也只有「完成」或「未完成」。

那隻螞蟻搬弄完畢，把屍體胡亂留在原地，轉身走回小徑。牠發現小瓦擋在半路，便停下腳步，像坦克車一般朝他揮動無線天線。那張無言又凶狠的頭盔臉，一身是毛，前腳關節上還有馬刺般的東西，看起來還更像個騎著戰馬，全副武裝的騎士，或者像兩者的綜合體：一隻披戴盔甲、毛茸茸的半人馬。

牠又說了一次：「巴巴路斯，萬福！」

「萬福！」

「你在做什麼？」

男孩誠實地回答：「我沒做什麼。」

對方愣了幾秒鐘，如果愛因斯坦告訴你他最新的空間理論，你也會有同樣的反應。接著牠伸長十二個天線關節，對空發話。

牠說：「一〇五九七八回報，位置第五區。第五區有發瘋螞蟻乙隻。完畢。」

牠用來代替發瘋的詞是「未完成」。後來小瓦發現，這語言裡只有兩種標準，「完成」和「未完成」，適用於一切價值判定。如果食物收集小隊發現的種子很甜，那就是「完成」的種子。假如有人在裡面摻了腐蝕性的氯化汞，那就是「未完成」的種子，如此而已。就連廣播裡的王宮、媽咪、雙燕等等，也一律形容為「完成」。

廣播暫停片刻，接著那悅耳的聲音便說：「總部回應一〇五九七八，牠是幾號？完畢。」

螞蟻問：「你是幾號？」

「我不知道。」

等這消息傳回總部，又有新的訊息傳來，問他能否證明自己的身分。螞蟻問他，用的字詞和聲音都跟廣播完全一樣。讓他又生氣又不舒服，兩種情緒他都不喜歡。

「是啊，」他故意語帶嘲諷，反正對方察覺不到。「我摔下來撞到頭了，什麼事都記不得哪。」

「一〇五九七八回報。未完成螞蟻從巢裡摔下來，暫時喪失記憶。」

「總部回一〇五九七八，未完成螞蟻是陸軍部四二四三六號，今天早上和嚼碎小隊工作時從巢裡摔出。如果牠有能力繼續——」有能力繼續值勤在螞蟻話裡比較簡單，就是「完成」，一切並非如此的都是「未完成」。不過語言的事暫且不提。

「如果牠有能力繼續值勤，指示陸軍部四二四三六號回到嚼碎小隊，接替原本接手的陸軍部二一〇〇二一號。完畢。」

對方重複一遍訊息。

就算他絞盡腦汁思考，也找不出比撞到頭更好的理由了，因為螞蟻的確有時候會摔倒。牠們這種螞蟻叫原生收割家蟻。

「好。」

挖墓工說完便不再理會他，沿著小徑爬開，去找別的屍體，或者其他需要清除的東西。

小瓦朝反方向走，前去加入嚼碎小隊。他記住自己的號碼，還有要接替的單位號碼。

嚼碎小隊站在堡壘的一間外圍房室內，像圍成一圈的膜拜者。他加入圓圈，表示二一〇〇二一號可以返回主巢。然後他和其他螞蟻一樣，開始把甜種子泥裝進肚子。他們的做法是先把別人收集的種子嚼成糊狀或液狀，再吞進嗉囊。起先他覺得很美味，貪婪地吃著，可是沒過幾秒，便開始覺得無法滿足。他不懂為何會這樣。他仿效小隊的其他成員，忙不迭地又嚼又吞，可是那就像在吃一頓空洞的大餐，或是一場在舞臺上演出的晚宴。從某種角度來說，簡直像身陷噩夢，夢中你得不斷吞食大量油灰，無法停止。

種子堆周圍熙來攘往，螞蟻的嗉囊若是裝滿了，便走回堡壘內部，由從堡壘內部回來、排著隊的空腹螞蟻接替。隊伍裡沒有新螞蟻加入，永遠是同樣那幾隻輪流來去，牠們一輩子都在做這件事。

他突然明白自己吃的東西都沒吞下肚，除了剛開始一小部分吃進去，其餘全進了前胃，也就是嗉囊，以便之後移除。他同時也恍然大悟，等會兒他裝滿嗉囊走去西邊，也得把東西吐出來，成為貯存的食物。

嚼碎小隊一邊工作，一邊互相交談。剛開始，他覺得這主意不錯，於是很認真地想多聽一些。

「哦，聽呀！」其中一隻會這麼說：「這首媽咪媽咪歌來了。我說，這首媽咪媽咪歌實在好聽（完成），水準很高（完成）呀！」

另一隻便會說：「我說，咱們敬愛的領導實在厲害，您說是嘛？聽說上回打仗時，她給螫了三百次，還得了蟻十字勇氣勳章[3]呢。」

「咱們生在甲巢真是運氣好，您說是不是？要是生在乙巢啊，可就慘囉。」

「像陸軍部三一〇〇九九那才叫糟糕。當然牠立刻就被處決了，咱們敬愛的領導特別下的命令。」

「哦，聽呀！那首媽咪媽咪歌又來了，我說啊……」

他裝滿嗉囊後走了開，讓牠們再說一遍同樣的話。牠們沒有新聞，沒有醜聞，根本沒什麼好談的。對牠們來說，天底下沒有新鮮事。連有關處刑的對話也是標準公式，不同的只有罪人的號碼。每次牠們講完媽咪媽咪歌，接著就談敬愛的領導，然後是乙巢的螞蟻有多齷齪，以及最新的死刑，如此周而復始。連敬愛、厲害、運氣好也都是「完成」，糟糕則是「未完成」。

男孩來到堡壘大廳，成千上百的螞蟻在育嬰室裡舔舐或餵食，把幼蟲遷移到溫度合適的通道，打開或關上通風

3 暗指德軍用以獎勵勇氣和榮譽的「鐵十字勳章」（Iron Cross）。

道。大廳中央，「領導」被眾蟻的阿諛奉承所包圍，志得意滿地下著蛋，聽著廣播，發布命令，或下令行刑（他後來聽梅林說，這些「領導」的繼任方式隨螞蟻種類而異。舉例來說，想要建立新政權的點琉璃蟻，會攻進慌琉璃蟻[4]的巢穴，跳到年邁暴君背上。在寄主的氣味掩護下，她會慢慢將對方的頭鋸掉，直到自己取得統治權。）

結果，他滿肚的種子泥無處安放。如果有螞蟻想吃，便攔住他要他張開嘴，從中進食。牠們不把他當人看，說穿了牠們自己也沒有人味。他就像一具送菜的升降機，專門讓這些愚蠢的食客填飽肚子，連胃都不是自己的。

不過我們無須再深究，螞蟻實在不是個讓人愉快的話題。簡單來說，男孩繼續與牠們為伍，遵從牠們的習慣，仔細觀察以便了解牠們，卻無法發問。不僅牠們的語言沒有人類感興趣的字眼——所以不可能問牠們是否相信生命、自由和追尋幸福，發問本身便是一件危險的事。對牠們來說，發問是精神失常的徵兆。牠們的生命無可質疑，只有服從的本分。他爬出螞蟻窩，回到種子堆，再循原路回來，讚嘆著媽咪媽咪歌實在好聽，張嘴吐出食物，盡全力去了解這一切。

當天下午稍晚，一隻偵查蟻越過了梅林囑咐小瓦搭建的藺草橋。這隻螞蟻與牠們同種，只是來自另一邊的蟻巢。牠碰上一隻清道夫蟻，被殺害了。

這消息傳回來後，廣播內容改變了。或者應該說，當間諜發現另一個巢貯存了不少種子，廣播就變了。媽咪媽咪歌取代為〈螞蟻國，至高無上螞蟻國〉[5]，一連串命令不時遭有關戰爭、愛國情操和經濟現狀的演講所打斷。悅耳的聲音說，牠們摯愛的祖國正遭受大批齷齪異巢螞蟻圍攻，這時無線合唱團便唱道：

他巢的鮮血從刀上噴灑，
一切都完美無瑕。

廣播中同時說明，英明睿智的「眾蟻之父」早有明示，他巢螞蟻應該永世為本巢之奴。再者，牠們摯愛的祖國當前只有一個供食盤，倘若要使國族不致滅亡，勢必要改善此一可恥局面。第三點聲明，則是本巢的國家資產正遭受威脅，國界將遭蹂躪，馴養的甲蟲將遭綁架，而共有的肚腹會挨餓。小瓦仔細聽著其中兩則，以便事後記得。

第一則如下：

甲、我們蟻口眾多，因而糧食不足。

乙、所以我們應當鼓勵生育，使蟻口更多，糧食更不足。

丙、既然我們蟻口眾多，糧食不足，當然就有權奪取他蟻的種子糧食。更何況，到時候我們已經有一支蟻口眾多又餓著肚子的大軍了。

按照這樣的邏輯推演，開始實行之後，幼蟲產量立刻增為原本的三倍。其實，兩邊的蟻巢都從梅林那裡得到充

4 點琉璃蟻（Bothriomyrmex）與慌琉璃蟻（Tapinoma）皆為琉璃蟻亞科的類群。

5 *Antland, Antland Over All*，暗指德意志之歌《*Deutschland, Deutschland uber alles*》（Germany, Germany above all，德意志，至高無上德意志）。

足的食物。再怎麼說，糧食不足的國家就算挨餓，在昂貴的軍備上卻總不輸人。接著第二種演說開始。

第二則如下：

甲、我們蟻口比牠們多，所以我們有權搶牠們的糧食。

乙、牠們蟻口比我們多，所以邪惡的牠們一定會來搶我們的糧食。

丙、我們是一支強大的種族，所以自然有權使弱小的牠們臣服。

丁、牠們是一支強大的種族，所以反常地試圖使愛好和平的我們臣服。

戊、我們出於自衛，必須攻打牠們。

己、牠們自衛，就等於攻打我們。

庚、如果我們今天不打，明天牠們就會攻來。

辛、反正我們也不是攻打牠們，而是帶給牠們無可計數的福利。

第二種演說結束後，便開始了宗教儀式。小瓦事後發現，這些禮拜可以溯自極為古老，以致於難以標定年代的傳奇過往，那時螞蟻還未實行共產主義，那時的螞蟻依然與人類相似，其中有些禱詞非常令人印象深刻。

如果我們不管語言的差異，而用為人所熟知的詞句，那麼其中一段讚美詩如此起頭：「用武力取國土！掃蕩牠們全部！轟炸機轟到老遠，炸彈炸翻天。」最後是驚人的收尾：「喔，大門在前，轟掉你們的頭臉；喔，老頑固的門板，把你們轟個稀爛，因為榮光上主即將踏入門檻！何許人也，榮光上主？即使上帝顯靈也，他是榮光上主！」

說也奇怪，普通的螞蟻既沒有受到這些歌曲振奮，聽了演說也興致缺缺，只視為理所當然。對牠們來說，就像媽咪媽咪歌或有關「可敬的領導」的對話一般，只是儀式，不好也不壞，不令人興奮，不特別合理，也不很糟糕，牠們不會特意關注，只當這些統統都是「完成」的。

決戰時刻很快來臨。備戰完畢，士兵不遺餘力，蟻窩的牆上到處是愛國標語，像是「不給吃就螫你」或「吾以氣味發誓」。小瓦絕望了。那在他腦中不斷重複，又無法切掉的聲音；那毫無隱私可言的生活，一邊讓螞蟻從自己胃裡吃東西，一邊聽腦中不斷重複的歌聲；荒涼空洞的感覺；別無選擇，只能從兩種價值之中做出判斷；徹底單調的生活比其中的邪惡還要可怕。這一切的一切，逐漸侵蝕他童年的快樂生活。

眼看雙方駭人的軍隊就要為了玻璃盤間的假想國界展開廝殺，幸好梅林救走他了。他把這位滿心厭倦的小探險家變回床上，慶幸自己及時趕到。

第十四章

秋季，人人都在為即將到來的嚴冬準備。夜裡，他們忙著拯救撲火的長腿飛蚊，以免牠們被燭火燒死。白天，牽乳牛去啃食割鐮刀留下的殘株和雜草。豬群則趕到森林地帶，由男孩敲打樹幹，震落橡實給牠們吃。每個人都有不同的差事。從穀倉傳來一成不變的連枷打麥聲；一片片的田地裡，緩慢而異常笨重的木頭耕犁起起落落，播種者亦步亦趨，脖子上掛著竹製筐具，有節奏地撒著黑麥和大麥種子，右手往左腳邊撒，左手往右腳邊撒。出外搜尋糧草的隊伍推著刺輪車，滿載蕨菜而歸，一邊還睿智地說：

夏天終了，勤快趕工，
塞滿牛棚，不愁過冬。

其他人則拖著柴薪回來，以便在城裡生火。刺鼻的空氣中，大槌敲擊楔子的聲音響徹林間。

大家都很開心。雖說撒克遜人是諾曼人的奴隸，但換個角度審視，他們就如同現在每週得靠區區幾先令過活的農場工人。有個像艾克特這樣的主人，無論是古代農奴還是現在的農場工人都不會餓肚子。對於擁有大群牲口的人來說，讓自己的乳牛挨餓，一點好處都沒有，同樣的道理，他何必讓奴隸無法飽食呢？其實，農場工人願意接受那麼一丁點錢，是因為他不用出賣靈魂——在城裡就不一樣了——也無須放棄只有在鄉間才能獲得的精神自由。古時如此，至今依然。農奴都是勞工，他們與家人、雞隻、豬群或是叫做昆波克[1]的母牛同住在沒有隔間的茅屋裡，非常可怕且極不衛生。然而他們卻樂在其中，生活康健，免受工廠濃煙的空氣汙染。更重要的是，他們的興趣和技藝合而為一。他們知道艾克特爵士以他們為傲。對他來說，他們比牛群還要珍貴。由於牛群在他心目中的重要性僅次於孩子，農奴的地位不言可喻。他在村民之中行走工作，為他們的福利著想，還能分辨工人的好壞。事實上，他本身就是個徹頭徹尾的農人。表面上看來每週花大錢雇用人力，實際上還多付原本工資的一半作為加班費，提供免費使用的農舍，可能還不時贈送牛奶、雞蛋或自家釀製的啤酒。

在格美利其他地方，的確也有邪惡暴虐的領主，而亞瑟王的宿命，正是懲處這些封建社會的匪徒。不過邪惡的是濫用權力的人，而非封建體系本身。

艾克特爵士雙眉緊鎖，穿梭在農事之中。他身邊有位老婦人坐在帶狀麥田的籬笆上，負責嚇走烏鴉和鴿子。這時她突然站起來，發出恐怖的尖叫聲，把他嚇得幾乎跳了一呎高。他本來正在焦慮不安呢。

「該死的！」艾克特爵士說。認真思考之後，他又憤慨地大聲補了一句：「我的老天爺！」他從口袋裡掏出信，又讀了一遍。

這位野森林城堡的大地主可不只是農夫，他還是軍事將領，隨時準備整頓部隊，帶兵保衛家園，對抗外來盜匪。若有閒暇，有時還會來幾場長矛比武，所以也是個運動員。不僅如此，艾克特爵士還是獵狐犬管理人——或者稱作獵鹿犬和其他獵犬的管理人，他帶著自己養的獵犬打獵。克魯西、湯尼爾、菲比、柯爾、格蘭、塔伯特、

1 英國古代民謠《*Take Thy Coat about Thee*》之中，昆波克（Crumbocke）是母牛的名字，民謠唱誦昆波克是一頭好母牛，向來忠於主人，讓他們有奶油和乳酪。

路雅、路夫拉、亞波倫、奧斯洛、布蘭、葛樂特、龐斯、小子、獅子、龐吉、托比、鑽石和卡威爾可不是養來當寵物的。牠們是野森林的獵犬，不需繳會費，每週出獵兩天，由主人擔任管理人。

假如我們翻譯信中的拉丁文，是這麼寫的：

國王致艾克特爵士等等：

在此派遣我們的獵師威廉．特威提及其同伴，帶領我們的獵野豬犬，到你那裡的野森林，以便獵捕兩、三頭野豬。你有責將捕獲之豬肉加以鹽漬，妥善保存；獸皮你則應加以漂白，上述事項的細節由威廉向你說明。朕在此下令，在他們停留期間，你應滿足其一切所需，並詳加記錄一切支出。

十一月廿日，見證於倫敦塔，寡人在位之第拾貳年。

烏瑟．潘卓根

這座森林的確屬於國王，他當然有權派遣自己的獵犬在林中打獵。更何況他還要養好多人——他的朝臣和軍隊，所以想盡量把獵來的野豬、公鹿、麃子等醃漬保存，也很合理。

有權歸有權，這仍然無法改變一個事實：艾克特爵士將森林視為私人財產，深深不滿皇家獵犬的介入，彷彿他自己養的不夠資格似的！國王只需吩咐一聲，要幾隻野豬他都會親自奉上。他擔心自己的領地會被大群王室人馬搞得不得清靜，誰曉得這些城市佬會幹出什麼事？更怕這位叫特威提的御用獵師會瞧不起他簡陋的狩獵設備，把打獵僕人弄得心神不寧，甚至插手管起他的獵犬。講白了，就是艾克特爵士害羞啊！還有一件事，那群皇家獵犬可得往哪兒擺喲？難道艾克特爵士得把自己的狗兒趕上街頭，好讓國王的獵犬有地方住嗎？「我的老天爺！」這位倒楣的地主又說了一次。這簡直和繳稅[2]一樣糟。

艾克特爵士將那封該死的信收進口袋，腳步沉重地離開耕地。農奴見他離去，還開心地說：「瞧咱們老爺又在那裡毛毛躁躁的了！」

簡單說，這就是暴政令人手足無措的例子。這事每年都要來上一次，但暴政就是暴政。每回他都用同樣的辦法解決狗舍問題，可是真碰上了還是教他煩惱。為了讓皇家獵師留下好印象，他得特別把鄰居都請來參加打獵前的集會，這意味派遣信使穿過森林，去通知格魯莫爵士等人。再來他得扮演好主人，讓客人都盡興。國王這麼早寫信，表示他打算狩獵季一開始就派那傢伙來。狩獵季一直要到十二月二十五日才算正式開始。說不定那傢伙為了擺頭，會堅持在耶誕節禮日[3]舉行第一次集會，到時候幾百個步行的隨從到處叫嚷，驅趕野豬，四處踐踏剛播下的種子，鬧得天下大亂。現在才十一月，他哪知道耶誕節禮日那天最好的野豬會在哪裡？不管這些野豬究竟是一歲兩歲還是三歲，反正野豬嘛就是種說不準的東西。還有件事。隔年夏天獵鹿要用的獵犬，向來是在耶誕節時先帶去獵捕

2 古時為了維持教會運作，教區人民將每年所獲的十分之一捐給教會，稱「什一稅」（tithe）。

3 Boxing Day，耶誕節翌日，即十二月二十六日。

野豬。這是獵犬最初的矯育，先從追兔子開始，一路引導到真正的獵物。也就是說，特威提這傢伙會帶來大群毫無經驗的狗兒，除了給大家製造困擾，一點用處都沒有。「該死的！」艾克特爵士說，結果踩到一堆爛泥。

他悶悶不樂地佇立原地一會，看著兩個孩子在獵林裡撲捉殘餘的落葉。他們去到外頭時，原本並無此意；雖然那是個遙遠的年代，他們也不相信每抓著一片落葉，隔年便會快樂一整個月。可是金黃色的葉片被西風一把攫走，看起來既迷人，又難以捉摸。他們仰著頭追逐落葉，又叫又笑頭暈目眩，衝來跑去想攔住葉子。那些葉片彷彿有生命，狡猾地不斷逃開。男孩就像兩隻幼鹿，在此年歲將盡的時刻騰躍嬉鬧。這時小瓦肩膀的傷已經痊癒了。

艾克特爵士心想，唯一能讓御用獵師開開眼界的，只有羅賓漢這傢伙了。這會兒他們好像都改稱他羅賓森——想必是為了趕時髦。管他是森還是漢，反正這傢伙最清楚要上哪兒找好野豬，雖然現在是禁獵期，但就算他已經吃了幾個月的野豬肉，艾克特爵士也不會訝異。

可是，如果請人家替你獵幾頭野獸，沒道理不邀他參加狩獵集會。要是真把他請來了，這傢伙理念強硬，御用獵師和鄰人會作何感想？倒不是說羅賓森不是什麼好東西，這傢伙人不錯，也是個好鄰居。有時邊界以外的人馬來打劫，他都會跟艾克特爵士通風報信；而且從來不惹麻煩，也不騷擾農地。偶爾讓他獵幾頭鹿有什麼關係？聽說這片森林有四百平方英哩吶！夠大家吃了。少管人家閒事，這是艾克特爵士的座右銘。可惜別的鄰居不這麼想。

還有一件事，就是打獵會引起的騷動。國王在溫莎打獵，那個什麼御用獵師在那種人工森林裡打獵當然沒問題，但在野森林就不一樣了。要是陛下的獵犬去追獨角獸怎麼辦？人人都知道，除非拿年輕閨女作餌，否則永遠抓不到獨角獸（見了年輕閨女，獨角獸就會溫順地垂下雪白的頭和珍珠色的角，趴在她懷裡），所以那些小狗會一頭衝進森林，無論跑了多遠，就是追不上，最後一定會迷路，到時艾克特爵士要怎麼向國王陛下交代？除了獨角獸，還有大家這陣子常聽到的格拉提桑獸呢！要放倒這隻生了蛇頭豹身鹿腳獅子屁股，叫聲有如三十對獵犬追趕獵物時狂吠的怪物，想也知道得先賠上一大票皇家小狗狗。那也是牠們活該。可是萬一威廉．特威提獵師真殺了尋水獸，派林諾國王又會如何反應？更何況還有躲在石頭底下的那些小龍，嘶嘶叫起來像茶壺，全都是很危險的猛獸！若是碰上貨真價實的巨龍怎麼辦？甚至撞見獅鷲？

艾克特爵士怏怏地思考一會兒，總算是想開了。最後他下了結論：要是特威提師傅和他一群狗兒碰上尋水獸，被她吃個乾淨，那可是美事一樁！

有了這個念頭，他心情開朗多了，便在田野外邊轉過身，邁開步伐回家。走到籬笆附近時，他運氣不錯，搶在那個嚇烏鴉的老婦人注意到之前，先瞧見飛來的鴿群，趕緊發出一聲嚇死人的尖叫，嚇得她跳起來，大大報了一箭之仇。相信這會是個愉快的夜晚。等婦人從震驚中恢復過來，向他行了個禮，他便親切地說：「您晚上好啊！」

由於精神實在太過振奮，他走到半路，又把村子裡的教區神父找出來，邀他共進晚餐。接著他踱上城頂，進了他專屬的房間，重重坐下來，利用開飯前的兩、三個小時，回了封順從的信給烏瑟國王。他得先削尖筆，吸墨時又用了太多沙子，爬上樓梯問管家字怎麼拼，要是寫壞了還得重新來過，結果真花掉兩、三個小時。

艾克特爵士坐在房裡，急著避寒的夕陽在他光禿的頭頂灑下一道道橘紅。他又刪又改，啪啪啪地寫，辛苦地咬著筆尾。房裡漸漸暗了下來。房間與主堡大廳一樣大，位於其正上方。因為在三樓，南面開了大窗。房裡共有兩座火爐，隨著日光逐漸退卻，爐裡的柴薪由灰轉紅。幾隻得寵的獵犬趴在爐邊或酣然入夢，或搔抓跳蚤，或啃著從廚房討來的羊骨。遊隼戴著頭套，站在角落的棲木上，宛如一尊靜立不動的雕像，做著遨翔天際的夢。

如果你去了今日的野森林城堡，會發現所有家具都已不復見。但是陽光依舊自兩呎厚的石窗流洩而入，為窗櫺披上一條條彩帶，從沙岩中獲取溫暖，這就是琥珀色的歲月光澤。如果你去到附近的古董店，或許可以找到房裡原有家具的精巧複製品，例如有著亮澄澄哥德式鑲板的黑色橡木箱子和碗櫥，上面刻了陰森詭異的人面或天使（惡魔）圖案，塗了蜂蠟，滿是蟲蛀痕跡，堅固有如棺材，是古老時代最幽暗的見證。然而城頂房中的家具原本不是這樣的，惡魔頭像和麻布摺邊的鑲板當然都有，木料可就年輕了七、八百歲。所以在溫煦的夕照裡，泛著琥珀色光澤的不只是窗櫺，室內所有備用的堅固箱子（上面鋪了毯子，可讓人坐）都是年輕而金黃的橡木材質，惡魔和小天使的臉頰閃閃發亮，彷彿剛刷洗過。

第十五章

時間是耶誕夜，節禮日狩獵集會的前一天晚上。別忘了這裡是古老歡樂的英格蘭——格美利，在那個年代，臉色紅潤的地方豪族是用手抓食料理，菜單包括整隻開屏孔雀，野豬的頭上還插回拔下來的尖牙。那時人口太少，因此沒有失業問題。森林裡，騎士互相痛擊對方的頭盔，獨角獸在冬夜月色中跺著銀白的蹄，在凍寒空氣中呼出藍色的高貴鼻息。凡此種種，皆是令人賞心悅目的奇觀。然而在古老英格蘭，最令人驚奇的是天氣很守規矩。

春天，小花溫順地在草地綻開，露水晶瑩，鳥兒歌唱。夏日炎炎而美好，通常會熱上四個月，就算為了符合農作需要而有恰好的雨量，也會想辦法趁你上床睡覺時才落下。秋天，染成火紅的葉子在西風裡顫抖，為原本哀傷的驪歌增添一抹光彩。依照法令規定，冬天只有兩個月，這時白雪鋪地，深達三呎，但絕不會融為泥濘。

這是野森林城堡的耶誕夜。雪恰如其分地覆蓋城堡四周，層層堆積在城垛之上，有如蛋糕的厚厚糖衣；在某些適當的地方，又害羞地化身為澄澈的長長冰柱；或以圓形雪團之姿垂掛森林枝頭，比蘋果花還要漂亮；偶爾，見到路過的有趣人兒，雪還會從村舍屋頂滑溜而下，正好砸在他頭上，為眾人帶來歡笑。男孩們做了雪球，但絕不會把石頭包進去傷人。狗兒一被帶出來溜達，便啃著雪在雪上打滾，若是一頭栽進大大的雪堆，則會露出又驚又喜的表情。人們拿光滑的骨頭當冰鞋，在護城河上溜冰，呼嘯來去。岸邊預備了熱騰騰的栗子和添了香料的蜂蜜酒，大家都可以享用。貓頭鷹啼叫。廚師們拿出大量麵包屑餵給小鳥。村民戴起紅圍巾，艾克特爵士滿面紅光，比圍巾還紅。不過最紅豔的還是夜晚時分，從村裡那條街望去，農舍裡透出火光。風在屋外淒厲呼號，英格蘭的古老狼群在附近遊蕩，猙獰地流著口水，就像狼該有的樣子，有時還貼著鑰匙孔，睜大血紅的眼睛窺探屋內。

既然是耶誕夜，當然有各種應景活動。全村人都來到城堡大廳享用晚餐，菜色包括野豬頭、鹿肉、豬肉、牛肉、羊肉和雞肉；不過沒有火雞肉，這種鳥當時還沒發明出來。此外還有梅子布丁和搶葡萄乾遊戲[1]，玩家指尖會沾上藍色火苗；以及讓眾人盡情飲用的蜂蜜酒。大家舉杯祝福艾克特爵士身體健康，賀詞包括「老爺，祝您萬事如意」、「各位老爺夫人，值此佳節，恭祝您們大吉大利」。啞劇班子帶來一場精彩表演，展現出聖喬治、撒拉遜人和一位滑稽博士的趣事，唱詩班則以清亮的男高音唱出《齊來崇拜》[2]和《少女之歌》[3]。之後，沒吃壞肚子的小孩玩起捉迷藏和其他應景遊戲。桌子收走後，未婚的年輕男女在大廳中央跳摩利斯舞[4]。年紀大的人則坐在牆邊，拿著玻璃酒杯，一邊喝蜂蜜酒，一邊慶幸自己過了那個又跳又鬧亂折騰的年紀。沒吃壞肚子的小孩跟他們坐在一塊，沒過多久就靠著大人的肩膀睡著了。前來參加明天狩獵集會的騎士貴賓與艾克特爵士一同坐在高臺的主桌邊，大家滿臉笑容，不斷點頭，喝著勃艮地紅酒、雪利酒和馬德拉甜酒[5]。

過了一會兒，眾人安靜下來，讓格魯莫爵士唱歌。他起身唱了以前的校歌，雖然歌詞忘了大半，幾乎都用哼地帶過去，還是得到熱烈掌聲。接著派林諾國王在眾人慫恿下也站了起來，羞赧地唱道：

喔我生在那著名林肯郡的派林諾一家
追逐尋水獸十七年以上
直到那年打獵季
我隨這位格魯莫爵士回家
（之後）我每晚在他那

睡著羽毛床
老天，快樂得沒話講！

「總之呢，」派林諾國王唱完後，大家都拍著他的背表示鼓勵，他坐了下來，紅著臉解釋：「咱們快樂地比武之後，老格魯莫就邀我回家啦。啥，從那之後，那該死的尋水獸我就隨她去啦，看哪天她會落得被人家掛在牆上的下場，啥！」

「幹得好，」大家對他說：「這才是及時行樂，享受生命！」

接下來輪到威廉．特威提，他是前一天傍晚到的。這位遠近馳名的獵人板著臉站了起來，歪斜的那隻眼看著艾克特爵士，唱道：

你認識威廉．特威提嗎？

1 Snap-dragon，從一碗燃燒的白蘭地酒中取出葡萄乾的耶誕節遊戲。
2 原歌名《*Adeste Fideles*》，意思是「齊來，宗主信徒」，是傳統的耶誕頌歌。
3 《*I Sing of a Maiden*》，十五世紀的耶誕詩歌，歌頌聖母瑪麗亞，作者佚名。
4 Morris dance，一種英國古代舞蹈，舞者通常奇裝異服，時常打扮成羅賓漢故事裡的角色，例如瑪莉安和塔克修士。
5 勃艮地紅酒原產於法國勃艮地（Burgundy）。雪利酒（sherry）是酒精濃度較高的西班牙白葡萄酒，通常飯前飲用。馬德拉酒（malmsey wine）是暗褐色的甜味葡萄酒。

那個衣服又破又髒的人
你認識威廉．特威提嗎？
那個從不落後的人
是啊我認識威廉．特威提
是個早上嘴巴該被堵住的人
他的狗還有他的號角
也該一起堵一堵

「好啊！」艾克特爵士喊道：「你們聽見了沒？他說自己應該給堵住嘴巴哪，我的好傢伙！老天爺，本來我以為他一定會吹牛呢！真是了不得啊，這些獵師，你們說對吧？快把馬德拉酒傳給特威提師傅吧！我敬您一杯！」

男孩們蜷縮在火爐邊的長凳下，小瓦懷中抱著卡威爾。卡威爾嫌熱，又不喜歡周圍的喧囂和蜂蜜酒氣味，一直想脫身。可是小瓦想找個東西抱，把牠抓得緊緊的，卡威爾只好留下來，伸出長長的粉紅色舌頭喘著氣。

「現在該輪到勞夫．帕斯路了！」、「親愛的勞夫老先生。」、「勞夫，母牛是誰殺的？」、「請大家安靜一下，帕斯路老爺不太方便。」

於是一位非常可愛的老先生在大廳最遠最寒酸的一端站了起來。過去半個世紀以來，每逢類似的場合，他都是這麼做。他少說也有八十五歲，雙眼幾乎全盲，耳朵也快聾了，不過仍然樂意鼓起餘力，顫聲唱出同一首歌，取悅野森林城堡的居民。早在艾克特爵士還緊裹著亞麻尿布躺在搖籃裡之前，他就開始唱這首歌了。由於他置身遙遠的時間彼端，歌聲無法傳到大廳另一頭，坐在主桌的人聽不到。然而每個人都明白那沙啞的聲音在唱些什麼，也都非常喜愛這首歌。他唱著：

老──柯爾王走在──街上
看到──一位美麗小──姐過水──塘
她提──起裙子
準備跳過中央
他──見著了她的腳──踝
當場就失了魂
他沒辦法──非得如此

這首歌共二十節，歌詞裡的柯爾王無助地看到愈來愈多他不該看的東西。每唱完一節，大夥兒便高聲歡呼。唱到最後，勞夫老先生被眾人的恭賀聲淹沒，微笑著坐回位子，杯中的蜂蜜酒再度斟滿了。

接下來該由艾克特爵士為聚會總結，他一派主人風範地站起來，發表演說：

「各位朋友、佃農和其他貴賓，我雖然不習慣在公眾場合講話……」

大家一聽，便知道是艾克特爵士二十年如一日的過節演講，下頭傳來微弱的歡呼聲，好像在歡迎自己的兄弟。

「……我雖然不習慣在公眾場合講話，但歡迎各位參加我們的家庭晚宴是我的義務，這是開心的事，一件非常開心的事。今年牧場和田裡的收穫都很好，我敢說在座不會有人反對。大家都知道野森林的昆波克在卡道爾家畜展又得了冠軍，這是第二次，明年再一次就可以把獎盃抱回來永久保存了。這在在顯示了咱們野森林的實力。今天晚上坐下來的時候，我注意到有幾張熟面孔已經離我們而去，也有些新面孔加入這個大家庭。生死之事掌握在萬能的神手中，我們只有感恩的分。我們被祂創造，因為祂的寬赦，我們才得以在此慶祝這愉快的夜晚。相信在座各位對我們獲得的恩賜，心中都充滿無比感激吧！今晚我們要歡迎遠近馳名的派林諾國王，他在咱們森林裡四處奔波，要為我們除去可怕的尋水獸，他的義行舉世皆知。願上帝保佑派林諾國王！（下頭喊著：『好啊！好啊！』）格魯莫．格魯穆森爵士，他是位運動家，不過我要當著他的面說，只要他的獵物還好端端站著，他是絕對不會離開馬背的。（『萬歲！』）最後還有一位貴賓，那就是國王陛下最有名的獵師，威廉．特威提先生，這回特地來訪，真是讓我們倍感榮幸。我相信明天，他一定會讓咱們大開眼界，恨不得這片美好的森林裡一年到頭都有皇家獵犬在打獵。（聽眾發出吆喝獵犬的聲音，並模仿打獵時的號角聲）我親愛的朋友，感謝你們對這三位嘉賓如此熱烈的歡迎，相信他們一定能夠體會你們真摯誠懇的心。現在呢，我也該為這番簡短的談話收尾了。一年將盡，此刻我們應該放眼未來，接受新的挑戰。不如就明年的家畜展吧？朋友們，我在此祝福各位耶誕快樂。待會賽巴頓神父會帶領我們禱告，我們就一起唱國歌來收尾。」

艾克特爵士講完後，要不是請大家安靜，歡呼聲簡直要把神父最後一段拉丁文禱詞蓋了過去。所有人都站了起來，在火光掩映下，懷著滿腔愛國情操齊唱：

天佑吾王潘卓根

願他在位長又長
天佑吾王
賜流血征戰給他
偉大和喧譁
恐怖和老態
天佑吾王！

餘音散去，廳堂少了歡聚的人們，歸復空寂。村民怕在月光下遭狼群襲擊，紛紛結伴返家，燈籠的火光在街頭搖曳。燈火也遠走之後，野森林城堡覆蓋在聖潔的白雪之下，在這奇異的靜寂之中安詳睡去。

第十六章

隔天小瓦起了個大早，一醒來便意志堅決地翻開厚重的熊皮毯，跳進刺骨的空氣。他手忙腳亂地更衣，一邊發抖，一邊跳腳取暖，一邊還對自己呵著凍藍色的氣，就像替馬梳毛時一樣。他打破水盆表面的冰，一頭浸入，臉皺得緊緊的，彷彿吃到酸物。他漱了口，拿毛巾猛擦刺痛的雙頰。覺得身上又暖了，隨即溜去臨時的犬舍，觀看皇家獵師出發前的最後準備。

白天的威廉·特威提師傅，居然是個一臉皺紋、面露疲態的人，還有種憂鬱的神情。終其一生，他都被迫為王室的餐桌四處逐獵，抓到獵物之後，還要按照各個部位切好，簡直與屠夫沒兩樣。他得分清楚哪些部位要給狗吃，哪些部位要交給助手。

他必須把每樣東西都切得漂漂亮亮，在末端留下兩節脊椎，這樣排骨肉才會好看。從他有記憶以來，不是在追獵雄鹿，就是在切割獵物。

他並不是很喜歡這些事。對他來說，不論是雄鹿雌鹿、野豬、貂、麞鹿、獾或是狼，也不管是成群結隊或是一隻隻的來，都是剝皮以後帶回家煮的東西。你可以對他大談骨頭、板油、獸脂、兔子屎、糞煤和野豬屎，但他只會禮貌地看著你。他知道你是在炫耀自己懂得這些術語，但這些都是他日常生活的一部分。你可以吹噓去年冬天差點被一隻大野豬咬傷，他只會報以冷淡的眼神，因為他可是貨真價實被大野豬傷過十六次，腳上傷痕癒合後的白肉一直往上延伸到肋骨。你大吹大擂時，他會繼續完成手邊的工作。全世界只有一樣東西能打動威廉·特威提師傅。無論寒暑，雪天晴天，他永遠在徒步或騎馬追逐野豬和雄鹿，心思卻不在上頭。可是，一旦你向特威提師傅提起「兔子」這個詞，雖然他還是會繼續追趕那倒楣的鹿，彷彿上天注定，不過一隻眼睛卻會時時回顧，渴望見到兔子。這是他唯一會談論的話題。他總是奉命前往英國各地的城堡，抵達後，當地的僕人會為他設宴慶祝，時時幫他斟滿酒杯，詢問他最驚險的打獵經歷，他會心不在焉地簡單回答。可是如果有人講到兔子，精神立刻來了，他會把杯子重重放在桌上，對這種神奇的動物大發議論。他說，要捉這種動物不能吹號角，因為一隻兔子會一下是公的，一下又變成母的，不管牠是在進食還是排泄。世界上除了兔子，沒有任何動物做得到。

小瓦在旁觀察這位了不起的人，默默看了一會兒，便進屋看看有沒有早餐。想不到竟然有，因為全城的人都像他一樣，感染了一種既緊張又興奮的情緒，他就是因此才早起的。連梅林也穿了一件幾世紀以後在米格魯大學流行的短褲。

獵野豬是很有趣的，一點都不像今天我們挖洞抓獾、用槍射鳥或獵狐。最接近的大概是帶雪貂去獵兔，只不過你帶的是狗而不是貂；獵的是可以輕易殺死你的野豬，而不是兔子；用的也不是槍，而是獵野豬專用的長矛，你能不能活命全得靠這玩意。獵野豬時很少騎馬，或許是因為獵野豬季節通常在冬天，在那兩個月裡，古老英格蘭的雪很容易讓馬蹄一腳踩空，策馬奔跑變得很危險。於是你必須手握武器，徒步面對敵人。牠不但比你重上許多，而且可以輕易把你撕成兩半，再把你的腦袋留作戰利品。獵野豬只有一個原則：「穩住陣腳」。如果野豬向你衝來，你必須單膝跪地，矛尖對著牠，右手握柄靠在地上承受衝擊力道，左手則盡可能伸直，握住矛尖對準衝來的野豬。長矛像剃刀一般銳利，離尖端十八吋之處還有一根橫桿，或稱水平桿，用來防止長矛刺入野豬體內超過十八吋。假如沒有這道橫桿，狂奔的野豬就算被長矛貫穿，也能繼續往前衝攻擊獵人。有了橫桿，牠就被擋在一根長矛的距離外，還有十八吋長的矛尖留在牠體內。遇到這種情形，你當然必須穩住陣腳。

野豬通常重達九十到一百八十公斤之間，而牠唯一的目標，就是一直拱一直轉，想盡辦法衝到攻擊牠的人身邊，將對方撕成碎片；獵人的目標則是把長矛緊緊夾在腋下，絕不放手，直到旁人上前殺死野豬。如果他能夠撐住矛柄，而矛尖深深插入野豬體內，那麼他便知道，就算被野豬帶著跑，牠和自己至少隔一支長矛的距離。你只要仔細想一想，便會明白城堡裡的獵人為何會在節禮日集會這天起個大早，而且吃早餐時情緒都有些壓抑。

「啊，準時來吃早餐了是吧？」格魯莫爵士啃著手中的豬肉。

「是的。」小瓦說。

「今天早上很適合打獵，有沒有把矛磨尖啊！」格魯莫爵士說。

「有的，謝謝您提醒。」小瓦說。他走到餐具櫃，自己也拿了一塊肉。

「快來啊，派林諾！」艾克特爵士說：「快來嘗嘗這雞肉！你今早怎麼都不吃東西呢？」

派林諾國王說：「我沒什麼胃口，不過還是謝謝您的好意。我只是覺得今兒個早上不怎麼對勁啊，啥？」

格魯莫爵士停住吃肉，口氣尖銳地問：「太緊張？」

「噢，不是，」派林諾國王喊道：「不是啊，真的不是，啥？我看準是昨晚吃壞肚子了。」

「好兄弟，這是什麼話？」艾克特爵士說：「既然都來了，吃點雞肉保持體力吧！」

他攙著可憐的派林諾，夾了幾隻雞。國王愁眉苦臉地在桌尾坐了下來，試著吞幾口。

「我敢說啊，等今天打完獵，你就會需要這些食物啦！」格魯莫爵士意味深長地說。

「真的嗎？」

「我有親身經驗。」格魯莫爵士說，朝主人眨了眨眼。

小瓦發現艾克特爵士和格魯莫爵士似乎很誇張地做出吃得津津有味的樣子。他自己連一塊肉都不見得吃得下。凱伊則躲得遠遠的，不敢靠近早餐室。

吃完早餐，也向特威提師傅請教過後，節禮日的打獵隊伍便動身前去集合。在現代的獵犬管理人眼中，他們帶的這群獵犬可能雜了點，其中有六隻黑白的獵狼犬，看起來就像靈緹的身體加上比牛頭犬還醜的頭。這些是最適合用來獵野豬的狗，牠們習性凶狠，每隻都戴著口套。此外還有兩頭銳目獵犬，以備萬一。在現代語中，這種狗其實就是靈緹。大型偵察獵犬差不多是現代尋血獵犬與紅雪達犬的綜合體。大偵查獵犬戴了項圈，用皮帶拉著。母獵犬就像米格魯小獵犬，跟在主人旁邊跑呀跑，連奔跑的樣子都與米格魯相似，模樣十分可愛。

村民跟著獵犬一起走。梅林穿了他的慢跑褲，像極了貝登堡爵士[1]，只不過多了把長鬍子。艾克特爵士很「明智」地穿了皮衣——打獵沒人穿盔甲的，他走在特威提師傅身旁，一臉憂慮卻又深知自己重要的表情。自古至今，獵犬管理人總是這樣。格魯莫爵士緊跟在後，一邊喘氣，一邊問所有人有沒有把矛磨尖。派林諾國王遠遠落在後頭，和村民走在一塊，他覺得人多勢眾，比較安全。領地上所有男性，從鷹匠哈柏到沒鼻子的老瓦特，可說是全員到齊，手握長矛、乾草叉或前端綁著老舊鐮刀的粗棍。有些戀愛中的少女也出來了，她們手提籃子，裝著為男人準備的食物。這就是節禮日狩獵集會的常見情景。

走到森林外緣時，最後一人加入隊伍。他個子很高，儀表出眾，身穿綠衣，還帶了一把七呎長弓。

1 Lord Baden-Powell（1857-1941），童軍運動創始人。

「老爺早安啊！」他愉快地對艾克特爵士說。

「啊，早！呵呵，可真早啊，是不是？早安、早安！」艾克特爵士說。

他把綠衣紳士領到一旁，用在場所有人都聽得到的聲音說：「親愛的好老弟，看在老天的分上，當心呀！這位可是國王陛下的御用獵師，那兩個傢伙則是派林諾國王和格魯莫爵士。好老弟，你就安分點，什麼話也別亂說，好吧？」

「當然好。」綠衣男子向他保證。「不過你最好幫我們介紹一下。」

艾克特爵士臉倏地漲紅，連忙喊道：「啊，格魯莫，來一下好嗎？我介紹一位朋友給你，這位老兄，這傢伙叫森先生，不是漢先生喔，是我的老朋友了！對，然後這位是派林諾國王。森師傅，見過派林諾國王。」

「萬福！」派林諾國王說。他一緊張就會這麼說，老是改不了這習慣。

「您好！」格魯莫爵士說：「我說，您跟那個羅賓漢沒關係吧？」

「哈，一點兒關係都沒有！」艾克特爵士趕緊插嘴，「是森啊，上頭一個木，下頭兩個木，就是拿來做家具的東西嘛！您也知道，就是家具啊、長槍啊還有……欸，就是長槍和家具嘛。」

「您好！」羅賓說。

「萬福！」派林諾國王說。

「哎，說來有趣，怎麼你們兩個都穿綠衣服？」格魯莫爵士說。

「是啊，真是有趣！」艾克特爵士緊張地說：「他這麼穿是在為姨媽服喪，她從樹上摔下來死了。」

「真是遺憾。」格魯莫爵士觸及如此傷痛的話題，覺得很難過，便不再追問。

艾克特爵士鎮定情緒之後，便說：「好啦，森先生，咱們第一輪該去哪兒？」這一問，大家便請來特威提師傅加入討論，開始一場簡短的會議，不時提到各種專業術語，例如「野豬排泄物」。接著眾人在冬林裡長途步行，好戲便登場了。

先前用早餐時，小瓦胃裡有種驚惶的感覺，此時則一掃而空。運動和雪風吹拂讓他喘不過氣；他雙眼熠熠生輝，幾乎與白色冬陽下的霜晶同樣明亮，體內血液也隨著打獵的刺激加速流動。他看著偵察犬管理人拉住兩隻尋血獵犬的狗繩。愈靠近野豬巢穴，狗兒拉扯得愈是厲害。獵犬一隻接一隻變得焦躁不安，低吠想衝出。銳目獵犬最後發作，因為牠們不是靠嗅覺打獵。他注意到羅賓停下腳步，拾起野豬糞便，交給特威提師傅。隊伍停步，因為他們已經來到危險的地點。

獵野豬時要把野豬圍起來，這一點倒是和獵幼狐很相似。獵人的目標則是盡快殺死野豬。眾人在巢穴外圍成圓圈，小瓦站定位置，單膝跪在雪地裡，矛柄放低靠著地面，以備萬一。小瓦發覺大家都靜下。只見特威提師傅揮揮手，示意解開大偵查獵犬。兩隻狗兒立刻竄進獵人圍住的野獸藏身處，腳步悄靜無聲。

接下來是漫長的五分鐘，毫無動靜。圍獵者心跳如雷響，頸上的血管與心臟同聲律動。人人左顧右盼，想確定身邊的同伴還在。他們生命的呼息化作蒸汽，隨著北風遠遠飄開，這才明白生命有多美好。萬一事情出了差錯，只要幾秒便可能讓野豬惡臭的獠牙奪走生命呢！

野豬並未以聲音表示憤怒。巢穴裡既無騷亂，也沒有獵犬的狂吠聲。然而，就在距離小瓦一百碼的空地邊緣，突然出現一個黑色身影。牠來得太快，起初幾秒鐘內看起來不像野豬。小瓦還沒認出是什麼東西，牠已經朝格魯莫爵士衝去。

那黑色東西衝過白色雪地，濺起一陣雪花。襯著雪地，格魯莫爵士看上去也是一身黑，他立刻翻了個筋斗，激起更多雪花。只聽北風裡傳來一聲清楚的悶哼，但沒有倒地的聲音，野豬就不見了。野豬消失後，小瓦知道了一些事，但那都是野豬還在場時無暇注意的。他記得野豬的鬃毛，直挺挺地豎立在牠剃刀般的背上，散發濃烈的臭味；還有一閃而逝、酸味滿溢的獠牙，突出的肋骨、低埋的頭，以及豬眼中燃燒的紅色烈焰。

格魯莫爵士沒受傷，他站起來拍落身上的雪，一邊怪長矛沒發揮作用。白色地面有幾滴鮮血。特威提師傅吹響號角，激昂的音符響徹林間，獵狼犬都被解開，這時大夥兒都動了起來。把野豬逐出巢穴的大偵查獵犬獲准繼續追趕，好讓牠們保持幹勁，免得鬆懈下來。母獵犬叫聲悅耳，獵狼犬邁步飛奔，咆哮著越過積雪。所有人都叫喊著跑起來了。

「哎呀！小心啊，大人，小心啊！」村民高喊。

「噓、噓！」特威提師傅緊張地叫道：「好了，好了，請各位留點空間給獵犬，拜託拜託。」

「我說，我說！有沒有人看到牠往哪兒跑啊？今天可真刺激啊，啥？打獵號角響了，往前衝啊！」派林諾國王大喊。

「派林諾，停一停啊！」艾克特爵士叫道：「留意獵犬啊，老兄，留意獵犬！你自己是盯不到牠的！太難，太難啦！」

「太難了。」村民應道。「上吧，上吧。」樹林搖曳唱道。「上吧，上吧。」遠處的積雪也喃喃說著，沉重的樹枝被這陣騷動驚擾，晶瑩的粉雪無聲滑落在默然的大地。

小瓦發覺自己正跟在特威提師傅身旁奔跑。

其實這有點像帶著米格魯獵兔子，只不過換到一片有時候連移動都有困難的森林裡。所有人都得靠著獵犬的叫聲和獵人的號角聲，才能判斷自己的位置，以及該採取何種行動。若是沒了這些，不出兩分鐘，整場狩獵就要宣告失敗。但儘管這些都具備，在三分鐘之內似乎也失敗了一半。

小瓦像個帶刺的果莢緊黏在特威提身邊。他的動作和獵師同樣敏捷。獵人雖然經驗豐富，他卻因體型嬌小，更易穿越阻礙，何況還受過瑪莉安小姐的指點。他發現羅賓也跟得上，不過艾克特爵士的咕噥聲和派林諾國王的哇哇叫很快就落到後頭去了。格魯莫爵士倒是放棄得早，他被野豬這麼一嚇，魂都快飛了，便遠遠站在後面，宣稱他的長矛不銳利了。凱伊和他一道留下來，免得他迷路。村民聽不懂號角的各種訊號，早就走丟了。梅林則鉤破了褲子，停下來用魔法修補。

警衛官一直鼓著胸膛，高喊「快上」，激勵狗兒上前，還忙著告訴大家該往哪邊跑，結果自己都搞不清楚方向。這會兒他領著一群悶悶不樂的村民，排成單行縱隊，膝蓋抬得老高，快步走向錯誤的方向。哈柏則還跟在小瓦後面跑。

「呼呼，」他喘著氣對小瓦說，彷彿把他當成獵犬了。「少爺，別跑這麼快，他們都走散了！」

就在他說話的同時，小瓦注意到狗群的叫聲漸弱，卻更嘈雜不滿。

「停下來吧，不然可能會直接撞上牠哪。」羅賓說道。

狗吠聲停了。

特威提師傅高喊：「呼呼！喲喝！」他把掛號角的肩帶拉到前面，吹奏號音示意獵犬集合。

一隻大偵查獵犬單吠一聲相應。

「好呀！」獵人叫道。

大偵查獵犬吠聲漸穩，遲疑了一下，然後凶猛地咆哮了起來。

「唷喝！叫得好，老友。聽，貝蒙叫得多勇敢哪！喝，喝，喝，喝。」

緊接在大偵查獵犬之後，傳來了母獵犬高亢的叫聲。獵狼犬嗜血的狂吠有如轟然雷鳴，蓋過其他狗的叫聲。狗吠聲愈來愈響亮，向上攀升到興奮的高峰。

「逮著牠了！」特威提只說了這句。三人立即開步快跑，獵師同時吹起嘟嘟嘟的號音，以示激勵。

在一小團灌木叢中，頑強的野豬被逼到了絕路。牠的後半身倚靠在被風吹倒的樹幹一角，占據了絕佳的位置。牠擺出防禦姿勢，上唇往後扭曲，發出哮吼。鮮血不斷自格魯莫爵士所刺出的傷口湧出，從鬃毛流到腿上。口水從下巴滴到地上，融化了逐漸變紅的雪。野豬的目光朝四面八方跳動。狗群站定不動，對著牠猛吠。貝蒙的背脊斷了，在牠腳下痛苦掙扎。野豬因為貝蒙已經不構成威脅，便不予理會。只見牠一身黑，怒火逼人，滿身是血。

「好傢伙！」特威提說。

他手持長矛緩緩前進。獵犬受了主人激勵，也隨之步步進逼。

情勢突然為之一變，彷彿一座用紙牌搭成的房屋瞬間倒塌。野豬不再是猶疑的困獸，反而衝向特威提師傅。一看牠衝來，獵狼犬也撲上，狠狠咬住野豬的肩膀、喉嚨和腳，以致於最後奔至獵師面前的，不只是單單一隻野豬，而是一大團動物。

他怕傷到狗兒，不敢用長矛。然而那團動物絲毫沒有減速，彷彿獵犬一點也不礙事。特威提想反轉長矛，用柄來阻止衝撞，但他才轉到一半，獸群已經撲到眼前。他立即向後跳，卻被樹枝絆倒，結果混戰在他身上展開。小瓦在旁邊跳腳，心急如焚地揮舞手中長矛，然而完全找不到空隙刺入。羅賓拋下自己的長矛，順勢拔刀，走到撕扯的獸群之中，沉著地把一隻獵狼犬由腳拎起。獵犬緊咬不放，可是如此一來便有了空隙。只見獵刀緩緩刺進狗兒剛才所在的位置，一次，兩次，三次。那座野獸山晃了晃，恢復平衡，又晃了一下，然後笨重地向左倒下。打獵結束了。

特威提師傅慢慢從野豬屍體下抽出腳，站起來，右手抱膝，試探地往各個方向動了動，朝自己點點頭，然後挺直腰。他拾起長矛，什麼話也沒說，就跛著腳朝貝蒙走去。他在貝蒙身邊跪下，讓狗兒的頭枕在他腳上，輕輕地撫摸。「聽，貝蒙在叫呀。輕點，我的老友貝蒙。聽聽勇敢的貝蒙、溫柔的貝蒙啊。」貝蒙舔舔他的手，卻無法搖尾巴。獵師朝站在後面的羅賓點點頭，然後凝視著狗兒的雙眼說：「好狗兒，勇敢的貝蒙，安息吧，我的老友貝蒙，好狗狗。」於是羅賓的獵刀帶貝蒙離開人世，讓牠去和獵戶座自由奔逐，在群星之間打滾。

有好一會兒，小瓦都不忍心看特威提師傅。這位韌如皮革的奇男子一言不發地起身，依照往例揮鞭趕開野豬屍體上的獵犬，舉起號角吹出四聲長長的號音，毫無顫音。號音表示獵物已死。但他吹奏號角另有原因，小瓦發現他好像在哭，嚇了一跳。

獵物死亡的號音逐漸引來大部分走散的人。哈柏已在那裡，接著是艾克特爵士，他一邊用長矛撥開黑莓叢，一邊喘著氣大喊：「幹得好啊，特威提！這次打獵可真是精彩。我說啊，要追獵物就應該這樣！這傢伙多重啊？」其他人三三兩兩回來了。派林諾國王跌跌撞撞，高喊：「衝啊！衝啊！衝啊！」渾然不覺打獵已經結束。別人告知以後，他停下腳步，有氣無力地說：「衝啊，啥？」然後便默不作聲了。最後就連警衛官的單行縱隊也到了，他們仍然高抬膝蓋快步，走到空地才停下來，警衛官非常得意地向他們解釋，要不是有他，他們早就走散了。梅林提著慢跑短褲出現，他的魔法失敗了。格魯莫爵士腳步笨重地與凱伊一起到來，直說雖然他沒親眼見到，但這是他見過最精彩的得分之一。之後，便迅速展開切割獵物屍體的工作。

工作進行時，現場瀰漫著興奮之情。一整天都心神不寧的派林諾國王，犯了一個致命的錯誤，他竟然問獵犬什麼時候可以得到獵賞。大家都知道，所謂的「獵賞」，是指放在死去野獸的皮上，用來獎賞獵犬的內臟之類器官。而大家也都明白，殺死野豬後不會剝皮，會直接剖開身體取出內臟。既然沒有獸皮，就不會有獵賞。我們知道獵犬得到的是點心，是混雜著內臟與麵包，用火烤過的東西。可憐的派林諾國王當然用錯詞了。

於是在一陣起鬨中，派林諾國王被架在野獸屍體上方，讓艾克特爵士用劍背結結實實敲了一頓。國王抱怨連連：「你們這些畜生一般的下流胚子！」便咕噥著晃到森林裡去了。

野豬的內臟掏乾淨，獵犬也得了獎賞。村民怕坐在雪地會把身子弄溼，便三五成群站著閒聊，一邊從年輕婦女送來的食籃裡拿東西吃。艾克特爵士還體貼地提供一小桶葡萄酒，讓眾人開懷暢飲。他們把野豬的四肢綁在一起，拿根木棍穿過去，由兩人扛在肩上。威廉・特威提往後一站，為野豬吹起狩獵儀式結束的號音。

此時派林諾國王回來了。他還沒現身，大家便聽到他在灌木叢裡跌跌撞撞，高喊：「我說！我說啊！快來看啊！可怕的事情發生啦！」他戲劇般地出現在空地邊緣，上方樹枝正好承受不了重量，好幾英擔[2]的雪當頭砸下。派林諾國王也不以為意，他從大堆積雪裡爬出來，彷彿根本沒注意到，仍喊著：「我說，我說啊！」

「怎麼啦，派林諾？」艾克特爵士大叫。

「哎，快來啊！」國王喊道，然後他心不在焉地轉過身，又消失在森林裡。

「你們看看，他沒事吧？」艾克特爵士問。

「他個性就是容易激動。」格魯莫爵士說。

「還是過去瞧瞧吧。」

隊伍循著派林諾國王剛在雪地裡留下的凌亂足跡，冷靜地跟上。眼前是一幅出乎眾人意料的景象。派林諾國王坐在枯朽的荊豆叢中，兩行淚水從臉上流下。他正輕拍著膝上巨大無比的蛇頭，蛇頭的另一端是一具瘦長的黃色身體，帶有斑點。身軀的末端是獅子的腳，還有公鹿的蹄。

國王說：「乖乖，我不是要拋棄你哇！我只是想睡睡羽毛床，睡一陣子而已嘛。我本來就要回來了，真的。哎呀，怪獸妳可別死，別一點糞煤都不留給我啊！」

一見到艾克特爵士，國王立刻開始發號施令。情急之下的他有威嚴了。他叫道：「我說艾克特，你愣著幹啥？還不給我搬來那桶酒！」

大家搬來酒桶，倒了一大杯給尋水獸。

「可憐的東西，」派林諾國王氣急敗壞地說：「你看看，憔悴成這模樣，就是因為沒人對她有興趣啊！憔悴成這個樣子。我究竟是怎麼啦，住在格魯莫爵士那兒這麼久，卻一點都沒想過我的怪獸老友。你們看看她的肋骨啊，簡直像木桶的鐵箍啦，孤伶伶獨自躺在雪地裡，都快不想活了。來吧，怪獸，看妳能不能喝下這個，對妳很有好處的。」

2 一英擔（hundredweight）約五十公斤。

「成天惦記羽毛床，」國王懊悔地補上一句，同時瞪著格魯莫爵士：「活像……像個飯店服務生！」

「可是……可是你怎麼找到她的？」格魯莫爵士結結巴巴地說。

「我碰巧發現的，不是你的功勞。像個呆子一樣到處亂跑，拿劍砍來砍去。我碰巧在這荊豆叢裡找到她，可憐的東西，全身蓋滿了雪，眼裡噙著淚水，全世界沒一個人關心她。生活不規律就是這種結果。以前日子多愜意啊，咱們每天同時起床，追趕個一段時間，然後十點半準時就寢。你瞧現在變成什麼樣？她全身都散啦，她要是死了，就是你的錯，你和你的床要負責。」

「可是派林諾……」格魯莫爵士說。

「給我閉嘴！」國王立即回道：「老兄，別像個傻子站在那兒，淨說些廢話。找點事情做吧！再去找根木棍，我們好把格拉提桑扛回家。艾克特呢，你腦袋擺哪兒去啦？我們得把她扛回家，把她安頓在廚房的火爐前面。快差人回去準備麵包牛奶啊！還有你，特威提，我不管你愛用什麼名字，總之別再玩喇叭啦，還不去熱幾張毯子？」

「等咱們回到家，」派林諾國王下了結論：「第一件事就是給她補補身子！明早她要是好些了，我就讓她先跑上幾個小時，然後咱們就跟以前一樣！你說怎麼樣啊，格拉提桑，啊？妳走高處我走低，啥？來吧來吧，羅賓漢，不管你用的是什麼名字，你以為我不曉得，我可清楚得很！你少給我在那邊拄著弓，一副漠不關心的樣子。振作起來！叫來那個肌肉過剩的警衛官幫你搬吧。好了好了，輕點啊！跟上來吧，你們兩個呆瓜，注意別摔跤啦！羽毛床和獵賞？什麼跟什麼，全是小孩子玩意。走啊！前進啊！快往前啊！齊步走啊！我看簡直是腦袋裡都裝羽毛嘛，真是的！」

雖然已經總結，國王又加了一句：「至於你啊，格魯莫，你儘管在自家床上打滾吧，悶死算啦！」

第十七章

「我想應該再給你上點課了。」一天下午，梅林從眼鏡上方看著小瓦說：「你也知道，時光不饒人。」

那是一個早春的午後，窗外風光明媚。冬天已經遠去，格魯莫爵士、特威提師傅、派林諾國王與尋水獸也隨之離開。尋水獸在麵包、牛奶和悉心照料之下恢復活力。她滿懷感激之意，又蹦又跳衝進雪地。兩小時後，興奮的國王追了上去。城垛上的人看著她抵達獵林邊緣，靈巧地弄亂自己的足跡：她倒著跑，橫向一跳二十呎，又用尾巴抹掉腳印，沿著水平樹枝爬行，花樣百出，顯然樂在其中。同時，他們也看著派林諾國王閉起眼睛，乖乖從一數到一萬，等他趕到尋水獸故布疑陣的地點，被搞得一頭霧水，最後終於往錯誤的方向馳去，母獵犬緊跟在後。

那是個美好的下午，教室窗戶外頭遠方的森林裡，落葉松已換上一身耀目的綠，泥土地受了千萬雨滴滋潤，溼亮飽滿，世界上每一種鳥都飛返家園求愛和歌唱。村民每天傍晚都在花園裡種植豆類。種種煥然一新的氣象（連同隨著豆類一起蓬勃生長的蛞蝓），似乎讓花蕾、小羊、鳥兒等一切有生命的東西都探出頭。

「這次你想變成什麼？」梅林問道。

小瓦看向窗外，聽著鶇鳥連續兩次如露水般清亮的歌聲。

「我變過一次鳥了，可是那是晚上在鷹棚裡，也沒有機會飛。雖然同樣的東西不該學兩次，可是您覺得我可不可以再當一次鳥，學習飛翔呢？」

春天時，人很容易對鳥類產生一種狂熱，有時會興奮過頭，甚至多事到去替鳥兒築巢。他現在就是受這種情緒所感染。

「我看沒什麼不可以。要不要晚上來試試看？」魔法師說。

「可是晚上牠們都在睡覺。」

「牠們就不會飛走，你才方便觀察呀！你不妨今晚和阿基米德一起去，他可以幫你解說。」

「阿基米德，你願意嗎？」

「我很樂意。我自己也想出去溜達溜達。」貓頭鷹說。

小瓦想起鶇鳥，便問道：「您知道鳥兒為什麼唱歌，或者怎麼歌唱嗎？那算不算一種語言呢？」

「當然算。或許不比人類的語言複雜，但也夠瞧了。吉爾伯．懷特[1]說，哎，應該是他『以後會說』，你知道意思就好：『鳥類的語言非常古老，正如其他古老語言，言有盡，但意無窮。』他還說：『烏鴉在繁殖季節，有時心情歡愉會試圖歌唱，然而表現拙劣。』」梅林說。

「我喜歡烏鴉。說起來有趣，我倒覺得烏鴉是我最喜歡的鳥呢！」小瓦說。

「為什麼？」阿基米德問道。

「就是喜歡嘛，我喜歡牠們厚臉皮的模樣。」

「烏鴉父母不盡責，孩子沒禮貌又彆扭。不過，」阿基米德仔細想過又說：「烏鴉都有種扭曲的幽默感，這倒是真的。」

小瓦解釋：「我喜歡烏鴉享受飛行的樣子。牠們純為樂趣飛行，不像其他鳥類。牠們晚上成群結隊飛回家，開開心心，一邊說些沒禮貌的話，還會粗魯地相互撲打，那模樣好可愛。有時牠們會在半空中突然翻身，來個大筋斗，只為了要寶，或者想也不想就大剌剌地抓起跳蚤，根本忘記還在飛行。」

「牠們的幽默感固然低級，不過的確是種聰明的鳥。你知道吧，牠們是少數有議會又有社會制度的鳥。」

「你是說牠們有法律嗎？」

「當然囉。秋天時，牠們會聚集在田野間，開會議論。」

「什麼樣的法律啊？」

「喔，像是保衛鴉群和婚姻之類的事啊。你不能和自身鴉群外的烏鴉通婚；如果你竟然不顧體面，從鄰近聚落帶了一隻黑鴉大閨女回來，大家會把你的窩拆成碎片，你蓋得再快也沒用。牠們還會把你趕到郊區，所以每個鴉群都會有些偏遠的窩，在主巢幾棵樹外。」

「還有一點讓我喜歡，」小瓦說：「就是牠們的衝勁。牠們或許是小偷和小丑，也的確整天嘎嘎吵個沒完，互找麻煩，卻敢圍毆敵人。我想，要和老鷹作對，就算自己人多勢眾，總是需要一點勇氣吧。而且牠們連攻擊老鷹時都在耍寶。」

「你說得沒錯，牠們本來就是一班烏合之眾。」阿基米德傲慢地說。

「嗯，好歹是一群愛玩的烏合之眾，所以我喜歡。」小瓦說。

「你最喜歡的鳥又是什麼呢？」梅林出面打圓場，有禮地問道。

阿基米德想了半天，然後說：「哎，真是大哉問。這就像問你最喜歡哪一本書。不過整體說來，我想應該是最

1 Gilbert White（1720-1793），英國牧師和自然學者，代表作《賽爾伯恩博物誌》（*The Natural History of Selborne*），是尊重自然生態的重要先驅。

喜歡鴿子。」

「因為好吃？」

「事實上，所有猛禽都喜歡吃鴿子，只要自己的體型夠大，應付得來。我剛剛只是在想她們的家居習慣。」

「說來聽聽。」

阿基米德便繼續：「鴿子嘛，一身灰，就像貴格教徒。她是聽話的孩子，忠實的情人，睿智的父母，而且和所有哲學家一樣，知道人類的手永遠與她們為敵。幾世紀以來，他們早已精通逃脫之術。鴿子從來不具侵略性，就算有人要加害於她，也絕不還手，然而世界上也沒有一種鳥像鴿子這麼擅長迴避。若被獵人困在樹上，鴿子會從樹的另一頭飛走，還懂得盡量低飛，讓樹成為天然屏障。沒有一種鳥能計算距離如此精準。鴿子羽毛鬆軟，因此狗不喜歡咬，而且對彈丸有保護作用。鴿子警戒心高，身上散發香氣，身體脆弱，用咕咕的叫聲表達真愛，將孩子巧妙藏匿起來，盡心盡力養育，遇上侵略者，則懂得明哲保身。實在是一種愛好和平的鳥，有如不斷逃離殘暴印地安人的篷車大隊；也是真性情的個人主義者，唯有憑藉智慧脫逃，才能在屠殺勢力下存活。」

「你們知道嗎？」阿基米德又說：「鴿子夫婦做窩時永遠背對背，以便將四方動靜盡收眼底。」

「我們養的家鴿的確是這樣，」小瓦說：「我想，人類之所以一直要殺鴿子，就是因為他們太貪心了吧。我喜歡林鴿拍動翅膀的聲音，還有，鴿子在求愛季節時會飛到高空，然後收起雙翼往下急墜，樣子跟啄木鳥挺像。」

「跟啄木鳥不怎麼像吧。」梅林說。

「嗯，是不太像啦。」小瓦也承認。

「您最喜歡的又是哪種鳥呢？」阿基米德覺得也該讓主人發言，便問道。

梅林像福爾摩斯一樣十指併攏，立即答道：「我喜歡蒼頭燕雀，我朋友林奈[2]稱他們為獨身鳥。這種鳥知道冬天要分開，公鳥全集中成一群，母鳥聚成另一群。如此一來，至少在冬天的幾個月裡，大家相安無事。」

這時阿基米德說：「我們原本是在討論鳥究竟會不會講話。」

「我另一個朋友呢，」梅林馬上用學識淵博的口吻說道：「他認為，或者將會認為，鳥類的語言是出自模仿。你們應該知道，亞里斯多德認為悲劇也是因模仿而生。」

阿基米德嘆了口氣，一副先知的模樣道：「我看您還是一吐為快吧。」

「是這樣的，」梅林說：「比如一隻茶隼撲向一隻老鼠，而那隻可憐的老鼠被針似的利爪抓住，痛得大叫：『嘰嘰！』下回這隻茶隼又見了別的老鼠，便也學著叫：『嘰嘰！』而別的茶隼呢，好比說他的配偶，聽見叫聲趕來了，於是幾百萬年之後，所有的茶隼都嘰嘰叫著互相呼喚啦！」

「一種鳥不能代表全部吧？」小瓦說。

「我也不想以偏蓋全，可是老鷹叫起來不就像獵物的慘叫聲？綠頭鴨吃青蛙，所以叫聲嘶啞，有如蛙鳴；百舌鳥也是，叫聲像青蛙哀鳴；黑鸝和歌鶇叫聲喀達喀達，難道不像他們把蝸牛殼敲碎的聲音嗎？各種雀鳥的叫聲如同咬破種子，啄木鳥則模仿自己敲打樹幹，抓蟲子出來吃的聲音。」

「但是鳥兒的叫聲都不只一種啊！」

2 Carl Linnaeus（1707-1778），瑞典植物學家，二名分類法的創始者。

「那是當然，鳥類因模仿而呼叫鳴聲，繼而不斷重複，並加以變奏，於是便有了各種不同的鳥鳴聲。」

「原來如此。」阿基米德冷冷地說：「那我呢？」

「這個嘛，你應該很清楚。」梅林道：「被你捉到的老鼠會發出『嘰嗚』的慘叫，所以你年輕的族人會叫『奇威』。」

「那老的怎麼解釋？」阿基米德口氣尖酸地問。

「呼嚕，呼嚕！」梅林毫不氣餒地叫道：「我的好夥伴，這不是很明顯嗎？經過第一個冬天，他們便喜歡在空心的樹幹裡睡覺，而這正是那裡的風聲啊！」

「這樣啊，」阿基米德的口氣愈來愈冷淡了。「這和獵物好像一點關係都沒有嘛。」

「哎，得了吧！」梅林答道：「除了食物，還有很多別的啊。比如說吧，鳥類不也得喝水，偶爾也要洗澡？知更鳥的歌聲就是在模仿流水聲呀。」

阿基米德說：「看來不但跟食物有關，跟我們喝的和聽到的東西也都有關係囉。」

「有何不可呢？」

貓頭鷹洩氣地說：「唉，算了。」

小瓦想幫家教打打氣，便說：「我覺得這個想法很有趣。可是語言又是如何從模仿中產生呢？」

「起先是重複，」梅林說：「然後慢慢轉變。你或許不曉得，說話的語氣和速度可以有很多含義。舉個例子，如果我說『天氣真好』，你會回答『是啊，的確很好』。但如果我用安慰的語氣說『天氣真好』，你大概會覺得我這人很親切。還有呢，如果我上氣不接下氣地說：『天氣真好！』你可能就會看看周圍，想知道是什麼把我嚇成這樣。鳥類就是用這種方法，逐漸發展出語言。」

「既然您懂得這麼多，」阿基米德說：「能不能請您說說，咱們鳥類靠著改變速度和加重語氣，能從呼叫聲表達出多少不同的東西？」

「很多哇！談戀愛時，你可以輕柔地叫『奇威』；如果要挑釁，或非常憤怒，可以生氣地叫；要是找不到伴侶，或是有陌生人接近鳥窩，想警告同伴躲遠一點，可以逐漸提高聲音；如果你冬天飛到老巢附近，因為條件反射的關係，憶起往日美好時光，可以親切地叫『奇威』；如果我突然走近，你可以連叫三聲『奇威奇威奇威』表示警戒。」

「居然討論起條件反射來了！」阿基米德氣呼呼地說：「我還寧願去找老鼠吃。」

「也行啊，不過等你找到，我敢說你一定會發出另一種貓頭鷹特有的聲音。這種聲音在鳥類學專書沒有記載，我稱之為『呲』或『嚓』，也就是人類咂嘴的聲音。」

「這種聲音又是在模仿什麼？」

「當然是老鼠骨頭碎裂的聲音啦。」

「您真是個狡滑的主人，」阿基米德說：「至於我只是隻可憐的貓頭鷹，您講出這話我也不能拿您怎樣。我只能根據親身經驗告訴您，事實上根本不是這回事。一隻山雀不但可以告訴您他身處險境，連何種險境都能說得一清二楚。要他說『小心那隻貓』或『小心那隻老鷹』，或者是『小心那隻灰林鴞』，就像念字母一樣簡單。」

「這我不否認。」梅林說：「我只是在告訴你語言的起源。不如你說說看，有沒有哪一種鳥的叫聲是我無法歸因於模仿的？」

「歐夜鷹。」小瓦說。

「甲蟲翅膀的嗡嗡聲。」家庭教師立即回答。

「那夜鶯呢？」阿基米德絕望地大喊。

坐在舒適椅子的梅林往後一靠，說：「啊，那是在模仿親愛的普西芬妮[3]，每當她從冥府甦醒的靈魂之歌。」

「滴嚕。」小瓦輕聲說。

「匹嗚。」貓頭鷹平靜地補充。

「模仿音樂！」魔法師無論如何想不出夜鶯的叫聲究竟模仿什麼，最後激動地下了結論。

「哈囉！」這時凱伊打開午後課室的門，走了進來。「我沒趕上地理課，真是抱歉。因為我剛剛想用十字弓射幾隻小鳥，你們瞧，我殺了一隻鶇鳥呢！」

3 Proserpine，希臘神話中，她是宙斯與農業女神狄蜜特所生的女兒，被冥王擄走。因為吃了冥府的石榴，每年有三分之一的時間必須回到冥府生活。

第十八章

當晚，小瓦依照指示躺在床上裝睡。他要等凱伊睡著，阿基米德會帶著梅林的魔法來找他。小瓦蓋著厚重的熊皮毯子，望向窗外的春夜繁星。群星褪下霜意和金屬亮澤，彷彿剛洗過，飽含水分而脹滿。這是個無雲也無雨的美好夜晚，星間的夜空是一片厚實黝暗的天鵝絨。畢宿五和參宿四[1]正和天際的獵犬[2]賽跑，朝地平線奔去。狗兒頻頻回頭張望，等待主人獵戶座從世界的盡頭冒出來。紅醋栗、野櫻桃、李子樹和洋山楂花正開得茂盛，入夜後仍有花香從窗邊傳進來。至少聽到五隻夜鶯正在低垂交蔽的枝頭爭鳴。

小瓦雙手交叉枕著頭，躺在床上，熊皮毯只蓋了一半。夜色如此美麗，一覺睡去太可惜了。氣候暖，毯子也蓋不住。他望著窗外的星空，看得出神了。夏天即將來臨，到時他可以在城垛上睡覺，看著星子懸掛上方，宛如近在眼前的飛蛾，而銀河則像是蛾翅上的粉。群星似近實遠，許多難以言說、關於空間與永恆的思緒，在他嘆息不已的胸膛中擾動。而他將想像自己往上墜落，愈掉愈高，永不止息，掉進群星之間卻無法企及，在安寧的空間速度之中，拋棄一切，也失去一切。

阿基米德來找他時，他已經熟睡了。

「把這吃了。」貓頭鷹說著，給了他一隻死老鼠。

1 畢宿五（Aldebaran），金牛座α星；參宿四（Betelgeuse）為獵戶座α星。

2 此處的「獵犬」即天狼星（Sirius）。

小瓦覺得怪異，卻二話不說接過那團毛茸茸的東西，完全沒想到咬起來會噁心便丟入嘴。滋味竟然不錯，他倒也不覺奇怪，就像桃子連皮吃，但桃子皮當然無法與老鼠相比。

「我們也該出發了。你先跳上窗臺，習慣一下，我們再起飛。」貓頭鷹說。

小瓦朝窗臺一躍，很自然地揮一下翅膀增加助力，正如高空跳躍者擺動手臂。他和多數貓頭鷹一樣，砰一聲落在窗臺上。

還來不及停住，便往前一傾，掉出窗外。他興沖沖地想著：「我就要這麼摔斷脖子了吧。」說也奇怪，這時他竟然不把生命看得太重。他只覺得城牆飛馳而過，地面和護城河迅速上浮。他使勁一揮翅膀，地面便又沉下去，像口漏水的井。一秒鐘後，剛才揮的那一下失去效力，地面再度節節上升。他再揮一次。他就在地面忽而上升，忽而下沉的古怪情形之中不斷前進，絨羽不曾發出一絲聲音。

「看在老天分上，」阿基米德喘著氣，懸浮在他身邊的夜空中。「別飛得像啄木鳥似的！這樣別人會把你當成縱紋腹小鴞！不過這種鳥還沒進口到國內就是了。你只需要用力揮動一下翅膀，得到飛行速度，然後藉著這個速度前進，等漸漸慢下來，快要失速墜落時，才又用力一揮，一上一下飛成之字形。你這種亂七八糟的飛法，別人哪跟得上？」

小瓦隨口答道：「哎，我要是不這麼做，不就直接摔下去啦！」

「笨蛋！」貓頭鷹說：「你像我這樣，翅膀一直輕輕揮就行了，不要上下跳。」

小瓦照做之後，驚訝地發現地面不再亂晃，而是平穩地在他下方流動，他甚至感覺不到自己在動。

「這樣好多了。」

「所有東西看起來都好奇怪。」男孩四處觀望了一陣，驚奇地說。

的確，整個世界看起來都不一樣了。我們不如形容，就像攝影師的負片，此時他眼中所見比人類所能看到的光譜還要多一種光。紅外線相機可以在我們無法視物的黑暗中照相，同樣也可以在大白天照相。貓頭鷹亦如此，有關他們只能在夜間視物的說法都不是真的。他們白天同樣看得很清楚，只不過到了晚上視力仍然清晰。於是貓頭鷹自然喜歡在其他動物熟睡，較無反抗能力的時候獵食。白天的綠色樹木，在此時的小瓦眼中會泛白，彷彿開了滿樹蘋果花，夜晚時分，一切看起來也都不同。就好像在黃昏時飛行，所有顏色都黯淡下來，而且一切都朦朦朧朧的。

「你喜歡這樣嗎？」貓頭鷹問。

「我很喜歡。你知道嗎？先前我變成魚時，水裡很多處的溫度冷熱不同，沒想到天上也是如此。」

「氣溫嘛，得看下頭的植被，如果是森林或雜草地，上面就會比較溫暖。」阿基米德說。

「嗯，難怪以前的爬蟲類不當魚之後，會想變成鳥。真的很有趣！」小瓦說。

「你總算有點概念了。」阿基米德說：「你介不介意我們坐下來？」

「怎麼坐？」

「你要失速。也就是說你得先往上飛，等速度慢下來，然後呢，就在你覺得要一頭栽下去的時候，哎，你就坐下。你有沒有發現，鳥類向來都是往上飛進窩裡。他們不會從上而下，而是先飛低再拉高，飛到最高點的時候正好失速，然後就坐下。」

「可是鳥也會降落在地面啊！還有，綠頭鴨不是會落在水面？這總沒辦法飛高再坐下吧？」

「這個嘛，要降落在平面上當然行，只是比較困難。你得在失速的狀態下滑翔，然後彎起翅膀增加風阻，再放下雙腳和尾巴，大致如此。你或許也發現，大部分鳥類降落的動作都不怎麼優雅，你看烏鴉砰一聲坐下，還有綠頭鴨濺起水花的樣子。翅膀像湯匙形狀的鳥，例如蒼鷺和鴴鳥，似乎是降落得最漂亮的。說實話，咱們貓頭鷹也不賴呀！」

「像雨燕那樣翅膀很長的鳥，完全沒辦法從平地起飛，我想動作應該最難看囉？」

「雨燕的動作確實不好看，但並非這個原因。」阿基米德說：「好啦，我們用不著邊飛邊講吧？我有點累了。」

「我也累了。」

「貓頭鷹通常飛個百碼就喜歡坐下來休息。」

小瓦模仿阿基米德的動作，朝他們選定的枝頭高飛而去。飛到樹枝上方時，他正好要失速掉落，在最後關頭趕忙伸出毛茸茸的雙腳抓住樹枝，又前後搖晃了兩次，才總算成功降落，收起翅膀。

小瓦靜靜坐著，觀覽周遭景色，同時貓頭鷹給他上了一堂鳥類飛行的課。雨燕極擅飛行，甚至可以睡著飛上一整夜；小瓦雖然也稱讚過烏鴉享受飛行樂趣的模樣，但是低空飛行（所以雨燕不能算在內）真正厲害的還是鴴。他解釋鴴是如何陶醉於特技飛行，甚至還會旋轉、甩尾和打滾，而且純粹因為喜歡這麼做。除了他們之外，只有渡鴉這種最古老、最圓熟也最美麗的飛行員，才會由高處降落。小瓦心不在焉地聽著演講，心神都在讓雙眼習慣奇怪的色調上，只以一眼餘光觀察阿基米德。阿基米德一邊講課，一邊不經意地四下張望尋找晚餐，表演起一種怪異的動作。

那就像個愈轉愈慢的陀螺，頂端緩緩畫出圓圈，陀螺尖佇留原地不動，但陀螺身逐漸傾斜，頂端畫的圓愈來愈大，最後倒地停止旋轉。阿基米德不經意地做著這件事，他雙腳站立不動，但上半身轉呀轉，彷彿在電影院裡被胖太太擋住視線，極力想從兩側往前看，又不確定該從哪邊看比較清楚。再加上他的頭幾乎可以三百六十度旋轉，你就不難想像這番滑稽的表演多麼值得一看。

「你在做什麼？」小瓦問。

他還沒問完，阿基米德就消失了。前一刻有隻貓頭鷹在那裡談論，下一刻貓頭鷹便已消失。只聽見小瓦下方遠處傳來砰的一聲，樹葉悉悉窣窣，聽來像那枚空中魚雷不顧阻礙，直直衝進灌木叢裡。

沒過多久，貓頭鷹又坐回他身邊的枝頭，若有所思地吃著一隻死去的麻雀。

「我可不可以試試看？」小瓦問道，試著裝出嗜血的樣子。

「事實上呢，」阿基米德吃完嘴裡的東西後說：「你不可以。你吃了變身貓頭鷹的魔法老鼠就夠了——況且你已經吃了一整天的人類食物啦！貓頭鷹從來不為樂趣殺生，更何況我是帶你來學習的，所以等我吃完點心，我們就該開始啦！」

「你要帶我去哪裡呢？」

阿基米德吃完麻雀，很有禮貌地在樹枝上抹抹嘴，雙眼直視小瓦。正如某位知名作家所形容，那雙又大又圓的眼睛泛著一層粉光，就像葡萄皮的紫色粉衣。

「既然你學會怎麼飛了，梅林要你變成野雁試試。」他說。

他發現自己置身一處極度平坦之地。在人類的世界裡，我們鮮少見到平坦的空間，因為樹木、房舍和樹籬形成了鋸齒狀的景觀，就連草地也豎起無數草葉；即使是一片沙地，也會有小小的潮浪痕跡，如同你的上顎。

然而這片位於黑夜深處、遼闊無邊的平坦溼泥地，卻像一塊黑色奶凍那樣毫無起伏。這片寬廣平地上存在一種自然力量，那就是風。這是一種自然元素，一個次元，一股黑暗的力量。在人類的世界裡，風從某處吹來，又朝某處吹去，途中穿過某些地方，例如樹木、房舍和一排排灌木叢。這裡的風卻不知從哪裡來。它穿過這片不知名的平地，也不知吹向何方。風水平吹拂，除了一種獨特的轟隆聲外，靜悄悄的。這陣風有形體，卻又無邊無際，驚人的重量流過泥地。那碩大無朋的灰線穩固堅實，幾乎可以用直尺測量。如果你拿雨傘手把鉤住，就會懸在那兒。

小瓦迎風而立，覺得自己簡直不存在了。他身處虛無之中，只有蹼足下的溼地還有實體。然而那又是有形體的虛無，像是渾沌。他彷彿成了幾何學的一個點，不可思議地存在於兩點之間的最短距離上；又或者像平面上的一條線，有長度也有寬度，卻不具任何分量。不具任何分量！然而這陣風卻是分量本身，它是能量，是潮流，是力量，是方向，是不具脈動、煉獄中穩定的世界之流。

這個褻瀆的煉獄卻是有界線的。往東約一哩處，有堵綿密而無間斷的水牆。水牆微微起伏，彷彿擴張或收縮，卻牢不可破，充滿威嚇感，渴望著犧牲者——這就是無情的汪洋。

往西兩哩處，有三個光點形成一個三角形，那正是漁人屋舍裡的微弱燈芯。漁人為了趕上鹹水沼澤裡繁複的溪流潮汐而早起。沼澤裡的水流方向有時和海水相反。海峽和微小光源，這些便是他天地間的一切：黑暗、平坦、遼闊、潮溼，在那黑夜的海灣裡，在那風的灣流中。

當天光漸露，男孩發現自己置身同類當中，正如他所預料。他們坐在泥地上，而泥地正受憤怒、稀薄、復返的海水侵襲；有的早已被海水驚醒，便乘浪而去，遠離碎浪騷擾。坐著的看似大茶壺，壺嘴塞在翅膀裡。在游泳的有時會把頭伸入水中甩一甩。有些在泥地上醒來，便站起身用力擺擺翅膀。他們的緘默被嘎嘎交談聲打破。這片灰地約有四百隻野生的白額雁，是極美的生物，任何人只要近看過便永生難忘。

離日出還很久，野雁便已準備起飛。去年繁衍的雁子家庭紛紛聚在一起，在家中祖父、曾祖父或某位年高德劭的長者領導之下，接著與其他家庭集結成群。集合完畢後，雁群的話音裡添了幾許興奮。他們開始左右扭頭，剎那間，十四隻或四十隻野雁已經迎風高飛在天，拍動寬闊的翅膀挖掘夜幕，喉嚨裡冒出勝利的呼喊。他們一同轉向，迅速攀升，消失在視線之外。離地面超過二十碼，雁子的身影便隱沒在黑暗之中，看不見了。早先出發的雁群並未出聲叫喚，他們習慣在日出前保持靜默，只有偶爾幾句言談，或有危險逼近時發出單音警告。警告聲一來，雁群便全部垂直飛入天空。

小瓦覺得有些不安。眼看身邊的雁群陸續升空，他也渴望仿效，焦躁地想有樣學樣，卻難免害羞，又怕雁子家族討厭他不請自來。然而他實在不甘寂寞，想融入群體，享受晨間飛行的樂趣。野雁群有種特殊的同伴關係、自由的紀律和生命的喜樂。

男孩眼見身旁的母雁展翼躍起，也跟著照做。先前附近共有八隻雁子，喙子時伸時縮，他也如法炮製，彷彿這個動作會傳染。現在他發現自己和這八隻雁子在平行的空氣裡展翅高飛。他才離開地面，風就消失了。原本的騷動和戾氣彷彿被一刀斬斷，全都散去。他身在風裡，滿心平靜。

八隻野雁由前往後成一直線散開，彼此距離相同，小瓦位在最後方。他們往東飛去，那裡本是晨曦所在，此時壯麗的朝陽從面前升起。在大地彼方，低垂的黑厚雲團綻開一線橘紅色的縫隙。霞光四射，下方的鹹水沼地逐漸清晰。他看著這片平凡無奇，意外與海相連的荒沼之地。生長於此的石楠雖然看起來仍有原本植物的外貌，卻早已和海草混種成鹹水生石楠，有著溼滑的葉狀體。原本應流貫沼地的小河，河中流淌著海水，底下是帶藍色的泥巴。荒地上隨處可見長竿架起的長長網子，專門用來捕捉大意的野雁。他此刻明白剛才警告音的由來。其中一面網上掛著兩三隻赤頸鳧；往東更遠處，有個蒼蠅大小的男人，正不屈不撓地穿過泥濘，前來取回獵物袋。

旭日東升，將水銀般的海灣與閃亮的泥地染得火紅。杓鷸在雜草叢生的沙洲之間往來紛飛，他們哀戚的悲嘆早在天明以前便開始。在水上睡覺的赤頸鳧，這時也發出口哨般的二連音，像耶誕節的彩色拉炮聲。綠頭鴨逆著風，艱苦地離開陸地。紅腳鷸老鼠般急步亂竄。還有一群小濱鷸，聚成比椋鳥群還要緊密的一朵雲，在半空中轉向，叫聲如火車鳴笛。流氓似的烏鴉從沙丘上的松樹林裡飛起，開心地鼓譟。凡是生活於海濱的鳥類，全都會前來此地，潮線附近充盈生機美麗。

見到如此的黎明美景、海上日出，如此井然有序的群體飛行，男孩感動得想高歌一曲，歌頌生命的美好。他沒等太久。周遭這千百隻野雁，排成有如天際炊煙的線條，不斷擺動。他們一邊飛向朝陽，一邊愉悅地引吭高歌。每群野雁的歌聲都不相同，有的嬉鬧，有的得意洋洋，有的感傷，還有的興高采烈。於是這些信使滿布於破曉天穹，唱著：

不斷旋轉的世界啊，你流經我們翅翼下方
升起那莊嚴的太陽，迎接我等清晨的群黨
看，他們胸膛上的緋紅和朱紅彩妝

聽，他們的嗓音清澈如同號音鐘響
聽，那黑色兵團的戰線遊走奔放
天國的號聲和獵人，獵犬和駿馬，晨曦一般皎亮

自由，遙遠，美麗，他們展翼遨翔
白額雁飛來，伴隨聲音和歡唱。

小瓦來到一片荒野，此時天光已經明亮。剛才與他一起飛行的同伴在周圍吃草，用輕柔小巧的鳥嘴將草葉向兩旁拉扯。他們會將頸子彎成大角度的環圈，而非天鵝那樣優雅的弧線。野雁進食時，必定會派一隻雁子守衛，頭像蛇一樣挺得筆直。他們已在今年冬天完成交配，不然也在去年冬季完成了，因此各個家族和隊伍裡，多半成雙成對進食。他之前在沼地時的鄰伴是隻未滿週歲的母雁。她睜大機靈的雙眼，打量著他。

男孩小心翼翼看著她，發現她的體格豐滿結實，脖子上還有一組細緻的紋路。他透過眼角餘光，瞥見這些紋路是因羽毛生長方向差異而產生。凹面的羽毛彼此分開，形成他認為相當優雅的溝紋。

年輕的母雁輕輕啄了他一下。她是目前值班的哨兵。

「換你了。」她說。

她也不等小瓦應答，便順勢低頭吃草，漸漸走遠了。

於是他開始站哨，不知道要注意什麼，也沒見著任何敵人，只看到草叢和忙著進食的夥伴。但是能獲雁群信賴，擔任守衛，他覺得與有榮焉。

「你在做什麼？」半小時後，母雁從他身邊經過並問道。

「我在站哨呀。」

「那就繼續站吧！」她咯咯笑著說。還是吃吃笑？「你真是個大傻瓜！」

「為什麼？」

「你自己知道。」

「不，我真的不知道。我做錯事了嗎？我不懂。」他說。

「快去啄你隔壁的吧，你已經站了至少兩倍的時間了。」

他照母雁的指示行動，果然讓旁邊吃草的雁子接手。於是他走到母雁身邊吃草，他們一邊啃，一邊睜著晶亮的小圓眼打量對方。

「你一定覺得我很蠢吧。」他怯生生地說，這是他頭一次對動物吐露自己的真實身分：「但這是因為我不是雁子，我本來是人類，其實這是我第一次飛行。」

她有些驚訝。

「這很不尋常。人類通常會變成天鵝，上次是李爾的孩子[3]。不過，反正我們都是雁形目。」她說。

「我聽過李爾的孩子。」

「他們可不喜歡變成天鵝。他們是無可救藥的民族主義者，信仰又過於虔誠，成天在愛爾蘭的禮拜堂附近晃。

說他們幾乎沒注意到其他雁鴨類也不為過。」

「我倒是很喜歡呢！」

「我想也是。你變成雁子的目的是什麼？」

「接受教育。」

他們默默吃草，直到他想起自己剛說的話，那些話又讓他回想起他老早就好奇的問題。

「派這些哨兵，是不是有戰爭？」他問道。

「戰爭？」她不明白這詞。

「我們在打仗嗎？」

「打仗？」她懷疑地說：「公雁有時會為了搶妻之類的事打架。當然不是會流血的衝突，只是扭打一陣，看誰比較優秀。你是這個意思嗎？」

「不，我是指與敵軍作戰，例如和其他雁子。」

她被逗樂了。

「多可笑呀！你是指一大群雁子同時扭打嗎？看起來一定很有趣。」

他對母雁的語氣感到訝異，因為他那顆小男孩的心仍舊很善良。

「你覺得看他們自相殘殺很有趣嗎？」

3 【編注】Children of Lir，源自愛爾蘭傳說，李爾王的四名子女被善妒的後母變成天鵝，經過九百年，直到傳教士聖博德來到愛爾蘭後，聽到鐘響方得破除咒語。

「自相殘殺？一大群雁子自相殘殺？」

這時母雁逐漸懂了他的意思，有些難以置信，臉上浮現厭惡的神情。等她完全明白，便一言不發離開他，走到草地另一端。小瓦跟上，但她不理他。他左繞右繞，想看看她的眼睛，卻被母雁眼中的嫌惡嚇到了。從那眼神看來，彷彿他說了什麼令人極端痛恨的話。

他笨拙地說：「對不起，我真的不懂。」

「別說了。」

「我很抱歉。」

過了一會，他又焦躁地補了一句：「問問題總可以吧。因為要站哨，所以會這麼問不是很自然嗎？」

但母雁可真是氣壞了。

「別說了！你腦裡怎麼有如此可怕的想法？你沒資格說這種事。當然要站哨，因為天上有矛隼和遊隼，還有狐狸、白鼬和人類的網子，不是嗎？這些是我們的天敵，但有哪種動物會低賤到成群結隊殺害相同的種族？」

「螞蟻啊！」他固執地說：「而且我只是想知道嘛！」

母雁費了很大勁才讓情緒緩和下來，盡量表現和藹。她自詡是個才女，因此盡可能表現思想開明，寬宏大量。

「我叫嘹嘹。我看你不妨自稱戚瓦，這樣別人就會以為你是從匈牙利來的。」

「你們都是從不同地方來的嗎？」

「嗯，每個小隊都不同。有些來自西伯利亞，有的是芬蘭的拉普蘭，還有一兩隊從冰島來。」

「難道他們不會為了爭奪草地而打架嗎？」

「瞧你，真是蠢得可以。」她說：「雁群中是沒有疆界的。」

「請問什麼是疆界呢？」

「地上想像出來的分界線吧。要是有了疆界，你要怎麼飛呢？你剛剛說的螞蟻，還有人類，等他們飛上天，一定就不會打仗了。」

「我很喜歡打仗呢，騎士都是那樣的。」小瓦說。

「就說你還不懂事。」

第十九章

在梅林操控之下，時間和空間彷彿都著了魔：小瓦熟睡的身體分明躺在熊皮毯子底下，可是在那個春夜裡，他卻和這群灰雁度過了好多日子。

他漸漸喜歡上嘹嘹，雖然她是女生。他成天追著她問有關雁子的各種問題，她則溫和親切地把自己所知都告訴他。他懂得愈多，就愈來愈喜歡她這些勇敢、高貴、寧靜而睿智的親戚。嘹嘹說，每隻白額雁都是獨立的個體，除非自願，否則不受法律或領導者約束。他們沒有烏瑟那樣的國王，也沒有諾曼人的嚴苛法律。不共享財物，任何一隻雁子若是找到好吃的東西，一律視為己物；如果有別的雁子想偷，啄回去就是了。然而也沒有雁子獨占世上任何一處領地——唯獨鳥窩例外，那是私人財產。她說了好多關於遷徙的事。

「第一隻從西伯利亞飛到林肯郡的雁子，當初一定把全家人都帶了過來。後來過冬，為了覓食，他只好沿原路線摸索回去，因為只有他曉得怎麼飛。年復一年，他率領逐漸壯大的家族往返兩地，就像領航員和艦隊司令。他去世之後，便輪到年長的兒子擔任領航員，因為他們往返的經驗一定比別人都來得豐富。年幼的子女和雛鳥肯定不清楚路徑，樂於跟隨。這些大兒子裡若有誰是出了名的糊塗蛋，家族成員也不會把領航的重任託付於他。」

她繼續說：「艦隊司令是這樣選的。或許秋天威威會來我們家，說：『打擾了，請問你們家有沒有可靠的領航員呢？我們家可憐的老祖父在雲莓季時過世了，嗡叔又靠不住，所以想找個傢伙跟隨。』我們就會回答：『如果你願意跟我們走，叔公會很高興。不過要先講清楚，如果出了事，我們可不負責喔。』他會說：『萬分感激。我相信你們家叔公一定很可靠。我可不可以也去跟哼哼他們家說？我聽說他們也遇到相同的問題。』我們回答當然可以。』

「我們家叔公就是這麼當上艦隊司令的。」她解釋。

「這是個好方法。」

「你看他的徽章。」嘹嘹的口氣充滿敬意。他們轉頭看向那位發福的大家長，他胸前果然有許多道黑色條紋，像極了艦隊司令袖子的金色徽章。

雁群逐漸感到興奮。年輕的雁子明目張膽地打情罵俏，或聚在一起討論自家的領航員。他們也會遊戲，就像期待宴會來臨的小孩。其中一種遊戲是大家圍成圓圈，年輕的公雁伸長脖子，一隻接一隻走到中間，假裝發出嘶嘶聲。走到一半時就邁開腳步飛奔，同時拍打翅膀，藉此展示勇氣，讓大家知道自己長大以後會是個優秀的艦隊司令。此外，起飛前左右晃動鳥嘴的怪習慣又出現了。熟知飛行途徑的族中長者也開始感到不安。他們睜著睿智的雙眼，觀察雲層結構，估算風速和風向。艦隊司令身負重任，在船尾甲板沉重踱步。

「為何我覺得沉不住氣？」小瓦問道：「為什麼我體內有這種感覺？」

「等著瞧吧，」嘹嘹故作神祕地說：「等到明天，或後天……」

那天終於來臨，這片泥濘的鹹水沼澤起了變化。像螞蟻一樣，每天清晨即起，耐心走到長網邊檢視獵物的人，向來把潮汐的變化記得一清二楚，因為稍有閃失就必死無疑。這天他聽到遠方天際傳來一陣號角聲，他從草地走來，一路不見野雁蹤跡，平坦的泥地上也少了他們成千上百的身影。從某方面來看，他其實人還不壞，因為他肅立原地，摘下皮帽。每年春天野雁離去時，以及秋天他見到第一群歸來的雁子時，他總會滿心虔誠地向他們致敬。

乘坐輪船航越北海得耗上兩三天，慢吞吞地橫渡惡水。但雁群不必如此，他們飛在積雲之上，每小時能飛七十哩，據說高度離地三哩。他們是天際的水手，是撕裂雲朵的楔形隊伍，是御風而行的天空歌者，是神祕的地理學家。

飛行途中，他們歌聲不斷，有的曲子粗俗，有的是英雄傳說，有的輕快活潑。其中有首滑稽的歌，小瓦特別覺得有趣，歌詞如下：

我們叫聲響徹天際
咚咚降落在草地
　哈哈，嘻嘻，呼呼
然後我們頸子交纏
就像流理臺下的水管
　呼呼，哈哈，嘻嘻
用餐時我們融洽排列
左右拉扯把草咬離地面
　嘻嘻，呼呼，哈哈

不管嘻還是呼，我們喜歡咚咚降落
不管呼還是哈，我們喜歡整齊排列
不管哈還是嘻，我們都覺得是叮叮
呼！哈！嘻！

另一首帶著感傷情懷的是：

狂野不馴，狂野不馴
教我的公雁回來與我相聚，與我相聚

還有一回飛經一座布滿岩石的島嶼，島上住著許多白額黑雁，看起來活像戴著黑皮手套、灰色無邊小圓帽和黑玉珠串的老姑娘。她們語帶嘲諷地高聲唱道：

黑雁住在爛泥貧民窟裡，
黑雁住在爛泥貧民窟裡，
黑雁住在爛泥貧民窟裡，
我們卻快活溜達去。

榮耀，榮耀，我們來把你找尋。
榮耀，榮耀，我們來把你找尋。
榮耀，榮耀，我們來把你找尋。
　朝北極快活溜達去。

有一首較具斯堪地那維亞色彩的歌，名為《生命的恩賜》：

戚悠回答：生命的恩賜是健康
腳有蹼，直羽毛，軟脖子，鈕釦眼
此乃世間最大財富

安老爺答道：榮譽是我們的一切
探路者，掙食者，決策者，睿智的司令官
他們任重道遠

亮麗的嘹嘹說道：我願擁有愛情
軟羽毛，輕足音，暖窩巢，雙對對

這才是地久天長

阿能以吃為重。他說：啊，美食萬歲！

鵝吞噬，拔青草，尋短株，飽食穀

有什麼能比得過

威威禮讚同胞愛，美好自由手足情

成直線，梯形陣，排箭頭，越雲飛

從中習得永恆

但我小羅卻要填詞譜曲，那宏亮的輕快曲調

號角樂，歡笑曲，史詩心，仿大地

讓我小羅唱給你聽

有時為了尋找有利風向，雁群會降到卷雲層之下，來到大片大片積雲之中。一座座水氣砌成的巍然巨塔，潔白有如星期一剛洗好的衣裳，還像蛋白糖霜一般結實。這些堆積而成的天際繁花，巨大飛馬的雪白排泄物，或許會出現在他們幾哩之外。於是雁群朝積雲飛去，看著雲朵無聲無息逐漸變大，毫無動靜卻不斷擴張。等他們飛近，眼看就要撞上看似堅實無比的雲塊，陽光卻黯淡下來。霧絲突然變成扭動的飛蛇，纏繞雁群又再度散去。灰色的溼氣充塞四周，太陽成了一枚銅幣，逐漸褪去。

身邊同伴的翅膀漸次隱沒，最後每隻雁子都成了寒冷空茫中的孤音，一種絕滅之後的存在。於是他們飄蕩於沒有航線的虛無，彷彿沒了速度，也不分左右，不論上下。然而那枚銅幣突然強光四射，飛蛇掙扎，轉瞬間他們又回到了璀璨的世界。下方的海綠如玉，伊甸園的露水還溼潤未乾，築成壯麗煥然的天國宮殿。

遷徙途中一大盛景，是他們經過的一座海中孤島。途中趣事當然很多，例如航線與他們交錯的黃嘴天鵝群，排成單行縱隊，正要飛往阿比斯科，發出蒙著口罩的狗吠聲；又例如他們追過一隻踽踽獨行的角鴞，據說他背上的羽毛溫暖，有隻小鶺鴒就趴在那兒搭順風車呢！不過最有趣的還是這座孤島。

那簡直是一座鳥類的城鎮。大家或孵蛋、或爭吵，但彼此都保持友善。懸崖頂端草皮很短，角嘴海雀忙著在那挖洞。下方是刀嘴海雀街[1]，這裡的鳥兒在岩壁上擠成一團，只能背對著海，伸出長長的腳趾緊抓住岩壁。再往下是海鳩街，他們仰起輪廓分明、玩具般的臉，像孵蛋時的鵜鳥。鳥和人類一樣，一次只產一個卵。最低處是三趾鷗貧民窟，此地鳥滿為患，大家的脖頸都纏在一塊。由於實在沒空間，若有新來的鳥強行降落，便會有一隻原本的鳥被擠落絕壁。但是鳥兒脾氣都好，開開心心地用倫敦腔互相嘲弄。他們好似一群數不清的三姑六婆，占據全世界最大的觀眾席，有的私下爭論，有的捧著紙袋吃食，還有些拿裁判尋開心，或者哼著滑稽小調，一會忙著教訓小孩，一會又抱怨起先生的不是。「大嬸，您移過去點吧！」他們會說，或是「往前擠啊，奶奶！」、「乖寶貝，太妃糖放口袋裡，然後擤擤鼻子呀！」、「哎喲，艾伯特叔叔拿啤酒來了！」、「可不可以讓點位子出來？」、「你們看，愛瑪阿姨從石頭上摔下去啦！」、「我的帽子有沒有戴正啊？」、「得了吧，還差得遠呢！」

鳥兒多半與同類聚在一起，但他們也不小氣。在海鳩街上，處處可見頑固的三趾鷗坐在岩壁突出處上，打定主意要享受自己的權益。島上約莫有一萬多隻鳥，發出的噪音可真是震耳欲聾。

除了這座孤島，還有挪威的峽灣和島群。對了，偉大的哈德森[2]曾說過一個發人深省的雁子故事，就與其中一座小島有關。從前有個海邊的農夫，他的幾座小島老是受狐狸騷擾，於是在一座島上設了捕狐狸陷阱。隔天他去察看陷阱，卻發現抓到一隻年老的野雁。雁子個性強悍，而且身上有許多橫紋，顯然是位艦隊司令。農夫把雁子帶回家，剪掉翼梢，又綁住他的腳，放他在農家庭院裡和雞鴨等家禽一同生活。為了防止狐狸騷擾，農夫每晚都得鎖上雞舍。通常他會在傍晚時把家禽趕進來，然後鎖門。過了一段時間，他發現一個奇怪的現象，那就是以前都要等他趕的母雞，現在卻會乖乖在雞舍裡等他。經過一天下午的仔細觀察，他才明白是被俘的雁子族長代為行事。雁子注意到主人的例行工作，每天到了鎖門時間，這位睿智的老元帥便自命領袖，集結家中夥伴，還會自己想辦法，慎重地把他們分配到適當地方，彷彿完全了解狀況。至於其他的野雁，也就是昔日跟隨他的鳥兒，自從領袖被抓走之後，便再也不停留該島——這裡原本是他們棲息地之一。

飛過島群之後，野雁準備在首日飛行的終點降落。他們是多麼歡欣鼓舞，多麼自我陶醉呀！雁子紛紛從半空中急落而下，側滑、特技飛行，甚至旋轉俯衝，對自己和領航員感到自豪，迫不及待要享受天倫之樂。最後一段，他

1 razorbill, razor-billed auk，北半球亞寒帶海鳥，分布於大西洋沿岸。喙黑色呈刀狀，帶有白色條紋。

2 威廉・亨利・哈德森（William Henry Hudson, 1841-1922），著名英國、阿根廷自然主義者兼作者，小說《綠廈》（*Green Mansions*）曾改編為電影《翠谷香魂》，由奧黛麗・赫本主演。

們以翅膀下彎的方式飛行，在最後關頭用翅膀兜起一陣風，使勁拍打。接著碰的一聲，便已安然著陸。他們先將翅膀高舉過頭，再輕快俐落地收攏起來。他們已然越過北海。

「喂，小瓦！」凱伊惱怒地說：「你把被子全部搶走幹麼？還有你幹麼動來動去喃喃自語啊？你還打呼呢。」

「我才沒有打呼。」小瓦憤慨地說。

「明明就有。」

「我沒有啦！」

「有就是有，你打呼像雁子在叫。」

「我沒有。」

「你有。」

「我沒有，你打呼才大聲呢！」

「我沒有。」

「你有！」

「如果你根本沒打呼，我怎麼可能比你大聲？」

等他們吵完，已經來不及吃早餐了。於是他們連忙換好衣服，跑進明媚的春色中。

第二十章

又到了做乾草的季節，轉眼梅林就待了一年。西風再度來訪，接著冬雪紛飛，春雨連綿，然後又是炎炎夏日。男孩除了雙腿抽高，其餘一切都沒改變。

又是六年過去。

有時格魯莫爵士登門拜訪，有時他們會遠遠看到派林諾國王在附近追趕尋水獸。有時他倆若沒商量好，則是尋水獸在後頭追他。庫利褪去了出生第一年羽毛上的縱紋，長出漂亮的橫紋。他的毛色變得更灰，性格也愈發冷酷和瘋癲。每年冬天，他們會將灰背隼放生，隔年再抓新的。哈柏的頭髮白了。警衛官成了個大肚公，險些因此羞愧而死，不過他依舊逮著機會就高喊：「一、二！」只是聲音比以前沙啞了。此外，除了兩個男孩，其他人似乎都毫無改變。

他們愈長愈高，和以前一樣像小馬般到處亂跑，興致來了就去找羅賓，經歷無數冒險，在此就不詳述了。那個年代，即使成年人也十分童稚，完全不覺得變成貓頭鷹有何無聊之處。於是梅林照舊進行特殊教育，小瓦變成各式各樣的動物。唯一的差別是，現在上劍術課時，凱伊和小瓦已經和大肚子警衛官旗鼓相當，還不時會把過去被他修理的分加倍奉還。成長到十來歲後，愈來愈多人送給他們正式武器作為禮物，最後兩人都有了整套鎧甲、接近六呎的長弓，以及可射一布碼遠的箭。一般來說，你不應該用比你身高還長的弓，會消耗不必要的體力，就像拿獵象槍去射盤羊一樣。總之，謙虛的人通常非常謹慎，不用高過自己的弓，免得被人認為在吹噓。

一年一年過去，凱伊愈來愈難相處。他老是用過大的弓，射得也不怎麼準。他暴躁易怒，動不動就要找人打架，幾乎所有人都受過他挑釁。幾次他真打成了，卻都遭痛揍一頓。他的言行也更加尖酸刻薄，老嫌警衛官肚子大，警衛官非常難過。只要艾克特爵士不在，他就說起小瓦沒父母。然而他並非有意如此，自己也覺得討厭卻控制不了。

小瓦依然傻呼呼的，依然喜歡凱伊，並且對鳥類充滿興趣。

梅林則是一年比一年年輕；既然他是倒著活回去，這也很合理。

阿基米德結婚了，在塔頂房間養過好幾窩漂亮孩子。

艾克特爵士得了坐骨神經痛。有三棵樹遭雷擊中。特威提獵師每年耶誕節都來，從未間斷。帕斯路老先生則多憶起一段柯爾王之歌。

年年過去，古老英格蘭的雪景仍是該有的樣子：有時知更鳥占據了畫面一角，另一角則有教堂大鐘或亮起的窗戶。終於，凱伊快要晉升為正式騎士了。隨著日子逼近，兩個男孩也漸行漸遠，凱伊不想再與小瓦平起平坐。他即將受封騎士，必須更有尊嚴，當然更不能容許侍從和自己沒大沒小。小瓦只有當侍從的命，他在凱伊允許的情況下落寞地跟隨著，然後垂頭喪氣地走開，自己想辦法解悶。

他去了廚房。

「唉，這下我成了灰姑娘啦！」他自言自語：「到目前為止，不知道為什麼，我在受教育時占盡好處，度過最快樂的時光，龍啊、女巫啊、魚啊、長頸鹿，還有螞蟻和野雁，什麼都看過了。現在我得付出代價，在凱伊手下當個二流侍從。他守在井邊，和所有過路人比武時，我卻只能站在一旁，幫他拿備用的長矛。也罷，我好歹有過一段好日子，況且廚房裡的火爐大的可以烤整頭牛，在這兒當灰姑娘倒也不壞。」

小瓦哀傷地環顧忙碌的廚房。火光映照下，這裡彷彿是地獄。

那個年代，好人家的紳士教育通常分成三階段：見習、侍從和騎士。小瓦至少也通過前兩個階段。就像現代身為一個經商致富的紳士之子，父親讓你從最低階層開始學規矩。見習時，小瓦學會用三條桌巾和一條毯子鋪桌子，也學會從廚房端肉出來，單膝跪下，為艾克特爵士或客人上菜。他肩上掛一條乾淨毛巾，為每位客人各發一條，還有一條用來擦拭菜盆。他學了所有高貴的服侍禮儀。從他有記憶開始，總能聞到各種香氣：薄荷是放在水罐裡提神用的；羅勒、甘菊、茴香、牛膝草和薰衣草要灑在鋪了藺草的地板上；白芷、番紅花、大茴香子和龍艾則用來為他必須呈上的菜肴增添香味。所以囉，他熟知廚房的一切，更別提城堡裡每個人都是他的好友，他隨時可以去找他們。

小瓦坐在熊熊火光裡，愉快地看著四周。他看到了小時候常得負責轉動的烤肉長鐵叉，以前他總是坐在一具淋溼的老舊稻草箭靶後面，免得自己也給烤熟。他還看到握柄好幾碼長的杓子和湯匙，以前他就是用這些工具為烤肉加醬料。他垂涎三尺地看著大家準備晚餐：一個野豬頭，嘴裡含著檸檬，還插了杏仁片做的假鬚，到時候會在號角吹奏聲中端上餐桌；一種加了酸蘋果汁、胡椒蛋奶糊，上面插著幾條鳥腿或香料葉片，用以顯示裡面包了些什麼的豬肉餡餅；還有看起來香濃可口的牛奶麥粥。

他嘆了口氣，自言自語：「當個僕人其實也不錯呀！」

「還在唉聲嘆氣？」梅林不知從哪裡冒了出來，問道：「和我們去看派林諾國王比武那天一樣？」

「啊，沒有啦！」小瓦說：「哎，也是，是為了同樣的原因。可是我其實不很在意，我敢說凱伊要是當了侍從，一定沒我行。您瞧，牛奶麥粥裡加的番紅花，和煙囪裡的火腿上映著的火光是同樣顏色呢！」

「真漂亮。只有傻瓜才想當偉人。」魔法師說。

「凱伊不肯告訴我受封騎士的儀式流程，他說那太神聖了。到底會發生什麼事呢？」

「還不就一堆瑣事。你得幫他脫去衣服，伺候他進入一個用華麗帷幔圍起來的澡盆。接著會有兩名經驗豐富的騎士到場，艾克特爵士大概會找來老格魯莫和派林諾國王。他們要坐在澡盆邊，對他發表一番冗長的演說，描述騎士精神的榜樣，像他倆自己就是。講完以後，他們得拿一些洗澡水從他頭上淋下，並且為他畫十字。接著你要領他到一張乾淨的床邊，擦乾身體，再為他穿上隱士服，帶他去禮拜堂。他將在禮拜堂內徹夜不眠，守著自己的鎧甲，同時一邊禱告。大家常說守夜寂寞又可怕，其實一點也不會，因為神父、管理蠟燭的人和一名武裝守衛都會在場，你身為他的侍從，大概也得全程陪同。隔天早上，等他告解完，望過彌撒，奉獻一根插了枚錢幣的蠟燭——錢幣愈靠近燭火愈好，你再帶他上床好好睡一覺。等所有人休息夠了，你就幫他換上最好的衣服，準備吃晚餐。晚餐前，你得領著他走進大廳，還要備好他的馬刺和配劍。派林諾國王和格魯莫爵士會分別為他戴上兩腳的馬刺，艾克特爵士為他別上寶劍，親吻他，然後拍拍他的肩膀說：『汝須成為一位好騎士。』」

「就這樣嗎？」

「還沒結束，你們得再去一次禮拜堂，凱伊要把劍交給神父，神父再還給他。然後我們這位好廚師會在門口等他，要求他的馬刺作為獎賞，並且說：『我將替您保管馬刺，倘若您的作為與騎士精神相違，我就把馬刺丟進湯裡煮。』」

「這樣就結束了嗎？」

「是的，不過還有晚餐。」

「如果我當上騎士，」小瓦說，眼神迷濛地看著火光。「我一定要堅持獨自守夜，就像哈柏訓練獵鷹，而且我會向神禱告，讓我一人去面對世上所有邪惡的事物，這樣只要我戰勝，邪惡就完全消失了。即使我被打敗，那也只要我一人承擔。」

「你如果這麼想，實在是太妄自尊大。你一定會被打敗，也一定會承受苦果。」梅林說。

「我不介意。」

「不介意嗎？到時候你就知道了。」

「為什麼人長大以後不會像我現在這樣想？」

「我的老天，你把我搞糊塗了。等你長大，自然就知道了。」梅林說。

「這算哪門子答案呢？」小瓦說。他說的一點也沒錯。

梅林不知如何是好，擰著雙手。

「好啦，不然這樣，如果他們不讓你一個人面對世上所有邪惡的事物呢？」他說。

「我可以請他們讓我去面對啊！」小瓦說。

「你可以請他們讓你去面對。」梅林重複一遍。

他把鬍子末端塞進嘴裡，悽慘地看著爐火，狠狠嚼了起來。

第二十一章

騎士冊封典禮一天天近了。派林諾國王和格魯莫爵士的邀請函都已經送出。小瓦更多時間躲在廚房裡。

「小瓦，你別這樣，小老弟。」艾克特爵士難過地說：「我真不曉得你會這麼在意。生悶氣不像你的個性啊！」

「我沒生悶氣。我真的一點都不在意，而且我很高興凱伊要當騎士了。請不要認為我在生悶氣。」小瓦說。

「你是個好孩子。我知道你不是真的生悶氣，不過開心點吧！凱伊在某些方面還不算太壞，你也知道。」

「凱伊很好。我只是覺得，他好像再也不願意和我去鷹獵，或一起做任何事了。所以我才不開心。」

「他還年輕，以後就會想清楚了。」艾克特爵士說。

「我想也是。只不過現在他不想讓我跟，所以囉，我只好不跟了。」

「可是啊，」小瓦又補充：「如果他要我去，我一定馬上照辦。說實話，我覺得凱伊是個好人，我一點也沒生氣。」

「你先喝杯加納利葡萄酒吧，再去看看梅林老先生能不能讓你振作起來。」艾克特爵士說。

小瓦便去找梅林。「艾克特爵士讓我喝了杯加納利葡萄酒，還要我來看看你能不能讓我振作起來。」

「艾克特爵士是個有智慧的人。」梅林說。

「嗯，那要怎麼辦？」小瓦說。

「治癒悲傷最好的方法就是學習。」梅林答道，一邊抽起菸斗。「這是唯一永遠有效的事。你也許會老去，成為顫巍巍的老人；你也許會半夜躺在床上，聽著血液紊亂湧動；你也許會想念畢生唯一的愛人；你也許會親眼目睹周遭的世界受邪惡狂人摧殘蹂躪，或是名譽遭心地卑劣的人踐踏。到時只有一個辦法：就是學習。學習世界為什麼運轉，又是如何運轉。唯有這件事，是心靈永遠無從窮盡，永遠不會疏離，不會受其折磨，也不會害怕或不信任，更不用擔心會後悔的。你要做的，就是去學新東西。你看有多少東西可以學：理論科學，這是世上唯一純粹的東西；你可以花一輩子時間學天文，用三輩子學博物，用六輩子讀文學。等你耗盡十億次的生命研究生物學、醫學、理論批評、地理學、歷史和經濟學，哎，接下來你可以學著用適當的木材自製車輪，或者花五十年學習劍術，試圖擊敗對手。在那之後，你可以開始研究數學，之後再學怎麼犁田。」

「除了這些事，您覺得我現在學什麼比較好呢？」小瓦說。

「我想想，」魔法師尋思道：「我們已經上了短短六年的課，在這段時日，你變成了各種動物、植物和礦物，也就是風火水土四種元素都經歷過了，沒錯吧？」

「我對動物和土地所知不多。」小瓦說。

「那你該見見吾友老獾。」

「我從沒見過獾呢。」

「那好，除了阿基米德，老獾是我所知最博學的生物。你一定會喜歡他。」

魔法師咒語念到一半，又停下來補充：「對了，還有一件事要告訴你。這是我最後一次讓你變身。變形魔法已經全數用完，也代表你即將受完教育。等凱伊受封騎士，我的工作就告一段落。你將以侍從之身，與他一同離家到外頭的世界，而我也另有他就。你覺得自己有學到東西嗎？」

「有的，而且我這段時間很快樂。」

「那就好。」梅林說：「盡量記住你所學過的事。」

他繼續念咒，拿起癒創木魔杖指著尾巴掛在北極星上，正淡淡發光的小熊座，愉快地叫道：「最後一次你就好好玩吧！替我問候老獾！」

叫聲聽起來很遙遠，小瓦發現自己站在一座古老的土丘旁。土丘看起來像個碩大的鼴鼠窩，正面還有個黑漆漆的洞。

「老獾就住在這兒，」他自言自語：「我應該進去找他聊聊。可我偏不要。永遠當不成騎士還不夠慘嗎？這下連我親愛的家教老師也要離我而去，以後再也沒有博物學課程了。他可是我唯一一次出外冒險找回來的呢。好吧，在我接受命運以前，至少還能快活一晚。既然我現在是隻野獸了，我就要像野獸一樣隨興，管他的呢！」

他猛一轉身，踩著冬日黃昏的積雪離開了。

如果你真的走投無路，變成獾倒是不錯。獾和熊、水獺以及黃鼠狼是親戚，所以你就是英格蘭現存最接近熊的動物，而且你有豐厚的毛皮，無論被誰咬都不會痛。如果是你咬人，由於嘴巴構造特殊，一旦咬住，對方幾乎不可能脫身。所以囉，不管被你咬住的東西多會扭動，你都沒理由鬆口。獾也是少數能毫不在乎大吃刺蝟的動物，此外，無論是黃蜂窩、樹根或兔寶寶，他都照吃不誤。

途中，小瓦首先碰上的恰好就是一隻熟睡中的刺蝟。

小瓦瞇起視線模糊的近視眼，對獵物說：「刺蝟，我要把你吃掉！」

刺蝟原本縮成一團，把鈕釦般閃亮的小眼睛和敏銳的長鼻子都藏在裡面，還用了一堆不甚美觀的枯葉蓋住全身的刺，才鑽進草叢裡的窩準備冬眠。牠聽了這話便甦醒，可憐兮兮地尖叫著。

「你愈叫，我的牙齒就磨得愈厲害，愈是熱血沸騰啊！」小瓦說。

「啊，獾老爺！」刺蝟全身緊繃，豎起刺針，叫道：「好心的獾老爺，求您發發慈悲，可憐我這隻刺蝟吧，別像個暴君。咱們不好吃啊，老爺，也不是故事書裡的可愛小東西。發發慈悲啊，好心的大人，可憐可憐我這老是被跳蚤咬的無害佃農呀！我連左右都分不清楚！」

「刺蝟，求饒是沒有用的，別唉唉叫了。」小瓦無情地說。

「哎呀，我可憐的妻小啊！」

「我敢打賭你既沒娶妻也沒生子。快出來，你這流浪漢，準備受死吧！」

「獾老爺呀！」倒楣的刺蝟苦苦哀求。「您就別跟小的計較了，獾老爺，我的好人。聽聽我這刺蝟的請求吧！只要您放我一條生路，尊貴的大人，小的就給您唱首好聽曲子，或教您如何在早上珍珠般的露水裡吸母牛的奶！」

「你會唱歌？」小瓦覺得很意外。

「可不是嘛，唱歌啊！」刺蝟大喊，接著趕忙唱起一首撫慰人心的歌，不過因為不敢放鬆身體，聲音有些模糊。

「噢，桂妮薇，」刺蝟對著肚子哀痛地唱道：

甜美的桂妮薇

日子來

日子去
但回憶之光依然編織
好久好久以前
溫柔的夢

牠又毫不間斷地唱了《甜蜜家園》與《磨坊邊的鄉間老橋》。接著因為牠唱完自己的曲目，連忙顫抖著喘了口氣，又開始唱《桂妮薇》，接著是《甜蜜家園》以及《磨坊邊的鄉間老橋》。

「好啦！你可以停了。我不吃你就是。」小瓦說。

「仁慈的老爺！」刺蝟低聲下氣地說：「吾等必將向聖人及政府部會為您和您慈悲的尊口祈福，只要跳蚤還在爬，小孩還在清理煙囪，永誓不忘！」

說完，牠擔心一時咬文嚼字，會使暴君又狠心起來，還來不及喘氣便三度唱起《桂妮薇》。

「看在老天分上，別唱了。鬆開身子吧，我不會傷害你。快點啦，你這笨刺蝟，跟我說你從哪學來這些歌的。」

「鬆開還是縮起，全聽老爺您一句話啊！」刺蝟顫抖著回答——不過至少牠現在不覺得害怕了。「老爺，您要是此刻見了我光光的小鼻子，難說您亮白的牙齒會癢癢哪，在愛情和戰爭中，沒有不公平的手段，這咱們都知道啊！還是讓小的再給您唱一曲吧，親愛的獾老爺，就唱這鄉間磨坊吧？」

「我不想再聽了。你唱得很好，但我不想聽了。快點鬆開啦，笨蛋！跟我說你在哪學唱歌的。」

「我不是普通的刺蝟，」可憐的刺蝟依然縮得緊緊的，顫聲說：「我小時候被一個審士抓走啊，從母親的胸脯上被抓走啊。塔可沒有咬我柔嫩的身體，親愛的獾老爺，塔可是個有教養的審士，塔是啊，就這麼用高貴的盤子裝牛奶啊把我養大啦！世界上沒多少刺蝟可以用瓷盤喝水的，沒多少啊！」

「我聽不懂你在說什麼。」小瓦說。

「塔是個審士！」刺蝟急切地叫道：「我不是告訴泥了嘛？我還小時候，塔把我抓走，看我們沒東西吃，就餵我們啊。因為塔是個有教養滴審士，在客廳餵我們哩，以前從來沒有刺蝟碰過這種事，以後也沒有了！是啊，拿審士的瓷盤餵我啊！後來也沒為啥，我就是看著塔走掉，真是要命的一天啊，泥知道的。」

「這位紳士叫什麼名字呢？」

「塔是個審士，塔是。塔的名字不尋常，記不住的，但是個審士，真的，還拿瓷盤餵我啊！」

「他可是叫梅林？」小瓦好奇地問。

「啊，就是這名字。是個有教養的好名字啊，可咱們當然不會直接喊塔名字嘛。啊，他自稱每林，而且用瓷盤餵我們，像個有教養的審士啊！」

「哎喲，你快鬆開啦！」小瓦大叫：「我知道餵你的人是誰，而且我應該還看過你，就在他的小屋裡，那時你還是個包在棉絨的小嬰兒。來吧，刺蝟，很抱歉我嚇著你了。我們是自己人啦，看在老交情的分上，讓我看看你那小小的、溼溼的、動啊動的灰鼻子吧！」

「鼻子會動是一揮事，」刺蝟固執地回答：「動鼻子給人看又是另一揮事，老爺。您請吧，仁慈的獾老爺，就讓我這可憐的刺蝟好好冬眠吧。親愛的大人，您多想想甲蟲和蜂蜜，願天使也為您歌唱，讓您安眠啊！」

「什麼話！」小瓦喊道：「我不會傷害你的，你還小我就認識你啦！」

「唉，這些獾啊，」可憐的刺蝟對著自己的肚子說：「賞帝保佑塔們，塔們挖洞的時候心中不存歹意，可塔們不是常常趁你不注意咬你一口嗎？賞帝保佑，退休的人要怎麼辦喲？說起來還不是塔們皮厚，從小就互相咬來咬去，連馬媽也咬，卻一點感覺都沒有，難怪塔們到處都這樣咬喔。每林老爺也養了幾隻啊，從小養到大滴，每次塔們想吃東西，就追著那可憐的審士，咿咿咿一直叫，咬塔的腳踝喲。我的老天，塔叫得可慘囉！哎，這些獾很難應付呀，我們最清楚了。」

「走路也不看路，」小瓦還來不及辯解，刺蝟又接著說：「東倒西歪到處亂闖。要是運氣不好，不小心擋著塔的路，就算沒有半點惡意，塔為了自衛，喀擦一聲，你就沒命囉！」

「咱們知道一個辦法對付塔，」刺蝟繼續說：「就是朝鼻子揍下去。這是塔們的致命傷。只要朝塔們鼻子一揍，砰碰，就這麼著，塔們還來不及吸氣，小命就要沒了。這可是公平的一次擊倒啊！」

「可是一隻可憐的刺蝟，怎麼打得到鼻子呢？又沒東西丟，也沒辦法握啊？結果塔們來找你，要你鬆開身子！」

「你不用鬆開了，」小瓦無可奈何地說：「老兄，我很抱歉吵醒你，也很抱歉嚇著你。我覺得你是一隻很有趣的刺蝟，碰到你使我振作不少。你回去繼續睡吧，我也要照著梅林吩咐，去找我的朋友獾先生了。晚安啦，刺蝟，祝你在雪地裡一切好運！」

「晚安也好，不晚安也好。」刺蝟氣鼓鼓地抱怨，「一下要我鬆開，現在又要我捲起來了。一下這樣，一下那樣。嘿，真是個亂七八糟的世界。不過呢，各位親愛的女士，晚安是我的座右銘，不論颳風下雪，咱們這就繼續睡去啦！」

說完，這隻卑微的小動物把身子蜷縮得更緊，吱吱叫了幾聲，便進入遙遠的夢鄉。牠的夢境比我們人類更為深沉，因為睡上一整個冬天，可比一夜好眠要長多了。

「嗯，牠恢復得可真快，馬上就睡回去了呢。我敢說剛才牠根本沒有完全清醒。等明年春天牠結束冬眠，大概會以為這只是一場夢吧。」小瓦心想。

他看了一會地上那個髒兮兮的小圓球，裹著枯葉、乾草和跳蚤，緊緊蜷縮在窩裡，然後哼了一聲，循著自己在雪地裡留下的橢圓足印，去找獾了。

獾說：「所以梅林要你來找我，完成你的教育？嗯，我只有兩件事情可以教你，一是挖洞，二是愛護自己的家。這些就是哲學真正的目的。」

「可不可以讓我看看你家呢？」

「當然可以。不過，當然啦，家裡很多地方我用不上。這是個雜亂無章的老屋，對單身漢來說實在太大。有些地方可能有一千年歷史。以前咱們這兒住了四個家庭，愛住哪就住哪，從地窖住到閣樓，有時幾個月都碰不到面呢！在你們現代人的眼裡，我看八成是個老舊的怪地方……但總之就是舒服。」

他用獾獨有的搖晃步伐，沿著走廊朝洞穴深處走去。他那張覆有黑條紋的白臉，在幽暗中有幾絲鬼氣。

「要洗手的話，走那條路。」他說。

獾與狐狸不同，他們有專門的垃圾堆，堆放吃剩的骨頭和廢棄物，還有頗像回事的泥土廁所及臥室。獾時常會把床褥拿出去整理，保持清潔。小瓦看得很入迷，尤其是欣賞大廳。大廳是土丘的中心——很難說這座土丘究竟像學院還是城堡，各式各樣的房間和避難所呈輻射狀向外延伸。由於大廳共用，沒固定由哪家人管理，有些髒了，結著蜘蛛網什麼的，但絕對莊嚴。獾把這兒叫做「聯誼間」。嵌了鑲板的牆上掛滿古老畫像，被上方加了燈罩的發光蟲照亮。畫中的獾都已作古，生前皆以博學或虔敬聞名。大廳裡有幾張華麗的椅子，西班牙皮革椅墊上面有燙金的獾族紋章，不過皮革快脫落了。壁爐上還掛了土丘創建者的肖像。椅子圍著壁爐排成半圓形，還有讓大家遮臉，避免灼傷的桃花心木扇子。另外有種傾斜的板子，可以讓酒瓶從半圓形的末端滑到另一端。外面的過道上掛了幾件黑色禮服，一切都非常古舊。

他們回到獾舒適的私人房間，牆上貼了花紋壁紙。獾滿懷歉意地說：「我現在單身，可能只有一張椅子。你就坐床上吧！我來煮點潘趣酒[1]，你就把這兒當自己家吧，親愛的，順便跟我說說外面的世界現在是什麼樣。」

「喔，還是老樣子。梅林身體很好，凱伊下禮拜要受封騎士了。」

「那是一種很有意思的儀式。」

「你的手臂好壯呀！」小瓦看著獾用湯匙攪拌飲料。「其實我也是。」他低頭看看自己向外彎曲的手臂肌肉。

「這是挖洞用的。」博學的獾自滿地說：「我想你得挖很快，才有辦法和鼴鼠或我一較高下。」

他有一塊結實的胸肌，連接一雙像大腿那麼強壯的前臂。

「我在外頭遇到一隻刺蝟。」

「是嘛？聽說現在的刺蝟會傳染豬瘟和口蹄疫。」

「我覺得牠還滿好的。」

「牠們的確有種病態的吸引力。」獾感傷地說：「不過我通常會直接吃掉牠們，咬起來喀啦喀啦響的肉實在難以抗拒啊。」

「埃及人也很喜歡吃刺蝟。」他補充，但他指的其實是吉普賽人。

「我遇到的那隻不肯鬆開身子。」

「你應該把牠丟進水裡，如此牠很快就會現出原形了。來吧，潘趣酒煮好了，到火邊找個舒服的地方坐下。」

「外頭颳風下雪的時候，坐在這裡感覺真好。」

「可不是嘛。讓我們舉杯預祝凱伊當上騎士後好運。」

「祝凱伊好運。」

「祝好運。」

獾放下杯子，嘆了口氣說：「好啦，梅林到底在想什麼，怎麼會要你來找我？」

「他說是關於學習的事。」小瓦道。

「啊，難怪，如果你想學習，你可來對地方了。但是你不覺得很無聊嗎？」

「有時候會啊，不過有時候不會。整體來說，如果是學習博物學，我可以忍耐比較久。」小瓦說。

「我正在寫一篇論文，」獾說，他有些不好意思地咳了兩聲，表示自己無論如何一定要繼續說明。「主題是人類為何成為萬物之靈。你有沒有興趣聽聽？」

1 punch，混合酒、糖、牛奶、檸檬和香料的微酒精飲料。

不由小瓦插嘴，他趕忙又補充：「這其實是我的博士論文。」他少有機會念論文給人聽，所以絕不白白錯過良機。

「非常感謝。」小瓦說。

「對你很有好處的，乖孩子。以此作為最後一堂課程正好。先認識飛鳥、游魚和動物，最後再來研究人類。你來了算你運氣好！不過我把稿子放去哪兒了？」

老紳士伸出大爪子東抓西抓，最後才翻出一疊髒兮兮的紙，稿本一角還拿去點過火。接著他坐在皮革扶手椅上，椅墊中間有個深深的凹印。他拿出有流蘇的天鵝絨吸菸帽[2]，又拿出一副大蘭多眼鏡擱在鼻尖上。

「咳！」獾說。

他簡直羞得動彈不得，滿臉通紅地坐在那兒盯著稿子，怎麼也開始不了。

「來吧！」小瓦說。

「寫得不大好。這只是草稿罷了，在我送出去以前還會大幅修改。」他怯怯地解釋。

「我相信一定很有意思的。」

「喔不，一點意思都沒有。不過是我為了打發空閒，隨手寫的怪東西。不管了，開頭是這樣的。咳！」獾說。

他用高得不得了的假聲，飛快念起。「人常會隨口問，演化究竟是如何開始？先有雞還是先有蛋？是先有蛋才孵出雞，還是先有雞才生下蛋？我認為先創造出來的是蛋。」

「上帝創造了將孵出魚類、蛇類、鳥類、哺乳類，甚至鴨嘴獸的蛋之後，便召來所有胚胎，發現每個胚胎都很好。」

「或許我該解釋一下，」獾緊張地放低紙張，從稿子頂端看著小瓦，「所有胚胎看起來都一樣。無論你以後會變成蝌蚪、孔雀、長頸鹿或是人類，胚胎期看起來都是既噁心又無助的人形。接下來我是這樣寫的：眾胚胎站在上帝面前，把軟弱無力的雙手禮貌地交疊在肚子上，恭敬地垂下大頭，靜聽上帝訓示。」

「祂說：『現在各位胚胎都聚在這裡，外貌完全一樣。我們將讓你們有機會選擇要變成什麼。等你們長大，體型一定會變大，不過我們要給你們另一項恩賜：你們可以把身上任一個部位，變成你覺得將來會有用的東西。舉例來說，現在你們無法挖洞，但若有誰想把雙手變成鏟子或園藝用叉子，皆可如願。或者說，目前你們只能以口進食，但若有誰想把嘴巴變成攻擊的武器，只需開口，便可成為鱷魚或劍齒虎。現在請上前選擇你要的工具。不過千萬記住，一旦決定，就再也變不回來了。』」

「所有胚胎仔細思量過後，依次走到永恆的神座之前。每個胚胎可以選兩、三種專精，有些選擇把雙臂變成飛行工具，將嘴巴變成武器、鉗子、鑽子或湯匙；有些則以身體為船，以雙手為槳。我們獾族考慮許久，決定要三項特長。我們要把皮膚變成護甲，嘴巴變成武器，雙臂變成園藝用叉，也都得到應允。每個胚胎都有一技之長，還有些胚胎的專長十分古怪。比如有種沙漠蜥蜴決定把身體變成吸墨紙，還有種住在澳洲乾燥地區的蟾蜍決定乾脆變成水瓶。」

「請求和應允占去了兩天時間——我記得是創世的第五和第六天，第六天要結束時，就在第七天休息日開始

2【編注】以往英國紳士習慣在吸菸時戴上吸菸帽，並穿著有寬腰帶的吸菸外套，避免頭髮和衣服沾染菸味。

之前，所有胚胎都選擇完畢，只剩下一個，那就是人類。」

「上帝說：『嗯，我的小小人啊，你等到最後才來，思考這麼久，相信一定考慮很周詳了。你的要求是什麼呢？』」

「胚胎說：『敬愛的上帝，我認為您把我造成現在這個模樣，必定自有道理，我若貿然改變，未免太無禮。如果真要我選，我選擇維持現狀。我不要改變您賜給我的任何部位，換取其他肯定較次等的工具。我願意終生當一個沒有抵抗能力的胚胎，盡我所能用木頭、鐵或其他您覺得適合我用的材料，製作卑微的工具。如果我要一艘船，我會試著用木頭自己造一艘；如果我想飛，我便會組裝一輛兩輪戰車來飛。拒絕您仁慈的恩賜或許傻氣，但我已經盡力仔細思考過，希望我這純真心靈微不足道的決定，能夠得到您的恩顧。』」

「『說得好！』造物主欣喜地叫道：『所有胚胎聽著，快帶著你們的鳥嘴或什麼的到這裡來，好好看著第一個人類。你們全體之中，只有他解開了我們的造物之謎，所以我們要使他們統治海裡的魚、空中的鳥、地上的走獸。你們其他動物去吧，要相親相愛，多多繁衍，因為週末就要到了。至於你，人類，你將終生不會長成任何工具，而是工具的使用者。直到你埋葬之日，都會是胚胎的形貌，然而其他動物在你的力量面前，卻會弱小有如胚胎。你的四肢不會發達，卻永遠以我們的形象存在，因而潛力無窮，或許也能夠察覺我們的悲傷，體會我們的喜樂。人類啊，我們既為你感到遺憾，卻又抱持希望。快去吧，盡你所能好好表現。在你臨走前，聽好了，人類……』」

「『什麼事？』亞當轉身問道。」

「『我們只是想說，』上帝扭著手，害羞地說：『沒什麼，我們只是想說：上帝保佑你。』」

「這是個好故事。」小瓦不大確定地說：「比梅林那個拉比的故事好多了，也很有趣。」

獾一臉迷惑。「不，不，我的好孩子，你過獎了。充其量不過是個小寓言罷了。而且，我還覺得太樂觀了些。」

「怎麼會呢？」

「嗯，雖說人類具有統治萬物的權力，而且是所有動物中最有力量的——或許應該說是最可怕的。近來我有時卻會懷疑，人類真的是最蒙上帝賜福的嗎？」

「我不覺得艾克特爵士可怕呀！」

「話雖如此，如果艾克特爵士到河邊散步，不僅鳥兒會飛走，野獸會逃開，就連魚也會游去河的對岸。可是這些動物對彼此卻不會這樣。」

「人類是動物中的王。」

「或許如此，還是我們該說人類是暴君呢？況且我們也得承認，人類的確具有不少惡習。」

「派林諾國王就沒什麼惡習。」

「如果烏瑟國王要打仗，他就會上戰場。你知道人類幾乎是唯一會打仗的動物嗎？」

「螞蟻也會。」

「好孩子，不要隨隨便便就以偏概全說『螞蟻也會』。世界上有四千多種螞蟻，就我所知，其中只有五種好戰。所以一共就只有五種螞蟻，我還知道一種白蟻，以及人類。」

「可是野森林的狼，每年冬季都會攻擊我們的羊群。」

「朋友，狼與羊不同種，發生在同種動物之間的才是真正的戰爭。千百萬種生物裡，我只想得出七種是好戰的。

就連人類之中，也有愛斯基摩人、吉普賽人、拉普蘭人，還有某些阿拉伯游牧民族不會自相殘殺，因為他們不會主張疆界。在大自然中，真正的戰爭比食人行為還少見，你不覺得這很不幸嗎？」

「以我自己來說，」小瓦道：「如果我能受封騎士，我就會想上戰場。我很喜歡那些旗幟和號角，閃亮的盔甲和光榮的衝鋒。喔，還有，我也想立大功，並且要勇敢，征服自己的恐懼。獾啊，打仗的時候你難道沒有勇氣、毅力和親愛的戰友嗎？」

博學的獾凝視火焰，思索良久。

最後，他似乎想改變話題，問道：「你比較喜歡螞蟻還是野雁？」

第二十二章

就在那個重要的週末，派林諾國王慌慌張張趕來了。

他喊著：「我說你們知不知道啊？你們聽說了沒？這是祕密嗎，啥？」

「什麼是不是祕密啊，啥？」大家問他。

「哎，國王陛下啊！」他叫道：「就是國王陛下的事啊！」

「陛下他怎麼了？」艾克特爵士問：「可別告訴我他打算帶一群該死的獵犬來我這打獵，是不是這類事啊？」

「他死啦！」派林諾國王悽慘地說：「他死啦，可憐的傢伙，這下再也無法打獵了。」

格魯莫爵士滿懷敬意地站了起來，摘下禮冠。

「國王已死，新王萬歲。」他說。

在場所有人都覺得應該起立致哀，男孩們的奶媽則痛哭失聲。

「你看看，你看看！」她抽噎道：「一心為國的陛下過世了，就這樣與我們永別了，他是多麼令人尊敬的紳士啊！我從繪有插圖的彌撒書上剪了好多他的彩色肖像，貼在壁爐上。從他還在襁褓，一直到後來他成了全世界的白馬王子，訪問世界各地，我可是一張都沒漏掉，每晚睡前都會想著他呀！」

「奶媽，請妳冷靜點。」艾克特爵士說。

「這事很嚴肅，對吧？啥？征服者烏瑟，生於西元一〇六六年，死於西元一二一六年[1]。」派林諾國王說。

「的確是個嚴肅的時刻。」格魯莫爵士道：「國王已死，新王萬歲。」

「我們應該放下窗帘，或是降半旗。」最講究禮儀的凱伊說。

「沒錯，誰去告知警衛官一聲吧！」艾克特爵士道。

這差事自然落到小瓦身上，在場的貴族就屬他地位最低。他開開心心地跑去找警衛官，不久，留在城頂房間的人便聽有個聲音喊著：「聽好啦，一、二，情況特殊，大家一起向陛下致哀，聽我的口令，喊到二就把旗子降下！」接著，便聽到所有在野森林城堡的積雪塔樓上迎風招展的軍旗、幡幟、槍旗、小燕尾旗、飄帶、三角旗、旌旗和個人旗幟，都陸續降下。

「您是從哪聽來的？」艾克特爵士問道。

「我本來在森林外圍追趕我那隻尋水獸，結果碰上一個嚴肅的方濟會[2]修士，他告訴我的。這可是最新的消息吶！」

「可憐的老潘卓根。」艾克特爵士說。

「國王已死，新王萬歲。」格魯莫爵士神情肅穆地說。

「我親愛的格魯莫，您一直說這兩句話，您倒是告訴我們，要活到萬歲的新王到底是哪一位呀？」派林諾國王生氣地說。

「咦，他的繼承人啊。」格魯莫爵士有些訝異地表示。

「咱們偉大的陛下一直沒有頭髮[3]呀！」奶媽潸然淚下，「只要對王室有點認識就會知道。」

「我的老天！」艾克特爵士叫道。「他總有最近親吧？」

「就是這樣啊！」派林諾國王興奮地高喊：「這就是有趣的地方啦，啥？既沒頭髮，又沒皮膚[4]，誰來繼承王位呢？我那修士朋友就在為這件事著急，還一直問這會兒誰能繼承啥，啥？啥？」

「您是說，這會兒格美利沒有國王？」格魯莫爵士氣急敗壞地大叫。

「連個影子都沒有！」派林諾國王喊回去，一副神氣活現的模樣。「而且還出現許多不得了的預兆和奇蹟啊！」

「簡直是奇恥大辱，」格魯莫爵士道：「天曉得我們偉大的祖國要淪落到什麼地步。我看許是那些羅拉德派[5]和共產主義分子害的！」

「什麼預兆和奇蹟？」艾克特爵士問道。

「這個嘛，有一把什麼石頭裡的劍，啥，出現在一間什麼教堂裡面。倒也不是在教堂裡面，你懂我意思吧？也不是在石頭裡，反正就差不多這麼回事，啥，你懂吧？」

「不知道教會要淪落到什麼地步了。」格魯莫爵士說。

---

1 【編注】英國正史上一〇六六至一二一六年，是征服者威廉即位到理查一世的弟弟約翰王逝世這段期間。

2 【編注】方濟會於一二二四年始傳入英格蘭，在坎特伯利、倫敦與牛津設立據點。此處又是作者開的時代錯亂小玩笑。

3 繼承人（heir）和頭髮（hair）發音相近。

4 近親（kin）和皮膚（skin）發音相近。

5 羅拉德派（Lollardy），由英格蘭宗教改革家約翰・威克利夫（John Wycliffe）在一三八一年發起；教派人士主張改革基督教。

「在一個鐵砧裡。」國王解釋。

「教會在鐵砧裡？」

「不是，是那把劍。」

「可是您剛才不是說劍在石頭裡？」

「不，石頭在教堂外面。」派林諾國王說。

「派林諾，您請聽著，」艾克特爵士說：「您老兄休息一下，再從頭說一遍。來，喝了這杯蜂蜜酒，放輕鬆。」

派林諾國王解釋：「這把劍呢，插在鐵砧裡，而這個鐵砧立在一塊石頭上。劍穿透鐵砧，插進石頭。所以鐵砧和石頭連在一起了。這塊石頭放在一間教堂外面。再給我喝點蜂蜜酒。」

「這哪算得上奇蹟？」格魯莫爵士表示意見：「他們把國家搞到這種局面，居然讓這種事情發生，才是奇蹟！不過這年頭多的是煽動造反的撒克遜人，誰說得準哩？」

「老兄，石頭放在哪不是重點啊！」派林諾國王精神又來了，大喊著：「啥，我要說的不是這個，而是上面寫了些什麼，啥，還有寫在哪裡！」

「什麼？」

「哎，就在劍柄上嘛！」

「夠了，派林諾！」艾克特爵士說：「您先給我面壁靜坐一會，要說什麼再慢慢說。不要緊張，老兄，也不用這麼急。您先面壁靜坐吧，好傢伙，慢慢講。」

「插在教堂外石頭裡的劍，上面寫了字！」派林諾國王可憐兮兮地叫道：「內容是，欸，聽我說呀，你們兩個傢伙沒事不要老打斷我的話，把我都搞糊塗了！」

「寫了什麼呢？」凱伊問。

「劍上是這樣寫的，」派林諾國王說：「至少我聽那位方濟會老修士是這麼說的。」

「請您快說吧！」凱伊見國王停了下來，便催促道。

「說吧，」艾克特爵士說：「這把插在教堂外的石頭上的鐵砧裡的劍，上面到底寫了些什麼？」

「肯定是共產黨的文宣。」格魯莫爵士道。

派林諾國王閉緊眼睛，張開雙臂，煞有介事地宣布：「凡自此石與鐵砧中拔出寶劍者，即為全英格蘭之正統國王。」

「這話是誰說的？」格魯莫爵士問。

「我不是告訴你了嗎？是那把劍說的。」

「這把劍可真多嘴。」格魯莫爵士語氣懷疑。

「是寫在劍上的！」國王憤怒地大叫：「用金字寫在上頭！」

「那你怎麼不把劍拔出來？」格魯莫爵士問。

「我就跟你說我人不在那兒！我告訴你們，這些全是我跟你們說的那位修士告訴我的。」

「這把刻字的劍拔出來了嗎？」艾克特爵士問。

「還沒！」派林諾國王用戲劇性的口吻悄聲說：「這就是精彩的地方啊！他們試了又試，就是沒人拔得出來，只好向英格蘭各地發布消息，將在新年當天舉行比武大會。只要任何一位參加者能拔出劍，他就是永遠的英格蘭共主啦！啥？」

「哇，父親！」凱伊叫道：「能拔出石中劍，就是全英格蘭的國王，父親大人，我們也去試試看吧？」

「你想太多了。」艾克特爵士說。

「倫敦可遠了。」格魯莫爵士搖頭道。

「家父倒是去過一次。」派林諾國王說。

凱伊說：「哎呀，不去太可惜啦！等我受封騎士，本來就要去參加比武大會，現在這樣時間剛好。到時各方高手都會出席，我們可以見到遠近馳名的騎士和顯赫的君主。那把劍當然不是重點，可是想想看這場比武大會，說不定是格美利有史以來最盛大的一次，還有許許多多沒見過的事物。親愛的父親大人，如果您愛我，就讓我參加吧，讓我首次出征就拿下比武冠軍。」

「可是凱伊啊，我從來沒去過倫敦。」艾克特爵士說。

「所以才更應該去啊！遇到這種盛事卻不參加，等於證明自己沒有貴族血統。您想想看，如果我們不去拔劍，別人會怎麼看待我們？他們會說艾克特爵士家太粗鄙了，所以自知沒機會。」

「我們家本來就沒機會，每個人都曉得。」艾克特爵士說：「我是指拔劍的事。」

「聽聞倫敦人口眾多。」格魯莫爵士隨口猜測。

他深吸一口氣，眼睛瞪得像彈珠一樣看著東道主。

「店家也不少。」派林諾國王突然補上一句，他的呼吸也沉重起來。

「管他的！」艾克特爵士把角杯朝桌上一扔，酒灑了出來。「好，咱們就一起去倫敦，瞧瞧這位新國王！」

眾人一致起立。

「我要向我老爹看齊！」派林諾國王高喊。

「去他的！總之呢，該死的，倫敦畢竟是我國首都啊！」格魯莫爵士也叫道。

「好呀！」凱伊大叫。

「上帝發發慈悲喲！」奶媽說。

這時小瓦和梅林走了進來。其他人太過興奮，沒發現小瓦神色有異。要不是他已經成熟許多，眼淚差點就要掉下來了。

「呀，小瓦！」凱伊叫道，一時忘記了他是在對自己的侍從講話，反而恢復了兩人童年時的親暱。「你說怎麼樣？我們要一起去倫敦參加新年比武大會呢！」

「真的？」

「對呀！你可以幫我拿盾牌和長矛，我會打敗所有對手，當一個偉大的騎士！」

「嗯，我很高興我們能去，因為梅林要離開我們了。」小瓦說。

「哎，我們到時候不需要梅林啦！」

「他要離開我們了。」小瓦重複說著。

「離開我們？」艾克特爵士問道：「要離家外出的不是我們嗎？」

「他要離開野森林城堡了。」

艾克特爵士道：「哎，梅林，怎麼回事？我可不懂了。」

「艾克特爵士，我是來道別的。」老魔法師說：「我的學生凱伊明天就要受封騎士，而我另一名學生下週起便會擔任他的侍從，隨他一道遠行。我留在這裡已經沒有用處，該是離開的時候了。」

「怎麼說這種話？我覺得您是個挺有用的傢伙，什麼事都能派上用場。不如您留下來教教我吧，或者當個圖書館員什麼的也成。孩子們翅膀硬了，都要飛了，您可別丟下我一個老人家。」艾克特爵士道。

「我們還會見面，無須傷悲。」梅林回覆。

「別走嘛。」凱伊說。

「我一定得走。」家教老師說：「我們年輕時一起度過了美好時光，然而光陰似箭，如今王國其他地方還有許多事等著我，可謂諸事繁忙。阿基米德，來，跟大家道別。」

「再見。」阿基米德溫柔地對小瓦說。

「再見。」小瓦頭也沒抬。

「可是您沒事先在一個月前提出辭呈，不能走啊！」艾克特爵士叫道。

「不能嗎？」梅林回答，擺出鍊金術士準備隱身的姿勢。他踮起腳尖，讓阿基米德緊緊抓住肩膀，像陀螺一樣愈轉愈快，最後只剩一片模糊的灰影。幾秒鐘，人與貓頭鷹便消失了。

「再見了，小瓦。」兩個微弱的聲音從窗外傳來。

「再見。」小瓦最後一次道別完，這可憐的孩子便快步走出房間。

第二十三章

騎士冊封儀式在混亂的行前準備中展開。每個房間都有人忙著打包，凱伊華麗的澡盆只得搬進雜物儲藏室，放在兩座毛巾架中間。旁邊有個老舊的箱子，裡面裝了好些遊戲道具，包括一面陳舊的飛鏢靶——那時稱為小鋼矛。保母一直在為即將出遠門的所有人縫製新褲子，她認定只要出了野森林，天氣就會惡劣到極點。警衛官則拚了老命擦著盔甲和磨劍，幾乎要把盔甲擦破，把劍也磨成針了。

終於到了出發的時刻。

如果你並非生於十二世紀的古老英格蘭——或許不是十二世紀，反正就是故事發生的時代——又住在鄰近邊界的偏遠小城堡裡，大概很難想像他們旅途所見的種種奇景。

道路（或者該說是車轍）多半沿丘陵或高原上的山脊而行，因此他們可以俯瞰兩側的荒涼沼澤地。沼地中，覆蓋著白雪的蘆葦低聲嘆息，冰塊發出碎裂聲。夕陽的紅霞裡，鴨子對寒冬的空氣呱呱叫著。那一帶景色皆如此。有時山脊一邊是荒沼，另一邊卻是占地千萬畝的森林地，沉甸甸的枝幹一片白茫茫。偶爾他們會見到樹林間升起一縷炊煙，或在遠方難以通行的蘆葦叢裡，看到幾間擠在一起的房舍。途中他們還二度經過頗具規模的小鎮，鎮上有好幾間旅店。不過整體而言，那是還未開化的英格蘭。狀況較好的道路兩側，都會清出一箭之遙的空地，以免旅人遭埋伏的劫匪殺害。

他們能找到什麼地方，就在什麼地方過夜。有時在屋主願意接待他們的農舍小屋裡；有時受到某位騎士同僚邀請，進入他的城堡休息；有時是在破爛小屋的火光和跳蚤群裡，小屋外頭有根長竿，竿子上綁了一簇小灌木，這就是古代旅店的標示牌[1]；還有一兩次，他們露天席地而眠，互相貼緊以便取暖，馬兒則在周圍啃著草。不論他們身在何處，睡在哪裡，東風始終在蘆葦叢中低嘯，而雁群在星光下高飛天際，對著滿天星臣長鳴。

倫敦城裡人滿為患。若非艾克特爵士剛好在餡餅街有一小塊地，那裡又正好蓋了間挺氣派的旅店，他們恐怕很難找到下榻處。總之他擁有土地，還從中賺了不少紅利。雖然他們五個人得擠三張床，也覺得很幸運了。

比武大會第一天，凱伊爵士在競賽開始至少前一小時便催大家上路。他整晚沒睡，腦中想的都是要如何擊敗英格蘭最厲害的貴族，結果連早餐也吃不下。這會兒他騎在隊伍前頭，兩頰蒼白，小瓦真希望自己有辦法讓他冷靜下來。

對於只見過艾克特爵士城堡裡那種閒置比武場的鄉下人來說，眼前的景象真會叫人欣喜若狂。那是一片廣大的凹陷綠地，約與現代的足球場一般大小，低於地面十呎，周圍是傾斜的土坡。比武場上的積雪已經掃除，原本還鋪了稻草保持溫暖，今天早上才剛清走。草坪修剪得很短，在一片雪白裡顯得綠油油。競技場周圍色彩繽紛，令人眼花撩亂。木頭看臺漆成紅白兩色，附近到處是知名人士的絲質營帳，從天藍色、綠色、橘黃色到方格花紋都有。旗竿上五顏六色的槍旗和矛端燕尾旗迎風招展，比武場中間的分隔柵欄則是棋盤式的黑白方格。大部分參賽者和他們的親友都還沒來，不過從在場的人數看來，不難猜到之後的景象：會場被花海淹沒，鎧甲耀眼奪目，掌儀官舉起黃銅號角吹奏，扇形袖子在風中擺盪，歡愉又華麗的號音響徹冬雲。

「我的天！我忘了我的劍！」凱伊爵士大叫。

「沒劍是不能比武的，不合規定呀！」格魯莫爵士說。

「你還有時間，快回去拿吧！」艾克特爵士說。

「叫侍從去拿就行了。」凱伊爵士說：「真是，怎麼會犯這種錯！來，侍從，快騎馬回去旅店，幫我把劍拿來。如果你在比賽開始前趕回來，就賞你一先令。」

小瓦臉色倏地一白，變得和凱伊爵士一樣，他差點衝上去揍人。可是他只說：「遵命，大人。」然後掉轉馬頭，迎著不斷湧入的人潮，拚命往他們下榻的旅店前進。

「賞我錢？騎著他那匹高大的戰馬，往下看著我這匹比驢子好不了多少的小馬，叫我『侍從』？唉，梅林，請賜給我耐心，好讓我忍受這個討厭鬼吧。別讓我拿那骯髒的賞錢砸他臉上！」小瓦自言自語。

等他回到旅店，發現門關上了。城中所有人都湧去觀看比武盛會，老闆一家也去了。在那個沒有法紀的年代，出門或就寢時若不將房屋保護周全，是很不穩當的。旅店樓下拴上的窗板足足有兩吋厚，大門則用兩根門閂擋著。

「這下要怎麼賺賞錢呢？」小瓦自問。

他不甘心地看著門窗緊閉的旅店，然後笑了起來。

「可憐的凱伊，說什麼賞錢，還不是自己緊張害怕？這下他可真的要緊張了。嗯，我得想辦法幫他弄把劍，就算是倫敦塔也得闖進去。」

他尋思著。「不過哪裡才弄得到劍呢？有什麼地方可以偷嗎？我騎著這匹瘦馬，有辦法半路攔下一名騎士，

1【編注】源起羅馬時代賣葡萄酒的客棧會在門外懸掛一串葡萄葉，表示此處出售葡萄酒。後此風傳入英格蘭，由於葡萄樹罕見，故以小灌木代替。

奪走對方的武器嗎？這麼大的城裡，總會有鑄劍師或武器師傅的店還開著吧？」

小瓦掉轉馬頭，沿著街道馳去。路的盡頭是一座安靜的教堂，門前還有個小廣場。廣場中央有一塊大石頭，石頭上放了一個鐵砧，一把嶄新的好劍就插在鐵砧上。

「嗯，」小瓦說：「這應該是個戰爭紀念碑，不過也只好將就了。凱伊現在情況緊急，我想不會有人跟他計較區區一個紀念碑吧。」

他把韁繩綁在教堂入口處的樁子，踩著碎石小徑，走過去握住劍。

「來吧，寶劍，我要帶你去做更有用的事，還請你原諒了。」

「真奇怪，」小瓦說：「我一握住劍，就有種不尋常的感覺，周遭事物也都看得更清楚了。教堂和後頭修道院的石像鬼[2]多漂亮啊；教堂側廊那些名人的旗幟，隨風飄動得好壯觀呀！長著紅色果實的紫杉樹，禮讚上帝的樣子多麼高貴。這雪有多麼潔淨。我還可以聞到夏白菊和野薔薇的味道。咦，這是樂聲嗎？」

那的確是樂聲，不管是來自排笛還是錄音機。教堂中庭裡的光線潔亮明晰，但又不刺眼，你甚至可以從二十碼以外分辨出一根別針。

「這兒到底是怎麼了呢？有人！噢，各位先生，您們有什麼話要說嗎？」

沒人回答小瓦，然而樂音大奏，光線美輪美奐。

「各位，我一定要拿這把劍！」小瓦叫道：「這不是我自己要的，是幫凱伊拿的呀！我一定會還的！」

仍然無人應答，小瓦又轉身面對鐵砧。他注意到劍上有金字，可是他沒去讀。劍柄末端鑲的珠寶，在美麗的光線裡閃閃發亮。

「來吧，寶劍！」小瓦說。

他雙手握住劍柄，使勁想從石頭裡拔出來。錄音機傳出動聽的合奏曲，但現場動靜全無。

小瓦握得劍柄都陷進手掌肉裡，這才鬆開手，眼冒金星地退後一步。

「固定住了。」他說。

他再次緊握劍柄，使出渾身力氣拔著。音樂演奏得更激昂，教堂庭院籠罩在紫水晶光芒中，可寶劍還是動也不動。

「喔，梅林，」小瓦喊著：「助我拔出這把劍吧！」

只聽一陣匆忙的聲音，配上一段長長的和弦，許多老朋友隨即出現在庭院四周。他們一齊從教堂圍牆上冒了出來，就像記憶裡的潘趣和茱蒂傀儡戲，除了老獾，還有夜鶯、烏鴉、兔子、野雁、獵鷹、魚類、狗兒、纖美的獨角獸、獨居黃蜂、鱷魚、刺蝟、獅鷲，以及他見過的千百種動物。他們圍繞在教堂四周，個個都是小瓦的好朋友，喜歡他也幫助過他。他們輪流發言。有的動物畫在教堂旗幟的紋章上，有的來自水中，有的來自天上，有的則從田裡來，都念著過去的交情，特地前來幫忙，即使是最小的鼩鼱也前來。小瓦覺得自己逐漸有了力量。

「像我上回要吃你的時候那樣，用你的背啊！」畫在一面旗子紋章上的梭子魚說：「記得力量來自你的後頸！」

「和胸膛連在一起的那雙前臂呢？」獾口氣沉重地說：「加油啊，親愛的胚胎，快找出你的工具吧！」

2 【編註】gargoyle，教堂建築中幫助排水的雨漏，通常雕刻為動物或鬼怪外型，因此又稱為滴水嘴獸。

一隻灰背隼坐在紫杉樹頂上喊道：「小瓦上尉，足之第一誡律是什麼？我記得好像聽你說過什麼『絕不放鬆』喲！」

「飛起來別像失速的啄木鳥一樣！」一隻灰林鴞親切地說：「穩定施力，我的小鴨鴨，就沒問題啦！」

一隻白額雁說：「我說小瓦，既然你能飛過浩瀚的北海，協調一下翅膀肌肉總沒問題吧？集中精神，匯聚力量，輕而易舉就能拔出來了。趕快，人類，我們這些卑微的朋友都等著為你喝采呢！」

小瓦三度走向寶劍，右手輕輕握住，就像自劍鞘中拔劍一般，將寶劍抽了出來。

一陣歡呼像是沒完沒了的手搖風琴聲。過了許久，在一片吵雜聲中，他找到了凱伊，遞上寶劍。比武會場前的觀眾排成嚇死人的長龍。

「這不是我的劍呀！」凱伊爵士說。

「旅店鎖起來了，我只能弄到這把。」小瓦說。

「倒是挺好看的，你哪弄來的？」

「我在一間教堂外面找到的，插在石頭上。」

凱伊爵士緊張地看著場上的長矛比武，等待上場，沒把侍從的話放在心上。

「那種地方怎麼會有劍，真好笑。」

「對呀，這把劍還穿透了一個鐵砧呢。」

「什麼？」凱伊爵士大叫，猛地轉向他。「你說這把劍插在石頭上嗎？」

「是啊，好像是個戰爭紀念碑吧。」

凱伊爵士驚訝地瞪了他幾秒，張嘴又閉上，舔舔嘴脣，然後轉身衝進人群找艾克特爵士，小瓦尾隨在後。

「父親，請您過來一下！」凱伊爵士喊著。

「好啊，我的乖孩子！」艾克特爵士說：「這些職業級的傢伙果然厲害啊，打得真精彩！哎，怎麼回事啦，凱伊？你臉色白得跟床單一樣。」

「您記不記得英格蘭國王能拔出來的那把劍？」

「記得。」

「喏，劍在這裡。我拿到了。劍在我手上。是我拔出來的。」

艾克特爵士沒說任何蠢話。他看看凱伊，再看看小瓦，然後慈愛地凝視凱伊良久，說：「我們回教堂去。」

等他們來到教堂門口，他慈祥地看著自己的長子，直視他的雙眼：「好了，凱伊。石頭在這裡，劍在你手上。這把劍會使你成為英格蘭國王。你是我的好兒子，不論你做了什麼，我永遠以你為榮，將來也一樣。你能不能向我保證，你是靠自己的力量拔出寶劍呢？」

凱伊看看父親，又看看小瓦和那把劍。

然後他靜靜地把劍交給小瓦。

「是我說謊，劍是小瓦拔出來的。」

在這之後，小瓦只聽到艾克特爵士要他把劍插回去，和凱伊兩人試圖拔劍卻徒勞無功。小瓦替他們拔了出來，又插回去一兩次。接下來發生的事卻讓他心痛了。

他發現那個親愛的監護人突然看起來好蒼老，好無力，他居然強忍著痛風，單膝跪了下來。

「陛下。」艾克特爵士說。他明明在對自己的孩子說話，卻連頭也不敢抬。

「父親，請您快別這樣！」小瓦說著也跪了下來：「艾克特爵士，讓我扶您起來吧，看到您這樣我好難過呀！」

「陛下，沒這回事的。」艾克特爵士老淚縱橫：「吾既非汝父，亦非汝之血親，然而我深知您的血統高貴，遠出我原先所料。」

「很多人都跟我說過您不是我的親生父親，可是沒關係啊！」小瓦說。

「陛下，待您登基為王之後，可願當我的好主君？」艾克特爵士謙卑地說。

「別這樣！」小瓦說。

「陛下，我要求的不多，可否讓我家小犬，也就是您的義兄凱伊爵士，擔任您治下的總管呢？」艾克特爵士說。

這時凱伊也跪了下來，小瓦再也無法承受。

「哎喲，你們別這樣！」他叫道：「如果我成了國王，他當然可以擔任總管！唉，父親大人，請您別這樣跪，我都要心碎了。請起來吧，艾克特爵士，別嚇唬我了？哎，我的天，如果我沒有拔出這把該死的劍就好了！」

小瓦的眼淚便再也止不住了。

第二十四章

或許我們也該用一章來交代加冕典禮。眾貴族雖然大表不滿，可是眼看石中劍讓小瓦拔出來又插回去，彷彿一直表演到天荒地老都沒問題，而除了他以外，偏偏又沒半個人做得到，最後眾人只好妥協。少數造反的蓋爾貴族，後來也都平定了。總而言之，大部分英格蘭人民和羅賓那樣的義軍，都很樂於安定下來。他們實在受夠了烏瑟・潘卓根統治下的無政府狀態，也受夠了封建軍閥、任性而為的騎士、種族歧視，以及武力即正義的統治方式。

加冕典禮壯觀盛大。更棒的是，人人都有禮物要送給小瓦，讚嘆他拔出石中劍的本事，簡直就像過生日或耶誕節。還有幾位倫敦市民請他幫忙打開不聽話的瓶塞，旋開卡住的水龍頭，或處理其他超出他們能力範圍的居家緊急情況。狗童和老瓦特湊錢買了一帖治犬瘟熱的藥水，裡面摻了奎寧，非常寶貴。嘹嘹用自己的羽毛做成箭枝送給他。卡威爾沒帶禮物，但是把一顆心和靈魂都託付給小瓦。野森林的奶媽送來一帖止咳藥水、三十打繡花手帕、兩套連身內衣，還有一只雙層箱。警衛官獻上自己的十字軍勳章，交由國家保存。哈柏輾轉反側了一整夜，最後終於送出庫利，還給他配上全新的白皮繩、銀製腳環和鈴鐺。

羅賓與瑪莉安出外遠征六週，然後送來一件全由松貂皮縫成的禮服。小約翰又補上一把七呎紫杉木長弓，結果他根本拉不動。一隻匿名的刺蝟送來四、五片髒兮兮的枯葉，上頭還有跳蚤。尋水獸與派林諾國王商量老半天，送了幾個精挑細選的糞煤，用春天的綠葉包好，裝在一個黃金號角裡面，再配上紅色天鵝絨斜掛肩帶。格魯莫爵士的禮物是十二打長矛，上面還有他母校的盾形徽飾。野森林城堡的廚師、居民、農奴和僕人都各得到一個天使金幣[1]，由艾克特爵士出錢，一同搭乘牛拉的大型遊覽車前來觀禮。他們帶來一座巨大的母牛昆波克銀製雕像——她已經三度贏得家畜展冠軍。勞夫．帕斯路將在加冕酒宴獻唱。阿基米德派了玄孫為代表，讓這孩子晚宴時坐在王座的椅背上，負責弄髒地板。倫敦市長和議員在倫敦塔裡闢了一個寬敞的空間，充作水族館兼鷹棚和動物園；為了居住其間的動物健康著想，牠們每週都得挨餓一天。於是小瓦的朋友，不論飛禽、走獸或游魚，就在這個有著新鮮食物、舒服睡墊，還有專人無微不至的照顧，各種方便現代設備的地方安養天年，快樂地走向生命盡頭。倫敦市民捐了五千萬英鎊，作為維護動物園的費用。英國婦女協會做了雙黑天鵝絨拖鞋，上面用金線繡了小瓦名字的字首。凱伊懷著真誠的愛意，送來他那個破紀錄的獅鷲頭。除了這些，還有許多精緻的禮物，來自各地貴族、大主教、親王、王子、屬國國王、地方議會、教皇、蘇丹、皇家使節團、準自治市議會、沙皇、省長、聖雄等等。不過，最棒的禮物卻來自小瓦慈愛的監護人，艾克特老爵士。那是一頂笨蛋帽，可以讓你在尖端點火，像是一種法老蛇[2]。小瓦點了火，看著帽子燃燒發亮。火光熄滅後，梅林已經戴著魔法師帽站在他面前。

「嗯，小瓦，」梅林說：「我們又見面了——還是已經見過面了呢？你戴起王冠好看極了。之前或之後我還不能告訴你，你的父親本來是或者將會是烏瑟．潘卓根國王，而當初正是我假扮乞丐，把襁褓中的你帶去艾克特爵士的城堡。你的出生、身世和名字的由來，我都一清二楚。我也知道你將要遭逢的悲傷與喜悅，更知道從此再也沒人敢叫你的小名小瓦。你將肩負起國家重擔，這是榮耀，也是宿命，同時別人將用你高貴的正式封號相稱。所以呢，我這就先動用特權，成為你所有子民之中第一個如此稱呼你的人，我親愛的君主，亞瑟王。」

「這次您會一直陪著我嗎？」小瓦還沒怎麼聽懂，便問道。

「會的，小瓦。」梅林說：「或者我該說（還是已經說過了呢？）會的，亞瑟王。」

1 【編注】英格蘭古金幣，上有米迦勒大天使像，在愛德華四世至詹姆士六世統治期間，價值約六先令八便士至十先令不等。

2 一種煙火，點燃後會呈蛇形膨脹展開。

第二部

空暗女王

我將何時死去，並且擺脫
父親的罪愆？
還要多久，才能以靈車與鏟子
使母親的詛咒長眠？

第一章

圓塔頂端有個烏鴉形狀的風信雞，口中啣箭，指示風向。

塔頂的圓形房間非常不宜人居。首先，屋裡太過通風。東面櫥櫃的底部有個洞，正好能監控高塔外側的兩道門。若遭圍困，也可以從這裡丟石頭砸人。不幸的是，風常由此洞倒灌進來，接著從沒裝上玻璃的露臺窗或煙囪吹出去。有時則相反，由上往下吹，如同風洞。其次令人頭痛的是，房裡總瀰漫著燒泥炭的濃煙。濃煙不是由室內火爐燒出，而是來自樓下房間。複雜的通風系統把煙囪裡的煙也吸進房裡。遇上潮溼的天氣，石牆會滲水。家具也不舒適：只有一大堆石塊，以便朝洞裡砸；幾把生鏽的熱那亞十字弓與箭矢、從未用過的泥炭。四個孩子也沒有床。假如房間是方形的，或許會有櫥櫃床；既然是圓形房間，他們只好睡在地上，勉強蓋著乾草和格紋長披肩。

孩子們用長披肩草草搭起一座帳幕，彼此緊靠，躺在裡面講故事。他們可以聽到母親在樓下房裡撥弄火堆，添加燃料，因此個個輕聲細語，唯恐讓母親聽到。其實他們不是怕母親上樓處罰，也無人規定上床後不許講話。他們無條件地傻傻崇拜母親，只因母親的性格比他們剛強。倒不如說，她在教養孩子的過程中，給了他們一種有缺陷的善惡觀。或許是因為不關心，或者是懶惰，或甚至是出於某種殘酷的占有欲，致使他們似乎永遠分不清楚自己的行為究竟是對是錯。

他們正用蓋爾語悄聲交談，或者我們該說，是一種混雜蓋爾語和古老騎士語言的怪異綜合體。他們長大後會用到騎士語，所以現在得學。他們很少講英語。多年以後，他們成為遠近馳名的騎士，在偉大國王的宮廷裡任職，講的便是一口標準英語。唯獨身為一族之長的加文例外，他刻意保留蘇格蘭腔，藉此顯示對自己的出身並不羞恥。

說故事的人是加文，因為他最年長。他們躺在一起，像群躲起來的怪青蛙，雖然削瘦，但骨骼發育大致健全，只要吸收適當的營養，就會長得結實強壯。他們都是亮色頭髮，加文髮色亮紅，加瑞斯則是淡黃；他們之中最小的十歲，最大的十四歲；加瑞斯是老么。加赫里斯是個遲鈍的孩子；年紀僅次於加文的阿格凡最是霸道，一肚子壞主意，既愛哭又怕痛——這是因為他有豐富的想像力，而且比其他人更常動腦。

加文說：「很久很久以前，親愛的弟弟，在我們還未出生，甚至根本不存在的時候，我們有一位美麗的外婆，名叫伊格蓮。」

「她是康瓦耳伯爵夫人。」阿格凡說。

「對，外婆是康瓦耳伯爵夫人。」加文附和：「而可惡的英格蘭國王愛上了她。」

「他就是烏瑟．潘卓根。」阿格凡又說。

「到底是誰在講故事？」加瑞斯憤怒地說：「你閉嘴啦！」

加文繼續說：「烏瑟．潘卓根國王召來伯爵夫婦……」

「就是外公和外婆囉！」加赫里斯補充。

「……然後命令兩人留在他住的倫敦塔裡。他們在那裡作客時，他要求外婆成為他的妻子，和外公一刀兩斷。可是貞潔又美麗的康瓦耳伯爵夫人……」

「外婆。」加赫里斯說。

加瑞斯大叫：「天殺的，你有完沒完？」只聽他們蒙在被子裡吵架，間或還有幾聲尖叫、打人的聲音和抱怨聲。

加文繼續：「貞潔又美麗的康瓦耳伯爵夫人一口回絕烏瑟．潘卓根國王的求愛，並把這件事告訴外公。她說：

『國王此番召我們來，恐要辱我清白。夫君，容我建議，我們此刻立即啟程，連夜趕路，返回居城。』於是，他們在午夜離開了國王的城堡……」

「是在深夜裡。」加瑞斯糾正。

「……城裡居民熟睡之時，他們就著昏暗的燈籠，為坐騎套上鞍具——馬兒四腳輕靈、眼神似火、迅捷如風、體型勻稱、小頭大嘴、性格暴烈，然後快馬加鞭朝康瓦耳[1]奔去。」

「那是一場驚險的逃亡。」加赫里斯說。

「馬兒都累死了。」阿格凡說。

「才沒有。外公外婆才不會讓馬累死呢！」加瑞斯說。

「到底有沒有死？」加赫里斯問。

加文思索一陣，接著說：「不，馬沒死。不過也筋疲力盡了。」

他繼續講著故事。

「隔天早上，烏瑟．潘卓根國王發現有異，怒不可遏。」

「怒不可抑。」加瑞斯提出用詞。

「怒不可遏。」加文說：「烏瑟．潘卓根國王怒不可遏，說：『我對天發誓，非將那康瓦耳伯爵的腦袋拿來加菜！』於是修書一封給外公，命令他先把腦袋填滿食材，加上裝飾配料。無論他的城堡有多堅固，四十天之內，必會把他揪出來！」

「外公有兩座城堡。」阿格凡驕傲地說：「庭塔閣和臺拉城。」

「於是康瓦耳伯爵將外婆安頓在庭塔閣，自己留守臺拉城。接著烏瑟．潘卓根國王便來攻城了。」

「然後啊！」加瑞斯忍不住大喊：「國王就在那裡搭起許多帳棚，雙方展開激戰，殺死了好多人！」

「有一千人嗎？」加赫里斯猜測。

「至少兩千人。」阿格凡說：「咱們蓋爾人一旦動手，不殺個兩千不會甘休。說不定殺了足足有一百萬人呢。」

「外公外婆漸漸占了上風，眼看烏瑟王就要潰不成軍，這時來了一個邪惡的魔法師，叫做梅林……」

「他是個巫師。」加瑞斯說。

「然後呢，說來你們不信，這個巫師施展妖術，竟然讓詭計多端的烏瑟．潘卓根進到外婆的城堡裡。外公立刻率兵從臺拉城出擊，卻在激戰中遇害……」

「被詭計所害。」

「而可憐的康瓦耳伯爵夫人……」

「貞潔又美麗的伊格蓮……」

「親愛的外婆……」

「……被那個黑心肝，不講信用的英格蘭龍王[2]抓了起來，淪為階下囚。不僅如此，雖然她已經有了三個漂亮的女兒……」

1 Cornwall，現為英格蘭西南端一郡。

2 潘卓根（Pendragon）家族以龍為旗幟。

「美麗的康瓦耳三姊妹。」

「伊蓮阿姨。」

「摩根阿姨。」

「還有媽咪。」

「雖然她有這些漂亮女兒，還是被迫嫁給英格蘭國王——也就是殺死她丈夫的凶手！」

他們受故事結局所震懾，都靜了下來，默默思考這驚人的英格蘭惡行。偶爾母親講故事給他們聽，最喜歡說的就是這段，故事內容他們早已熟記在心。最後阿格凡引用了一句蓋爾諺語，也是母親教的。

「洛錫安人[3]有四樣東西不可信：牛角、馬蹄、狗吠和英格蘭人的笑容。」他悄聲說。

他們在乾草堆裡不安地扭動身子，凝神傾聽樓下房間裡的細微動靜。

就在這群講故事的孩子樓下，房間裡只有一枝蠟燭和泥炭燃燒的橘黃色火光照明。以王后的居室來說，委實有些寒酸，不過至少有張四柱大床——白天當成王座使用。一個三腳大鐵鍋在火上沸騰。蠟燭後方有一張磨亮的黃銅片，權充鏡子。居室裡有兩個生命：王后和一隻貓。兩者皆有黑色毛髮和藍色眼瞳。

黑貓側臥於火光下，彷彿已經死了。這是因為牠的四隻腳全被綁在一起，活像剛獵到、等著被扛回家的獐麃。黑貓早就放棄掙扎，此時瞇起眼睛盯著火焰，身體隨呼吸起伏，似乎認命了。或許牠只是筋疲力盡——動物總是知道自己大限將至。牠們死前多半有種尊嚴，而這是人類欠缺的。小小的火焰在黑貓斜睨的眼睛裡跳動，牠或許正以動物獨有的冷靜，回顧之前的八條命，不抱希望，也心無所懼。

王后拎起黑貓，準備施展一個眾所皆知的黑魔術，藉以自娛。城裡的男人都外出打仗了，此舉至少可以打發時間。這是個隱身咒語。她不像妹妹摩根勒菲，算不上是頂認真的女巫，因為她腦袋空洞，無法認真學習任何高深的技藝，即使是黑魔術也不例外。她之所以這麼做，是因為自己與同族其他女性一樣，血液裡帶有魔法。

沸騰的水裡，只見黑貓一陣恐怖的痙攣，發出一聲可怕的慘叫。牠試圖用受縛的四腳躍起或游泳，全身溼透，絨毛在蒸氣中抖動，像被捕鯨叉刺中的鯨魚肚子般閃閃發亮。牠的嘴嚇人地咧開，露出粉紅色咽喉和銳利如尖刺的白牙。第一聲慘叫過後，黑貓只能張開嘴巴，再也無法清楚發聲，不久便斷氣了。

統治洛錫安地區與奧克尼群島[4]的摩高絲王后坐在大鍋旁，靜靜等待，偶爾拿起木杓攪動貓屍。房間裡逐漸充滿煮沸貓毛的惡臭。如果此時有旁觀者，他將會發現，今夜的王后因泥炭火光增色而有多麼美豔：深邃的大眼，亮澤的黑髮，豐腴的體態，以及當她留神靜聽樓上悄悄話時所流露的警戒之色。

加文說：「我們一定要報仇！」

「他們從來沒和潘卓根國王作對。」

「他們只想不受干擾，過平靜的生活。」

想到康瓦耳的外婆被性侵，軟弱無辜的人民遭暴君欺壓，這些不公不義的景象深深刺傷了加瑞斯。高盧人的舊

3 Lothian，蘇格蘭地區的行政區。

4 Orkney Islands，位於不列顛島北方，蘇格蘭沿岸。

時暴行有如對己身的傷害，奧克尼諸島上每一位農民都有切身體會。加瑞斯是個善良的孩子，生平最厭惡恃強凌弱。他只要一想到這種事，便氣得心臟狂跳，簡直無法呼吸。加文則是因為事關家族榮辱而生氣。在他看來，藉由強權遂行己意沒什麼大不了，但要是敢惹到他的族人，那就罪該萬死。他既不聰明也不敏感，可是絕對忠誠——有時幾乎到了固執的地步。在他晚年，這種忠誠卻使人困擾，甚至演變為愚蠢。對他來說，原則只有一個，現在如此，以後亦然，那就是「不論對錯，永遠以奧克尼為尊」。

阿格凡激動，則是此事與母親有關。他對母親有種特殊情愫，藏著沒讓別人知道。而加赫里斯，他向來沒主見。

黑貓支離破碎。長時間的煮沸讓牠全身肌肉剝落，最後鍋中只剩一層毛髮、油脂和肉塊構成的浮渣。白骨在浮渣下的鍋底打轉。比較重的骨頭躺著不動，質輕的薄膜則優雅跳動，猶如秋風中的落葉。這鍋新鮮的貓肉湯臭味撲鼻，王后皺著鼻子，把液體過濾到另一個鍋裡。黑貓的殘渣留在法蘭絨濾網上：一團溼透的蓬亂貓毛、碎肉和纖細的骨頭。她朝殘渣吹氣，用杓柄翻弄，讓熱氣散去，再用手指撥開。

王后知道，每隻純正的黑貓體內都有一根特別的骨頭，只要把貓活活煮死，再把骨頭含在口中，即可隱匿身形。不過就算在當時，也沒人知道究竟是哪根骨頭。因此，這個法術才得在鏡子前施展，經由練習而找到正確的骨頭。

摩高絲並非刻意追求隱身之術。以她美麗的外表，說不定還很討厭。可是男人都離家在外，這個小把戲既可消磨時間，又很簡單、眾所皆知。況且，這也給了她流連在鏡子前的藉口。

王后把黑貓的殘骸分成兩堆，一邊是整理好、微溫猶存的骨頭，另一邊則是其他碎塊，冒著輕煙。她從骨頭堆裡挑出一根，翹起小指，把骨頭貼近紅唇。她用牙齒咬著骨頭，站在磨亮的黃銅鏡前，略帶喜色地端詳自己，甩手把骨頭扔進火裡，又挑了一根。

沒有旁人在場。這樣的情況下，她來來回回，從鏡子前回到骨頭堆，挑一根新骨頭放進嘴裡，轉身看自己消失了沒，又丟掉骨頭。她的舉止優雅，彷彿跳著舞，彷彿真有旁觀者。又或者，彷彿她只要能看到自己，也就夠了。

後來她失去了興致——當然還沒試過所有骨頭。她不耐煩地丟下最後幾根，把整團東西一股腦丟出窗外，也不管會落在什麼地方。她熄火，在大床以古怪的動作伸展四肢，躺在黑暗中，良久沒有入睡，身體不滿足地扭動。

「好弟弟，這就是為何我們康瓦耳和奧克尼人得永遠反抗英格蘭國王，尤其是麥克[5]潘卓根一族。」加文總結。

「這就是為什麼我們爹爹要出遠門去和亞瑟王打仗了。媽咪說過，亞瑟就是潘卓根一族的人。」

「而且我們永遠不能忘此世仇。」阿格凡說，「因為媽咪是康瓦耳人，伊格蓮夫人是我們的外婆。」

「我們要為家人報仇。」

「因為在這個高聳、寬闊、廣大、不斷旋轉的世界裡，媽咪是最美麗的人。」

「而且因為我們愛她。」

他們的確愛著她。或許我們都是如此，毫無條件地付出最寶貴的情感，卻給了那些幾乎不把我們當一回事的人。

5 蓋爾語中 mac 為兒子之意，冠於名字前即表示某某之子。

第二章

在兩次蓋爾戰爭之間的某個平靜日子裡，年輕的英格蘭國王與導師並肩站在卡美洛的城垛上，遠望向晚紫霞。柔和的光線籠罩下方土地，蜿蜒的河流緩緩流經古老的修道院和莊嚴的城堡。夕照下，河水彷彿燃起火焰，映照出塔樓、碉堡和平靜空氣中垂掛不動的燕尾旗。

兩人站在高堡上俯瞰整座城鎮，世界如同玩具一般鋪展眼前。腳下是城堡外庭的草坪，從這麼高處看去非常可怕。一個等比例縮小的人挑著扁擔，兩端各掛了一個水桶，正穿過外庭，走向圈養動物的庭園。稍遠處的城堡門樓處，值夜班的守衛正和軍官交接。由於不是在兩人正下方，看起來沒那麼可怕。他們踢著腳跟敬禮，呈上長矛，交換通關口令，像教堂的婚禮鐘聲一樣開心。然而對城垛上的兩人而言，距離實在太遙遠，所以一切都在寂靜中進行。兩名武裝隨員看似鉛做的玩具士兵，腳踩在羊群啃過的鮮嫩草地上，沒發出半點聲響。越過幕牆，可聽到遠方的雜音：村婦討價還價，頑童扯著嗓子大喊，下級軍士開懷痛飲，還有幾頭山羊的叫聲混雜其中，三兩瘋癲病人頭戴白色兜帽，邊走邊搖著鈴鐺；好心的濟貧修女兩人一組，長袍沙沙作響；還有幾位愛馬的紳士打起架來了。河流沿著城牆流動，一名男子在河對岸耕田，犁綁在馬背上，發出嘎嘎的聲音。男子附近還有一個人以蟲為餌，坐在河邊釣鮭魚——那時河流還未受到汙染。更遠處，有隻驢子正對即將來臨的夜晚開演奏會。一切噪音傳到城垛上都只剩細微的聲響，彷彿擴音器聽錯了邊。

亞瑟還很年輕，才剛開始體驗生命。他有一頭金髮和一張呆呆的臉，總之談不上什麼聰明才智。那是一張坦率的臉孔，有著善良的雙眼，可靠而忠實的表情，彷彿他是個認真學習的人，對生命感到喜悅，不相信原罪的存在。

他從未受過不公平的對待，所以也善待別人。

國王穿著父親「征服者」烏瑟的天鵝絨長袍，長袍用過去戰勝的十四位國王的鬍子鑲邊裝飾。不幸的是，這些國王有的紅鬍子，有的黑鬍子，還有的黑白相間，長度也不一，鑲邊看起來活像一條羽毛圍巾。如果是上脣的小鬍鬚，則黏在鈕釦周圍。

梅林的鬍子長達腰際，戴著玳瑁框眼鏡和一頂圓錐形帽子。他戴這種帽子是向國內的撒克遜農奴致敬。他們的國民頭飾若非某種潛水帽，就是佛里幾亞帽[1]，不然就是像這樣的草帽。

兩人聽著傍晚的各種聲音，偶爾也交談兩句。

「嗯，我得說當國王實在不錯。這是一場了不起的戰役。」亞瑟說。

「你真這麼認為？」

「當然啦。您瞧我拔出神劍之後，奧克尼的洛特王是怎麼倉皇逃跑。」

「他可是先擊倒了你。」

「那沒什麼。還不是因為我沒用神劍。等我一拔出劍，他們就像兔子一樣開溜了。」

「他們還會再來。奧克尼國王、加洛斯國王、高爾國王、蘇格蘭國王、塔樓國王和百騎王這六人已經成立蓋爾邦聯。你可別忘了，你得到王座的方式很不尋常。」魔法師說。

1 Phrygian Cap，一種貼合頭部的軟帽，也稱自由之帽，在法國大革命之中象徵著自由與解放。

「他們儘管來！我不在意。這回我可要好好教訓他們一下，到時候就知道誰才是王者。」國王答道。

老人把鬍鬚一股腦塞進嘴裡，使勁嚼了起來；苦惱時他常這麼做。他咬斷了一根鬍鬚，卡在牙縫間。他試著用舌頭把鬍子剔出來，後來還是用手挖才成功，最後乾脆把鬍子揉成一團。

「我想你總有一天會懂。可是天曉得這差事有多艱辛，多讓人心痛。」他說。

「哦？」

「沒錯！」梅林氣呼呼地大喊：「『哦？哦？哦？』你就只會說這個！『哦？哦？哦？』像個小學生！」

「您如果說話不注意一點，我就砍了您的頭。」

「砍吧！砍了倒好，至少我不用繼續當家教了！」

亞瑟挪動靠在城垛上的手肘，看著他年邁的朋友。

「怎麼了，梅林？我又做錯事了嗎？如果是的話，對不起。」

魔法師鬆開鬍鬚，擤了擤鼻子。

「不是你做了什麼。是你思考的方式。我最無法忍受的就是愚蠢。我總是說，愚蠢是違逆聖靈的大罪。」

「我知道呀。」

「這下你又在諷刺我了。」

國王抓住他的肩膀，讓梅林轉過身：「聽著，到底怎麼回事？您心情不好嗎？如果我做了什麼蠢事，您就告訴我，別發脾氣。」

老魔法師聽了怒氣更盛。

他大吼著：「告訴你！哪天要是沒人告訴你怎麼辦？難道你永遠不會自己思考嗎？我倒想知道，等我被囚禁在那該死的墳墓裡，你打算怎麼辦？」

「哪來的墳墓？我沒聽您說過。」

「哎，我去他的墳墓！什麼墳墓？我到底該說什麼？」

「愚蠢。我們本來在討論愚蠢。」亞瑟說。

「正是。」

「嗯，光說『正是』沒用啊，您本來不是要說什麼嗎？」

「我不記得了。你老是扯些旁枝末節，氣死別人了，誰還知道兩分鐘前要講什麼？我們一開始在談什麼？」

「在談這場戰役。」

「這我就記得了。的確是從這開始的。」梅林說。

「我說這是一場漂亮的勝仗。」

「這我也沒忘。」

「嗯，就是一場漂亮的勝仗。」亞瑟帶著防禦的口氣重複了一遍。「打得很精彩，是我自己打贏的，而且很好玩。」

魔法師沉入自己的思緒，眼睛像兀鷹一樣蒙上一層膜。城垛上安靜了幾分鐘，期間有兩隻在附近田野接受飼育訓練的遊隼從他們頭上飛過，玩鬧地唱著嘰、嘰、嘰，身上掛的鈴鐺響亮。梅林再度張眼。

他緩緩說道：「你很聰明，所以才贏了這場仗。」

亞瑟記得老師教過他要謙虛，而且他太單純，沒察覺兀鷹就要襲來。

「哎，也沒什麼，運氣好罷了。」

「非常聰明。」梅林又說了一次：「你死了多少步兵？」

「我不記得了。」

「不記得。」

「凱伊說……」

國王突然住口，看著梅林。

「好吧，打仗不好玩，我沒想到這點。」

「死傷人數超過七百。當然，都是步兵。騎士沒受傷，只有一個人從馬上摔落，跌斷了腿。」

老人看亞瑟沒打算回應，便嚴厲地繼續說。

「我還忘了，你自己的皮肉傷可也不少。」

亞瑟瞪著自己的指甲。「我最討厭您自命清高的樣子。」

梅林樂壞了。

「就是這種精神！」他一邊說，一邊勾起國王的手，愉快微笑。「這才像話。要勇於為自己辯護，重點就在這裡。問別人意見最要不得。更何況要不了多久，我就不會在這裡提供你建議了。」

「您一直說什麼不會在這，還有什麼墳墓的，到底怎麼回事？」

「沒什麼。不久之後，我會和一位叫妮姆的女孩相愛。她會學得我的法術，把我關在一個山洞裡，長達好幾世紀之久。這是命中注定的。」

「可是，梅林，那好糟呀！被關在山洞裡好幾個世紀，像癩蝦蟆被關在洞裡一樣！我們得想想辦法。」

「別瞎說。剛才我講到哪了？」

「您說有個女孩……」

「我說的是尋求建議，而且你不應該聽從別人的意見。哎，我這會兒就給你幾個建議。我建議你多想想戰爭，想想你的國家格美利，以及身為國王應該做的事情。你會做到嗎？」

「會的，我當然會。可是那個偷學您法術的女孩……」

「聽我說，這個問題不僅與國王有關，更攸關百姓的安危。你說這場戰役很精彩，等於和你父親的想法一樣。我要你有自己的想法，才不枉我這麼多年的教育。以後等我變成可憐老頭，被關在洞裡……」

「梅林！」

「好啦好啦！我只是想博取同情罷了，別在意，這是為了增加戲劇效果。老實說，休息個幾百年倒也不是壞事。至於妮姆，我也常用『後見之明』觀察她。不對，不對，重要的是『獨立思考』和『戰爭』這兩件事。例如，你可曾認真想過國家目前的狀況？還是你打算一輩子像烏瑟．潘卓根一樣？再怎麼說，你到底是一國之君。」

「我沒仔細想過。」

「嗯，那不妨讓我來幫你想想。就拿你那位蓋爾族的朋友，布魯斯．索恩斯．匹帖爵士為例吧。」

「那傢伙！」

「正是。你為何用這種口氣說話呢？」

「他是個豬玀，到處謀害少女；等真正的騎士來救人，他又拚了老命逃走。他還特地飼養快馬，好讓誰也追不上，又趁別人不注意的時候從背後偷襲。他是個土匪，要是被我逮著，我一定殺了他！」

「嗯，」梅林說：「我看他與別人也沒什麼差別。所謂的騎士精神到底是什麼？不過就是賺足了錢，買座城堡和整套盔甲，然後呢？就是隨自己高興，任意差遣撒克遜人。唯一要冒的風險，不過是碰上另一名騎士，有些皮肉傷。想想你小時候，不是看過派林諾和格魯莫長矛比武？關鍵在於盔甲。貴族要砍殺平民百姓輕而易舉，卻得花上一整天的時間才能傷及彼此，結果就是國家慘遭蹂躪。力量即是正義，這是他們的格言。布魯斯．索恩斯．匹帖只不過是普遍狀態下的一個例子。你看看洛特、南特斯[2]、尤里安和其他蓋爾族那幫人，為了爭奪王位，起兵與你對抗。從石頭裡拔出劍，的確不是合法證明身分的好方法，這我承認，可是那些先住民的國王卻不是為此才向你開戰。你是他們的封建領主，但他們眼看王位基礎尚未穩固，就興兵作亂。我們不是常說嗎？英格蘭的危機是愛爾蘭的轉機。這是他們報復種族仇恨的好機會，還可以藉此大開殺戒，再靠贖金發筆小財。他們引起的動亂對自己沒損失，因為他們都穿了盔甲——你好像也覺得很有趣。可是你看看這個國家，看看燒毀的穀倉，死人的腳從池塘裡冒出來，腹部腫脹的死馬倒在路邊；磨坊倒塌，財富都埋藏起來，沒人敢帶著金銀出門或在衣服上穿戴佩飾。這就是今天的騎士精神。這就是烏瑟．潘卓根造成的後果，結果你竟然還說打仗很好玩！」

「我只想到自己。」

「我知道。」

「我應該要替沒盔甲可穿的人著想。」

「沒錯。」

「力量不是正義，對不對，梅林？」

「啊哈！」魔法師喜悅地說：「啊哈！亞瑟，你是個機靈的小夥子，不過休想這麼矇混你的老師。你想讓我興致來了，讓我動腦筋。我可沒這麼好騙。我都這把年紀了，是隻老狐狸啦！剩下的你得自己想。力量到底是不是正義？如果不是，又是為什麼？找出原因，擬訂計畫。除此之外，你打算採取什麼行動？」

「什……」國王開口，但他看到了老師準備皺起的眉毛。

「好，我會仔細想想。」他說。

於是他認真思考起來，一邊搓著即將長出小鬍鬚的上脣。

他們離開堡壘之前，還有一段小插曲。先前挑著水桶去鳥獸庭園的人，這時又走了回來，桶子都空了。他從兩人正下方經過，朝廚房的門走去，看起來十分渺小。亞瑟正好撥弄著堞口鬆動的一塊石頭，他想累了，便拿起石頭，往前一靠。

「柯斯連看起來好小。」

「的確很小。」

「我在想，如果我把這石頭砸到他頭上，不知道會怎樣？」

梅林估算一下距離，並說：「以每秒三十二呎的速度，我想會砸死他。四百g的力量足以敲碎頭蓋骨了。」

2 Nentres，即是加洛斯國王，伊蓮的丈夫。

「我從來沒這樣殺過人呢。」男孩語帶詢問。

梅林望著他。

「你是國王。」梅林說。接著又補上一句：「你如果做了，別人也不能說什麼。」

亞瑟維持原來的姿勢，手握石頭往前傾。然後，在身體沒動的情況下，眼睛往旁邊瞟，迎上了老師的視線。

石頭乾淨俐落地打飛梅林的帽子，老紳士揮舞著療創木手杖，手腳靈活地追著亞瑟跑下樓梯。

亞瑟很開心。他就像被逐出伊甸園之前的人類，享受著他的純真和好運。如今他不是可憐的隨從，而是一國之君。不再是無依無靠的孤兒，反受所有人愛戴，他也愛著每一個人。唯有蓋爾族人例外。

截至目前，對他來說，在這個露水晶瑩的世界上，一切都無憂無慮，非常美好，連一個哀傷的粒子都不存在。

第三章

凱伊爵士聽說了奧克尼王后的各類傳聞，想多知道一些。

「摩高絲王后是誰？」有一天他問：「據聞她很美麗。先住民和我們打仗，到底有什麼目的？她的丈夫，那個洛特王，又是什麼樣的人？他正式的稱號是什麼？有人稱他『外島國王』，也有人稱他是『洛錫安與奧克尼國王』。洛錫安在哪裡？離海巴西[1]近嗎？我不懂這場叛亂目的何在，大家都知道英格蘭國王是他們的封建共主嘛。我還聽說她有四個兒子。有人說她和丈夫不合，是真的嗎？」

這天他們帶了遊隼上山獵松雞，正在回家途中。梅林為了舒活筋骨，也跟著去了。近來他成了素食主義者，因此從道德觀點反對會流血的運動。話雖如此，他自己年輕時不懂事，這類的活動可也全玩遍了。即使到了現在，他私底下還是喜歡欣賞獵鷹的雄姿：鷹伺機出擊時漂亮的迴旋，如同天空中的一小點，以及他們撲襲松雞，使獵物瞬間喪命，滾進石楠叢中的景象。他放棄了這些誘惑，只因他知曉這是罪惡。他安慰自己，松雞是拿來吃的。然而這是差勁的藉口，因為他也不吃肉呀！

亞瑟騎馬時神色機警，頗有聰明少主該有的樣子。他原本注意著附近的荊豆叢，在那個沒有法紀的年代，這種地方很可能有人埋伏。他甩開視線，瞟向導師一眼，一方面想知道魔法師會回答凱伊哪些問題，另一方面則仍留心

1 Hy Brazil，又稱 Hy-Brasil，出現在愛爾蘭神話之中，後多指愛爾蘭西海岸一座傳說中的島嶼。

周遭可能的危機。他知道馴鷹師遠遠落在後頭——肩上扛著方方的框架，戴頭套的獵鷹就站在上面。兩旁則各有一個士兵。他也知道前方隨時可能有威廉．路佛斯[2]的暗箭飛來。

梅林回答了第二個問題。

「戰爭永遠不會只有一個原因，而是很多因素加總，亂成一團。叛亂也一樣。」

「可是一定有個主因吧？」凱伊說。

「也不見得。」

亞瑟發表意見：「我們要不要跑上一陣？離荊豆叢已經兩哩，我們可以再折回來和其他人會合，讓馬兒動一動也好。」

這時梅林的帽子被風吹走，他們只好停下來撿。之後他們排成縱列，牽著馬慢慢走。

「其中一個原因，」魔法師說：「是蓋爾人和高盧人之間難解的世仇。蓋爾邦聯象徵的是一支被諸多異族驅離英格蘭的古老民族，而代表這些異族的就是你。所以，他們自然不可能待你好去哪裡。」

「民族歷史我就沒轍了。現在哪有人分得清誰是哪一族？反正都是農奴嘛。」凱伊說。

老人帶著幾分興味看著他。

「諾曼人最令人吃驚的一點，就是除了自己，簡直什麼都不懂。而你呢，凱伊，身為諾曼貴族，可真把這個特性發揮極致了。我很懷疑你知不知道蓋爾人是什麼樣子？有人也稱他們為塞爾特。」他說。

「塞爾特是一種戰斧。」亞瑟說。魔法師很訝異亞瑟竟會知道這種事，而他已經多年沒有這麼驚訝過了。亞瑟說得沒錯，塞爾特的確有這個意思，只是照理亞瑟應該不知道才對。

「不是那種塞爾特，我說的是塞爾特民族。我們還是統稱蓋爾人好了，我指的是住在不列塔尼、康瓦耳、威爾斯、愛爾蘭和蘇格蘭等地的先住民，像是匹克特人[3]。」

「匹克特人？」凱伊問道：「我好像聽過，全身塗成藍色。」

「我辛苦這麼多年，就教了你這些？」

國王若有所思地說：「梅林，能否請您多談談民族？我想，假如真的有第二次戰爭，應該多了解局勢。」

這下換凱伊大驚失色。

「要打仗了嗎？這可是我第一次聽到。我以為去年的叛亂已經平定了？」他問。

「他們返鄉之後，找了另外五位國王，現在共有十一位國王組成新的邦聯。新的成員也都有先住民血統，包括北亨伯蘭的克萊倫斯、康瓦耳的伊德列斯、北威爾斯的克雷德馬斯、史川格的布蘭迪格里斯、愛爾蘭的安格西。恐怕這會是一場規模空前的大戰。」

「結果全都是為了種族問題。」亞瑟的義兄嫌惡地說：「不過應該還算有趣吧。」

國王沒理睬他。

「請繼續，我想聽您解釋。」國王對梅林說。

2 威廉二世（1056-1100），綽號「紅髮威廉」，是威廉一世之子，成為第二任英格蘭國王。

3 Picts，古代蘇格蘭東北部的住民，後被蘇格族（Scots）征服。美國作家勞勃・霍華德（Robert E. Howard）曾以匹克特族最後的領袖 Bran Mak Morn 為主角，寫了一系列歷史幻想小說。

「但不要講得太鉅細靡遺。」魔法師正要開口，他連忙補上一句。

梅林開口又閉口了兩次，好不容易才遵守這個限制。

「約在三千年前，你現在騎馬經過的這塊土地屬於某一支蓋爾族，他們使用銅製的斧頭。兩千年前，手持青銅劍的另一支蓋爾族將他們趕到西邊。一千年前，攜帶鐵製武器的條頓人入侵，但並未擴張到整個匹克特群島，因為羅馬人來了，也捲入其中。八百年前，羅馬人撤走。接著，另一波條頓人入侵——也就是所謂的撒克遜人，又把原本的可憐人往西趕。正當撒克遜人準備定居，你那『征服者』父親又帶著他的大批諾曼人來了，所以我們才有今天。羅賓森就是撒克遜人的游擊隊戰士。」

「我們不是叫不列顛群島嗎？」

「是的，那是因為大家都把B和P搞混了。條頓人最容易搞混子音。在愛爾蘭還有人談論一支叫佛美的民族，可是其實應該是博美[4]……」

亞瑟在這個緊要關頭打斷梅林發言。

「所以，我們諾曼人把撒克遜人當農奴，而他們原本也有自己的農奴，也就是世稱蓋爾人的先住民。既然如此，我實在不懂蓋爾邦聯為何要反抗我這個諾曼國王，趕走他們的明明是撒克遜人。更何況，都是幾百年前的事了。」

「好孩子，那你就低估蓋爾人的記性了。他們可不覺得你們有什麼分別。諾曼人是條頓民族的一支，你父親征服的撒克遜人也是。所以在古老的蓋爾族看來，你們就是把他們趕到西方和北方的外來異族，只是不同分支罷了。」

凱伊堅決說道：「我不要再上歷史課了。我們已經長大了吧。再這樣下去，我們乾脆來聽寫算了。」

亞瑟嘻嘻一笑，當真就唱起了他們熟悉的口訣：「巴拉巴拉、賽拉倫、達力、費立歐克、普利歐利斯……」凱伊則接續唱完後面四句。

梅林說：「這可是你們自己要求的。」

「我們聽夠啦！」

「總之，這場戰爭會發生，主因就是條頓人——或者高盧人——在很久以前招惹過蓋爾人。」

「當然不是！我可從來沒說過這種話！」魔法師大叫。

他們張口愣在原地。

「我說戰爭會發生，有許多原因，不單單只有一個因素。這場戰爭的另一個原因，是摩高絲王后穿了長褲，或者該說是蘇格蘭格子呢緊身褲。」

亞瑟的腦袋糊住了。「讓我弄清楚。起先您說洛特和他同夥之所以造反，是因為他們是蓋爾人，而我們是高盧人。現在您又說，問題出在奧克尼王后的長褲。可不可以麻煩您說得精確一點？」

「我們剛剛談的是蓋爾族和高盧族之間的世仇，但還有其他的恩怨呀。你總該記得你還沒出生以前，你父親殺了康瓦耳伯爵的事吧？摩高絲王后就是伯爵的女兒之一。」

「美麗的康瓦耳三姊妹。」凱伊說。

4 「佛美」（Fomorians）在愛爾蘭神話中被描繪為邪惡的種族，遭傳說中的民族 Tuatha Dé Danann 擊敗。「博美」（Pomeranians）則是犬種名。

「正是。你們已經見過其中一位——摩根勒菲女王。那時你們是羅賓森的朋友，在豬油床上發現她。還有一位是伊蓮。她們三個都算得上是女巫，不過只有摩根認真修鍊。」

「既然家父殺了奧克尼王后的父親，我想她有充足的理由，要丈夫起兵反抗我。」國王說。

「這只是個人恩怨。個人恩怨絕不足以拿來當作開戰藉口。」

「除此之外，既然我的族人曾經趕走蓋爾人，那麼奧克尼王后的臣民想報復也很合理吧。」

梅林握著轠繩的手搔搔鬍子中間的下巴，陷入沉思。

一會兒後他說：「你已逝的父親烏瑟是一位侵略者，在他之前，趕走先住民的撒克遜人也是。假如我們繼續追溯，這事根本沒有了結的一天。『先住民』本身也是侵略者，趕走了用銅斧的人。就連用銅斧的人也一樣，他們對付的是早期靠貝殼為生的愛斯基摩人。你可以不斷往回推算，一直到該隱和亞伯為止。重點是，撒克遜征服是成功的，諾曼人征服撒克遜人亦然。不管你父親的手段有多殘暴，他畢竟安頓了撒克遜人。經過這麼多年，人應該要安於現狀。此外我也要指出一點，諾曼征服是把小單位結合成大單位的過程，目前蓋爾邦聯的叛亂卻是在分裂。他們想要使我們或許可稱為『聯合王國』的國家分崩離析，變成許多毫無意義的獨立小國。正因如此，我才說他們開戰的理由並不正當。」

他又抓抓下巴，火氣上來了，喊著：「我最受不了這些民族主義者！人類的命運是團結，而非分裂。如果持續分裂，最後就會變成一群各自占樹為王的猴子，只會互丟堅果。」

「話是這樣說，總之有許多人被激怒了。或許我不應該還手？」國王說。

「你要投降嗎？」凱伊有些驚奇，倒不覺得驚慌。

「我可以退位。」

他們一同望向梅林，他卻不肯直視他們的眼睛。他往前騎去，直直看著前方，嚼著鬍子。

「我該投降嗎？」

「你是國王。」老人固執地說：「誰也阻止不了你。」

半晌過後，他口氣緩和下來。

「你們知道嗎，」他沉吟道：「我自己也是先住民？大家都說我父親是個惡魔，但我母親則是蓋爾族人。所以我體內的人類血液就是先住民的，可是現在，我卻譴責他們的民族主義，他們的政客大概會罵我是叛徒。給人亂安罪名，他們便可把自己的行為合理化。還有一點，亞瑟，你知道嗎？生命本身就夠苦澀，實在不需要領土主權、戰爭和貴族恩怨啊。」

第四章

乾草已經收妥，再過一週，穀物就成熟了。他們坐在麥田邊緣的樹蔭下，看著晒成深褐色皮膚的人露出白牙，在陽光下漫無目的地忙碌，重新掛上大鐮刀，磨利小鐮刀，準備一年的農忙尾聲。農地離城堡很近，田裡一片安詳，也毋須擔憂暗箭飛來。他們一邊看農人收割，一邊用手指剝開半熟的麥穗，挑剔地咬嚼穀粒，品嘗小麥柔綿的乳狀口感，還有較不飽滿的帶殼燕麥。大麥那時尚未傳入格美利，所以那種珍珠般的味道對他們來說想必陌生。

梅林仍在解釋。

「我年輕的時候，大家公認參戰就是不對。那時很多人都說，無論如何，不參與戰事。」

「或許他們是對的。」國王說。

「不，假如對方先挑起戰端，那麼就有非常正當的理由打仗。你看，戰爭本身是邪惡的，或許是這個邪惡種族所做出最邪惡的事，應該要徹底禁絕。只要能完全確定對方先開戰，你就有責任阻止他。」

「可是往往雙方都說是對方先挑起戰端。」

「當然會這麼說。這其實也是好事，至少顯示雙方內心深處都有自覺，都知道戰爭最邪惡之處就在於挑起戰端。」

「那理由呢？」亞瑟抗議道：「假如有一方被另一方斷糧，而且是用和平的方式——比如說經濟手段——而不動用武力，那麼挨餓的一方總得想辦法殺出重圍吧，您懂我的意思嗎？」

「我知道你是這樣認為的。」魔法師說：「但是你錯了。沒有任何理由可以當作開戰的藉口，無論你的國家對我的國家如何有錯在先——除了開戰以外。只要我國先開戰，而非試圖化解糾紛，錯就在我方。比方說吧，殺人犯當然不能以被害人太有錢又欺壓他作為脫罪的藉口，同樣道理，國家也不行。應該以理性化解紛爭，而不是動用武力。」

凱伊說：「那要是奧克尼的洛特王帶兵來到北方國界一字排開，我們的國王除了有樣學樣，派兵過去面對面站著，還能怎麼辦？接下來要是洛特的手下個個都拔了劍，我們不也只能跟著拔劍嗎？局勢還可能更複雜呢。在我看來，侵略這件事可真難界定。」

梅林很惱怒。

「那是因為你心裡如此希望。既然洛特以武力威脅，顯然他就是侵略者了。如果你心無偏袒，就可以判別誰才是惡徒。若實在沒有別的判別依據，那就是先出手的人。」他說。

凱伊繼續堅持自己的論點。

他說：「假設不是兩方軍隊，而是兩個人好了。他們面對面站著，各自拔劍，假裝是為了其他理由才拔劍。兩人不斷移動，想找出對方的弱點，甚至佯裝攻擊，但實際上沒有傷到對手。難道您要告訴我，侵略者是那個先擊中對方的人嗎？」

「對，如果沒有別的判斷依據。但是在你之前的例子裡，錯的顯然是先帶兵去到鄰國邊境的人。」

「用誰先擊中誰判斷毫無意義呀！要是他們同時擊中對方呢？或者在場人數眾多，導致無法分辨誰先出手？」

「無論如何，總有些判別依據吧！」老人喊道：「用你的常識想想。就拿眼前的蓋爾叛亂為例好了。我們的國王有什麼理由出兵？他已經是天下的封建共主了。如果他還發兵攻打別人，豈不是很不合常理嗎？沒有人會攻打自己的領土。」

「我的確不覺得這場仗是我挑起的。老實說，在真正開戰以前，我根本不知道會發生這種事。我想這和我從小在鄉下長大有關吧。」亞瑟說。

「任何明理的人，」導師沒理會他插嘴，逕自說道：「都可以在一百場戰爭裡分辨其中九十場是哪一邊挑起。首先，他可以看出開戰對哪方較有利，這就是很值得懷疑的證據了。其次，他可以觀察哪邊先以武力恫嚇或率先整兵備戰。最後呢，他應該也能根據誰先發動攻擊來判定。」

「可是，假如一邊先威脅，先攻擊的卻是另一邊呢？」凱伊說。

「喔，去把頭浸在水桶吧你！我的意思不是所有戰爭都能區別誰對誰錯，我的論點從一開始就是：在絕大多數戰爭當中，誰是侵略的一方，往往再清楚不過；而至少在這些戰爭中，正人君子有責任去對抗壞人。你得用最公正的態度判斷，假如這麼做仍不能確定誰是壞人，儘管當個和平主義者。我還記得自己以前也是個狂熱的和平分子，時值波爾戰爭，我的祖國就是侵略的一方。梅富根城[1]解圍那晚，還有個年輕女人對我吹口哨。」

「多講講梅富根城解圍當晚的事吧，老是討論對錯之分，煩都煩死了。」凱伊說。

「梅富根城解圍那晚啊……」魔法師開口，正有意將所知一股腦全說出來，卻被國王打斷。

「跟我說洛特的事。如果我得和他作戰，我想多了解他。我自己倒是對於對錯之分愈來愈有興趣了。」他說。

「洛特……」梅林以相同的口氣再度開口，卻又被凱伊攔住。

「不不，」凱伊急忙道：「還是講王后好了，她似乎很有趣。」

「摩高絲王后……」

這時亞瑟動用了生平第一次的否決權。梅林瞥見他眉頭揚起，竟然就乖乖把話題轉回奧克尼國王了。

「洛特王不過就是你手下的貴族之一，而且是個擁有土地的皇族。此人微不足道，你根本不需把他放在心上。」

「為什麼？」

「起初，我們年輕時稱他這種人為『優勢貴族』。他的臣民和妻子都是蓋爾人，他自己卻是挪威來的進口貨。他和你一樣是個高盧人，屬於征服英倫諸島的統治階級。也就是說，他看待這場戰爭的態度與你父親完全相同。他根本不在乎蓋爾人或高盧人，對他而言，打仗就像是我維多利亞時期的朋友去獵狐狸，或是靠贖金賺錢。而且還是他太太逼的。」

「有時候，我還真希望您和別人一樣，不是倒著活的。一下維多利亞，一下梅富根城之圍[1]……」國王說。

梅林氣壞了。

「把諾曼人的戰爭和維多利亞獵狐運動相比，再恰當不過了！暫且不論你父親和洛特王，從文學角度來看，你看諾曼神話裡的傳說人物，例如安茹王朝的歷代國王。從征服者威廉到亨利三世，全都依照季節沉溺在戰爭之中。戰爭的季節一到，他們就穿上華麗的盔甲集合。穿了盔甲，便最不會受到傷害，和獵狐沒什麼兩樣。看看布蘭納維爾[2]那場關鍵戰役吧，一共九百名騎士參戰，卻只有三人陣亡。看看亨利二世，他跟史蒂芬借錢支付自己的部隊，

1 波爾戰爭（Boer War）始於一八九九年，英國為了獨占南非資源，與荷蘭後裔波爾人開戰。起先英軍節節敗退，貝登堡上校堅守梅富根城一百二十七天，並在圍城期間訓練少年從事傳令和斥候工作，是扭轉戰局的關鍵。後來貝登堡上校將訓練心得撰寫成書，即是日後童軍運動的起源。

2 Battle of Brenneville，發生於一一一九年，被視為英國關鍵的一場勝戰；路易六世很快求合，並接受亨利一世的條件。

讓他們去和史蒂芬作戰。看看所謂的打獵禮節，根據禮節，原本包圍別人城堡的亨利，一等敵人路易加入防守方，就得撤軍，因為路易是他的封建主子。再看看聖米歇爾山的圍城戰，因為是靠守軍缺水才打贏，被視為沒運動家風度。再看看曼茲伯里之戰，因為天候不佳而宣告取消。亞瑟，這就是你繼承的遺產。這個國家的煽動者為了種族因素彼此仇視，貴族則把打仗當成娛樂。無論是種族狂熱分子或領主，都不曾為普通士兵著想——他們才是真正會受傷流血的人哪！你統轄的就是這樣的國家。陛下，除非你能讓這個世界運作得比現在好，不然就會碰上一連串毫無意義的戰爭；而興兵的理由若非報復，就是為了打獵餘興，沒命的永遠是窮人。這就是為什麼我要你仔細想想，這就是為什麼……」

「我想，」凱伊說：「迪納丹在跟我們招手，晚餐準備好囉！」

第五章

茉蘭大娘在外島上的房子與大型狗舍差不多大小，但是屋裡很舒服，還有許多有趣的東西。門上釘了兩個馬蹄鐵；五座向朝聖者買來的雕像，上面纏著老舊的串珠——如果你勤於禱告，可是會把念珠磨壞的。屋頂放了幾捆亞麻，幾件僧侶長衣裹著撥火棍。二十瓶私釀威士忌，喝得只剩一瓶；一蒲式耳[1]的乾枯棕櫚葉，是過去七十年來聖棕樹節[2]留下的產物；許多在母牛生產時用來綁在尾巴上的羊毛線。還有一把老太太準備用來對付小偷的大鐮刀，不過沒人蠢到自投羅網。煙囪裡還掛了些白楊木製的橫梯，這是她丈夫生前準備拿來當連枷用的，上面吊著鰻魚皮和馬皮革。鰻魚皮下方有一大罐聖水；而在泥炭火前方，坐著一位愛爾蘭聖人。他住在更偏遠外島上的蜂巢型小屋，手裡拿著一杯生命之水[3]。他是一位信仰伯拉糾主義[4]異端的墮落聖人，認為靈魂可以自己獲得救贖。他正用生命之水拯救自己和茉蘭大娘的靈魂呢。

「茉蘭大娘，願上帝和瑪莉亞保佑您。」加文說：「夫人，我們是來聽故事的，和神靈有關的故事。」

「願上帝、瑪莉亞和聖安德魯保佑你們！」老太太叫道：「神父人在這兒，你們竟然要我講故事？」

1 bushel，液體及穀物的容量單位，約等於36公升。
2 Palm Sunday，亦稱聖枝主日、棕樹主日，基督教節日，是主復活節前的星期天。
3 water-of-life，即指威士忌。
4 Pelagianism，四世紀英國修士伯拉糾所倡導，否認原罪，主張人得救並非靠神的恩典，而是憑其自由意志，被羅馬教廷、東正教斥為異端。

「聖托狄巴，晚安，天色太暗了，所以我們沒注意到您。」

「上帝保佑你們。」

「也保佑您。」

「要跟殺人有關的故事喔！殺人啊，然後烏鴉把眼睛啄掉！」阿格凡說。

「不要不要。最好是神祕女孩嫁給偷走巨人魔法坐騎的男人的故事！」加瑞斯說。

「讚美上帝，」聖托狄巴說：「你們想聽的故事真是古怪。」

「好嘛，聖托狄巴，說一個來聽聽。」

「說說愛爾蘭吧！」

「說說想要公牛的梅芙女王[5]吧！」

「不然跳捷格舞給我們看！」

「可憐我這腦袋，叫聖人先生跳捷格舞，那怎麼成喲！」

屋裡只有兩張凳子，這四個來自上流社會的男孩便席地而坐，靜靜望著聖人等他開口。

「你們想聽道德的故事嗎？」

「不不，不要講道理。我們要聽殺戮的故事。好啦，聖托狄巴，就說您那次打破主教頭顱的事嘛！」

聖人灌了一口白威士忌，朝火爐啐了一口。

「從前呢，有一個國王。」他開口。聽眾挪動屁股，坐定下來。

聖托狄巴繼續說：「從前呢，有一個國王。這位國王呢，我告訴你們，他叫康納・麥克尼沙[6]。他長得像鯨魚一般魁梧，和族人住在一個叫做塔拉[7]的地方。不久之後，這位國王帶兵去和嗜血的歐哈拉家族作戰，在激戰中被一顆魔法子彈射中。你們要知道，這些古代的英雄會拿對手的腦來做子彈。他們先搓成小塊，再放在太陽下晒乾。然後我想應該是像彈弓或箭矢那樣，用火槍發射吧。總之呢，就這麼一射，從這位老國王的太陽穴穿進去，卡在腦袋裡的骨頭還是什麼致命的部位。『我還好端端的。』國王說，並且召來幾位法官[8]，要他們建議如何取出子彈。第一位法官說：『康納國王，子彈進了您的腦葉，您已經和死人沒兩樣了。』其他幾位醫生也都這麼說，既不尊重國王的身分，也不顧慮醫德。『哎，你們要我怎麼辦呢？』愛爾蘭國王喊道：『不過是打場小仗，命就沒了，這運氣還不夠壞嗎？』醫生聽了便說：『別嘮叨，如今只有一個辦法，就是從今以後避免一切不正常、會引起興奮的舉動。』其他人補充，『進一步而言，正常會引起興奮的舉動也要避免，不然子彈會造成血管破裂，血管破裂又會轉為出血，出血再變成發炎，有可能使體內重要機能停止。康納國王，這是您唯一的希望了，不然到時候您躺著給蟲咬，後悔可就來不及啦！』現在曉得了吧，你們可以想像是什麼情形。可憐的康納得躲在城堡裡，不能笑、不能打仗，連喝水都不能摻半點酒，也不能看白皮膚的漂亮姑娘，不然腦袋可會爆開。子彈就這麼卡在他頭上，一半露在

---

5 愛爾蘭神話之中的著名人物。梅芙女王（Queen Maeve）集女神與歷史人物的形象於一身。某夜，女王與王夫互相比較誰最富有，幾回下來不分勝負。但王夫有一頭白色公牛，女王卻沒有任何東西比得上這頭公牛。她聽說某人有一頭牛非常好看，便要下人帶回那頭牛。

6 Conor mac Nessa，愛爾蘭神話之中，古代厄斯特地區的國王，在厄斯特傳說中占有重要地位。

7 Tara of the Kings，現稱為塔拉山（Hill of Tara），位於現今愛爾蘭米斯郡（Meath）。古時國王、教士、貴族和吟遊詩人均集聚於此，商討公眾事務。

8 【編註】brehon，在蓋爾文化中代表仲裁、調解之意。

外面。從那天起，他一輩子都過這種慘兮兮的生活。」

「這些醫生是什麼人？哼，他們一點也不聰明。」茉蘭大娘說。

「接下來呢？他就一直住在暗室裡嗎？」加文問道。

「接下來，我正要說呢。有天，外頭下起大雷雨，城牆像巨大帳幕一樣劇烈搖晃，大片城牆外壁倒在他們身上。那裡很久沒看過這麼猛烈的暴風雨了。康納國王衝進暴雨中尋求建議，發現一位法官站在那兒，便問他怎麼回事。這法官呢，學識淵博。他告訴康納國王，我們的救主那天被吊死在猶太區的一棵樹上，這場暴風雨因此降臨。他還向康納國王宣達上帝的福音。然後呢，你們猜？愛爾蘭的康納國王竟然跑回王宮裡，滿腔熱血地找出寶劍，接著衝進暴風雨，打算去保衛他的救主——就這麼死了。」

「他死了？」

「是的。」

「哇！」

「這死法倒也不錯。雖然對他本身沒好處，不過可真壯烈！」加瑞斯說。

「如果醫生囑咐我要當心，我怎樣都不會情緒失控。我會仔細思量。」阿格凡說。

「但這樣很有騎士風範吧？」

加文坐立不安地搓著腳趾。

「真是愚蠢。這樣做一點用都沒有。」最後他說。

「但他試著想做點好事。」

「又不是為了自己的家人。我不懂他在興奮個什麼勁。」加文說。

「當然是為了他家人。這是為了上帝，祂是眾人的家人。康納國王為了正義而奮鬥，最後獻出自己的生命。」阿格凡不耐煩地在鬆軟的鏽色炭灰上扭著屁股，覺得加瑞斯是個蠢蛋，於是他改變話題：「跟我們說豬是如何造出來的吧。」

「不然講講偉大的科南，」加文說：「就是被施了魔咒，黏在椅子上的那個人。他不知怎麼了，總之就是黏在上頭，其他人怎麼也扯不下來。所以他們用蠻力把他拉開，還得找塊皮來幫他補屁股——可是找來的卻是羊皮。從那之後啊，費安納一族穿的襪子就都是用科南身上長出的羊毛織成的囉！」

「不，別講了。」加瑞斯說：「別講故事了，好哥哥們，就讓我們坐在這兒，談點有深度的事情。我們來談離家遠行去打仗的父親吧。」

聖托狄巴喝了一大口威士忌，朝火堆裡吐去。

「打仗嘛，可真是美事一樁。」他一副緬懷過去的神情。「以前我還沒封聖的時候，也常出外遠征，只是後來覺得厭煩了。」

「怎麼會煩？我打一輩子仗都不會膩。再怎麼樣，這是紳士當做之事，我是指就像打獵、放鷹等等。」加文說。

「如果參加的人不多，那打仗還算有趣。」聖托狄巴說：「但要是太多人打成一塊，你怎麼知道自己為何而戰？古時愛爾蘭有過不少精彩的戰爭，只不過為了一頭牛之類的目標，但每個人都很全心投入。」

「您為什麼覺得打仗沒意思？」

「老是得殺一大票人。誰想為了自己不懂的理由，甚至沒有理由而殺人呢？所以後來我改成與人單挑。」

「那一定是很久以前的事了。」

「可不是嘛，」聖人惋惜地說：「我剛才說的那些子彈啊，單挑才真要用腦袋，運用智慧是這類活動的美德。」

「我贊成聖托狄巴的看法。」加瑞斯說：「說真的，殺一堆啥都不懂的可憐步兵有什麼意思呢？要就騎士對騎士，讓真正想跟別人拚個你死我活的人來打。」

「可是這樣一來就沒仗可打了。」加赫里斯叫道。

「這是什麼蠢話，打仗當然要有人，而且愈多愈好。」加文說。

「不然誰來讓你殺呢？」阿格凡解釋。

聖人又倒了一大杯威士忌，哼了幾句「威士忌，親愛的祝你好運[9]」，然後瞄了一眼茉蘭大娘。他腦裡有個異端的念頭，或許是酒喝多了，又和他神職人士獨身有關。他既有的異端行徑包括剃頭的形狀、復活節日期的認定，當然還有他伯拉糾派的信仰——不過最新的這個想法，卻讓他愈來愈覺得孩子們沒必要待在這兒。

「打仗？」他嫌惡地說：「你們這些小鬼懂什麼？倒是說說看啊？也不想想自己沒比小母雞大多少！快快走開，免得我給你們吃苦頭！」

只要是蓋爾人，都知道還是別招惹聖人，所以孩子們連忙起身。

「哎喲，聖人先生，咱們無意冒犯，真的！咱們只是想交流意見。」他們說。

「交流意見是吧？」他大喊，伸手便去拿火鉗，嚇得他們一溜煙竄出矮門，跑進落日餘暉之中的沙地街道，聖人還在陰暗的角落裡咕噥著咒罵不休。

街上有兩頭老驢子，正在尋找石牆裂縫裡長出的雜草。牠們的腳全被綁在一起，因此舉步艱難；蹄也長得過分，看起來像羊角，又像捲曲的冰刀。男孩們一見驢子，腦中立刻有了主意，便把驢子占為己用。他們不講故事，也不再討論戰爭，現在牽著兩頭驢子，往沙丘彼方的小港走去。等那些乘小船出航的人回來，若有任何魚貨，便可用驢子馱載。

加文與加瑞斯輪流騎胖的那頭驢子，一個騎在背上，另一個就打驢屁股。老驢偶爾蹦跳兩下，卻硬是不肯加快腳步。阿格凡及加赫里斯則同時騎著瘦的那頭，阿格凡倒著騎，正好面對驢子後半身。他拿一根粗海草根狂亂抽打驢屁股，刻意鞭打肛門周圍，好讓牠更痛些。

他們來到海邊時，可還真是一幅奇怪的景象。四個削瘦的男孩，尖鼻子滴著鼻水，骨瘦如柴的手腕露在衣服外面。驢子跳啊跳，繞著小圈子，偶爾後腳被海草鞭打了就蹦跳一下。這景象怪異，因為他們的行動受到了限制，每個人都只有一個動向。他們幾乎自成一個太陽系，太空中再無他物，只有他們繞著沙丘和河口不停旋轉。這幾顆行星的腦中，可能也不清楚自身的軌跡。

男孩只想著欺負驢子，沒人對他們說過這麼做很殘酷。可是話說回來，也沒有人對驢子說過。在這世界的邊緣，他們太過熟悉殘酷，以致於做出這樣的事也不覺驚奇。於是這個小馬戲團自成一個天地，驢子不願移動，男孩拚命要移動牠們，雙方被彼此都無條件同意的痛苦連結在一起。這痛苦本身由於太過強烈，已經不重要了，彷彿

9 〈*Poteen, Good Luck to Ye, Dear*〉，愛爾蘭小說家查爾斯・利華（Charles Lever）創作之飲酒歌。

被抹消一樣。動物看來並未受苦，孩子們看來也不以動物受苦為樂。唯一的差別在於男孩們激烈地動著，驢子卻是盡全力靜定。

在這幅伊甸園般的景象裡，發生在茉蘭大娘小屋內的事還沒來得及從他們腦中消退，便有一艘魔法渡船從對岸駛來。這艘船垂掛著白色錦緞，顯得神祕美好；隨著龍骨穿越浪潮，還發出悅耳的旋律。船上坐了三位騎士和一條暈船的獵犬。與此相比，大概找不到和蓋爾世界的傳統更不搭調的事物了。

離岸邊還很遙遠時，船上一位騎士說：「我說，那兒是不是有座城堡，啥？我說，可真漂亮啊！」

「別再搖船啦，老兄，」第二個人說：「否則咱們統統被你弄下海了。」

被這麼一責難，派林諾國王頓覺掃興。更叫孩子們吃驚的是，他居然哭了起來。他們可以聽到他啜泣的聲音，混雜著浪花拍打和船本身的樂音，隨著船逐漸靠近。

「哦，海洋！」他說：「但願我深陷你的懷抱，啥？但願我入水五潯[10]！噢、噢、哦、噢！」

「老兄，哇哇叫是沒用的。這東西該哇的時候就會哇，她可是一艘魔法船哩。」

「我沒哇哇叫，我是說『噢』。」國王反駁。

「哎，她不會哇的。」

「我管她會不會哇。我說的是『噢』！」

「……哇！」

只聽魔法渡船「哇」的一聲，停在小船平時停靠之處。三名騎士走了出來，其中之一是位黑皮膚的異教撒拉遜人，博學多聞，名叫帕洛米德。

「老天保佑，登陸順利啊！」帕洛米德爵士說。

人群靜靜地、不知不覺地聚集過來。他們一靠近三位騎士，便放慢腳步，稍遠處的人則用跑的。男女老少急步越過海濱沙丘，或自城堡所在的懸崖下來，直到靠近才緩步而行，全都停在距離騎士二十碼的地方。島民圍成一圈，默然注視著新來的三人，彷彿在烏菲茲美術館[11]欣賞名畫。他們細細端詳，並不急於趕往下一幅畫，因為根本沒有下一幅；打從他們出生以來，周遭便只有熟悉的洛錫安景色。島民的眼神不帶敵意，卻也不友善。畫作存在的意義即是供人觀賞。從腳邊開始凝視，打量這些奇裝異服、穿著全套騎士盔甲的外地人，把足甲的質地、製法、接合和價錢都摸清楚了，然後看向脛甲、腿甲，逐漸上移，最後才審視面部——那可能是半小時以後的事了。

蓋爾人瞠目結舌地圍站在高盧人四周。村裡的孩童在遠處大聲叫嚷，傳播消息，也引來了茉蘭大娘。她撩著裙子慢跑過來，出海的群舟則發瘋似的划著槳，想要儘快趕回。洛錫安的四位年輕王子彷若出了神地爬下驢子，加入圓圈。圓圈逐漸內縮，移動緩慢而寂靜，有如鐘上分針。唯一的聲響來自遲些到來的人，但他們一進入範圍之內，也立刻陷入靜默。圓圈正在縮小，因為島民想摸摸這些騎士——並不是現在，至少要等半小時，等一切檢視完畢；或許永遠沒完沒了，然而最後總是想碰碰他們的。一方面是確定他們真實存在，一方面是估量他們一身裝束的價錢。在這估價的同時發生了三件事：茉蘭大娘和其他老太太念起玫瑰經；年輕女性互相捏打，咯咯直笑；男人原

10 〈Full Fath five〉，典故出自莎士比亞的《暴風雨》，被稱為「艾莉兒之歌」的一段詩句。

11 義大利語為 Galleria degli Uffizi，位於義大利佛羅倫斯，以典藏大量文藝復興時期繪畫聞名。

本聽見禱告，紛紛脫帽以示敬意，現在也開始用蓋爾語說：「瞧那黑人！上帝可要保佑咱們哪！」或者「他們睡覺脫不脫衣服？要怎麼把這一身鐵鍋鐵罐拿掉啊？」除此之外，在場所有人的腦海裡，無論男女老少或家境情形，緩緩興起了巨大、難以估量，彷彿可見而有形體的惡意，這正是蓋爾民族的特徵。

這三人可是撒克遜騎士啊！島民心中暗想——他們是由盔甲的式樣看出來的。他們的國王率兵二度叛亂，敵人就是這些騎士的主子亞瑟王。他們這次前來，難道是出於撒克遜人的狡獪，打算偷襲洛特王後方嗎？還是說他們代表了封建共主——房東先生，預備評估下一次的兵役免除稅額呢？他們是第五縱隊隊員[12]嗎？或許事實更為複雜，因為撒克遜人絕不至愚蠢到穿著撒克遜服飾出現。難道他們根本不是亞瑟王的代表？或是出於某些精明得叫人難以置信的原因，他們才刻意裝扮？陷阱究竟在哪？總是有陷阱的。

島民圍成的圈子不斷靠攏。他們愈發目瞪口呆，弓起歪曲的身體，擺出粗布袋和稻草人的形狀；一雙雙小眼流露深不可測的敏銳光芒，朝四面八方閃動；臉龐浮現頑固的愚蠢表情，比原本的面容更顯空洞。

騎士彼此靠緊，尋求保護。事實上，他們完全不知道英格蘭正與奧克尼交戰。他們正在冒險途中，沒聽說最新的消息，奧克尼島民自然更不會告訴他們。

「你們瞧瞧，」派林諾國王說：「這兒好多人哪，他們是不是不大對勁？」

---

12 Fifth Columnists，西班牙內戰時，佛朗哥將軍宣稱有四個縱隊包圍馬德里，並對外表示第五縱隊已在城中活動；後來引伸為間諜、奸細之意。

第六章

為了準備第二次戰役，卡利昂城[1]亂成一團。其實梅林早已獻上破敵良策，只因事關伏擊和外國的祕密援軍，不能張揚。洛特的軍隊節節進逼，兵力又遠在國王軍之上，他們只好訴諸詭計。這場仗究竟要怎麼打，全天下只有四個人知道。

老百姓雖對高層政策一無所知，仍是忙得不可開交。步兵的長矛要磨得銳利，因此鎮上的磨石不分晝夜高速運轉；還有成千上萬枝箭要安上箭羽，製箭師傅的屋子即使入夜依舊燈火通明。牧草地上，興奮的自耕農民成天追著可憐的鵝群到處跑，只為了拔羽毛製箭。皇家孔雀的羽毛被拔得光溜溜，簡直和破掃把沒兩樣。箭術出眾者多半喜歡這種英國詩人喬叟所謂的「孔雀羽箭」，感覺比較高級。此外，煮沸漿糊的氣味也直衝天際。盔甲師傅為了替騎士打造行頭，加倍工時，鐵鎚叮噹作響。鐵匠替戰馬裝上蹄鐵；修女手中的針線沒有停過，為士兵縫織圍巾和繃帶。洛特王已經提議雙方在畢德格連[2]決戰。

英格蘭國王費盡千辛萬苦，爬上兩百零八級階梯，來到梅林的高塔房間，敲門進去。魔法師正努力找出負一的平方根，卻忘記要怎麼算。阿基米德坐在椅背上。

「梅林，我要和您談談。」國王喘氣道。

---

1 Carlion，亞瑟王早期統治的居城。

2 Bedegraine，亞瑟擊敗敵對諸王聯軍的地點，《亞瑟王之死》作者馬洛禮在書中將之歸為謝伍德森林裡某處。

梅林砰一聲闔上書，一躍而起，抓起癒創木手杖便朝亞瑟撲去，彷彿要趕走迷途的雞。

他大喊：「走開！你在這做什麼？你這是什麼意思？你不是英格蘭國王嗎？快走開，然後傳我過去！出去出去！從來沒聽過這種事！馬上給我出去，再派人把我叫去！」

「可是我都來了。」

「沒這回事！」老人機智地反駁，說完便把國王推出房間，當著他的面轟一聲關上門。

「什麼嘛！」亞瑟可憐兮兮地步下那兩百零八級樓梯。

一小時後，梅林收到了侍從傳遞的召見信息，來到國王的居室晉見。

「這還差不多。」說著他舒服地坐在一個鋪毛毯的箱子上。

「起立。」亞瑟說，接著擊掌召來侍從，移走座位。

梅林站起身，氣得渾身發抖，雙拳緊握，指關節泛白。

「我們上次談到騎士精神……」國王口氣輕快地說。

「我可不記得有這回事。」

「忘啦？」

「我這輩子從來沒受過這樣的羞辱！」

「但我是國王，你不能在國王面前坐著。」亞瑟說。

「胡扯！」

亞瑟笑得東倒西歪，他的義兄凱伊爵士和年老的監護人艾克特爵士原本躲在王座後頭，這時也都跑出來。凱伊摘下梅林的帽子，戴在艾克特爵士頭上。爵士說：「哎，老天保佑，這下我可成了黑魔法師啦！天靈靈！地靈靈！」每個人都笑了，最後連梅林也忍不住哈哈大笑。侍從搬來椅子讓大家坐下，又開了幾瓶酒以免會議中途有人口渴。

「瞧，我召開了這場會議。」亞瑟驕傲地說。

說完，他暫停片刻，力圖鎮靜，因為這是他頭一回發表演說。

「嗯，和騎士精神有關，我想談談這個主題。」國王說。

梅林銳利的眼神緊鎖住國王，手指在長袍上的星星和各式神祕符號間顫動，但他不會給予演講者任何協助。你可以說這是他事業的關鍵時刻——他倒著活了不知多少世紀，為的就是這一刻，好確定自己究竟是不是白活了。

「我一直尋思著武力和正義。我認為做一件事，不應該是因為你有能力這麼做，而是出於必要。簡單來說，一枚銅板就是一枚銅板，無論武力在兩邊怎麼敲打，還是不能改變這個事實。這樣清楚嗎？」亞瑟說。

無人答話。

「好，那天我和梅林在城垛上說話，他談到我們前一場戰役中共有七百名步兵陣亡，一點也不如我想像中那麼有趣。當然了，只要仔細思考，就不會覺得戰爭有趣。我的意思是，人不應該自相殘殺對吧？活著總是好的。」

「很好。可是好笑的是，梅林卻幫助我打勝仗。一直到現在仍是，這回在畢德格連開戰，我們希望也能獲勝。」

「我們會打贏的。」艾克特爵士說。他知道致勝的祕密。

「在我看來，這有點自相矛盾。假如戰爭是壞事，梅林為何協助我作戰？」

依舊沒人回答，國王以熱烈的語氣繼續說。

「我唯一想得到的，」他臉紅了起來，「我唯一想得到的解釋，就是我……就是我們……就是他希望我贏得這場仗，但這背後還有其他目的。」

他停下，望著梅林，可是魔法師刻意撇過頭。

「這個目的——是目的對吧？這個目的就是，假如我打贏這兩場仗，成為王國的主人，之後我便可阻止他們，並且改革武力霸權的文化。我猜到了嗎？這個答案對嗎？」

魔法師頭也不回，雙手靜靜放在膝上。

「我猜對了！」亞瑟興奮高喊。

於是他快言快語起來，差點跟不上自己。

「你們明白了嗎？」他說：「武力絕非正義，但世界上有太多人仗著武力胡作非為，我們總得想想辦法。這就好像人心一半好一半壞，說不定壞的成分還多些。要是沒人管，他們可就亂來了。於是我們常見到布魯斯・索恩斯・匹帖爵士那樣的貴族，成天穿著全套盔甲，四處粗魯亂闖，任性妄為，還以此為消遣！這就是我們諾曼人的性格，認為上流社會可以罔顧正義，獨占一切權力。如此一來，人性中的惡占了上風，隨之而來的便是燒殺擄掠，禽獸不如。」

「但是，你們看，梅林要幫助我打贏這兩場仗，好讓我阻止這一切。他希望我能伸張正義。」

「洛特、尤里安和安格西等人屬於舊的世界，他們自成一個老式組織，只想隨己意行事。既然他們動輒訴諸武力，又主動向我挑釁，我只好以其人之道還治其人之身。之後，真正的工作才要開始。你們懂了嗎？畢德格連之戰只是起點。梅林要我思考的是戰爭結束『之後』的事情。」

亞瑟再度停住，等待其他人發表意見或給予鼓勵；但魔法師仍然撇過臉，只有坐在旁邊的艾克特爵士能看到他的眼神。

「我仔細思考過了，結論是：我們為何不能駕馭武力，使其為正義行事？我知道這聽起來天馬行空，可是我們的確不能否認『武力』存在吧？武力存在於人心險惡之處，無論如何不能忽視。我們雖不能去除惡，卻可以試著將之導向正途，使其有益而無害。你們懂我的意思嗎？」亞瑟說。

這下他的聽眾有興趣了，紛紛靠前傾聽，唯獨梅林例外。

「我的想法是，假如我們打贏眼前這場仗，而且國內情勢穩定，那麼我便要成立一個闡揚騎士精神的組織。我不會懲罰那些壞騎士，也不會吊死洛特，但我會試著招募他們加入這個組織。我們要讓這件事成為無上殊榮，甚至變成流行，讓每個人都覺得非來不可。接著我要替這個組織立下誓約，規定武力只能依循正義而行。到這裡懂嗎？我這個組織的騎士將雲遊四海，依然全副裝甲，揮舞寶劍，這是為了讓他們發洩打殺的欲望，也就是梅林所謂的獵狐精神。但他們若想動武，必須依循正義，保護少女免受布魯斯爵士騷擾，改正過去的種種錯誤，幫助那些遭受壓迫的人民，諸如此類。你們了解這個概念嗎？就是利用武力，不要與之對抗，把原本的壞事變成好事。好啦，梅林，我想得到的就這麼多。我已經絞盡腦汁，大概又猜錯了吧，不過我的確認真思考過，只是想不出更好的主意了。請您說點什麼吧！」

魔法師站了起來，像根石柱般挺直身子，伸開雙臂，看看天花板，然後念出了《西面頌》[3]前幾句。

3 Nunc Dimittis，出自《路加福音》第二章二十九至三十二節的頌歌。聖靈曾允諾老人西面（Simeon）死前得見彌賽亞，瑪利亞和約瑟帶嬰兒耶穌至聖殿行潔淨禮時，西面正好在場。他認出耶穌即是救世主，於是將耶穌抱在懷中，吟誦此詩，開頭是「主啊，如今可以照祢的話，釋放僕人安然離世」。

第七章

洛錫安城的情勢非常複雜。只要牽涉到派林諾國王，再單純的事也會變得複雜，即使是在這荒涼的北方。首先，他戀愛了——這就是他先前在船上哭泣的原因。他一見到摩高絲王后，便向她解釋自己害了相思病，並非暈船所致。

事情是這樣的，幾個月前，國王正在格美利南岸追獵尋水獸，她卻突然跳進海中游走了。她的蛇頭在水面起伏，宛如一條游泳的草蛇。一艘看起來正要去打十字軍聖戰的船經過，國王隨手攔下，而格魯莫爵士和帕洛米德爵士剛好在這艘船上，兩人便好心地調轉方向，一起追怪獸。三人在法蘭德斯[1]靠岸，尋水獸溜進當地的森林。他們借宿在那兒的城堡，受到熱情招待。而且，派林諾愛上了法蘭德斯女王之女。本來這是樁美事，因為他的意中人是個勤儉持家、勇敢無畏的中年婦人，會燒菜、能騎馬走直線，還會整疊床褥。眾人的期望卻隨著魔法渡船的來臨而破滅，因為騎士永遠無法抗拒冒險的機會，三名騎士上了船，想看看會發生什麼事。這艘渡船竟自行開走，留下法蘭德斯女王之女站在岸邊，焦急地揮著手帕。島嶼消失在視線內之前，尋水獸從森林中探出頭來。自遠處觀之，她的表情比公主還要驚訝。之後，三位騎士便持續航行，直到抵達外海諸島。船開得愈遠，國王的相思病就愈厲害，旁人都受不了。他整天寫著投遞無門的情詩和情書，或者對兩個夥伴大談公主——她在家族裡的暱稱是「小豬」。

如此情形若發生在英格蘭，或許還不成問題，因為那裡的確不時出現派林諾這樣的人，旁人也還願意容忍。可是到了視英格蘭人為暴君的洛錫安和奧克尼，便成了近乎超自然的不可思議事件。島民無人知曉派林諾國王的身分是真是假、葫蘆裡究竟賣的是什麼藥，因此一致認為不要主動告知對抗亞瑟的戰事，會比較明智而保險。最好還是等三位來訪的騎士計謀揭穿再說。

還有一個問題，特別令四個男孩煩心。摩高絲王后竟然有意勾引這幾位來客。

「我們的母親大人幹麼和那些騎士上山？」一天早上，他們前往聖托狄巴的小屋時，加文問道。

一陣長長的沉默過後，加赫里斯勉強開口：「他們要去獵獨角獸。」

「怎麼獵呢？」

「一定要有個閨女當誘餌。」

阿格凡也知道詳情，便說：「我們的母親也去獵獨角獸，她就是當他們的閨女。」他說出此事的聲音有些怪異。

加瑞斯抗議：「我怎麼不知道她想要獨角獸，她從來沒說過啊！」

阿格凡斜眼看看他，清了清喉嚨，引用道：「聰明人應當見微知著。」

「你怎麼知道這件事？」加文問道。

「我們聽來的。」

有時，這些孩子被排除在母親的興趣之外，便會躲在螺旋梯上偷聽。

加赫里斯向來是個沉默的孩子，此時難得暢所欲言：「她對格魯莫爵士說，如果能讓國王重燃舊時興趣，便可消解相思病。他們常說國王有個習慣，就是獵捕一隻走丟的怪獸。母親說他們不妨去獵獨角獸，而她可以充當他們的閨女。我想他們很驚訝吧。」

1 Flanders，現今比利時西北兩省與法國北部一小部分的區域，面臨北海。

他們靜靜走著，直到加文懷疑地說：「我聽說國王的戀人是一名法蘭德斯女子，而格魯莫爵士已經結婚了？還有那撒拉遜人的皮膚是黑的？」

沒人應答。

「那是一次漫長的狩獵，我聽說他們什麼也沒抓著。」加瑞斯說。

「騎士們和母親玩得開心嗎？」

加赫里斯二度向其他人解釋。他雖然安靜，卻擅長察言觀色。

「我看他們什麼都不懂吧。」

每個孩子腳步沉重地繼續走，都不願透露自己的思緒。

聖托狄巴的小屋像個老式的蜂巢形稻草屋，只是比較大，而且是石頭砌成的。小屋沒有窗戶，只有一扇門，要進門還得用爬的。

「聖人先生！」到了以後，他們踢著沒用泥灰黏住的石頭，喊道：「聖人先生！咱們來聽故事了！」

對他們而言，聖人是滋養心靈的來源。他就像個精神導師，如同梅林之於亞瑟，多少讓他們有點教養。每回孩子被母親拋棄，便轉而向他求助，有如挨餓的小狗飢不擇食。他們讀書寫字就是聖人教的。

「啊，是你們呀！」聖人說著，將頭探出門外。「願上帝的榮耀與你們同在。」

「榮耀也與您同在。」

「你們可有什麼新消息？」

「沒有。」加文沒有說出獨角獸的事。

聖托狄巴深深嘆了口氣。

「我這兒也沒新鮮事。」他說。

「您可以給我們講個故事嗎？」

「講故事呀，哎，沒好處的。給你們講故事幹麼？我自個兒都不信哩。我已經四十年沒打過像樣的仗，也沒瞧見過白皮膚的姑娘——你們說我哪有故事好講？」

「您就說個沒姑娘也沒打仗的故事嘛。」

「哎，那還有什麼意思？」他氣呼呼地大喊，跑到陽光下。

「如果您去參加一場大戰，或許會好些吧？」加文說，不過漏掉了姑娘。

「可憐的我！」聖托狄巴喊道：「我當個聖人幹麼？真搞不懂！要是我能用這根老棍子敲誰一下……」這時他從長袍下拿出一件嚇人的武器。

「……可就強過全愛爾蘭的聖人啦！」

「跟我們說說這根棍子吧。」

於是他們仔細檢視棍子，聖人先生則講解如何造出一根好武器。他說一定要用樹根，普通的樹枝容易折斷，尤其是蘋果樹；還有要如何為棍棒塗上豬油，包裹起來扳直，並埋進堆肥裡，最後再塗上黑鉛和油脂。他給孩子看灌鉛的地方，末端的釘子和握把處記錄過去戰績的刻痕。然後他滿懷敬意地吻了手杖，長嘆一聲，把東西收進長袍底下。他正在做樣子演戲，還故意裝出口音。

「跟我們說那個從煙囪下來的黑手臂的故事吧。」

「啊，我現在沒心情。一點心情都沒有，我整個人都著魔啦！」聖人道。

「我覺得我們也著魔了。每件事情都不對勁。」加瑞斯說。

聖托狄巴開了口：「有一個故事，主角是個女人，和丈夫住在馬蘭威格[2]，兩人只有一個女兒。有天，男人去沼澤地砍柴。到了晚餐時刻，女人派小女孩帶給他食物。正當父親坐下來準備吃晚飯，小女孩突然叫道：『看呀，爹爹，你看得到地平線下的那艘大船嗎？我能讓它靠岸呢。』父親說：『不可能，我是個大人，可是連我都做不到。』『嗯，那就瞧我的吧！』小女孩說完，走到旁邊那口井，攪了攪水，船果真就靠岸了。」

「她是個女巫。」加赫里斯解釋。

「她母親才是女巫。」聖人又接著講述。

「『我還能讓那艘船撞上岩岸呢！』她說。父親說：『不可能。』小女孩說著：『呵，那你再瞧瞧吧！』便跳進井裡，船立刻撞上岸邊礁石，砸得粉碎。『這是誰教妳的？』父親問道。『是母親呀，你在外頭工作時，她就在家教我用澡盆變把戲。』」

「她幹麼跳進井裡？」阿格凡問道：「她全身都弄溼了吧？」

「噓。」

「男人回家之後，放下刈草刀，坐下來告訴妻子：『妳都教這小女孩什麼鬼東西？我不喜歡屋裡有妖術，也不想再與妳同住了。』他離家出走，母女倆再也沒見過他。我也不曉得後來她們過得如何。」

「有個女巫母親一定很可怕吧。」等聖人說完，加瑞斯表示意見。

「娶這種妻子也是。」加文說。

「總比沒妻子好。」聖人說完，突然躲回那蜂窩一般的小屋，像是瑞士天氣鐘裡的人，天氣放晴時就會縮進去。

男孩們也不覺得驚奇，圍坐在門邊，等著其他事情發生，腦中想的淨是水井、女巫、獨角獸和母親的行為。

加瑞斯突然說道：「我有個提議，各位英雄，咱們自己去獵獨角獸！」

其他人望著他。

「總比什麼都不做好。我們已經一個星期沒看到媽咪了。」

「她忘了我們。」阿格凡尖酸地說。

「才沒有，不許你這樣說母親！」

「真的啊，連晚餐時都不讓我們端菜。」

「那是因為她有義務招呼那幾個騎士。」

「才怪。」

「不然是為什麼？」

「我不說。」

「她正好需要一隻獨角獸，如果我們能抓到一隻帶給她，或許晚餐時她就會讓我們上菜了？」加瑞斯說。

2 Malainn Vig，即 Malainn Bhig，位於愛爾蘭多納格省（Donegal）。

他們仔細思索這個主意，逐漸有了希望。

「聖托狄巴！」他們齊聲喊道：「再出來一下！我們想抓獨角獸呢！」

聖人從洞內探出頭，狐疑地打量他們。

「什麼是獨角獸？長什麼樣？如何抓呢？」

他鄭重地點點頭，再度消失在洞口。過了半晌，他手腳並用地爬回來，帶著一本學術書籍。這是他唯一的一部世俗作品。如同多數聖人，他靠抄寫手稿為生，並為之繪製插圖。

「你需要一個閨女當餌。」他們告訴他。

「我們有很多女傭[3]！隨便找哪個都行，不然就找廚子！」加瑞斯說。

「她們不會願意的。」

「那就找廚房的女侍，逼她來就行了。」

「然後呢，等我們抓到獨角獸，就凱旋歸來，獻給母親！以後每天晚餐我們都可以端菜了！」

「她會很高興的。」

「晚餐後如果有其他活動說不定也可以端菜。」

「格魯莫爵士會冊封我們為騎士。他會說：『我敢發誓，從未見過如此勇猛的功績啊！』」

聖托狄巴把那本珍貴的書放在門洞外的草地上。草地沾滿沙塵，空蝸牛殼四處散落，小小的微黃蝸牛殼上面有紫色螺旋紋。他打開書，原來那是一本動物寓言集，寫著「動物習性大全」，每一頁都附圖。

在孩子的催促下，他不斷翻動印有美麗哥德字體的手稿，跳過迷人的獅鷲、野牛、鱷魚、蠍尾獅、白鳥、肉桂鳥、賽倫女妖、印度甜樹[4]、龍、鯨魚。羚羊在檉柳樹上摩擦彎曲的角，結果纏困住自己，淪為猛獸的獵物——他們沒興趣。野牛藉排氣迷惑追兵，同樣也只是徒勞。靜坐印度甜樹上的鴿子躲過龍的侵襲，卻也因此為男孩所忽略。豹吐出香氣吸引獵物，吸引不了他們。還有，如果要欺騙老虎，只要在牠腳邊丟顆玻璃球，牠會以為看到自己的孩子。遇上獅子，只要趴在地上，便可逃過一劫。這種猛獸害怕白色公雞，會用尾巴捲葉片抹去自己的足跡。高地山羊能從山上一躍而下，毫髮無傷，憑藉的就是捲曲的雙角。長牙羚羊可以像動耳朵那樣動牠的犄角。母熊習慣把幼熊當不成形的東西背著，再把牠舔成自己喜歡的形狀。假如白鳥面朝你坐在床欄上，表示你死期不遠。刺蝟會收集葡萄給子女吃，方法是在葡萄堆裡打滾，全身尖刺插滿果實帶回去。還有那頭長了七片鰭、臉上掛著靦覥表情的鯨魚，你若是不謹慎些，可能會把牠當成小島，划船靠岸。可惜這些依舊抓不住男孩的心。最後聖人總算找到希臘人稱為犀牛的獨角獸。

書上所說，獨角獸行動迅捷而且膽小，就像羚羊，只有一個辦法抓得到：你必須以一名閨女作餌；獨角獸見她獨自一人，會立刻過來把頭枕放在她膝上。插圖中有一名看來不太可靠的閨女，一手握住那可憐東西的角，另一手則招呼著拿長矛的獵人；臉上虛偽的表情與獨角獸愚蠢的信任眼神形成強烈對比。

他們讀完指示也記住插圖內容，加文便不再耽擱，立即去找廚房女侍。

「聽好了，妳得跟我們上山去抓獨角獸。」他說。

3 英文 maid 同時有閨女和女傭之意。

4 Peridexion Tree，寓言提及此為一種生於印度的樹，果實甜美，吸引鴿子前來休憩，此樹也能驅趕龍。

「噢，加文少爺！」被加文抓住的女僕喊道，她叫做梅格。

「沒錯，妳非來不可。還要靠妳當誘餌呢，牠會過來把頭枕在妳膝上。」

梅格開始哭泣。

「好啦，別鬧了。」

「噢，加文少爺，我不想要獨角獸呀！我是個聽話的女孩，一直很聽話的。我還有好多衣服要洗，要是女主人發現我溜出去，我會挨棍子的。加文少爺，我會挨棍子呀！」加文抓緊她的髮辮，硬是把她拖走。

高山清冽的冷風中，四個孩子商量獵捕的細節。梅格哭個不停，頭髮被人抓住，逃脫無望。如果抓著她的人需要雙手一同比畫，便會換人接手，如此輪流下去。

「好，我是隊長。我最年長，所以我來當隊長。」加文說。

「但，是我出的點子。」加瑞斯說。

「現在的問題是，書上說誘餌必須單獨留下來。」

「她一定會逃走。」

「梅格，妳會逃走嗎？」

「請讓我離開吧，加文少爺。」

「你看。」

「那我們得綁住她。」

「噢，加赫里斯少爺，真的要綁我嗎？」

「安靜點，妳只是個女生。」

「沒有東西可以綁住她呀。」

「各位英雄，我是隊長，我命令加瑞斯跑回家拿繩子。」

「我才不去。」

「你不去的話，事情就要搞砸啦！」

「為什麼要我去？這明明是我出的主意。」

「那我命令阿格凡去拿。」

「不要。」

「加赫里斯去吧。」

「我不去。」

「梅格，妳這壞女孩，不准妳跑走，聽清楚沒？」

「是的，加文少爺。可是，噢，加文少爺……」

「如果我們能找到堅韌的石楠根，就可以把她的辮子綁在上面。」阿格凡說。

「就這麼做吧。」

「噢！噢！」

四個男孩綁妥閨女，在她身邊圍坐商討下一步。他們從兵器庫裡偷了幾枝真正的獵野豬長矛，可謂武裝齊備。

「這女孩就是母親，這就是媽咪昨天做的事，我要當格魯莫爵士。」阿格凡說。

「那我當派林諾。」

「阿格凡要當格魯莫可以，但誘餌必須獨自留下，書上是這麼寫的。」

「噢，加文少爺！噢，阿格凡少爺！」

「別鬼叫了，妳會嚇跑獨角獸。」

「我們要躲起來。難怪母親昨天沒抓到，因為那幾個騎士都留下來了。」

「我要當芬．麥庫爾[5]。」

「那我就是帕洛米德爵士。」

「噢，加文少爺，別丟下我一個人啊！」

「不要吵。」加文說：「妳真蠢，能當誘餌，妳應該驕傲才對。我們的母親昨天就是如此。」

「沒關係，梅格，不要哭。我們不會讓牠傷害妳。」加瑞斯說。

「牠只會直接殺死妳！」阿格凡惡狠狠地說。

可憐的女孩一聽這話，哭得更厲害了。

「你幹麼說這種話？」加文憤怒地問道：「你老愛嚇人，這下她愈哭愈大聲了。」

「好啦，」加瑞斯說：「好啦梅格，梅格乖，不要哭喔。等我們回家，我的彈弓借妳玩。」

「噢，加瑞斯少爺！」

「喂，你快過來，別理她了。」

「好啦！好啦！」

「噢！噢！」

「梅格。」加文說著裝出一副可怕的表情：「如果妳不馬上停止尖叫，我就這樣看妳喔！」

她立刻不哭了。

「好，一等獨角獸出現，我們得全部衝出來刺死牠，大家聽懂沒？」加文說。

「要殺死嗎？」

「對，一定要殺死。」

「知道了。」

「希望長矛不會讓牠太痛苦。」加瑞斯說。

「你就是會有這種蠢念頭。」阿格凡說。

「我不懂為何要殺死牠。」

「這樣我們才能帶回家給母親啊，你這笨頭！」

「不如我們抓住牠，牽回家給母親，你們覺得怎麼樣？我的意思是，如果牠很溫馴，可以讓梅格牽著走。」加瑞斯提議。

加文和加赫里斯都贊成。

「如果牠很溫馴，活著帶回去更好，這可是打獵最好的結果了。」他們說。

5 Finn MacCoul，愛爾蘭芬尼安史詩（Fenian Cycle）的英雄，自幼受詩人教養，食智慧之鮭魚而成為智者，締造許多豐功偉業。

「我們可以逼牠走，」阿格凡說：「一路用樹枝打牠屁股。」

「還可以連梅格一起打！」他補充。

於是男孩全埋伏起來，保持肅靜。現場只聽到輕柔的風聲、石楠叢裡的蜜蜂嗡嗡聲、天際的雲雀歌聲，以及遠處梅格斷斷續續的啜泣聲。

獨角獸出現時，完全超乎孩子的想像。別的不說，牠實在是高貴的動物，有種渾然天成的美感。任何人只要見了牠，便會立刻著迷。

獨角獸全身雪白，亮銀色的蹄，優雅的珍珠色犄角。牠靈巧地越過石楠叢，腳步輕盈，彷彿沒有重量；長長的鬃毛才剛梳理過，此時在輕風吹拂下波蕩。牠全身最燦爛之處莫過於眼睛，鼻子兩側有淡淡的淺藍皺紋，一直延伸到眼窩，形成包圍雙眼的憂傷陰影。牠的眼睛被這哀傷而美麗的陰影所環繞，流露哀愁、寂寥，以及那溫柔高貴的悲劇氣息，足令觀者喪失一切情感，僅僅剩下憐愛。

獨角獸走向廚房女傭梅格，在她面前低下頭，拱起頸子，用珍珠色的犄角碰觸她腳邊的土地，又用銀色蹄子摩擦石楠叢向她致意。梅格忘了哭泣，擺出皇家敬禮動作，朝獨角獸伸出手。

「來吧，獨角獸，如果你願意，請躺在我膝上。」她說。

獨角獸嘶鳴一聲，又伸出蹄扒著地面，然後非常謹慎地單膝跪地，接著另一隻腳也跪下，在梅格面前屈起身軀。牠以這樣的姿勢，抬起水汪汪的眼睛望著梅格，最後才把頭枕在她膝上。牠用平坦的白皙臉頰摩擦梅格柔軟的衣裳，一臉懇求的神色看著她。獨角獸的眼白往上一閃，羞怯地收起兩隻後腳，靜靜躺著，仰頭凝視。牠的眼中流露信任，舉起前蹄，在半空中做出扒弄的動作，彷彿在說：「注意我，愛我吧！請撫摸我的鬃毛，好嗎？」

埋伏在旁的阿格凡嗚咽一聲，突然衝向獨角獸，手中緊握銳利的獵野豬長矛。其他三個男孩見狀都起身，看著他往前衝。

阿格凡跑到獨角獸身旁，舉起長矛便往牠後腿、纖細的腹部和肋骨猛刺，同時尖聲怪叫。獨角獸痛苦地看著梅格，猛然一躍起身，滿懷責難地看著她。梅格一手握住牠的角，彷彿出神了而不自知。她雖只是輕輕握住，獨角獸卻似乎無法掙脫。在阿格凡的長矛戳刺下，獨角獸鮮血四濺，染紅了青白色的毛皮。

加瑞斯朝他們跑去，加文緊隨在後。加赫里斯最後才到，傻愣愣的不知如何是好。

「住手！別這樣刺牠！停啦停啦停啦！」加瑞斯大喊。

加文也趕到了，阿格凡的長矛就在這時插進獨角獸的第五根肋骨下方。只見牠一陣顫動，全身發抖著伸直後腳。牠的後腳直挺挺的，彷彿即將奮力一跳，然後又是一陣顫抖，在死前的劇痛中晃動。獨角獸的視線始終與梅格相對，女孩也一直低頭看著牠。

「你在幹什麼？」加文怒吼：「別刺了！不要傷害牠！」

「噢，獨角獸。」梅格悄聲說。

獨角獸四腳平躺，停止顫抖，頭落在梅格膝上。牠踢完最後一下腳，變得僵硬，青色的眼瞼垂到一半，再也不動了。

「瞧你幹的好事！」加瑞斯喊道：「牠這麼漂亮，你居然殺了牠！」

阿格凡吼回去：「這女孩是我母親，牠把頭放在她膝上，牠就得死！」

「我們不是說好了要留活口？」加文大叫：「我們明明說好要帶牠回家，就可以端菜了。」

「可憐的獨角獸。」梅格說。

「你們看，恐怕牠已經死了。」加赫里斯說。

加瑞斯走到阿格凡面前，面對著長他三歲，可以輕易把他打倒在地的哥哥，他質問：「你為什麼要這麼做？你是個凶手！牠明明是隻可愛的獨角獸，你為什麼要殺牠？」

「牠把頭枕在母親的大腿上。」

「牠又沒有惡意！牠還長著銀色的蹄。」

「牠是獨角獸，本來就該殺。我應該連梅格也一起殺才對。」

「你這個叛徒！我們本來可以牽牠回家，並且獲准端菜的。」加文說。

「總之現在牠死了。」加赫里斯說。

梅格低頭看著獨角獸雪白的額毛，抽抽噎噎哭了起來。

加瑞斯撫摸著獨角獸的頭，別過臉掩飾自己的淚水。他這一摸，才發現獨角獸的毛皮有多柔順。他貼近看到了獨角獸生命迅速消逝的眼神，徹底體會整件事有多哀傷。

「唉，總之都死了。」加赫里斯說了第三遍。「咱們還是把牠帶回家吧。」

「我們居然抓到了耶。」加文說。他這才慢慢明白他們已經達成目標。

「畜生一隻！」阿格凡說。

「我們抓到了！靠自己抓的！」

「連格魯莫爵士都抓不到。」

「我們卻抓到了。」

加文已經忘卻先前的悲傷，繞著屍體跳起舞，一邊揮動長矛，一邊發出淒厲的怪叫。

「咱們得把牠剖開。」加赫里斯說：「一切要照規矩，先把內臟掏乾淨，再把牠放上馬背，像真正的獵人那樣帶回去城堡。」

「我們一定會討她歡喜！」

「她會說：『老天保佑，我兒子可真是厲害！』」

「我們就可以像格魯莫爵士和派林諾國王，從此事事順心如意啦！」

「要怎麼剖開呢？」

「咱們把內臟挖出來。」阿格凡說。

加瑞斯起身，走進石楠叢裡，他說：「我可不想參一腳。梅格，妳呢？」

梅格原本就覺得不適，她一言不發。加瑞斯才解開她的頭髮，她拔腿就跑，只想早點遠離這場悲劇，快快回到城裡。加瑞斯跟在她後頭。

「梅格、梅格！等等我！別跑呀！」他喊著。

可是梅格停也不停，飛奔速度好似羚羊，赤腳在身後輕快躍動，加瑞斯只好放棄。他撲倒在石楠叢裡，放聲大哭起來，也不知道自己為什麼哭泣。

剩下的三個小獵人解剖時遇上了麻煩。他們從腹部割起，卻不知道正確方法，結果刺穿了腸子，把原本美麗的動物弄得渾身血淋淋，既恐怖又噁心。三人以自己的方式愛著獨角獸，阿格凡的感情可能最為扭曲。他們覺得破壞這美麗的東西自己也有責任，出於罪惡感，竟然由愛生恨了。加文尤其討厭這具屍體，討厭牠沒了性命，討厭牠曾經那樣美麗，現在卻害他自覺禽獸不如。之前他很喜歡獨角獸，也是他幫忙逮著的，這下除了把羞愧和自厭情緒統統發洩在屍體上，別無他法。他一陣亂切亂砍，自己也有點想哭。

「咱們搞不定的。」他們喘氣道：「就算真的掏乾淨內臟，要怎麼搬下山呢？」

「可是咱們非搬不可，非搬不可呀！要是不搬，不就一點意義都沒了？得搬回家呀！」加赫里斯說。

「我們搬不動的。」

「我們沒有馬匹。」

「平常解剖完不都是放上馬背嗎？」

「不然把頭砍下來吧！咱們想辦法砍下頭，帶頭回去就好。有頭應該就夠了吧，大家一起扛。」阿格凡說。

他們雖然打從內心討厭這恐怖差事，仍舊動手割斷了獨角獸的頸子。

石楠叢裡的加瑞斯停止哭泣，翻過身直直望著天空。他看見一朵朵雲莊嚴地航越無限深遠的天穹，只覺頭暈目眩，心想從這裡到那朵雲有多遠呢？一哩嗎？上面那朵雲呢？兩哩？在那之後是一哩又一哩，一百萬一千萬哩虛無的藍。如果這時天旋地轉，或許我會從地面掉下去，那我就可以飛得好遠好遠。飛過雲層的時候，我會試著抓住它們，但不會因此停下，我要去哪兒好呢？

這些想法讓加瑞斯有點反胃，加上他原本就沒去幫忙處理屍體而覺得愧疚，這下更是渾身不對勁。在這種情形，唯一的辦法就是離開讓他不舒服的地方，試著將之拋諸腦後。於是他起身尋找其他人。

「哈囉！你抓到她了嗎？」加文說。

「沒有，她跑回城堡去了。」

「希望她沒告訴別人。這是個驚喜，不然就沒意思了。」加赫里斯說。

三名屠夫滿頭大汗，全身是血，模樣可憐極了。阿格凡還吐了兩次。但他們依舊不罷休，加瑞斯也上前幫忙。

「可不能這時候停下來。想想看，要是咱們能帶回家給母親看，那會是什麼場面？」加文說。

「如果我們能把她想要的東西帶回去，說不定她會上樓來道晚安喲！」

「她會笑著說我們是偉大的獵人。」

好不容易切斷了恐怖的脊椎骨，他們卻發現獨角獸的頭太重，根本扛不動。雖然試著合力抬起，卻把自己弄得渾身血汗。加文提議用繩子拖，偏偏又少了繩子。

「我們可以抓著角拖曳。反正是下坡路，一路推拉就好了。」加瑞斯說。

由於一次只能有一個人握住，他們便輪流拖著。若是獨角獸的頭被石楠樹根絆住，或卡在山溝裡，其他人就幫忙推。即便如此，對他們而言還是很重，每走二十碼就得停下來換手。

「等咱們回到城堡，」加文喘著氣說：「就把頭擺在花園的椅子上。母親大人用餐前散步時一定會經過。咱們站在頭前面擋著，等她靠近，再突然同時站開，獨角獸就出現啦！」

「她肯定會嚇一跳。」加赫里斯說。

他們好不容易下了山坡，頭又被鉤住了，接著發現在平地上抓不穩角，無法繼續拖拉。

這時已近晚飯時間，眼看情況緊急，加瑞斯自告奮勇跑回城裡拿繩子。他們把繩子綁在血肉模糊的頭上，最後總算把這個眼睛稀爛、皮開肉綻、骨肉幾乎分家、沾滿泥濘和血腥，還纏著石楠的展覽品拖進草藥花園，放上椅子。加瑞斯還特地試著把那東西撐起來，希望能稍微呈現記憶中的美麗。

魔法王后果然準時來散步了，她一邊與格魯莫爵士聊天，腳邊則跟著玩賞犬特雷、布蘭齊和甜心。她並未注意到站在椅子前的四個兒子。他們恭敬地站成一排，渾身髒兮兮，興奮而且滿懷希望。

「好！」加文一聲令下，他們同時站開。

摩高絲王后沒看到獨角獸。她腦中想著別的事情，與格魯莫爵士一同走過去了。

「母親！」加瑞斯喊的聲音有些古怪，他追了上去，拉拉王后的裙襬。

「嗯，小乖乖，什麼事呀？」

「噢，母親，我們給您抓了一隻獨角獸。」

「格魯莫爵士，您看他們多可愛。」她說：「哎，我的小親親，你們自己去廚房要牛奶喝吧！」

「可是，母親……」

「好了好了，」她低聲說：「改天再說吧。」

王后神色自若地離去，一頭霧水的野森林騎士跟在後頭。她並未留意孩子們的衣服又破又髒，甚至連責罵都沒有。當晚稍後，她發現了獨角獸，鞭打了孩子一頓，因為她和英格蘭騎士耗費整天工夫，卻什麼也沒抓到。

第八章

畢德格連平原上帳棚林立，七彩繽紛，看起來像一座座老式浴棚。有些還真的如浴棚有條紋，但多數是沒有花紋的黃綠等顏色。帳棚往往縫了或印了紋章圖樣，例如巨大的雙頭黑鷹、飛龍、長槍、橡樹，或與主人姓名諧音的事物。比方凱伊爵士的帳棚上畫了一把黑鑰匙，敵對陣營烏爾巴爵士[1]的手肘則是穿著飄垂袖子；這種袖子的正確名稱是「曼奇袖」。

帳棚頂端燕尾旗飛揚，成捆的長矛斜靠其上。好動的貴族會在門外掛上盾牌或大銅盆，你只要用槍托撞擊這些器具，回聲還沒散去，裡頭的貴族便會暴跳如雷地衝出來，要和你一決勝負。好脾氣的狄納丹爵士在帳棚外掛了一個夜壺。除了帳棚，當然就是營地裡的人。帳棚四周人滿為患，廚師正和偷吃羊肉的狗兒吵架；小隨從趁別人不注意，在對方背上寫罵人的話語；還有歌手優雅地彈著魯特琴，情感豐富地吟唱近似《綠袖子》的曲調；也有些侍從一臉天真，卻把跛腳的馬匹賣給別人；樂師彈起六弦琴，試圖賺點蠅頭小利；吉普賽人為你預卜戰事凶吉；身軀龐大、頭巾裹得亂七八糟的騎士下著西洋棋，有些隨軍女販便坐在他們大腿上。此外，尚有小丑、吟遊詩人、特技演員、豎琴手、歌手、弄臣、魔術師，還有人跳著熊舞、雞蛋舞、梯子舞、芭蕾舞；江湖郎中、表演吞火和走繩索特技的人輪番獻上餘興節目。從某方面來看，還真像德比大賽[2]。謝伍德森林環繞著營棚林立的陣地，向遠方

1 凱伊（Kay）與鑰匙（key）音近，烏爾巴（Ulbawes）則與手肘（elbow）音近。

2 Derby Day，在英國葉森馬場舉辦的賽馬大會。

不斷延展，直到視線之外。林中充滿野豬、正值壯年的公鹿、不法之徒、火龍和紫蛺蝶，還埋伏了一支軍隊，但這件事沒人知道。

亞瑟王對即將來臨的戰事不加聞問。他的營棚位於陣地熙攘騷動的中心，他便隱身帳幕之後，日復一日對艾克特爵士、凱伊或梅林大發議論。下屬軍官見絲質營帳裡鎮日燈火通明，以為國王接連不斷召開作戰會議，肯定有什麼厲害的破敵良策，大感欣喜。事實上，談話與戰事無關。

「一定會有人相互較勁呀！」凱伊說：「到時候你這個組織裡的騎士人人都爭著當第一，每個人都想坐主位。」

「那我們就用沒有主位的圓桌。」

「可是，亞瑟，哪有圓桌坐得下一百五十個騎士呢？我算算……」

近來梅林很少參與爭論，總是雙手交疊於腹部，面帶微笑坐在一旁。這時他出面替凱伊解決難題。

「直徑至少要四十五公尺。半徑乘二再乘 π 就是周長。」他說。

「嗯，好，假設直徑就是四十五公尺吧，桌面得要多大呢？那不就是像一片大海，周圍一點點人。中間連菜都不能擺呢，因為沒人搆得到。」

「那我們就換成環狀的桌子，」亞瑟說：「不要用圓的。我不知道正確的說法，總之像車輪的輪框，僕人可以在輪輻間空出來的地方走動。就叫他們『圓桌武士』好了。」

「好名字！」

「重要的是……」國王思索愈多，就愈見其睿智；他繼續說道：「最重要的是，從他們年輕時就要開始。現在與我們作對的老騎士年紀都大了，很難再學新東西。要拉他們入夥不難，教他們用正確的方式動武也還辦得到，可是恐怕積習難改，就像布魯斯爵士。格魯莫和派林諾——當然要拉他們進來——這會兒不知道在哪？格魯莫和派林諾一定沒問題，因為他們本來就很和氣。但如果換成洛特的手下，恐怕就很難習慣了。所以我才說要從小開始。為了將來著想，我們必須培育新一代的騎士，上回跟那個誰來的藍斯洛就是個好例子，我們得多找些像他那樣的孩子，他們才能建成真正的圓桌。」

「說到『圓桌』，」梅林開口：「我不妨讓你知道一下，羅德格蘭斯國王正好有一張很適合。既然你會娶他女兒，他說不定願意把那張桌子當結婚賀禮送你。」

「我會娶他女兒？」

「是啊，她叫桂妮薇。」

「呃，梅林，我並不想知道太多將來的事，我也不見得相信……」

「有些事情，」魔法師說：「無論你相不相信，我都得告訴你。麻煩的是，我總覺得有件事忘了告訴你。記得提醒我，下回有空要警告你桂妮薇的事。」

「您把大家都搞糊塗了！」亞瑟埋怨道：「我也忘了自己原本要問您什麼，比如說誰是我的……」

「到時候你必須大宴賓客，」凱伊打斷他：「像是在五旬節的時候，邀請所有騎士共進晚餐，講講他們的事蹟。如果事後能向別人敘述自己的豐功偉業，他們一定願意照你的新方法去打。梅林可以用魔法把每個人的名字印在座位上，再把徽章刻在椅背，一定很壯觀！」

聽到這令人興奮的想法，國王把原先的問題丟到腦後，兩個年輕人立刻坐了下來，畫起自己的紋章給魔法師看，以免他弄錯顏色。畫到一半，凱伊抬起頭，吐了吐舌，「對了。您還記不記得上回我們爭論『侵略』這件事？

嗯，我倒是想了一個開戰的好理由。」

梅林整個人僵住了。

「說來聽聽。」

「要開戰，只要找個好理由就行啦！比方說吧，如果有個國王發現一種新的生活方式，對大家都有好處，說不定還是唯一能拯救人類免於滅亡的方法。可是萬一人類太壞或太愚蠢，不接受他的勸說呢？為了眾人利益著想，他可能就得用武力逼迫他們。」

魔法師緊握雙拳，使勁絞著長袍，渾身劇烈顫抖著。

「真有意思，」他顫聲道：「真是太有意思了。我年輕的時候，的確就有這麼一個人。那傢伙是個奧地利人，發明了一套新的生活方式，認為自己應該付諸行動，於是就用武力試圖強迫改革，使整個文明世界陷入痛苦和動盪。不過呢，我的朋友，那傢伙忽略了一件事，就是改革這行裡有位老前輩，叫耶穌基督。我們不妨假設耶穌和那奧地利佬一樣，都懂得怎麼拯救世人。有趣的是，耶穌可沒有把門徒訓練成突擊隊員，也沒有焚毀耶路撒冷的神殿或把過錯一律推給彼拉多。相反的，他很清楚地讓人知道，哲學家的職責在於『提供』新的想法給世人，而不是逼迫他們接受這些想法。」

凱伊臉色蒼白，仍有些不服氣。

他說：「亞瑟現在打的這場仗，不就是要逼迫洛特王接受他的想法嗎？」

第九章

王后提議獵捕獨角獸，卻產生了意想不到的結果。派林諾國王愈是相思情切，眾人愈覺得要想辦法幫幫他。帕洛米德爵士有個靈感。

「要解除陛下的憂鬱，只有靠尋水獸了。這個習慣已經跟了大君閣下[1]一輩子，敝人在下我不是一直強調這點嗎？」他說。

「就我來看，尋水獸已經死啦！不然也是遠在法蘭德斯。」格魯莫爵士道。

「那我們必須打扮一番，假扮成尋水獸，自己上場供人獵捕。」帕洛米德爵士提議。

「恐怕有點強人所難。」

可是撒拉遜人滿腦子都是這個主意。他問道：「怎麼會？看在老天分上，怎麼會呢？小丑不都是穿著動物服飾，扮成鹿啊、羊啊什麼的，配合鈴鐺和小鼓的音律轉圈跳舞嗎？」

「帕洛米德，咱們可不是小丑！」

「學學他們不就成了？」

「學做小丑嗎！」

1 原文 maharajah sahib，梵語有「大君」之意，sahib 是殖民時代印度人對歐洲人的敬稱。作者應是故意藉此強調帕洛米德是異教徒（撒拉遜人）。

小丑就是雜耍藝人，是一種地位低賤的吟遊詩人，格魯莫爵士一點都不喜歡這個主意。

「我們要如何扮成尋水獸呢？」他有氣無力地問：「這東西複雜得很！」

「請描述一下。」

「哎，該死的，她生了蛇頭豹子身體，獅子屁股雄鹿腳，而且啊，老兄，我說咱們哪學得了她肚子裡的聲音？

聽起來就像三十對獵犬在吠啊！」

「敝人在下我來當肚子，我就這麼叫。」帕洛米德爵士回答。

他唱起了約德爾調[2]。

「噓！」格魯莫爵士驚叫：「你會吵醒整座城堡裡的人！」

「那就這麼說定了？」

「說定個鬼！這輩子沒聽過這種荒唐事！而且她可不是這樣叫，是像這樣。」

格魯莫爵士唱起不成調的男高音，有如瓦士灣[3]裡幾千隻野雁齊聲鳴叫。

「噓！安靜安靜！」帕洛米德爵士大喊。

「我才不停！你剛才那是在學豬叫！」

兩位博物學家開始互相學貓頭鷹咕咕叫、學豬呼嚕叫、學海鷗嘎嘎叫、學嬰兒嗚嗚叫、學公雞喔喔叫、學牛哞哞叫、學狗汪汪叫、學鴨子呱呱叫、學貓咪咪叫，直到臉紅脖子粗。

格魯莫爵士突然停下來說：「這個頭嘛，得用厚紙板做。」

「或者用帆布？附近的漁民應該有不少。」帕洛米德爵士說。

「不妨用皮靴做蹄子。」

「在身上漆些豹紋。」

「身子中間得用鈕釦扣住……」

「……咱們倆就這麼接在一塊。」

「而你呢，」帕洛米德爵士慷慨地說：「就當後半部好了，由你來學狗吠。顯然聲音是從肚子裡出來的。」

格魯莫爵士開心得紅了臉，操著沙啞的諾曼腔說：「哎，真是謝謝，帕洛米德。我得說，您可真是個大好人！」

「哪裡哪裡。」

此後一整個星期，派林諾國王很少見到兩位朋友。「派林諾，你去寫情詩吧。」他們告訴國王：「不然就去懸崖邊唉聲嘆氣，聽話呀！」於是他四處閒晃，偶爾靈感來了，便喊著「法蘭德斯——發懶的廝[4]」或「女兒——履行[5]」。陰鬱的王后則總是離他不遠。

同時，帕洛米德爵士鎖上房門，兩人躲在裡頭又縫又剪，一下上漆一下吵架，有著前所未有的熱烈氣氛。

2 yodel，源於阿爾卑斯山區特有的一種真假嗓音互換唱法。

3 The Wash，位於英格蘭東部海岸的海灣，為多種鳥類的重要生態區域。

4 原文是 Flanders — Glanders，glanders 是馬鼻疽病。派林諾國王玩著文字遊戲。

5 原文為 Daughter — ought。

「我的好夥伴，我不是跟你說了？包子[6]的花紋是黑色的。」

「是深褐色。」帕洛米德爵士固執地說。

「什麼是深褐色？再說咱們也沒有這顏色啊！」

兩人像捍衛自己的創作，怒視對方。

「頭做好了，戴戴看吧。」

「瞧你扯破東西了，我就說你笨手笨腳。」

「本來就做得不牢靠。」

「這下又得重做一個。」

重建後，異教徒騎士退後一步欣賞作品。

「帕洛米德，別碰到豹紋啊！唉，又給你弄糊了。」

「一千個抱歉呀！」

「走路要看路！」

「哼，是誰把它的腳插進肋骨啦？」

到了第二天，怪獸的後半身又出了問題。

「屁股太緊了。」

「別彎腰就行了。」

「我要當後半身，非彎腰不可。」

「不會裂開的。」

「一定會。」

「我說不會就不會。」

「看吧，果然裂開了。」

到了第三天，格魯莫爵士說：「留心我的尾巴，你踩在上頭了。」

「格魯莫，別抓太緊，我扭到脖子了。」

「你看不到嗎？」

「對，看不到，我扭到脖子了。」

「你又踩到我的尾巴了。」他們安靜一會兒，解決了問題。

「好，這回當心點，咱們腳步要一致。」

「您來喊口號吧。」

「左！右！左！右！」

「我覺得屁股要掉下來了。」

「如果您不抓緊敝人在下我的腰，咱們可要分家了。」

6 即「豹子」誤音。

「哎，我得抓著屁股，一定得放開。」

「鈕釦鬆開了。」

「去他的鈕釦。」

「敝人在下我不是說過了嗎？」

於是他們利用第四天縫好鈕釦，重新開始。

「我可以練習吠叫嗎？」

「可以，請啊！」

「你覺得我的叫聲從裡面聽起來如何？」

「好極啦，格魯莫，好極了。只不過聲音從我後面來，有些古怪，您懂我的意思吧？」

「我覺得聲音挺模糊的。」

「是有那麼一點。」

「或許外面聽起來沒問題。」

到了第五天，他們明顯進步許多。

「我們應該練習快跑。總不能老是用走的，不然到時候他追來怎麼辦？」

「有道理。」

「等我說跑，就開始跑啊。預備，準備好了，跑！」

「留神啊，格魯莫，您頂到我了！」

「頂到你？」

「小心床。」

「您剛才說什麼？」

「哎呀，我的天！」

「燒了這床吧！哎喲我的腳！」

「您又把鈕釦扯開了。」

「去他的鈕釦，我撞到腳趾啦。」

「呼，敝人在下我的頭也掉了。」

「我們還是用走的就好。」

第六天，格魯莫爵士說：「如果有音樂可以搭配，跑起來應該會容易些。你懂我意思吧？就是聽起來像馬蹄快跑的聲音。」

「可惜咱們沒音樂可配。」

「的確沒有。」

「我說帕洛米德，我吠的時候，能不能請你一邊唱『噠噠』呢？」

「敝人在下我願意試試。」

「太好了，咱們這就出發！」

「噠噠！噠噠！噠噠！」

「該死的！」

「咱們又得重做了。」週末時，格魯莫爵士說。「不過蹄子還能用。」

「我想以後到了外頭，跌倒應該就不那麼痛了。您懂我的意思吧？就是跌在青苔上啊。」

「或許帆布也不會扯得那麼厲害。」

「咱們把它縫成兩層，弄得更堅韌好了。」

「就這麼辦。」

「我真高興蹄子還能用。」

「我說帕洛米德，這東西看起來可真像一隻凶猛的怪物啊！」

「這回做得實在是好極了。」

「可惜沒辦法讓它嘴巴噴火什麼的。」

「萬一燒起來就危險了。」

「帕洛米德，咱們要不要再來跑個一回？」

「當然好。」

「先把床推到牆角吧。」

「當心鈕釦啊。」

「如果你發現我們就要撞上什麼，就停下來，懂吧？」

「知道了。」

「帕洛米德，眼睛放亮點啊！」

「沒問題，格魯莫！」

「準備好了嗎？」

「好了。」

「咱們上路吧！」

「帕洛米德，剛才可真是一路狂飆啊！」出身野森林的騎士喊道。

「跑得真是漂亮。」

「您可注意到我從頭到尾吠個不停？」

「格魯莫爵士，我怎麼可能沒注意到呢？」

「呼呼，我好久沒這麼開心過了。」

他們披著一身怪獸行頭，興高采烈地喘著氣。

「我說帕洛米德，瞧我甩尾巴呀！」

「真有您的，格魯莫爵士，我也會眨眼呢。」

「不不，帕洛米德，你看我的尾巴，錯過可惜啊。」

「哎，我看您甩尾巴，您也該看我眨眼睛吧，這樣才公平。」

「可我人在裡面，什麼都看不到！」

「這個嘛，格魯莫爵士，敝人在下我也沒法轉頭看向肛門。」

「好了，咱們再跑最後一趟。這回我不但要叫個痛快，還要甩尾巴。這樣肯定很嚇人。」

「敝人在下我則會持續眨眼。」

「帕洛米德，咱們奔跑時偶爾跳個兩下，你覺得怎麼樣？你懂我意思吧，就像後腳騰躍那樣。」

「既然是後腳騰躍，自然是由後半部獨自發動比較有效。」

「你是說我可以自己來？」

「正是。」

「哎，帕洛米德，你真是大好人一個，居然讓我一個人跳啊！」

「敝人在下我相信您騰躍時會稍加留心，避免撞擊前半部的後方？」

「帕洛米德，就照你說的！」

「穿靴備鞍呀，格魯莫爵士。」

「喲呼，帕洛米德爵士。」

「噠噠、噠噠、噠噠，我們出發去探尋！」

王后體認到一件無望的事。即使她的思想為蓋爾族的惡意所障蔽，總算也明白驢子不與蟒蛇為伍。無論她怎麼在那群可笑的騎士面前展現自身才能與美貌，或者繼續以愛情為餌追求他們都無用。他們不過是一群撒克遜蠢材，而她卻是個聖人，情勢一轉，她變得厭惡他們。王后發現自己只在乎可愛的孩子。對他們來說，她可是全世界最偉大的母親！她惦記著兒子，胸中充滿母愛。所以，當加瑞斯緊張兮兮地帶了一束白色石楠來到她的臥房，為上回挨鞭子的事致歉時，她抱著加瑞斯親個不停，眼角還同時瞄著鏡子。

他掙脫懷抱，擦乾眼淚，一方面覺得不舒服，一方面滿心狂喜。他帶來的石楠被漂亮地插在一個沒加水的杯子裡——母親是個以家庭為重的人哪！而他可以自由離去了。於是加瑞斯帶著母親原諒的消息，蹦蹦跳跳跑出皇家寢室，像個陀螺似沿著螺旋梯下去了。

這裡和亞瑟王兒時玩耍的城堡大不相同。若非那座長橢圓形的塔屋，諾曼人大概認不出這是城堡。它比諾曼民族所知的任何事物都要老上一千歲。

男孩跑步穿梭於城堡之中，要把母親的關愛帶給兄長知道。這座城堡起源於遠古時代，本是一座海角堡壘，先住民的神異地標。他們被火山洪流般的無情歷史逼到海邊，於此海角天涯負隅頑抗。他們背對汪洋，在狀如舌頭的陡峭岩壁上築起高牆。高牆橫越舌根，而那原本象徵毀滅的無邊大海，反而成為周圍的天然防衛。正是在這海岬上，身上塗著藍色顏料的食人族用石塊堆砌高牆，十四呎高、十四呎寬，內有排屋讓人從中投擲燧石。他們在高牆外側安插千百尖石，構成一面朝外的鐵蒺藜，有如驚怕的刺蝟。夜晚，他們在高牆的庇護下，與家畜一同擠在木造小屋裡。敵人的首級高懸於牆頭長竿之上作為裝飾，國王更在地底祕密建造藏寶室，同時充作地下逃生管道。通道由高牆下方穿出，即便堡壘陷落，他也可以偷偷溜到敵軍背後。通道一次僅能容身一人，此外設有特殊扭繩，若後有追兵，則可趁其解除障礙物時襲其頭部。挖掘這座地下通道的工人事後被祭司王處決，藉此保守祕密。

這都是千年以前的事了。

隨著先住民逐步增設自然保護區，洛錫安城不斷擴建。由於斯堪地那維亞的侵略，這兒冒出一座長形木屋；那兒的原始石牆則被推倒，改建圓塔供僧侶居住。那座包含牛棚和兩間寢室的橢圓形塔屋，則是最後才興建的。

加瑞斯便是在這片雜亂的歲月殘墟裡蹦跳奔跑，尋找自己的兄長；是在單坡頂屋和改裝的建物之間——它們本來刻著歐延[7]文字，記念過世已久的某甲之子某乙的石碑，後來才上下顛倒併入稜堡；是在那被大西洋氣流滌淨，因而顯得嶙峋的迎風峭壁上。小漁村依山傍海，位於下方的沙丘之間；是在那視野宏闊，放眼望去能見到十哩外的大浪和百餘哩天際積雲的地方。愛爾蘭的聖人與學者沿海而居，以一種既神聖又恐怖的姿態藏身圓頂石屋之中。他們在蜂巢小屋裡背誦五十首詩篇，在曠野中背誦五十首詩篇，跳入冰冷的海水而後背誦五十首詩篇，藉此表達對人世的強烈憎恨。聖托狄巴絕非其中典型。

加瑞斯在儲藏室裡找到三位哥哥。

這裡混雜了許多氣味，包括燕麥、火腿、燻鮭魚、乾鱈魚、洋蔥、鯊魚油、一桶桶醃漬鯡魚、大麻、玉蜀黍、雞毛、帆布、牛奶——每週四在此製作奶油；還有乾燥中的松木和草藥、蘋果、魚膠、製箭師傅用的亮光漆、外國香料、捕鼠器裡的死老鼠、鹿肉、海草、木頭刨花、一窩小貓、還沒賣掉的深山綿羊毛，以及辛辣的焦油。

加文、阿格凡和加赫里斯坐在羊毛上吃蘋果，爭論不休。

「這不關咱們的事。」加文固執地說。

阿格凡哀聲道：「明明就是我們的事呀，和我們最有關係，而且還犯了錯。」

「你竟敢說母親錯了？」

「她有錯。」

「她沒錯。」

「你能提出證……」

「以撒拉遜人來說，他們算是不錯了。」加文道：「格魯莫爵士昨晚讓我試戴他的頭盔呢。」

「那跟這一點關係都沒有。」

加文說：「我不想談了。講這種事真下流。」

「還真是純潔的加文呢！」

加瑞斯一進門，便看到加文怒視阿格凡，一頭紅髮下面紅耳赤。很明顯他又要大發雷霆了，偏偏阿格凡又是個倒楣的知識分子，即使受到暴力脅迫，還是礙於自尊而不肯讓步。他就是那種吵到一半就被人打倒在地，卻仍然躺在地上嘲諷對方的人。「來呀，再多打幾拳呀，讓我瞧瞧你有多聰明！」

加文瞪著他。

「閉上你的嘴。」

「我不要。」

「那我就讓你閉嘴。」

「不管你怎麼做，事實就是事實。」

加瑞斯開口了：「阿格凡，別鬧了。加文，你不要理會他。阿格凡，你要是不閉嘴，他可是會殺了你喔。」

「我管他殺不殺我，反正我說得沒錯。」

「別吵了。」

7 Ogham，公元四世紀至六世紀用來代表古愛爾蘭文的字母系統，常雕刻於石柱上。亦譯為「歐甘」。

「我偏要吵。我說咱們應該寫封信給父親，向他報告那些騎士。我們應該告訴他母親的事，我們……」

他話還沒說完，加文便衝了上去。

他怒吼：「你這靈魂賣給魔鬼的傢伙！叛徒！啊！你好大的膽子！」

阿格凡做了一件家人衝突時從未發生過的事。因為他比較弱小又很怕痛，被揍倒時竟拔出匕首來對付兄長。

「注意他的手啊！」加瑞斯大叫。

兩人在羊毛堆裡滾了又滾。

「加赫里斯，抓住他的手！加文，不要打了！阿格凡，刀子丟掉！阿格凡，你如果不丟掉刀子，他真的會殺死你。啊，你真是野蠻！」

男孩的臉色發青，匕首早已不知去向。加文雙手掐住阿格凡的喉嚨，正凶狠地抓阿格凡的頭撞擊地板。加瑞斯抓住加文的上衣領口，扭轉衣領使他難以呼吸。加赫里斯躲得遠遠，四處找尋匕首。

「放開，」加文喘著氣：「放開我！」他沙啞地咳了兩聲，有如幼獅學習怒吼。

阿格凡的喉結受了傷，此刻他放鬆肌肉，雙眼緊閉，躺在地上打嗝，彷彿命在旦夕。兄弟們拉開了加文，按在地上，他還掙扎個不停，想繼續未完的工作。

離奇的是，每當他陷入這種狂怒，便彷彿沒了人性。多年以後，當他又被逼進這種狀態時，甚至還動手殺害女性——雖然事後悲痛不已。

偽造的尋水獸完成之後，兩位騎士帶它出城堡，藏在懸崖底下的一個洞穴裡，正好位於高潮線上方。接著兩人喝威士忌慶祝，眼看天色漸暗，便啟程找尋國王。

兩人發現國王在自己房間裡，手拿鵝毛筆，面前一張羊皮紙。紙上沒有詩文，只有一張草圖，畫著兩顆交疊的心，上面各自寫著P[8]，被一箭穿透。國王正擤著鼻子。

「派林諾，打擾了。咱們在懸崖上看到了怪東西啊！」格魯莫爵士說。

「是什麼髒東西嗎？」

「哎，也不盡然……」

「我倒希望是。」

格魯莫爵士仔細衡量情勢，把撒拉遜人拉到一邊。兩人決定採取迂迴戰術。

「噢，派林諾，」格魯莫爵士口氣冷淡地說：「你在畫什麼？」

「你覺得是什麼？」

「看起來像一幅畫。」

「就是一幅畫。」國王說：「真希望你們倆離我遠一點。我的意思是，如果你們聰明點就好了。」

「如果你在這兒畫一條線，應該會好些。」格魯莫爵士繼續說。

「在哪裡？」

「這兒，就豬這個地方。」

8 派林諾（Pellinore）和小豬（Piggy）的字首都是P。

「老兄，我完全聽不懂你在說什麼。」

「真對不起啊，派林諾，我以為你在閉著眼睛畫豬。」

帕洛米德爵士覺得自己介入的時候到了。

他欲言又止地說：「老天保佑，格魯莫爵士可瞧見了一樁奇事啊！」

「什麼奇事？」

「是一個東西。」格魯莫爵士解釋。

「什麼東西？」國王狐疑問道。

「你會喜歡的東西。」

「生了四隻腳。」撒拉遜人說。

「可是一隻動物？」國王問道：「還是植物？礦物？」

「動物。」

「是豬嗎？」國王又問，約略猜到兩人意有所指。

「不，不是啊，派林諾，不是豬。別想豬了。這東西叫聲像獵犬哪！」

「像六十隻獵犬喲！」帕洛米德爵士解釋。

「一定是鯨魚了！」國王大叫。

「不不，派林諾，鯨魚哪有腳呢？」

「可是這聲音沒錯呀！」

「鯨魚真發出這種聲音?」

「老兄,我怎麼會知道?把話說清楚吧。」

「知道了,可是要怎麼講呢,這就像個猜動物遊戲啊。」

「不不,派林諾,這是咱們看到的一隻會吠的東西。」

「噢,我說!」他哀嚎著:「你們兩個閉嘴吧,不然走開也好!一下鯨魚一下豬,這會兒又會吠了,我哪知道這是什麼?你們行行好,別來煩我,就讓我畫點小東西,然後自己上吊吧,也就這麼一回了。我是說,這樣的要求也不過分,對吧,啥,你們懂嗎?」

「派林諾,你要振作起來!咱們瞧見的可是尋水獸啊!」格魯莫爵士說。

「為什麼?」

「為什麼?」

「是的,為什麼?」

「你為什麼問為什麼?」

「我的意思是,」格魯莫爵士解釋:「你大可問『在哪裡?』或是『什麼時候?』,但為什麼問『為什麼』呢?」

「為什麼不呢?」

「派林諾,你腦袋不清楚啦?你聽我說,我們看到了尋水獸,這東西就在外頭懸崖上,很靠近呢!」

「是『她』,不是『東西』。」

「老夥計,管她是不是東西,總之咱們看見啦!」

「那你們怎麼不去抓？」

「派林諾，要抓她的人不是我們，而是你啊！再怎麼說，這是你一生的志業，對不對？」

「她又蠢又笨。」國王說。

「她蠢不蠢不是重點，」格魯莫有些不高興，「重點在於，她是你的代表作啊，你不是常說嗎？只有派林諾家的人才抓得到她！」

「抓她有什麼意義？」國王問：「啥？而且她在懸崖上說不定快活得很。真不懂你們大驚小怪什麼。」

「真正叫人難過的，」他話鋒一轉，「是有人想結婚卻結不成。我是說，那隻怪物對我有何好處？我可沒娶她對吧？所以我幹麼成天追著她跑？這不合邏輯嘛！」

「派林諾，你就是需要好好打個獵，抖擻一下精神。」

他們拿開了筆，為國王倒了幾大杯威士忌，自己也不忘喝個幾口。

「看來也只有這麼做了！」他突然說：「再怎麼樣，只有派林諾家的人才抓得到！」

「這樣才勇敢！」

他們來不及插嘴，國王便又說：「可是我有時想起法蘭德斯女王的女兒，還是會難過。格魯莫，她並不漂亮，但她懂我。我們挺合得來，你懂我意思吧？我腦袋或許不怎麼靈光，獨身時又老碰上麻煩，可是我和小豬在一起的時候，她總是知道該怎麼做。也算是有個伴。年紀漸漸大了，有個伴總是不錯的，尤其是在我追了大半輩子的尋水獸之後，啥？在森林裡多少有些寂寞，倒不是說尋水獸不夠資格作伴，她也算是伴。可你無法和她講話呀，小豬就不會這樣。而且她又不會做菜。我實在不該跟你們說這些無聊事，但說真的，有時我都覺得自己撐不下去了。小豬一點也不輕浮喲，你懂吧？我是真的愛她，格魯莫，真的，如果她願意回我的信，不知該有多好。」

「可憐的老派林諾。」他們說。

「帕洛米德，我今天瞧見七隻喜鵲哩，就像廚房裡整排油炸鍋一樣飛過。」

「一隻悲傷，」國王解釋著：「兩隻喜悅，三隻成婚，四隻生男，所以七隻就是四個男孩，對吧，啥？」

「一定是。」格魯莫爵士說。

「他們將會叫阿格洛法、帕西法、拉莫瑞克，還有一個的名字很滑稽，可我現在想不起來。就是這樣。不過我可真希望有個兒子叫多拿爾。」

「聽我說，派林諾，過去就過去了，你要學著點，不然只是折磨自己。比如說啦，何不鼓起勇氣，去追你的尋水獸呢？」

「我看我非追不可了。」

「就是這樣，先別想其他事。」

「我已經十八年沒追了，」國王悶悶不樂地說：「換點事情做也不錯。不知那獵犬跑哪去了？」

「啊，派林諾！你可想起來了！」

「高貴的國王陛下不如即刻啟程？」

「什麼？帕洛米德，今晚就去？摸黑嗎？」

帕洛米德爵士偷偷用手肘碰了格魯莫爵士。「俗話說真金不怕火煉。」他悄聲道。

「我懂你的意思了。」

「我想也沒關係，現在什麼都沒關係了。」國王說。

格魯莫爵士重新掌握了局勢，便喊道：「那太好啦！咱們就這麼辦，就在今晚，老派林諾埋伏在懸崖邊，我們倆呢，則一路把尋水獸趕過去。下午才看過她，跑不遠的。」

稍後，兩人摸黑穿戴怪物裝時，格魯莫爵士問道：「剛才我說咱們負責趕尋水獸過去，你覺得我這個理由聽不聰明？」

「神來之筆。我的頭沒歪吧？」帕洛米德爵士道。

「好老弟，我什麼都看不到。」

撒拉遜人的聲音聽來有些不安。

「可真是一片黑暗！」他說。

「別擔心，」格魯莫爵士說：「正好掩蓋咱們服裝的小缺陷。說不定過一會兒月亮就出來了。」

「老天保佑，他的劍向來不怎麼利。」

「哎，好了好了，帕洛米德，別臨陣畏縮啊。利不利我不曉得，但我倒是精力充沛。可能是喝了酒。我告訴你，今晚我可要吠個過癮，跳個痛快！」

「格魯莫爵士，您跟我扣在一起了，不是那幾個鈕釦。」

「請原諒啊，帕洛米德。」

「您是不是甩甩尾巴就好，不要跳了？跳的時候，前半身不大舒服。」

「我不但要甩，也要跳！」格魯莫爵士口氣堅定。

「就照您的意思。」

「帕洛米德，把你的蹄子拿開，又踩到我的尾巴了。」

「剛出發的時候，您可不可以用手提著尾巴？」

「那就不自然了。」

「也對。」

「這下可好，」帕洛米德爵士苦澀地說：「居然下雨了。話說回來，這兒一天到晚都在下雨。」

他從蛇口探出深膚色的手，雨滴打在手背上，有如冰雹敲打著帆布。

格魯莫爵士喝多了威士忌，正興高采烈。「親愛的前腳老兄，當初這可是你出的主意。開心點，黑人老兄，派

林諾還在等我們過去，他的處境只怕更糟哩！畢竟他可沒有豹紋帆布遮風避雨啊！」

「或許雨會停吧。」

「當然會停！就是這樣啊，我的異教弟兄。好啦，準備好了沒？」

「好了。」

「喊口令吧。」

「左！右！」

「別忘了噠噠的馬蹄聲。」

「左！右！噠噠！噠噠！您說什麼？」

「我只是在吠。」

「噠噠！噠噠！」

「看我奮力一躍！」

「哎喲，格魯莫爵士！」

「抱歉啊，帕洛米德。」

「敝人在下我恐怕沒辦法坐了。」

派林諾國王淋著大雨，動也不動站在山崖下，視線模糊地看著前方。他的獵犬拖著長長的繩子，已經圍著他繞了好幾圈。

他穿著有點生鏽的全副鎧甲，雨從五處漏進來，包括左右外脛骨和前臂四處，但最慘的還是面甲。他的面甲呈豬鼻子形狀，因為據說醜陋的頭盔可以嚇退敵人。派林諾國王的頭盔看起來像一隻愛管閒事的豬，雨水從豬鼻子流入，流下來搔得胸前搔癢。國王正在沉思。

他心想，嗯，這麼做應該可以交代了吧。站在大雨裡頭一點也不舒服，可是那兩個好傢伙似乎一頭熱。很難再找到像老格魯莫如此親切的人，而帕洛米德雖是個異教徒，看來也很友善。既然他們興致高昂，陪著玩也是應該的。更何況可以讓獵犬溜達溜達。可惜牠老是把自己纏住，但這是天性，改不了的。明天大概要整天刷洗盔甲了。

至少有事做，國王悽慘地想著，總比整天沒事到處晃，一顆心永遠被悲傷啃咬好多了。然而他又想起了小豬。

公主的一個優點，就是不嘲笑派林諾。當你長年追趕尋水獸，偏偏又老是抓不到的時候，很多人會嘲笑，可是小豬從來不會。她彷彿立即便能了解這事多麼有趣，還提出幾個捕捉尋水獸的好建議。某人並非故作聰明或如何，可是沒遭嘲笑總是好的。某人盡力了。

接著可怕的那一天便來了，那艘該死的船漂到岸邊。他們非上船不可，因為騎士必須勇於接受冒險。沒想到船竟然立刻開走。他們拚命向小豬揮手，連尋水獸也從林中探出頭來，一副驚惶失措的樣子，跟著他們游出海。可是船開呀開的，岸上的人愈來愈小，後來幾乎看不到小豬揮舞的那條手帕，獵犬還暈船了。

派林諾每到一個港口都會寫信給她，將信件交給各地的旅店老闆，他們都滿口答應一定會送達。可是她連隻字半語也沒回覆。

最後國王結論，一定是自己配不上她。他的腦袋不清楚，不聰明，又一天到晚搞錯事情。堂堂法蘭德斯的公主為何要寫信給這種人？尤其又在他搭乘魔法船跑掉的情況下？這等於是棄人家不顧嘛，她當然有理由生氣了。雨下個不停，水滴得全身都是，這會兒連獵犬都打噴嚏了。盔甲一定會生鏽。這時，一陣風吹著他頸背頭盔旋螺絲的地方。四下黑暗，恐怖極了。好像有什麼黏答答的東西從山崖上滴下來。

「不好意思，格魯莫爵士，是不是您在我耳邊聞聞嗅嗅的？」

「不不，老兄，走呀，走呀！我只是在努力吠叫罷了。」

「格魯莫爵士，我指的不是叫聲，而是一種沙啞的呼吸聲。」

「好傢伙，問我也沒用啊。我這兒只聽到吱吱嘎嘎的聲音，像風箱一樣！」

「敝人在下我認為雨就要停了，您覺得我們要不要也停下來？」

「哎，帕洛米德，你要停的話就停吧。可我們要是不趕快把這事搞定，我又要重頭再縫一次啦。停下來做什麼？」

「我只希望天色別這麼暗。」

「不能因為太暗就停下來呀！」

「是不能。如果可以該有多好啊。」

「那就走吧，老弟！左！右！這樣才對呀！」

「我說，格魯莫爵士，」不久帕洛米德爵士又說：「那個又來了。」

「哪個？」

「喘氣聲啊，格魯莫爵士。」

「你確定不是我的聲音嗎？」格魯莫爵士問道。

「我非常肯定。這是一種帶有威脅或含情脈脈的喘氣聲，有點像虎鯨。本異教徒誠摯希望天色別這麼暗呀！」

「啊，這個嘛，不可能事事如你所願。快走吧，帕洛米德，這才像話嘛！」

又過了一陣，格魯莫爵士陰沉地說：「老兄，你別一直撞我行不行？」

「我沒撞您呀，格魯莫爵士！」

「哼，不然是誰撞的？」

「本人沒感覺到碰撞。」

「有東西一直撞上我的屁股。」

「會不會是您的尾巴？」

「不是，我把它纏在手上呀！」

「無論如何，前腳位於前半部，絕對不可能從後面撞您。」

「又來了！」

「什麼？」

「又撞我！這根本是惡意攻擊。帕洛米德，咱們遭到攻擊了！」

「不不，格魯莫爵士，您別胡思亂想。」

「帕洛米德，咱們得轉個身。」

「幹麼呢，格魯莫爵士？」

「瞧瞧是什麼東西在撞我。」

「敝人在下我什麼也看不到呀，格魯莫爵士，天色實在太暗了。」

「你從嘴巴伸手出去，看看摸到什麼。」

「我摸到一個圓圓的東西。」

「那是我，帕洛米德爵士。你從後面摸到我了。」

「致上深深的歉意啊，格魯莫爵士！」

「沒關係，好老弟，沒關係的。你還摸到些什麼？」

這位好心的撒拉遜人結結巴巴地說：「是個冰涼的東西，而且……滑溜溜的。」

「帕洛米德，這東西會動嗎？」

「會動，……還會聞聞嗅嗅啊！」

「聞聞嗅嗅？」

「聞聞嗅嗅啊！」

就在這時，月亮出來了。

「老天爺發發慈悲喲！」帕洛米德爵士從獸口朝外窺探，登時高聲尖叫。「跑啊，格魯莫，快跑！左！右！齊步走！跑步走！快快啊！腳步對齊！哎喲，我可憐的腳後跟啊！哎喲，我的老天啊！哎喲！我的帽子呀！」

繼續等待也沒用，國王心想。他們也許迷了路，或者不知跑哪兒快活去了。洛錫安的天候總是如此，溼得要命。他已經盡了全力配合，如今他們卻跑得不見蹤影，丟下他一人和可憐的獵犬在原地生鏽，未免太不體貼。真是糟糕。

他心意已決，便背起獵犬，徒步回去睡覺了。

在一座陡峭懸崖的裂縫裡，冒牌尋水獸仍持續與自己的肚子爭吵。

「可是，我親愛的騎士先生，敝人在下我怎料得到會發生如此慘劇呢？」

「這是你出的主意，」肚子憤怒回道：「是你叫我們扮成這樣，都是你的錯。」

懸崖下方，正牌的尋水獸以一種多愁善感的姿態，在那浪漫的月光下等待她的另一半，身後是銀白色的大海。數十名心態扭曲的先住民，正藏身於岩石、沙丘、貝塚和圓頂石屋，專注觀察眼前情勢，試圖理解英格蘭人的陰謀詭計，卻只是徒然。

第十章

畢德格連，決戰的前夕。雙方陣地裡都有若干主教為士兵祝福，聽人告解，舉行彌撒。亞瑟的部下態度虔誠，洛特王的人則不——會打敗仗的軍隊大抵如是。雙方主教都保證己方必勝，因為上帝與他們同在，然而亞瑟王的部隊知道敵軍兵力是己方三倍，所以最好先得到赦免。洛特王的士兵也清楚兩軍兵力懸殊，於是他們徹夜跳舞、飲酒、賭博，講著下流故事。至少歷史家是這麼說的。

在英格蘭國王的帳棚裡，最後的參謀會議已經結束，梅林特別留下，一副憂心忡忡的模樣。

「梅林，您在擔心什麼？難道我們終究要打敗仗嗎？」

「不，這場仗你會贏。直說無妨，你會盡全力奮戰，並且在正確的時間呼叫該叫的人。你的天性就是會打贏這場仗，所以告訴你也沒關係。我現在擔心的是別的事，有件事應該要告訴你。」

「與什麼有關呢？」

「看在老天分上！如果我記得，幹麼還要擔心？」

「和那個叫妮姆的女孩有關嗎？」

「不不不不，完全是兩回事。是一件……一件我想不起來的事。」

過了一會兒，梅林把鬍子從嘴裡拿出來，開始數手指頭。

「我告訴過你桂妮薇的事了，對吧？」

「我不相信。」

「沒關係。我也警告過你有關她和藍斯洛的事了。」

「不論您的警告是真是假，總之這個指控很卑鄙。」國王說。

「那我也說過神劍的事，要你小心劍鞘囉？」

「是的。」

「我說過你父親的事，所以不可能與他有關，我也跟你提過某個人的事情。」

「最讓我頭痛的，」魔法師大喊，一邊大把大把地拔著頭髮，「就是我不記得這件事究竟在過去還是未來。」

「那就別想了。反正我也不想知道未來的事。我還希望您別老是煩惱這些，我看了很憂心。」亞瑟說。

「但事關重大，我非說不可。」

「別想了，說不定自然就能記得。您應該放個假；最近為了警告和打仗，您用腦過度啦。」國王建議。

「我會的！等這場仗結束，我會去北亨伯蘭徒步旅行。我有位布萊斯師父[1]就住在北亨伯蘭，或許他能告訴我到底什麼事情想不起來。我們接著可以到野外賞鳥，他對野生鳥類可有研究了。」梅林說。

「那好，您休個長假。等您回來，我們再想辦法提防妮姆的事。」亞瑟說。

老人停止摸弄手指，目光銳利地看著國王。

「亞瑟，你是個天真的人。這實在也是好事。」他說。

「為什麼？」

「你還記得小時候那些魔法嗎？」

「忘了，我有過什麼魔法嗎？我記得自己對各種鳥獸很感興趣，才一直保留倫敦塔裡的動物園。可是我不記得有什麼魔法。」

「人總是善忘的。我猜你也不記得我說過的寓言了？我常用寓言解釋事情。」

「我當然記得。有一個是關於某位拉比還是誰的，就是我想帶凱伊一起去的那次，您跟我說的。我一直不懂那隻母牛為何會死。」

「嗯，現在我有另一個寓言要告訴你。」

「我很樂意聆聽。」

「在東方，或許就是雅卡南拉比的故鄉，有個人在大馬士革的市集裡遇見了死神，他發現幽靈恐怖的臉上有著驚訝的表情，雙方無語交錯走過。這個人嚇壞了，跑去尋求一位智者建議。智者說，死神此番來到大馬士革，可能就是準備隔天早上抓走他。這位可憐人嚇得六神無主，便問如何才能脫逃。最後他們想出一個辦法，那就是連夜騎馬逃到阿勒坡，藉此擺脫骷髏死神。」

「於是他果真騎馬去了阿勒坡——那是一場可怕的逃亡，從來沒有人能在一個晚上走這麼遙遠的路。抵達後，他走進市集，暗自慶幸逃出死神魔掌。」

「這時，死神走來，拍拍他的肩膀：『抱歉，我是來抓你的。』那人害怕地大叫：『什麼？我不是昨天才在大馬士革碰到你？』死神說，『正是如此，所以當時我很驚訝，因為我的任務是今天來阿勒坡找你。』」

亞瑟仔細思索這令人毛骨悚然的老故事，半晌後他說：「所以逃避妮姆是沒用的？」

1 Bleise，北亨伯蘭一位聖人，與梅林有著密切關係，梅林經常與他講述亞瑟王與其他騎士的冒險經歷，他記錄許多圓桌武士事蹟。

「就算我有意如此，最終也是徒勞。時間和空間自有其道理，將來會由一名叫愛因斯坦的哲學家發現，有些人稱之為『命運』。」梅林說。

「但我實在不懂您為何要像隻蟾蜍被關在洞裡。」

「啊，這個嘛，一個人為了愛情，什麼都做得出來。何況洞裡這隻蟾蜍不見得憂傷，可能比你睡覺的時候還快活些。我就想點事情，等他們放我出來。」梅林說。

「所以他們會放您出來？」

「陛下，讓我告訴你一件事，你聽了可能會很驚訝。我們倆都會再回來的，雖然那是幾百年後的事情。你知道將來自己的墓誌銘寫些什麼嗎？*Hic jacet Arthurus Rex quondam Rexque futurus*[2]，你還記得拉丁文嗎？這句話的意思是『永恆之王』。」

「我和您一樣，以後都會再度重返？」

「阿瓦隆峽谷裡的人是這麼說的。」

國王沉思良久。外頭夜色濃重，色彩鮮明的帳幕裡悄靜無聲。衛兵行走於草地，也聽不到腳步聲。

最後他開口：「不知道後世是否會記得我們的圓桌？」

梅林沒有回答。他低頭垂著花白的鬍鬚，雙手放在膝間，緊緊握著。

「梅林，他們會是什麼樣的人啊？」年輕國王怏怏不樂地喊道。

2 即「永恆之王亞瑟長眠此處」。

第十一章

洛錫安的王后躲進了寢室，與客人斷絕一切聯繫，派林諾只好一個人吃早餐。飯後他到海邊散步，欣賞海鷗飛過頭頂；他們就像白色的羽毛筆，頭部輕輕沾了墨水。老鸕鶿站在岩石上晒乾翅膀，有如一個個十字架。派林諾和往常一樣感傷，又有點煩惱，因為他好像少了什麼東西。其實他少的是帕洛米德和格魯莫，如果他想得起來。

此時，他聽到一陣叫喊聲，便過去探個究竟。

「在這兒啊，派林諾！嗨！我們在這兒啊！」

「哎，格魯莫，」他饒富興味地問：「你們在懸崖上做什麼？」

「看看那怪獸啊，老兄，看看那怪獸！」

「噢，哈囉，你們找到格拉提桑啦。」

「親愛的老兄，看在老天分上，想點辦法吧，咱們被困了一整夜啦。」

「可是格魯莫，你為啥扮成這副德行？身上還有斑點什麼的，帕洛米德頭上又是什麼？」

「老兄，別光站在那兒說話呀！」

「可是格魯莫，你好像長了根尾巴，我看它在你背後晃啊晃的。」

「我當然有尾巴！可不可以請你別說了，做點什麼吧？咱們被困在這該死的裂縫裡整晚，累得都快站不起來啦。快啊，派林諾，動手宰了你這隻尋水獸吧！」

「哎，我說我殺她做什麼呢？」

「我的老天爺，你這十八年來不是一直想殺她嘛？快啊，派林諾，行行好幫個忙。你要是不盡快想辦法，咱們就要摔下去了。」

「我不解的是，你們怎麼會跑到山崖上，又穿成這樣？看你們這身打扮，就像自己要當尋水獸。話說回來，尋水獸又是從哪來的呀，啥？我是說，這整件事好突然啊。」國王難過地說。

「派林諾，我問你最後一次，你到底要不要殺怪獸？」

「為何？」

「她把我們逼上懸崖啦！」

「這倒有些不尋常。她向來不會對人這麼感興趣。」國王說。

格魯莫爵士聲嘶力竭地喊道：「帕洛米德認為她愛上咱們倆啦！」

「愛上你們了？」

「是嘛，你瞧，我們不是打扮成尋水獸的模樣嗎？」

「所謂物以類聚嘛。」帕洛米德爵士有氣無力地說。

派林諾國王笑了起來，這是他抵達洛錫安後首次露出笑容。

「哎呀！」他說：「老天保佑，真是前所未聞啊！帕洛米德為何認為她愛上他了呢？」

格魯莫爵士一本正經地說：「尋水獸整晚繞著懸崖踱步，一會兒磨啊蹭的，一會兒又咕嚕咕嚕叫，有時候還把頸子纏在石頭上，用那種眼神看我們。」

「哪種眼神，格魯莫？」

「老兄，你瞧她現在這模樣。」

尋水獸絲毫不在意主人的到來，反而含情脈脈地凝視帕洛米德爵士。她的下巴緊貼著山壁腳，熱切而誠摯，偶爾搖一下尾巴。她的尾巴在小圓石地面左右掃動，尾巴上紋章一般的草束和葉飾發出沙沙聲，有時還低聲悲泣，抓著山壁。接著她又覺得自己太過唐突，於是優雅地拱起蛇頸，把頭藏在肚子底下，偷偷從眼角往上窺視。

「哎，格魯莫，你要我怎麼做？」

「我們只想下去。」格魯莫爵士說。

「我看得出來，看起來是個好主意。聽好了，我實在不曉得這事究竟怎麼開始的，啥，但我知道你們想下來，非常清楚。」國王說。

「那就殺了她吧，派林諾，殺了這要命的東西。」

「哎，說真的，這我可不確定！畢竟她也沒礙著誰，對吧？戀愛是好事，這可憐的怪獸不過動了情，我不懂為何要殺她。我要說的是，我自己也在戀愛，是吧，啥？所以多少有點同理心。」

「派林諾國王，您再不趕緊行動，敝人在下立刻就要壯烈成仁，含笑九泉啦！」帕洛米德爵士口氣堅定。

「可是我親愛的帕洛米德，你難道不知道嗎，我就算想殺也殺不成呀，我的劍是鈍的。」

「那就敲昏她吧，派林諾。在她頭上狠狠來一記，老兄，或許她就腦震盪啦！」

「格魯莫老哥，你說得倒是容易，但是萬一沒成功打昏呢？說不定把她惹毛了，格魯莫，然後我該怎麼辦呢？就我個人而言，實在不懂你為何要對付這東西。再怎麼說，人家不過是喜歡你，對吧，啥？」

「不管她的行為是出於什麼動機，重點是咱們被困在懸崖上啊！」

「那你們下來不就好了？」

「老哥，我們一下去就會遭受攻擊啊！」

「那只是愛的表現，」國王安撫他們，「像是獻殷勤嘛，我相信她不會傷害你們的。你們只要走在她前頭，一路走回城堡就行啦，啥？其實你們不妨也稍微鼓勵她一下，畢竟人人都希望感情付出有回報嘛！」

「你是指，叫我們和這隻你的爬蟲類打情罵俏？」格魯莫爵士冷冷地問道。

「這樣一定會容易許多，我是說，走回去的路上。」

「你倒是說說我們該怎麼做。」

「哎，帕洛米德沒事可以和她纏纏頸子，是吧，你也可以甩甩尾巴呀！能不能順便舔舔她鼻子呢？」

「敝人在下我，」最後帕洛米德爵士一臉嫌惡、氣若游絲地說，「既不會纏頸子，也不會舔鼻子。此外本人就要跌落了。再會！」

說完，倒楣的異教徒鬆開雙手，從懸崖上摔了下去，眼看就要落進怪獸嘴裡——但是格魯莫爵士抓住了他，殘存的鈕釦則固定住他的位置。

「看吧！瞧你幹的好事。」格魯莫爵士說。

「可是，我親愛的老兄……」

「誰是你親愛的老兄！你分明是見死不救！」

「噢，什麼話！」

「對，就是你，無情無義。」

國王抓抓頭。

「我想，」他有些懷疑地說：「我應該可以抓住她的尾巴，讓你們趁機逃走。」

「趕快，你要是不馬上行動，帕洛米德一掉落，我們就要分成兩半了。」

「我還是不懂，」國王傷心地說：「你們一開始為何要打扮成這樣。我不解啊！」

「不過呢！」他補上一句，同時抓住尋水獸的尾巴，「來吧，老女孩，起來，我們也只好看著辦了。好了，你們兩個快去逃命。快啊，格魯莫，我感覺尋水獸不大高興啊。啊，妳這壞東西，放開！快跑，格魯莫！壞東西！呼！不乖不乖啊！放開！快啊，你們，快點跑！過來過來！別碰啊！她馬上就要掙脫啦！乖乖過來妳聽到沒？蹲下！到我後面！喔妳大壞蛋啊！再跑快點啊，格魯莫！坐下坐下！躺下啊，野獸！妳好大膽子！小心啊，老兄，她追來了！噢，妳要玩真的是吧？看啊！她真咬我啦！」

兩人搶先一步跑到吊橋，吊橋隨即在兩人身後拉起。

「呼！」格魯莫爵士解開後半身的鈕釦，站起身擦擦額頭。

「嗚喔！」幾位送雞蛋來城裡的老太太說。城堡裡有些人能講幾句英語，包括聖托狄巴和茱蘭大娘。

「毛皮光澤小東西，畏縮膽小的壞東西！」守吊橋的人說：「噢，把我嚇得慘兮兮！」

其他路人則說：「滾開啊！」

「善良的帕洛米德爵士，他要倒下來啦！」幾位明知他們徹夜受困峭壁上，卻隻字未提的古民說。這是他們的習慣，由於害怕因而陷入困境。

眾人轉身察看異教徒，發現此言果然不假。帕洛米德爵士倒在一座騎馬踏腳石上，劇烈地喘著氣，連怪獸的頭也沒力氣摘下。大家幫他取下，又往臉上潑了一桶水，再用圍裙幫他搧風。

「啊，這窮苦的人。」他們滿懷同情心地說：「這撒克遜人啊！這黑皮膚的野蠻人啊！他是否回不來啦？再給他一點水，啊，再潑一桶啊！」

帕洛米德爵士悠悠轉醒，鼻子冒著氣泡。

「敝人在下身在何處？」他問道。

「咱們都在這兒啊，好老弟，咱們安全回來了，怪獸在外頭呢。」

一聲悲傷的哀嚎穿過鐵閘門，彷彿三十對獵犬對月長嚎，為格魯莫爵士的說詞作證。帕洛米德爵士不禁顫抖。

「咱們應該到外頭瞧瞧，看派林諾國王回來了沒。」

「好的，格魯莫爵士，請先給我一秒鐘恢復精神。」

「尋水獸可能已經加害於他了。」

「可憐的傢伙！」

「你覺得怎麼樣？」

「微恙而已，不適感馬上就過去了。」帕洛米德爵士鼓起勇氣說。

「那我們別浪費時間，說不定這會兒怪獸正在吃他呢！」

「請帶路吧！」異教徒說著撐起身子，「朝城垛前進！」

於是一群人邁開步伐，爬上橢圓塔屋的狹窄階梯。

從高處往下望去，峽谷裡的尋水獸變得很小，彷彿頭腳顛倒。峽谷與城堡接壤，她坐在谷中一塊大圓石上，尾巴垂在小溪裡，歪頭仰望吊橋，舌頭伸在外面。沒有派林諾的蹤影。

「顯然怪獸沒在吃他。」格魯莫爵士道。

「除非他已經被吃了。」

「在這麼短的時間裡，老兄，我看她是來不及。」

「不然也會留下骨頭什麼的，至少會留下盔甲。」

「就是說。」

「您覺得我們該怎麼辦？」

「真叫人頭疼呀。」

「您看我們是不是主動冒險出擊？」

「帕洛米德，你不覺得我們應該先觀望一陣嗎？」

「所謂三思而後行。」帕洛米德爵士同意。

他們觀望了半小時，在場古民沒見到刺激的事物，紛紛失去興趣，喀噠喀噠跑下樓梯，隔著城牆朝尋水獸丟石頭。兩位騎士則留在瞭望臺。

「現在的情勢可真複雜。」

「可不是嘛。」

「我的意思是，你仔細想想就會明白。」

「完全正確。」

「一方面奧克尼王后發著脾氣——我看她對那隻獨角獸很有意見哪，另一方面則是派林諾悶悶不樂。而你不是應該要與美人伊索德[1]相愛嗎？這會兒尋水獸又同時愛上咱們倆了。」

「很混亂的局面呀。」

「仔細想想，」格魯莫爵士不安地說：「愛情可真是一種強烈的情感。」

就在這時，兩個緊緊纏繞的人影從懸崖邊的路上緩步走來，彷彿是來印證格魯莫爵士的說法。

「我的老天，這是怎麼回事？」格魯莫爵士叫道。

兩人愈走愈近，身影逐漸清晰。其中一人是派林諾國王，他摟著一名肥胖中年女子的腰。女子穿著橫鞍裙，生了一張長長的馬臉，臉色紅潤，手中拿著狩獵短鞭，頭髮挽成一個髻。

「那一定是法蘭德斯女王的女兒！」

「我說，你們兩個！」派林諾國王看見他們，便高喊道：「我說，看這裡啊，你們知道是誰來著，猜得到嗎？誰想得到啊，啥？你們猜我找到誰了？」

「啊哈！」胖女士的聲音宏亮，用狩獵短鞭頑皮地輕拍他的臉頰。「是誰來找誰啊？」

「是啊，是啊，我知道！根本不是我找到她，是她找到我啊！你們覺得怎麼樣？」

「而且你們知道嗎？」國王亢奮地繼續說：「我那些信一封都回不了，因為我沒寫上回郵地址！我們根本也沒地址可寫！我就知道有地方出了差錯。所以小豬就騎上馬，你們知道嗎，翻山越嶺來找我啦！尋水獸可幫了她大忙——因為她生了個好鼻子，而咱們那艘魔法船呢，你們一定想不到，可它八成也有點腦筋，看我非常沮喪，居然駛回去接她們啦！多貼心啊！她們不知道在哪裡的小海灣裡找到船，就來到這兒啦！」

「可咱們還站在這兒做啥？」國王叫道。他興奮得要命，以致旁人無法插話。「我要說的是，咱們何必這麼喊來喊去的？你們覺得這樣禮貌嗎？你們倆是不是應該下來放我們進去啊？這吊橋又是怎麼回事？」

「是尋水獸啊，派林諾，尋水獸！她在峽谷裡啊！」

「尋水獸又怎麼了？」

「她包圍城堡啦！」

「喔對，這下我想起來了，她咬了我一口。」國王說。

他舉起綁著繃帶的手揮了揮，「你們瞧瞧，小豬馬上就幫我包紮了。她是用那個什麼幫我綁的，哎，就是那個。」

「襯裙！」法蘭德斯女王的女兒朗聲道。

「對對，就是襯裙！」

國王笑得渾身發抖。

「這是好事，派林諾，都是好事，但你打算怎麼處理尋水獸呢？」

國王陛下興高采烈地大叫：「喝，尋水獸嘛！這有啥大不了，我就去收拾！」

他大步走到峽谷邊，揮劍喊道：「好啦！好啦！妳走開吧！去！去！」

1 《亞瑟王之死》之中，帕洛米德爵士無意間瞥見伊索德，為之怦然心動而大發豪勇，於比武大會連戰告捷，拿下冠軍。

尋水獸心不在焉地看了他一眼，動動尾巴表示認得主人，注意力便又回到城樓上。偶爾有古民丟來石頭，都被她靈敏地接住後一口吞下，就像你要趕開雞群，牠們卻偏偏不走。

「放下吊橋！我來對付她！去啊，快點去啊！」國王命令著。

城裡的人猶豫地降下吊橋，尋水獸立刻靠上前，滿臉懷著希望。

「好啦，妳先衝進去，我來在後防守。」國王說。

吊橋還未降至地面，小豬便箭步衝過去。派林諾國王或許身手沒那麼矯健，或許是被尋水獸的溫情分了心，結果和她在過道上撞個正著。尋水獸從他們後方衝來，把國王撞倒在地。

「當心！當心啊！」聚集在城堡裡的僕人、魚婦、鷹匠、蹄鐵匠、製箭師父和其他好心人齊聲高呼。

法蘭德斯女王之女轉過身，有如護子心切的母老虎。

「快滾啊，不要臉的野ㄚ頭！」她大喊，拿起短鞭朝怪獸的鼻子抽去。尋水獸噙著眼淚退開了，鐵閘門也在這時轟隆降下，將雙方隔開。

當晚，又有新的危機。看來格拉提桑怪獸心意已決，要包圍城堡直到伴侶出現。碰上這樣的情況，帶雞蛋來市集販售的先住民除非有人護送，否則也不願出城。最後三位南方騎士還得劍拔弩張地送他們到山腳下。

在村落街上，聖托狄巴正等著迎接護衛團，有如一個邋遢的森林之神，被四個男孩前後簇擁著。他滿口威士忌酒氣，心情正好，揮舞著手中棍杖。

「一個故事都不講了！」他大喊，「我這會兒可不是要和茱蘭大娘結婚啦？又和鄧肯打了這麼一架，再也不當聖人啦！」

「可喜可賀啊！」孩子們對他說了第一百次。

「我們也過得很好，每天晚餐我們都能端菜呢。」加瑞斯補充。

「榮耀歸於主！每一天都行嗎？」

「是啊，而且母親還帶我們去散步。」

「哎，你看看，讚美青春，青春就來啦！」

聖人見到護衛隊出現，立刻像個伊洛克族人[2]狂吼了起來。

「叛徒納命來！」

「別緊張，別緊張啊，聖人先生。他們拔劍並不是要來打架的。」他們說。

「怎麼不是？」他憤慨地問道，然後趨前吻了派林諾國王，熏得他滿臉酒氣。

國王道：「我說，你當真要結婚了？我也是啊！你開不開心啊？」

聖人的回答是雙臂緊緊摟住國王脖子，硬拉他去茉蘭大娘開的私人酒館。派林諾其實有些不情願，他只想快快回到小豬身邊，但顯然他們非得舉行單身漢派對慶祝一番。蓋爾族人的惡意如同霧氣一般退去，無論是受愛情感染，抑或威士忌的效用，又或者霧氣本來便容易消散；當地居民總算是拋開種族恩怨，敞開他們溫暖的北國胸懷，把三個南方人當成貴賓款待了。

2 Iroquois，泛指北美印第安部落的族人，主要居住在現今美國紐約州和賓州，以及加拿大安大略省、魁北克省的原住民部落。

第十二章

畢德格連之戰的地點靠近謝伍德森林中的索赫特城[1]，時值聖靈降臨節[2]期間。這是一場關鍵戰役，從十二世紀來看，近似於後來所謂的「總體戰[3]」。

反叛的十一位國王打算用諾曼人的方式與統治者決戰，也就是亨利二世和他兒子們那種獵狐的態度：為了娛樂和獵物，無意真正置對方於死地。這些國王指揮著坦克車般的貴族騎士，準備承擔運動會有的風險，亦即裘洛克斯[4]所說的風險。洛特王帶頭的這場叛亂，可說與獵狐狸如出一轍，沒有罪惡感，而且危險程度只有二成五。

不過十一名叛王總需要一點戰功。騎士雖無意大規模自相殘殺，卻沒有理由對農奴手下留情。他們估算，一天下來若無獵物袋可供炫耀，就一點意思都沒有了。

於是呢，這些反叛諸侯所希望的，應該是場雙重戰役，或者是戰中有戰。位在十一王聯軍外圈的是六萬名步兵和武裝護衛，他們受徵召而來，裝備欠佳，胸中燃燒著因蓋爾族悲劇而生的怒火，準備與亞瑟的兩萬名英格蘭步兵拚命。兩軍之間存有種族的深仇大恨，然而這樣的對立關係，卻是由那些無意拚個你死我活的「貴族上層」所掌控。軍隊有如成群獵犬，彼此的拚殺完全受主人命令，而主人卻視為一場刺激的賭局。假如這些獵犬臨前想反咬主人，洛特及其黨羽將會很願意和亞瑟的騎士並肩作戰，弭平暴動，因為在他們看來，這才是真正的叛亂。

依照傳統，這些位於權力核心的貴族彼此之間還比較親近，而不是與自己的部下。對他們來說，率領大隊人馬出戰，一來是為了讓自己的獵物袋好看，二來則是為了令人深刻的排場。要打一場好仗，必須「頭、手、肩膀在戰場齊飛，刀劍聲響徹森林和水邊」。飛，當然是農奴的頭、手、肩膀；刀劍聲響則因雙方鐵甲貴族交手而生，空有聲音，卻無斷肢殘廢之虞。洛特統率的戰爭大抵如是。等一定數量的農奴遭斬首，英格蘭騎士也被修理得差不多了，亞瑟便會明白再戰無益，轉而屈服求和。於是雙方會達成停戰協議，贏家可從豐厚的贖金中大賺一筆，一切又恢復舊觀。唯一的差別是封建共主的迷思將被打破，反正本來也就只是個迷思罷了。

這樣的戰爭自然得按照規矩，就如同獵狐狸。只要天氣許可，戰爭便會在約定的集合時間與地點展開，一切依循往例。

亞瑟卻另有想法。畢竟他覺得這一點也算不上「娛樂」：讓八萬平民相互殘殺，少數人卻在坦克車一般的外殼保護下，為了賺取贖金而演習。亞瑟漸漸認為那些頭、手、肩膀都是有價值的，亦即其擁有者的價值，即便他們只是農奴。經過梅林的教導，他對傳說中獅心王理察的做法漸生疑竇：放任鄉村為敵所掠，農民莊稼毀壞，士兵慘遭屠戮，然後自己支付一筆無關痛癢的贖金——這根本不合邏輯。

於是英格蘭國王下令，他的戰爭中沒有贖金。他的騎士要對付的不是敵方步兵，而是蓋爾邦聯的騎士。既然兩族原本就有心結，便讓步兵歸步兵，各自盡全力拚鬥。他自己的貴族則要以對方貴族為攻擊目標，將之視為普通步兵，絕不講和，也無視任何芭蕾舞者的規範；要讓敵方首腦見識戰爭的真相，直到他們對事實有所體悟，此後對戰

1 Sorhaute，《亞瑟王之死》之中此地屬於尤里安國王的領地。
2 【編註】Whitsun，復活節之後第七個星期日，旨在記念聖靈降臨在基督門徒身上。
3 【編註】total war，又譯為全面戰爭，國家動員所有資源來摧毀另一國。
4 Jorrocks，英國編輯、小說家暨運動作家羅伯特・史密斯・薩蒂斯（Robert Smith Surtees, 1805-1864）創造的漫畫人物，是一位莽撞的雜貨商，非常熱衷於獵捕狐狸。

爭避之唯恐不及為止。

這刻他已明白，戰役告終之後，他畢生的使命，便是與一切憑恃武力而扭曲良善的惡行奮戰到底。

所以我們應可相信，國王的士兵在決戰前夜確實誠心悔過。少王的願景已進入麾下將領和士兵心中：圓桌武士的新理想將由苦難中誕生，他們勢必冒險犯難，做出令人厭惡的事情，只為良善之故——因為他們很清楚這場仗只有流血和死亡，而無其他報償。除了在心懷恐懼之下為所應為，因而無愧於良心，他們將一無所獲。邪惡之徒往往過度感情用事，將如此行徑稱作光榮，從而貶低其價值，然不改其光榮真諦。一個個年輕士兵跪在分送上帝之愛的主教面前，上述信念深植心中。他們知道敵人數目是己方三倍，到了日落時分，自己溫熱的身軀或許早已冰冷。

亞瑟以暴行開啟戰局，此後暴行不斷。首先，他並未依循慣常的開戰時間。照理他應該先讓軍隊吃過早餐，然後領兵與洛特對峙，等到中午，戰線排列妥當，再下令開戰。發出開戰的信號之後，他應該派騎士向洛特的步兵衝鋒，而洛特的騎士則會向他的步兵衝鋒，如此展開一場精彩的屠殺。

反之，亞瑟趁夜出擊，採取一種可悲又無禮的戰術，在黑暗中發出一聲印地安式的戰呼，血脈賁張，手持神劍，大膽地以一敵三，殺進叛軍營地。敵軍的騎士數量遠超過亞瑟，光是叛軍領袖「百騎王」一人所帶領的騎士，數目就是圓桌武士後來全盛時期的三分之二。此外，亞瑟並未挑起戰端，而是在國內距邊境數百哩之處抵抗侵略，而這個侵略也不是他引發的。

帳棚倒塌，火炬燃亮，刀劍交擊，殺聲四起，夾雜驚惶的哀嘆。那喧嘩噪音，殺人或被殺的惡鬼在火光映照下漆黑的身形——當年謝伍德森林的殺戮戰場，如今卻是橡樹成蔭的茂密景致！

這是一個卓越的開端，成功隨之而來。十一叛王和旗下貴族均已穿好盔甲；那時貴族穿戴盔甲極其費時，往往持續終夜。若非如此，攻方或許兵不血刃即可獲勝。反之，他們只取得了主動權，但也始終保持主動的優勢。先住民騎士並肩殺出混亂的營地，勉強組成一支裝甲兵團，其數量仍為國王手下有盔甲保護者數倍之多，卻少了慣有的步兵屏障。由於時間匆促，來不及編組步兵，還跟在貴族身邊的若非士氣渙散，就是無人領導。亞瑟把步兵交給梅林指揮，去對付以敵營為中心的對方士兵，自己則帶著騎兵，緊追在叛亂諸王後頭。他既已讓他們奔逃，便知道必須窮追不捨。敵軍又驚又氣，認為這是毫無騎士風範的個人侮辱；更對這種直截了當的殺人行徑感到不可思議。按照國王的手段，豈不是把貴族當成撒克遜步兵一般亂殺了嗎？

國王的第二樁暴行，是他全然略過了步兵。他把戰爭中涉及種族仇恨、雖邪惡但確實存在的部分留給兩族自行解決——也就是留給營地裡廝殺正烈的步兵和梅林的指揮，騎兵則迅速衝過。帳棚裡雖是每三個蓋爾人對一個高盧人，然而他們遭受突擊，反而居於劣勢。亞瑟對這些步兵並無特別惡感，他將怒氣集中在驅誘他們混亂腦袋的領袖身上，卻也知道非讓他們打上一場不可。他只希望自己的軍隊能夠獲勝。同時，他的任務是對付敵軍將領。天色漸明，亞瑟戰法的暴虐之處益發明顯。

原本十一位國王勉強組織了一道步兵屏障，躲在後面等待亞瑟衝鋒。照說他應該衝進這一排驚慌失措的民兵陣中，左揮右砍大肆屠殺，但他卻視若無睹，策馬飛奔而過，彷彿不把他們當成敵人，甚至連動手攻擊都沒有，逕自朝有護甲在身的敵軍核心衝去。步兵群感激涕零地接受如此仁慈之舉，似乎毫不覺得為洛錫安送命是件光榮的事。戰後，據叛軍將領所說，這並非匹克特族的紀律。

新的一天開始，衝鋒同時發動。

你或許曾在軍操表演或某個展覽的露天古裝劇場看過騎兵衝鋒，如果見過，你便知道騎兵衝鋒不是用「看」的，而是用聽的。聽那如雷的馬蹄聲、顫抖的大地、猛烈的砲火、色彩鮮明而踩踏不斷的涼鞋！是的，而且這還只是普通騎兵演練，而非中古騎士衝鋒。想像一下，兩倍重於午夜古裝表演馬兒的坐騎，馬背上的人也因為裝備和盾牌重達兩倍。再加上盔甲撞擊的鈸音和轠繩的叮噹聲。把制服變成陽光下耀眼的鏡子，長槍則變成鋼打的長矛。這時長矛放低，他們眼看就要衝來。大地在馬蹄下震動，身後土塊紛飛，地上留下深深的蹄印。然而真正可怕的不是馬背上的人，也不是他們手中的長矛或刀劍，而是戰馬的鐵蹄，是那橫跨戰場、無處可逃、排山倒海而來的鋼鐵方陣的衝擊力。力道彷彿能將人踏得粉碎，擊打著大地，比鼓聲還要響亮。

蓋爾邦聯的騎士盡全力迎戰，站穩陣腳，予以反擊。然而這是他們首次遇上不顧階級差異的敵人，又遭受猛烈攻擊，加上原本仗著人數是對方四倍以上，心高氣傲，怎麼也想不到會被兵力如此薄弱的敵人衝殺又衝殺，最後終究影響了士氣。他們在接連衝鋒之下逐漸讓步，陣形未亂但不斷後退，被驅趕著沿謝伍德森林中的一片空地移動。那是一片寬闊草地，有如長滿青草的入海河口，樹林夾立兩側。

在這個階段的戰事中，許多人表現出英勇戰績。洛特王單挑梅里奧·德·拉·胡赫爵士與克萊倫斯爵士。之後他遭凱伊刺落馬下，又爬上馬，卻再度被亞瑟砍傷肩膀——年輕、神采飛揚、情緒亢奮的亞瑟簡直無所不在。

身為將領，洛特似乎是個訓練嚴明的軍人，有點怯懦。他固然拘泥形式，卻仍是精明的戰術家。到了中午，他似乎認清自己碰上了一種新的戰事，需要新的守備方式。照目前看來，亞瑟那群魔鬼般的騎兵毫不關心贖金，而且打算拚老命衝殺己方騎兵構築的銅牆鐵壁，直至攻破。他決定採取消耗戰術。於是在戰線後方的一場緊急作戰會議上，叛軍將領決定，由洛特帶著四位國王和半數守軍沿空地後退，嚴陣以待。其餘六位國王足以守住英格蘭軍隊，藉此讓洛特的部下休息重整。等陣地布置妥當，前鋒六王便後退穿越陣地，由洛特等人防守前線，換他們休養生息。

叛軍照著這個指令分開了。

亞瑟見到敵軍兵分兩路，明白等待已久的時機來臨，立刻派遣侍從騎馬衝進森林。原來他早已和班恩、勃爾斯兩位法國國王協議互助，這兩位盟友從法國率領約一萬人前來相助。法軍以預備部隊的身分，埋伏在空地兩側的林中。國王的策略就是將敵人往他們那裡趕。侍從策馬飛奔，茂密橡樹林中閃現盔甲的反光，洛特這才明白中計。然而他只注意到空地的一側，勃爾斯王正率兵猛攻他的側翼，沒注意班恩王在另外一頭。

此時，洛特有些膽怯了。他肩上負傷，才與視誅殺貴族為理所當然的敵人交戰，現在又遭到伏擊。「噢，守護我們免於死亡和恐怖傷害」，據說當時他是這麼說的，「因為我們已身陷死亡之險境[5]」。

他派出卡拉鐸斯國王，率領精銳中隊前去迎戰勃爾斯，卻發現另一名侍從已經從對面引出班恩王。他雖仍占有數量優勢，但已勇氣盡失。「哈！」他對坎伯涅公爵喊道：「此戰敗矣！」據說他還「因為憾恨與悲傷[6]」而痛哭。

卡拉鐸斯本人被打下馬，他率領的中隊亦遭勃爾斯王擊潰。六王組成的前鋒也在亞瑟連續衝鋒下節節敗退。洛特帶著摩根諾國王的部隊，轉身面對班恩王，期許能夠守住側翼。

假如天色再多亮一小時，叛亂或許就要在當日結束了。然而夕陽西沉，當晚正好又沒有月亮，才救了先住民一命。亞瑟下令收兵，準確判斷敵軍已經士氣渙散，便讓部下安眠一晚，枕戈待旦，只留少數衛兵警戒。

精疲力竭的敵軍昨晚才通宵賭錢，現在又輾轉難眠。他們若不是全副武裝，就是召開作戰會議。如同所有曾發兵攻打格美利的高地軍隊，他們互不信任，認為敵軍會再次夜襲，因今日一戰而憂懼喪膽。他們意見紛歧，有人主張投降，有人則堅持抗戰到底。一直到曙光初露，洛特王才讓其他人順從他的意。

在他的命令之下，殘餘的步兵被當成牲口一般趕開，各自逃命。騎士則團結起來，組成單一方陣以抗敵軍衝鋒，此後任何人若臨陣脫逃，將立即因怯懦之罪而被射死。

到了翌晨，他們還不及排好陣形，亞瑟已派兵攻至。他的戰術與之前相同，起先只派四十名騎兵小隊進攻。這支突擊部隊乃是嚴挑細選，成員皆勇氣過人。他們延續昨日下午的猛攻，全速衝鋒，一舉穿越或突破敵陣，然後重整隊伍，再次強襲。頑強的敵人軍團在猛攻之下敗退，一肚子怨氣，意志消沉，鬥志全失。

時至正午，三位同盟國王全軍出動，準備一舉擊潰敵軍。霎時殺聲震天，斷裂的長矛紛飛，馬兒前腳在半空中扒抓後重重倒地，叫喊聲撼動樹林。結束之後，在那飽經踐踏、草皮被馬蹄翻起，遍布各式兵器碎片的草地上，只剩一片不自然的靜寂。有人仍騎著馬，漫無目的地走動，再也沒有蓋爾騎士兵團的蹤跡。

國王騎馬自索赫特城返回時，梅林出來迎接。魔法師滿臉倦容，依舊沒有騎馬，穿著步兵的無袖短鎧甲，堅持以如此的裝束參戰。他帶來蓋爾氏族步兵已經投降的消息。

5　出自《亞瑟王之死》第一部第十五章，洛特見到勃爾斯王率兵衝出，知其勇猛善戰，便自知大事不妙，而向耶穌禱告。

6　以上兩句皆出自《亞瑟王之死》第一部第十六章，洛特見班恩王出現，高呼此戰敗矣，又見到許多英勇騎士戰死而痛哭。

第十三章

數週以後，派林諾國王和未婚妻坐在山崖上，頂著九月的月光，凝望海洋。他們即將前往英格蘭成婚。國王摟著她的腰，耳朵緊貼著她的頭頂，沉浸在兩人世界。

「多拿爾實在是個有趣的名字。真不知妳怎麼想到的。」國王說。

「可是，派林諾，是你想出來的呀！」

「我嗎？」

「是啊，阿格洛法、帕西法、拉莫瑞克和多拿爾。」

「他們一定會像小天使一樣，」國王興奮地說：「像小天使一樣啊！可什麼是小天使？」

他們背後，古老的城堡巍然聳立，襯著滿天星斗。圓塔頂層隱約傳來吵鬧聲，那是格魯莫和帕洛米德，正因尋水獸吵得不可開交。她仍然深愛冒牌的尋水獸，也仍然包圍城堡——僅在洛特帶著敗軍歸來那天暫時解除幾個小時。英格蘭騎士得知己方與奧克尼交戰已久，非常訝異。但為時已晚，更何況戰爭結束了。如今所有人都留在城內，吊橋永遠處於升起狀態，格拉提桑怪獸則映著月光，趴在塔底，頭閃著銀光。派林諾堅決反對殺她。

梅林北行之旅途中也來到這裡。他肩頭斜掛背袋，腳穿巨大長靴，打扮時髦，一身雪白，容光煥發，有如將啟程前往藻海[1]結婚的鰻魚，因為妮姆將要現身。可是他心不在焉，始終記不起那件應該告訴徒弟的事，所以很

1 Sargasso Sea，位於西印度群島東北之海域，因散布漂浮的馬尾藻而得名。

不耐煩地聽他倆述說困境。

騎士們站在城牆上，對著站在外面的魔法師喊道：「真對不起！都是尋水獸害的。洛錫安與奧克尼的王后很氣她呀！」

「你們確定此事與尋水獸有關？」

「當然啦，老兄。你看，她把咱們圍在這兒啦！」

「可敬的先生，」帕洛米德可憐地哭喊：「都怪咱們扮成了尋水獸，進城時又正好被她瞧見。她就產生了，呃，熱烈的情感。這下可好，怪獸賴著不走啦，因為她認定伴侶就在裡面。若是降下吊橋，可是很危險呀！」

「你們最好向她解釋一下。就站在城垛上，說開誤會吧。」

「您認為她聽得懂嗎？」

「再怎麼說，好歹也是隻魔獸，是有這種可能。」魔法師道。

可惜解釋並未奏效，尋水獸凝眸而望，彷彿認為他們撒謊。

「我說梅林！別走啊！」

「我非走不可。」他漫不經心地說：「我有件事要做，卻想不起來要做什麼、又要去哪裡做。而且我得繼續徒步旅行，要到北亨伯蘭與我師父布萊斯會合，讓他記錄這次戰事，然後我們要去賞個野雁，然後呢……哎，我也不記得了！」

「可是，梅林，尋水獸不相信我們呀！」

「不用在意。我不能久留，抱歉了。請二位替我向摩高絲王后致歉，並代我問候她好嗎？」他的語氣曖昧而憂慮。

他踮起腳尖開始旋轉，準備消失。這趟徒步旅行，他多半不是用走的。

「梅林，梅林！等等呀！」

他再次短暫現身，不高興地說：「怎麼，還有事？」

「尋水獸不相信我們啊，怎麼辦才好？」

他眉頭一皺。

「為她心理分析吧！」最後他這麼說，又開始旋身。

「可是，梅林，等等！我們要怎麼分析呢？」

「就照一般的方法。」

「什麼方法？」他們絕望地喊道。

梅林徹底消失，只有話音留在原地。

「找出她做過哪些夢，諸如此類。解釋現實的狀況，不過別講太多佛洛依德。」

之後，為了不打擾派林諾國王的喜事——反正他也不願為這種芝麻小事煩心，格魯莫和帕洛米德只好自尋出路。

「哎，聽我說啊，」格魯莫爵士喊道，「雞生蛋……」

帕洛米德爵士打斷他的話，開始解釋花粉和雄蕊的關係。

城堡圓塔的皇家寢室裡，洛特王夫婦躺在雙人床上。國王已經熟睡，他為了寫戰爭回憶錄耗盡心神，亦無特別理由保持清醒。摩高絲卻輾轉難眠。

明天她將前往卡利昂參加派林諾的婚禮。她向丈夫解釋，自己是以使節的身分前去，為他請求寬赦。她會把孩子一併帶去。

洛特為此大發雷霆，本來有意禁止她去，可是她知道如何對付洛特。

王后悄悄下床，走到櫃子前面。自從敗軍歸來，她已耳聞諸多亞瑟軼事，說他強壯又有魅力，純真且寬宏大量。即使為他所敗的人心中充滿嫉妒和猜忌，仍無法抹滅他的意氣風發。此外，謠傳這位年輕人和薩南伯爵的女兒萊安諾兒還有一段風流韻事。王后摸黑打開櫃子，從中取出一條像布料的東西，站到窗邊的月光下。

這條布雖然不比黑貓魔法殘忍，卻更令人毛骨悚然。這東西叫絆馬索——專門綑綁家畜所用，先住民的櫃中有好幾條。這算不上厲害的魔法，充其量是個符咒。摩高絲是自丈夫從外島帶回來安葬的一位士兵屍體上取來的。

那是一片由死者側面割下的人皮，亦即拿小刀從右肩開始，小心割出兩道切口——如此才能保持條狀，然後自右臂外側往下，像沿著手套接縫一樣繞過每根手指，再向上割至腋窩。接著朝身體外側割去，從腳到胯下，最後才回到肩膀的起點，繞屍體輪廓一圈。這樣便會得到細長的條狀物。

絆馬索是這樣用的。你要趁心愛的人熟睡時，將繩索拋過他頭頂，而且不能吵醒他，再把絆馬索綁成蝴蝶結。假如你中途驚醒對方，一年之內他便會死去。如果整個過程中都沒吵醒他，他注定會愛上你。

摩高絲王后站在月光下，在指縫間拉扯著絆馬索。

四個男孩也醒著，但他們不在自己的房間。晚餐時他們躲在樓梯間偷聽，得知隔天將隨母親前往英格蘭。此刻他們置身一座小小教堂，雖然占地僅二十平方呎，歷史卻與基督教傳來島上同樣悠久。教堂以石砌成，與堡壘高牆一樣未使用泥灰。月光從沒裝玻璃的孤窗灑入，落進石頭祭壇上的聖水盆。水盆從石臺挖鑿而成，相配的蓋子則是用剝落的石片切割製成。

奧克尼家的四個男孩跪在祖先故居裡祈禱，希望對親愛的母親永遠忠誠，不負她苦心教誨的康瓦耳宿仇，並且永誌不忘父親統治的霧之國度洛錫安。

窗外，細長的彎月站得挺直，如濃重夜幕裡的魔法指甲屑。襯著天空的是烏鴉形狀的風信雞，口中啣箭，遙指南方。

第十四章

算是帕洛米德爵士和格魯莫爵士好運，就在車馬隊出發前的緊要關頭，尋水獸恢復了理智，否則他們就得留在奧克尼，錯過整場婚禮。雖然如此，他們還是整夜沒睡。畢竟尋水獸是突然才恢復神智的。

問題是，她竟然移情別戀，愛上了成功的分析師帕洛米德——心理分析常發生這種事——而且對原本的主人一點興趣都沒有了。派林諾國王免不了感嘆幾句美好時光不再，便把所有權交給了撒拉遜人。馬洛禮雖然明白告訴我們，唯有派林諾家的人才抓得到她，可在《亞瑟王之死》後半部，追她的人總是帕洛米德爵士，也就是這個原因。誰抓得到其實都不重要，因為從來沒有人抓到過她。

前往卡利昂的南行路途漫長，一路上轎子搖擺，護衛策馬在飄揚的燕尾旗下緩步慢行，每個人都很興奮。轎子本身極有意思，是由普通雙輪馬車構成，側邊各有一旗桿似的長棍，雙棍間懸鋪吊床，一旦躺臥其中，便幾乎感覺不到任何顛簸。二位騎士跟在皇家隊伍後頭，想到終於能逃出城堡，前去參加婚禮，便覺興奮無比。聖托狄巴與茉蘭大娘也跟著來了，如此便促成了總共兩場婚禮。尋水獸走在最後面，緊緊盯著帕洛米德，生怕又被人辜負。

聖人全都從蜂巢屋裡出來送行，佛美人、佛伯格人和達努的子民[1]、先住民，從懸崖、小船、山顛、沼澤和貝塚上向他們揮手道別。赤鹿和獨角獸全部並排立於山岡上目送他們離去。尾巴分叉的燕鷗自海口飛來，吱吱尖叫，似在模仿電報聲。白尾的麥鷄和田鷚飛行於隊伍左右，輕快地停留在荊豆叢間；老鷹、遊隼、烏鴉和山鴉則在上空盤旋。燃燒泥炭所生的濃煙也亦步亦趨，彷彿想在他們的鼻梢盤旋最後一次。歐延碑文、地底密道和海角碉堡在烈日下展現史前時代的建築風采。海鱒和鮭魚將頭伸出水面，閃著銀光。這裡是世上最美麗的國度，而峽谷、山巒、長滿石楠的山肩也齊聲共鳴，蓋爾世界的靈魂向男孩們發出仙靈般的吶喊：「記得我們！」

如果旅途令男孩們興奮異常，那麼卡利昂首都的繁華景象，就是教他們瞠目結舌了。在這裡，國王的城堡周圍街道交錯——可不只有一條街；還有鄰近貴族的城堡、修道院、禮拜堂、教堂、大聖堂、市集、商店。街上到處是人，穿著藍、紅、綠色等光鮮服飾，手挽購物提籃，或驅趕前方聒噪的鵝群，或穿著哪家老爺的制服，四處跑腿。鈴聲作響，鐘塔報時聲悠揚，旗幟飄動，連空氣都彷彿有了生命。這兒有狗、驢子、身披華麗衣裳的馬兒，還有神父和農村馬車，輪子嘎吱作響，彷彿審判日降臨。這兒有商家販賣裹著金箔的薑餅，或陳列最時新的鎧甲套件，有絲綢商人、香料商人和珠寶商人。店鋪懸掛色彩鮮豔的招牌，就像現代旅館的招牌。僕從在酒店外痛飲喧嘩，老太太為雞蛋討價還價；流浪漢帶著一籠籠獵鷹求售，肥胖的議員戴著象徵職位的金鏈；皮膚黝黑的農夫除了綁腿之外幾乎全身赤裸；被皮繩拴成一群的靈緹、兜售鸚鵡的怪異東方人；裝模作樣小碎步走路的漂亮仕女，個個戴著頂端有面紗垂下的高頂笨蛋帽。如果仕女正要上教堂，前面或許還會有侍從引路，手中捧著祈禱書。

卡利昂是個有城牆保護的城鎮，因此在這熙來攘往的周圍，是看似永無止境的長長城垛。城牆每隔兩百碼皆有塔樓，此外還有四座大門。若你穿越平原前來，便會見到城堡主樓和教堂尖頂從牆上叢叢冒出，就像盆栽開花。

亞瑟王與老友重逢，又聽說派林諾的婚事，倍感欣喜。當年他還小，在野森林裡初遇派林諾，便崇拜著這位騎士，因此決定舉辦一場前所未有的盛大婚禮。他們包下卡利昂大教堂，極盡鋪張，以期能皆大歡喜。主教彌撒由多

1 Fomorians、Fir Bolg、Tuatha Dé Danann 均為愛爾蘭神話中的古代居民。

如繁星的樞機主教、主教和教廷使節主持，偌大的教堂裡舉目淨是紫紅二色，焚香瀰漫。小童搖響銀鈴，有時還得衝向某位主教，搖鈴叫醒他。有時教廷使節會把主教灑得滿身是香。那簡直像一場百花大戰，幾千枝蠟燭在華麗的祭壇前熊熊燃燒。無論看往哪個方向，都可見聖職人員忙著鋪展桌巾、拿起經書、互相徹底祝福、以聖水浸溼彼此，或虔敬地向彼此畫十字。樂聲宛如天籟，有葛雷果聖歌，也有聖安布魯茲聖樂。教堂更是擠得水洩不通，有各類僧侶、修士和方丈，他們腳穿涼鞋，與騎士並肩而立，騎士的盔甲映著燭光。在場甚至還有一位方濟會主教，身穿黑衣，頭戴紅帽。主教的長袍和法冠幾乎全以金縷織成，邊緣鑲上鑽石，而這許多人一會兒穿、一會兒脫，使得整間教堂裡都是沙沙聲。至於拉丁文嘛，他們講話速度之快，只聽複數所有格在屋頂的椽間迴盪。神職人員發出不可勝數的訓誡、勸勵和祝禱的情況下，教堂裡的會眾竟然沒有立刻上天國，也算是難得了。就連教宗也和在場眾人一樣，希望婚禮圓滿成功，因此好心將贖罪券給了每個他想得到的人。

婚禮結束後便是婚宴。派林諾國王夫婦在儀式中自始至終都牽著手，他們和身後的聖托狄巴及茱蘭大娘，都被燭光、焚香、聖水弄得有些眩惑。眾人簇擁他們登上榮譽主位，由亞瑟親自屈膝上菜，不難想見茱蘭大娘有多開心了。菜色包括孔雀派[2]、鰻魚凍、德文郡奶油、咖哩海豚肉、冰水果沙拉、兩千種其他小菜。席間有人演說，有人唱歌，還有人祝賀健康或乾杯敬酒。有位特使從北亨伯蘭火速趕來，遞交電報給新郎。他念了出來：「梅林祝你們幸福句點。禮物在王座下句點。問候阿格洛法、帕西法、拉莫瑞克、多拿爾。」

待電報引起的興奮平息，也找到結婚禮物以後，眾人安排了幾種紙牌遊戲，讓宴會的年輕成員參與。王室的一名小侍從在牌局中脫穎而出，他叫藍斯洛，父親就是亞瑟在畢德格連的盟友——班威克的班恩王。現場還有啣蘋果、推移板、蹺蹺板以及一種叫「麥克與牧羊人」的傀儡戲，逗得眾人哈哈大笑。聖托狄巴和一位胖主教為了勞德比利特敕書[3]大吵起來，一棒敲昏了主教，把場面弄得有點尷尬。最後大家感情豐富地唱完驪歌[4]，在深沉的夜色中散去。派林諾國王龍體違和，新的派林諾王后扶他上床，說他只是興奮過度。

遠在北亨伯蘭，梅林一躍下床。他們才從清晨和日落時分賞雁歸來，本來已精疲力竭準備就寢，卻在睡夢中突然想起——再簡單不過的一件事！他忘記提起的正是亞瑟他母親的名字！他只顧喋喋不休談論烏瑟．潘卓根、圓桌理念、戰局分析、桂妮薇和劍鞘、過去和將來，卻忘了最重要的事。

亞瑟的母親是伊格蓮，也就是本書剛開始，奧克尼的孩子們在圓塔上談到的那位，在庭塔閣被俘的伊格蓮。亞瑟正是在烏瑟．潘卓根衝進她城堡的那晚成形的。按照傳統，烏瑟必須等伊格蓮為伯爵守喪完畢才能娶她，因此男孩誕生得太早。所以亞瑟才被送去給艾克特爵士撫養。除了梅林和烏瑟，世上無人知曉他被送往何處，就連伊格蓮也不知情。如今烏瑟已死。

梅林赤腳踩著冰冷的地板，站在床邊晃動身子。如果他立刻旋身前往卡利昂，或許還來得及！可是老人身心俱疲，又被「後見之明」弄糊塗了，更何況他還處在半夢半醒之間。他想等明天早上再說，也不記得身在未來或是往昔。他摸著黑，伸出布滿紋理的手找睡衣，妮姆的容貌已經盤據他睡意惺忪的腦袋。梅林趺上床，鬍子塞進棉被，

2 以豆子、南瓜、西葫蘆等各式食材製成的派餅，餅上以花椰菜裝飾排列如孔雀羽毛而得名。
3 Laudabiliter，由教宗亞德里安四世於西元一一五六年頒布的敕書，將愛爾蘭的統治權移交給英王亨利二世；部分學者則認為缺乏正式文件，尚待考證。
4 Auld Lang Syne，原為蘇格蘭民族詩人柏恩斯（Robert Burns）詩作，後譜成曲調，原意為記念逝去的日子，於許多國家配上歌詞，成為畢業、送別場合時演唱之驪歌。

鼻子壓著枕頭，沉沉睡去。

空蕩蕩的城堡大廳裡，亞瑟王向後一靠。他剛與幾位心腹騎士喝了睡前酒，現在只剩下他一個人。真是疲累的一天，不過他年紀尚輕，正是精力最充沛的時候。此時他後腦倚靠著王座，回想婚禮的經過。自從他拔出石中劍成為國王以來，始終征戰不斷；也是這些磨練，他才擁有現在的氣度和擔當。如今總算可以平靜度日，他想著和平的喜樂，想著自己有朝一日也將成婚，如同梅林所預言，或許還會有個家。接著他又想到妮姆以及所有美麗的女性。他也睡著了。

他突然驚醒時，發現面前站了一位黑髮藍眼、頭戴王冠的美麗女子。北方來的四個野孩子站在他們的母親身後，顯得羞怯又傲慢，而女子手裡正捲著一條帶子。

外島的摩高絲王后先前刻意避開宴席，精心挑選在這個時刻現身。這是少王頭一回見到她，而她知道自己的姿容無懈可擊。

事情究竟如何發生，或許永遠解釋不清。或許絆馬索果真具有魔力。或許因為王后的年紀是亞瑟兩倍，也具有他兩倍的歷練和經驗。或許只因為他向來心思單純，往往輕易便對人做出評斷。或許是他始終沒有親生母親，所以摩高絲帶著孩子站在面前所散發的母性之愛，就足以使他意亂情迷。

不管怎麼解釋，九個月後，這位空暗女王為同母異父的弟弟們生下一名男孩，取名莫桀。旁邊就是後來梅林繪製的家譜。

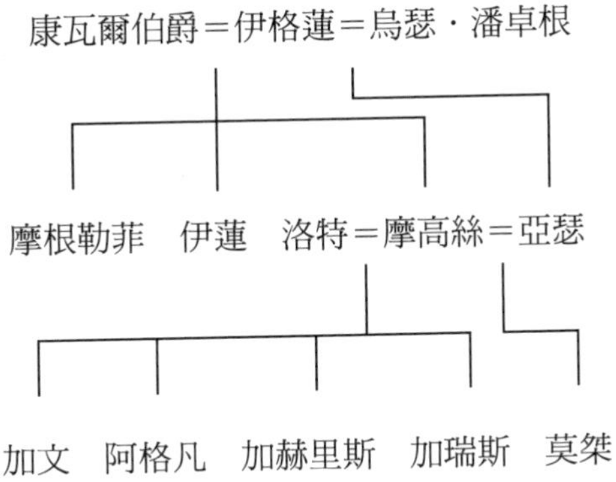

你或許得把家譜當成某種歷史教材，多讀幾次。這是亞瑟王悲劇中至為重要的部分，也正是湯瑪斯．馬洛禮爵士把他那部長篇巨著取名《亞瑟王之死》的原因。雖然書中十之八九講的都是騎士比武、尋找聖杯之事，整體探討的卻是這位年輕人最後為何身殞。這是一部悲劇，一部全面性的亞里斯多德式悲劇，講述罪愆的糾纏不散。所以我們必須特別留意亞瑟之子莫桀的身世，將來時候到了，更要記住國王曾與自己的姊姊同床共眠。此事亞瑟並不自知，或許也應歸咎於她，然而在悲劇之中，純真畢竟是不夠的。**（上冊完）**

《石中劍》、《空暗女王》導讀

譚光磊（本書譯者）

英雄少年時：從亞瑟王文學到《石中劍》

亞瑟王傳奇（The Arthurian Romance）源於英國，流傳至歐陸各地，逐漸演變為一龐雜繁複的故事群，混雜史實、傳說、民間故事和歌謠，描寫民族領袖率同胞抵禦外侮、圓桌武士的忠勇義行，以及對聖杯完美形象的追尋，又因種族仇恨、血親相殘和悖倫的戀情，導致和平的理想終告崩滅。一千五百多年來，以亞瑟王傳奇為主題的文學作品、繪畫、電影……不計其數，其家喻戶曉的程度，在西方文化中占有舉足輕重的地位。

歷史上究竟有沒有亞瑟王這個人？這個問題至今眾說紛紜，複雜難解。我們或可參考知名學者喬佛瑞・艾許（Geoffrey Ashe）的觀點：「亞瑟王傳奇起源為何？又是奠基於哪些事實之上？」不須刻意將史實與虛構、歷史與文學分離，亦無須追究所謂的「正統」版本。

亞瑟王傳奇發源於西元五至六世紀的英倫諸島，羅馬軍團撤離不列顛後，原本的蓋爾族居民屢次遭受撒克遜人侵襲，在這樣混亂的局勢中，民族英雄率兵抵禦撒克遜人的形象逐漸成形。紀達斯（Gildas）在拉丁文獻《不列顛之侵略與征服》中首先提到羅馬後裔安布勞西亞・奧理略（Ambrosius Aurelianus）率領不列顛人擊敗撒克遜人。「亞瑟」之名則首見於西元八百年左右尼尼奧斯（Nennius）所著之《不列顛史》（*Historia Brittonum*），此時亞瑟已不具羅馬血統，而是本土的不列顛人，為輔佐安布勞西亞擊潰外敵的重要戰將。

現今世人所熟知的亞瑟王故事，在十二世紀蒙茅斯的喬佛瑞（Geoffrey of Monmouth）所著《不列顛諸王史》（*Historia Regum Brittaniae*）中已略見雛形，包括亞瑟的身世、私生子莫桀叛亂，王后桂妮薇出軌，亞瑟死後至仙境阿瓦隆（Avalon）療養等細節（但圓桌武士和藍斯洛尚未出現）。上述文獻多半以拉丁文寫成，最早的英文版本是十二世紀晚期修士萊亞曼（Layaman）譯寫自法文的《布魯特傳奇》（*Roman de Brut*）。此後兩百年間，亞瑟王文學在法國和德國表現最為傑出，西斯廷．德．托瓦（Chretien de Troyes）用古代法語寫成五部亞瑟王傳奇，藍斯洛、帕西法等圓桌武士的事蹟成為重心，亞瑟王反而成了配角。

直到十四世紀中葉，英文才有重要詩作《加文爵士與綠騎士》[1]，不過英語的集大成之作，還是十五世紀初英國湯瑪斯．馬洛禮爵士（Sir Thomas Malory）的《亞瑟王之死》（*Le Mort d'Arthur*）[2]。這部作品以散文體寫成，馬洛禮宣稱譯自一部法文作品，但確切書目至今仍不可考，應是編譯整理自諸多相關文獻，其中也包括英格蘭的民間故事。《亞瑟王之死》將整個龐雜的亞瑟王傳奇盡皆收錄於其中，包括亞瑟的誕生、與羅馬之戰、藍斯洛、崔斯坦與伊索德、尋找聖杯等。

中世紀後，亞瑟王文學逐漸式微，直到十九世紀才再度成為作家的吟詠對象。桂冠詩人丁尼生寫成《國王之歌》（*Idylls of the King*），威廉．莫里士則有《為桂妮薇辯護》（*The Defence of Guenevere*）。進入二十世紀後，亞瑟王與圓桌武士仍令眾多作家神往不已，不過多半傾向從歷史角度詮釋，故事背景於是回歸更蠻荒原始的西元五世紀，那個存在於中世紀文學想像中，充滿騎士精神、宮廷貴婦的世界逐漸退位。懷特的《永恆之王》，即是二十世紀最後一部架構在這個理想年代，重述《亞瑟王之死》的鉅構。

《永恆之王》共分四部：《石中劍》記述亞瑟在梅林教導下的成長經歷；《空暗女王》寫洛特國王一家與亞

瑟的恩怨，到亞瑟受摩高絲王后誘惑生下莫桀；《殘缺騎士》以藍斯洛為主角，描寫圓桌武士的興衰，以及亞瑟王、藍斯洛和桂妮薇王后的三角戀情；《風中燭》則是莫桀陰謀推翻亞瑟和卡美洛最後的覆亡。除此之外，懷特又寫了終曲《梅林之書》，讓決戰前夕的亞瑟重回童年時光，然而因為二戰時紙張短缺，一直未能以他理想中的合訂本形式出版。

《永恆之王》是懷特流傳後世的不朽傑作，反映出他複雜而矛盾的人格特質。終其一生，懷特活在孤獨和悲傷之中，卻總能看見生命的喜劇面。此書時而滑稽，時而瀰漫悲劇氣息；既似鬧劇卻又浪漫。他史料考據嚴謹，故事卻極度時空錯亂。懷特將生命完全傾注於書中，鎔鑄成極為殊異的亞瑟王文學閱讀經驗。《石中劍》尤其如此，因為書中描寫的是前所未有的領域：亞瑟的童年。

特倫斯．漢伯瑞．懷特（Terence Hanbury White）一九〇六年出生於印度孟買，自幼雙親不睦。父親長年酗酒，母親則喜怒無常。據他回憶：「……家裡常傳出槍聲。我聽說父親和母親會為了爭奪一把手槍相互扭打，嚷著要射死對方，然後再自殺，但無論如何要先從我下手……我的童年並不安全。」

五歲時，懷特隨母親回英國與外祖父母同住，度過短暫的快樂時光。一九二〇年他被送往查頓漢學院（Cheltenham College）就讀，在寄宿學校典型的體罰陋習和高年級學生壓迫之下，是一段極不愉快的求學歷程，也影響了他日後的性格和創作。不過他也在這裡初次讀到了馬洛禮的《亞瑟王之死》。

好不容易離開查頓漢學院，懷特進入劍橋大學專攻英文，並且大放異彩。他寫詩，主編文學刊物，在週刊上撰寫劍橋專欄，第一年便獲得獎學金；然而翌年卻罹患了當時仍屬絕症的肺結核，以為自己只剩六個月生命。懷特的導師和朋友發起捐款，湊錢讓他前往義大利休養一年。他造訪了那不勒斯、維蘇威等地，並完成第一部小說《異國之冬》(*They Winter Abroad*)和詩集《受寵的海倫》(*Loved Helen*)。大學畢業那年,懷特寫了一篇文章討論《亞瑟王之死》,提出許多創見,也為日後寫作《永恆之王》埋下契機,只可惜這篇文章今已亡佚。

大學畢業後,懷特放棄學術研究,全心投入創作。為維持生計,他先後在雷格和史道威兩所中學任教。一九三六年,懷特辭去教職,租下史道威公學附近的狩獵小屋,專心寫作。一天晚上他把身邊的書都看完了,隨手翻開《亞瑟王之死》,視為愛德嘉・華勒斯式的通俗讀物來看[3]。或許正因為全新的觀點,他反倒讀出新的趣味,在給友人的信中讚揚這是「一齣完美的悲劇,開端處便埋下了開頭、中間和結尾的伏筆」,此外「書中人物都是真實的,具有我們能夠預測的正常反應。」

懷特於是萌生為馬洛禮作「序」的念頭,以過去的亞瑟王文學中被忽略的領域——亞瑟的童年,作為主題。中世紀作家為了凸顯英雄的不凡身世,往往強調其誕生時的諸多異象,藉以增添神秘色彩,實際的成長經歷則表過不提。舉《亞瑟王之死》為例,馬洛禮僅以一句「艾克特爵士之妻親自為他(亞瑟)哺乳」帶過,便直接寫到繼承王位。懷特的作法不僅首開先例,也正好符合十九世紀末興起的童年書寫傳統,這類作品將童年提升至近乎神話的美好層次,以牧歌的形式歌詠逝去的黃金年代。表面上為兒童讀者所寫,實則是成人的懷舊寄託。

從另一方面來講,亞瑟的身世充滿「成人」情節,在保守的三〇年代英國原本就不便講得太過明白,懷特改以其童年為重心,正好轉移讀者的注意力,也得以勾勒出一個懷舊的、浪漫化的中古烏托邦:在那裡,現實與想像的界線模糊,孩童受到妥善照顧,農民勤奮安樂,領主慈愛而統治有方,也沒有飢荒暴政。

小說中的世界建構極為特別。懷特從歷史上擷取他感興趣的細節,創造出想像的中古英國「格美利」(Gramarye)。他一方面鉅細靡遺地描寫中世紀的生活細節,諸如城堡構造、鷹棚裡的擺飾和獵野豬,彌補了馬洛禮幾乎從不寫景的缺憾；另一方面則藉由古今對照達到喜劇的效果，以時空錯置的手法重新詮釋《亞瑟王之死》，使當代讀者更能心領神會。

懷特的博（雜）學多聞肇因於幼年家庭問題所引發的不安全感，致使他一生不斷學習各種技能，藉以「平緩危機意識和自卑感」；他更透過梅林之口，表示「治癒悲傷最好的方法就是學習」。懷特的閱讀量驚人，又能射箭、狩獵、馴鷹、釣魚、駕駛飛機、潛水、織毛線、做木工和砌牆造屋，還通曉中古拉丁文，這些嗜好都出現在書中，為作品更添趣味。

書中的重心自然還是在兒童教育。懷特親身經歷了查頓漢、雷格和史道威三所學校截然不同的教育體制，能細膩捕捉青少年學生的心境，執教者的角色也扮演得恰如其分。他天生的導師魅力自然化作梅林，以開明的方式引導小瓦獨立思考；同時也認同自小缺乏雙親照顧的小瓦。在最初的英國版中，懷特將巨人葛拉帕斯的地牢描寫得有如寄宿學校，充斥體罰、禁閉和暴力壓迫，十足是對查頓漢的嚴厲批判[4]。

一九三八年《石中劍》於英國出版，懷特親手繪製四十二幅插圖，幽默而精準地傳達出筆下人物和情境。本書隨後入選美國的「每月一書」（Book of the Month）書友俱樂部，在編輯要求下，懷特刪除了第六章小瓦和凱伊被女巫囚禁的橋段；羅賓漢等人攻擊的對象，也由食人族西西亞人（Scythian）改成摩根勒菲的城堡。二十年後，為了合訂版的《永恆之王》，懷特又從《梅林之書》擷取螞蟻和野雁的章節，併入《石中劍》，同時刪去小瓦變成草蛇的章節，成為我們現在所看到的版本。

《石中劍》讓懷特初嘗名利雙收的滋味，不僅在英美兩地熱賣，迪士尼更買下版權拍成動畫。亞瑟王傳奇的悲劇色彩，在《石中劍》看似戲謔的敘事口吻和無拘無束的童年光陰中，似乎還不明顯。小說的最後標記著「故事開始」，暗示亞瑟一生的苦痛與劫難，才正要登場。

母親的幽靈，天倫的變貌——從「林中女巫」到「空暗女王」

『「空暗女王」是一個始自遠古時期，直到今日依舊縈繞人們腦際的形象。懷特在《永恆之王》中將她視作摩高絲，在他之前，豪斯曼曾寫過一首如謎難解的詩來描寫她。不過，這個稱號——恰好與撒旦相對照——指的是千百年來以多種面貌出現在諸國神話中的惡魔女性。她是猶太教裡的莉莉絲，往上可再追溯至巴比倫；她是阿拉伯人的女巨靈；日本人尤其敬畏黃泉之國的女王伊邪那美。美洲印地安人則懼怕夜間急急穿越天際的形體。在中古歐洲，她的某種形象是精靈山丘的女主人，蘇格蘭和丹麥民謠常警告日落未歸的旅人多加提防；她也出現在唐懷瑟的故事裡。她以美色與魔咒，勾引男人遠離她的死敵，也就是上帝。』——保羅．安德森〈空暗女王〉5

歸根究柢，亞瑟王傳奇的核心正是家庭的興滅流轉：烏瑟殺康瓦耳伯爵，奪其妻伊格蓮而生亞瑟；康瓦耳之女摩高絲嫁給洛特王，又與異父弟亞瑟亂倫而得莫桀；她與洛特所生四子後來皆成為圓桌武士，受莫桀煽動而結黨與舅舅亞瑟作對；莫桀揭露王后出軌姦情逼走藍斯洛，導致父子兵戎相見……亞瑟王欲治國卻未能齊家，淑世理想終毀於骨肉相殘。

「永恆之王」第一部《石中劍》裡也有一個家庭，但那是詩意想像下的徒具形式，是透過玫瑰色眼鏡所見的景象。艾克特爵士家中的每個角色都顯得模糊失焦，荒謬的錯置彷彿臨時客串。比如說，故事裡沒有母親，只有四十年來負責洗衣擦藥換被子的保母；經常比孩子還幼稚胡鬧的艾克特爵士，末了連父親也不是（真正的）父親了；而那父親的職位，又是由廚師、鷹匠、家教、警衛官共同肩負的。這個只該存於童話的荒唐家庭，多少反映了作者自身的兒時經驗：父親是印度殖民地的警察局長，時常與妻子在外奔波。懷特的確是在雙親缺席的情況下，由眾多印度僕役照顧長大。

然而《石中劍》畢竟著重少年向蟲魚鳥獸取經的歷程，無意觀照家庭內部的教養問題。到了第二部《空暗女王》，懷特必須為日後的悲劇覆亡埋下種子，不能再避談亞瑟身世。故事因此注定要離開明媚安樂的田園烏托邦，來到荒冷寥落、「和亞瑟王兒時玩耍的城堡大不相同」的洛錫安城。這幅不幸家庭的變貌自始便顯得畸零殘破：父親在外征戰而長年缺席，虛浮自私的女巫母親宰制一切，顧著勾引異邦騎士而忽略兒子，少年們只能轉而向瘋癲的聖人托狄巴[6]求助，「有如挨餓的小狗飢不擇食」。一場血腥的獨角獸獵捕成為競奪或取悅母親的儀式，尋父／弒父的伊底帕斯情結橫流。初版《石中劍》那位與梅林鬥法落敗的林中女巫陰魂不散，在此以摩高絲王后的形象登場。她是亞瑟王悲劇的焦點，也是縈繞作者心頭的母親化身。

馬洛禮藉寫藍斯洛高貴的情操反招小人猜妒，間接導致卡美洛毀滅的強烈反諷來凸顯悲劇氣息。《亞瑟王之死》的罪魁禍首，阿格凡與莫桀兩位武士，因為「對王后桂妮薇夫人與藍斯洛爵士向來暗懷恨意」，「非得要騎士精神的最高表率毀滅殆盡，才能稍減。」懷特則另有想法，他認為亞瑟王三大悲劇主題應是「第一，康瓦耳的世仇，亞瑟之父殺死加文的外公；第二，姊弟亂倫的報應（⋯）第三，藍斯洛與桂妮薇的戀情」。摩高絲身兼母姊二職，在這三大悲劇主題中占了兩席重要地位，與亞瑟殞落的關連自然最為密切。

可是本書中這位「空暗女王」的母親形象顯然完全蓋過長姊特質。我們不妨對照馬洛禮的描述：「（摩高絲）為一極美麗之女子，國王對她萌生強烈愛意，希冀與之共眠（⋯）而後使她生下莫桀爵士[7]。」年輕國王的角色看來「積極主動」許多，絕非懷特筆下的單方誘引，也談不上利用亞瑟潛在的母性慕望遂其目的。韋納[8]更明指懷特把亂倫寫成了「母親對孩子的強暴」。這固然是懷特為求亞里斯多德悲劇效果的不得不然，「必須將（摩高絲）塑造成壞母親，而且要比（…）英雄（亞瑟）承擔更多的亂倫責任」，然而他念茲在茲的全是不堪的童年往事，書寫由是成為向母親復仇的手段。

我們自然得談談懷特的母親康絲坦姿，這位殖民地法官的女兒年輕時追求者眾卻誰也不嫁，而立之年將屆仍待字閨中，後來在母親取笑下負氣成婚。她是個「頑固、想像力豐富、自私、美麗又善於偽裝」的妻子，需要別人對她傾注感情，喜愛以此炫耀，自己卻不願付出；時而嫉妒兒子與印度保母過從甚密，或者設下過高的期待，致使他因為無法企及標準，終身受潛在自卑意識所困。她撲朔難測的態度「趕走了丈夫、情人和獨子。他們逃離她的自私和強烈占有欲，於是她只能從奴性更重的動物身上榨取情感。」懷特進一步說她「成了愛狗之人，這意味著狗兒們必須愛她。」

後來懷特在日記中寫詩自況：「父親不幸，有子亦然／我的一生始於無情／童年時父親與那狂亂的母獸／在我的嬰兒車上／爭奪短刀，要將之／刺進彼此的苦難生命／生而無所依憑／我膽敢愛誰？見誰而不逃逸？」並對朋友說，每次寫信給母親都「彷彿是被釘十字架」。扭曲的親子關係與青春期查特南學院的嚴酷鞭打，極可能是造成懷特日後同性戀與自虐傾向的主因，他甚至為此接受心理分析，可惜終告徒勞。

一九三九年初，懷特應好友大衛．賈奈特（David Garnett）之邀，同往愛爾蘭波恩河畔（River Boyne）垂釣。賈奈特出身文學世家，亦是知名作者，因書評而與懷特結緣，從此書信往返二十餘載。度假期間，賈奈特之妻蕾（Ray）散步至附近的杜立斯屯農莊（Doolistown），得知莊主願收房客，懷特便在此住下，不料一待六年。他積極觀覽異鄉風物，追溯父系的蓋爾血緣，在信中屢以古時立場超然的吟遊詩人身份自居；並熱切地學習蓋爾語、研讀愛爾蘭歷史、甚至考慮皈依天主教；日記裡寫滿了有關愛爾蘭的農業、野趣和政治見解。

五月，本書初稿完成，定名《林中女巫》（*The Witch in the Wood*），以鬧劇為敘事主調。懷特到底無法坦然面對切身之痛，只好試圖用荒唐胡鬧悄悄將家庭／亂倫主題暗渡陳倉[9]。正如白露兒[10]所指出，懷特再也找不到可資認同的角色：那位「才剛開始體驗生命」，並且有「一張愚蠢的臉」的亞瑟顯然不是他的青年寫照；梅林早在《石中劍》裡授業完畢，逐漸退居次要角色。亞瑟王史詩的第二部是懷特最感棘手的一部作品，幾乎就是他與母親幽靈交戰的驅魔歷程。

初稿遭出版商柯林斯退回之後，他先後易稿重寫四次，摩高絲的形象亦逐漸自徹底源於母親的「林中女巫」轉變為象徵女性毀滅力量的「空暗女王」[11]。在寫給昔日恩師帕茨（L. J. Potts）的信中他提到要「完全捨棄將她奠基於家母的作法」，改成「純粹鬧劇式的女巫」，且「具有野性的魅惑力」。摩高絲終究未能符合懷特期望，成為具有野性魅惑力的角色，她的本質仍然虛浮微渺，但在一次次的改寫過程中所占份量愈來愈少，最後成了隱身幕後，卻也更具象徵力量的陰森符碼。

不過，那些徬徨無助的孩子呢？摩高絲的失當教養是懷特對母親的口誅筆伐，亦是對親子關係的諍言，童年書寫的延續。作者在此明白宣示：教育固然對幼年心智影響深遠，但家長的「教養」才是人格形成關鍵。褪去《石中劍》的陽光燦爛，不滿前作童書性格的讀者想必更能體會敘事成色的由明轉暗。那個人獸共存的詩意莊園已是亞瑟一生的幸福頂顛，此後的下坡路險陡而且迢遠，悲劇才要揭幕。

亞瑟四個外甥的性格在本書中已經大致成形：暴烈但本性忠厚的加文，殘忍而畸戀母親的阿格凡，平凡愚蠢的加赫里斯，善良溫順的加瑞斯。小說一開始，懷特便藉這群「無條件地傻傻崇拜母親」的孩子之口，重演了康瓦耳宿仇，格外令人不寒而慄。他們青春期性意識萌發的惶惑無知，則在獵獨角獸行動中鋪寫得淋漓盡致。原本象徵「信任、純潔和美麗」的獨角獸被女僕梅格假扮閨女引來，竟遭阿格凡視為侵犯母親而凶殘殺害；梅格果真也如同摩高絲王后，坐視男孩「幸福童年的特質」受玷污而告腐壞。彼時小瓦拔神劍而登王，如今奧克尼男孩的成年禮卻要以血為祭，親手毀去尚存的幾許童真。草藥花園裡那個「眼睛稀爛、皮開肉綻，骨肉幾乎分家、沾滿泥濘和血腥」的獨角獸首級，怎能存有絲毫「記憶中的美麗」？小說最後，他們隨母親來到歡慶繁華的卡利昂，雙重婚禮的夜宴映襯亂倫的媾合。梅林老邁的手緩緩繪出家譜，兩族命運的絲線就此打上死結，母親的幽靈終將伴隨他們走向戰場的烽煙。

隔著險濤惡浪的世界彼端，亞瑟則要為了捍衛理念而執起干戈。那是山雨欲來的二戰前夕，身居異邦的懷特心繫祖國，又對戰爭暴行深感厭惡。一九三九年九月，英國對德宣戰，他在日記中試問參戰理由，答案是文明。「不為地理疆界的英國，也不為永遠存乎於心的自由」而戰，但是「誰都可以拋擲炸彈」，唯他能成此亞瑟王史詩，從中「創建文明」。所以他雖曾致函情報部門志願為國效力，心中早已決定「在亞瑟進廠印刷以前，不去理會這場戰爭」。

後來為了莫名其妙的官僚因素，竟不得出境，更加深了懷特埋首創作的信念。他本欲將武力與正義的辯證留作藍斯洛故事主體，但現實的湧動驅使他必須關注戰爭與和平的角力。最終亞瑟與舊貴族的戰爭成為《空暗女王》另一條重要的劇情線，他從初嘗戰果、為打贏「漂亮的勝仗」沾沾自喜，到設身為「真正會受傷流血」的無甲步卒著想，以致於「讓敵方首腦見識戰爭的真相，直到他們對事實有所體悟，此後對戰爭避之唯恐不及」，這個過程亦見證了懷特本身理念的流變，拋卻昔日的狂熱和平思想，他要藉由「永恆之王」尋找止戰良方，挽救文明於傾滅。

九月初，當時任職空軍部的賈奈特抽空攜全家渡海來訪，但隨即受急電召回，留下癌症纏身的蕾和兩個孩子借居懷特的獵屋。蕾的聰穎堅毅構成一幅與摩高絲截然不同的女性形象，對懷特日後寫作《殘缺騎士》的藍斯洛與桂妮薇之戀有著深遠的影響。

---

1 *Sir Gawain and the Green Knight*，「加文」亦作「高文」。

2 馬洛禮的發行商威廉．卡克斯頓（William Caxton）所下的標題，事實上全書描述的是亞瑟一生的事蹟，他的殞落僅為其中一小部分。一九三四年，另一份更早的溫徹斯特手稿問世，研究者公認這是更接近馬洛禮原著的版本。此版經尤金．文納法（Eugene Vinaver）整理後名為《湯瑪斯馬洛禮爵士作品集》。

3 Edgar Wallace（1875-1932），英國暢銷小說家，作品橫跨推理、懸疑、奇情冒險等領域。

4 考量以英國寄宿學校生活為藍本，美國讀者可能不熟悉，此段在後來的美國版中刪除。

5 引自科幻大師保羅．安德森（Poul Anderson, 1926-2001），原刊載於一九七一年四月號《奇幻與科幻雜誌》（*Magazine of Fantasy & Science Fiction*）個人紀念專號的同名短篇。本引文是他為之撰寫的介紹，後重印於其生涯回顧選《航向無垠》（*Going for Infinity, 2002, Tor Books*）。

6 為懷特本名特倫斯（Terence）的蓋爾語拼法。

7 見《亞瑟王之死》第一部第十九章。

8 Sylvia Townsend Warner，懷特的傳記作者。見傳記第一三〇頁。

9 依照懷特原本計畫，「永恆之王」四書基調分別是：《石中劍》為詩；《空暗女王》為鬧劇；《殘缺騎士》為傳奇小說；《風中燭》為悲劇。

10 伊莉莎白．白露兒（Elisabeth Brewer），《懷特與永恆之王》研究專書作者。

11 書名來自英國詩人豪斯曼（A. E. Housman）晚年詩作：「她強力的魔咒失靈／她恐懼的塔樓傾覆／她瓶中的毒藥已乾／利刃已架上頸部。空與暗的女王／開始厲聲嚎叫／噢年輕人，謀害我的人／明日你將死去。」

繆思 13

永恆之王：亞瑟王傳奇（上）
The Once and Future King

作　　者	特倫斯・韓伯瑞・懷特（Terence Hanbury White）
譯　　者	譚光磊
社　　長	陳蕙慧
總 編 輯	戴偉傑
責任編輯	丁維瑀
行銷企劃	陳雅雯、趙鴻祐
封面設計	高偉哲
排　　版	顧力榮

讀書共和國集團社長	郭重興
發 行 人	曾大福
出　　版	木馬文化事業股份有限公司
發　　行	遠足文化事業股份有限公司
地　　址	231 新北市新店區民權路 108-3 號 8 樓
電　　話	02-2218-1417
傳　　真	02-2218-0727
E-mail	service@bookrep.com.tw
郵撥帳號	19588272 木馬文化事業股份有限公司
客服專線	0800-221-029
法律顧問	華陽國際專利商標事務所 蘇文生 律師
印　　刷	前進彩藝有限公司

二版一刷	2023 年 1 月
定　　價	新台幣 600 元
ISBN	978-626-314-357-9（全套：平裝）
EISBN	9786263143555（PDF）、9786263143562（EPUB）

國家圖書館出版品預行編目

國家圖書館出版品預行編目 (CIP) 資料
永恆之王：亞瑟王傳奇 / 特倫斯 . 韓伯瑞 . 懷特 (Terence Hanbury White) 作；譚光磊，簡怡君譯 . -- 二版 . -- 新北市：木馬文化事業股份有限公司出版：遠足文化事業股份有限公司發行，2023.01
　冊；　公分 . --（木馬文學）
譯自：The once and future king.
ISBN 978-626-314-357-9(全套：平裝)
873.57　　111021629